KB260309

높은 곳에 오르다

登高

바람 세고 하늘 높은데 원숭이 울음소리 애절하고

강가 물 맑고 모래 흰데 새 맴돌며 난다

끝없이 나무들에선 낙엽이 우수수 떨어지고

그치지 않는 장강은 몰려쳐렁 밀려온다

風急天高猿嘯哀 渚清沙白鳥飛廻

無邊落木蕭蕭下 不盡長江滾滾來

左劍右刀傳

Fantastic Oriental Heroes

좌검우도전

좌검우도전 11

이령 新무협 판타지 소설

초판 1쇄 찍은 날 § 2007년 5월 1일
초판 1쇄 펴낸 날 § 2007년 5월 10일

지은이 § 이령
펴낸이 § 서경석

편집장 § 문혜영
편집책임 § 장상수
편집 § 최하나 · 문정흠 · 김동화

펴낸곳 § 도서출판 청어람
등록번호 § 제1081-1-89호
등록일자 § 1999. 5. 31
어람번호 § 제2-1187호

주소 § 경기도 부천시 원미구 심곡1동 350-1 남성B/D 3F (우) 420-011
전화 § 032-656-4452 팩스 § 032-656-4453
http://www.chungeoram.com
E-mail § eoram99@chollian.net

ⓒ 이령, 2005

ISBN 978-89-251-0680-9 04810
ISBN 89-5831-530-X (세트)

[완결]

파검우도전 11

이령 新무협 판타지 소설
Fantastic Oriental Heroes

도서출판
청어람

목차

◆ 第百十六章 ◆ 나원의 위기

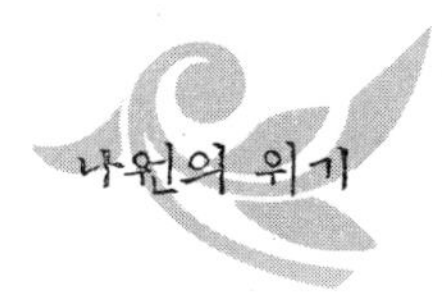

그로부터 며칠 후 주작천궁에서 여섯 명의 장로와 십이선자 중 열한 명이 도착했다. 그들 중 삼장로인 흑운마고(黑雲麻姑) 교요군(喬瑤裙)이 대장로 운모 구영의 서찰을 전해주었다.

거기에는 청룡의 후예가 운남 남쪽으로 갔다는 기록을 찾았다고 적혀 있었다. 기쁜 소식이 아닐 수 없었다.

그리고 하루 뒤!

이반오란하 최상류의 만년오풍초 서식지가 있는 동굴에서 언강호가 보낸 전서가 도착했다.

천오는 피용화가 말하던 일이 바로 이것임을 알 수 있었다.

언강호가 보낼 물건들이 도착하면 생포한 천살마시를 해독하고, 각종 약재를 팔 것과 나원에서 필요한 약을 만들 재료로 분류하고, 실제 약을 만드는 일 등이 모두 피용화의 몫이었다.

걱정이 되지 않을 수 없었다. 과연 피용화가 감당할 수 있을지 의문이었다. 더구나 그녀는 얼마 지나지 않아 심소희까지 가르쳐야 할 터였다.

충격적인 말을 들은 심소희는 지금도 정신적 공황상태에 있었다. 하지만 조금씩 변해가는 그녀의 모습을 보아하니 곧 피용화의 말에 따를 것이 확실해 보였다.

주상은 계속 술로 밤을 지새우며 가슴앓이를 하다가 요즘은 술을 조금씩 줄이고 있었다. 사람은 역시 적응하기 마련인가? 아직도 명소원 근처를 얼쩡거리고는 있지만 주상 역시 변화가 감지되고 있었다.

전서의 내용 중에 귀선과 미황극 등을 생포했다는 사실은 천오를 기쁘게 했다.

복건 중부의 자운동산(紫雲洞山)에 웅크리고 있는 귀곡탑과 복건 서부 무이산(武夷山)에 자리 잡고 있는 지저음부동은 언제든 나원을 위협할 수 있는 잠재적 불안 요소였다. 특히 그들은 사망교와 더불어 나원에 혈해가 들어온 사실을 매우 못마땅하게 여기고 있었다. 천오는 귀선과 미황극을 이용해 두 문파를 제어할 방도를 찾아야겠다고 생각했다.

물론 이는 천하의 대사에 비하면 아주 사소한 일이었다.

급한 것은 만마성의 일이었다.

곽불인 형제와 욕마가 무슨 일을 꾸미고 있는지가 관건 중의 관건이었다. 통륜방과 만마성은 견원지간(犬猿之間)이다. 그럼에도 곽불인 형제가 버젓이 만마성에서 활동하고 있다는 사실은 만마성의 많은 마인들이 그를 돕고 있다는 뜻이었다.

언강호를 그곳으로 보낼 수밖에 없었다.

동시에 현무상인이 사라졌다는 천축도 가보아야 하고, 청룡의 후예도 찾아야 하고, 또한 이비도 구출해야 했다.

천오는 이일과 상의한 후 대회의를 열었다. 나원의 주요 고수들이 전부 모였다. 마침내 언강호가 만마성으로 가야 할 시점이 되었다는 말에 모두들 웅성거렸다. 한참을 의논한 끝에 천오는 대폭적인 전력의 추가 파견을 이끌어낼 수 있었다.

백화심과 교요군, 종조고를 책임자로 하는 주작천궁의 육장로와 십이 선자.

혈선과 혈해의 대장로 혈뢰옹 순우황이 이끄는 혈군 삼백 구.

천기도수사 이일을 책임자로 하는 상팔대의 여덟 가주. 단지 상칠은 몸이 좋지 않아 빠지기로 하고, 대신 그의 이복동생 단백도영(斷魄刀影) 상저(商沮)가 가기로 했다. 근래 들어 상저는 무극유심도 구장을 크게 깨달아 이일마저 감탄하고 있는 인재였다.

처음에는 반대가 상당했지만 언강호를 도와야 한다는 말에 대부분 고개를 끄덕였고, 피용화가 천오를 거들고 나서자 아무도 이의를 제기하지 못했다.

나원에서 언강호와 피용화의 영향력은 거의 절대적이었다.

하지만 만마성의 전력을 감안하면 이것만으로는 턱없이 부족한 감이 있어 천비서원과 장손세가, 소주담가에 연락을 보내 만마성으로 정예들을 파견해 달라고 부탁했다.

출발은 순차적으로 이루어졌다. 남편을 그리워하는 백화심 등이 가장 먼저 떠났고, 다음으로 혈선이 떠났다.

이렇게 하여 사실상 나원의 전력이 거의 전부 빠져나가자 상칠은 뛸 듯이 기뻤다. 그는 즉시 이 소식을 원상에게 알렸고, 원상은 장달원에게, 장달원은 비향 왕전에게, 왕전은 단릉에게, 단릉은 방패부에게, 방패부는 도복에게 알렸다.

여러 단계를 거쳤지만 소식은 단 이틀 만에 전해졌다. 도복의 보고를 받고 육희는 크게 기뻐했다. 그는 자신이 직접 부참마시 두 구와 풍회당,

난유당의 무사 삼백을 이끌고 달려가기로 했다. 한데 준비를 끝내고 막상 출발하려니 은근히 겁이 나는 것이었다.

"부당주, 이일을 비롯한 상팔대의 여덟 가주도 떠난다고 하니 조금 더 기다리는 것이 어떻겠나?"

"그들로는 대세를 돌이키지 못합니다. 지금이 절호의 기회입니다. 상황이 또 어떻게 변할지 모르니 즉시 치십시오."

"아니야. 돌다리도 두들겨 보고 건너라고 하지 않았나? 그들은 대부분이 염부주에서 수련한 악귀 같은 염부객 출신들이야. 며칠 있으면 갈 텐데 위험을 무릅쓸 필요가 있겠나?"

도복은 한숨을 내쉬었지만 더 이상 육희에게 말해본들 소용이 없을 것 같았다. 그리고 육희의 말대로 며칠 사이 무슨 일이 생기랴 싶었다. 그는 다시 단릉에게 연락을 보내 이일이 출발하는 즉시 알리도록 했다. 한데 천기도수사 이일의 출발은 자꾸 지체되었다. 이총관으로서 사실상 천오와 함께 나원을 이끌어온 그인지라 처리해야 할 일이 한두 가지가 아니었던 것이다.

기다리는 동안 도복은 이상하게 초조한 마음이 들어 지금이라도 당장 치자고 여러 차례 말했지만 육희는 이미 기다린 것 조금 더 기다려 보자고만 했다.

시간이 흐르면서 두 가지 불길한 소식이 들려왔다. 통류방과 동심맹, 금강숙, 태극도량에서 큰 변괴가 일어나 육합천의 세력이 일소되었다는 소식과 감람경의 고수인 노산군이 미황극 등을 포로로 잡아오고 있다는 소식이었다. 이를 마지막으로 부춘상단은 비향에게 연락할 수 없었다. 이로써 은경보는 절강 외의 지역에서 일어나는 일을 알 수 없게 된 것이었다.

육희는 크게 당황해했다.

“이, 이렇게 되면 우리의 계획은 물 건너간 것이 아니겠나? 사선의 손 자가 나원 패거리에게 포로로 잡혀 있으니…….”

“그 무슨 심약한 말씀이십니까? 우리가 지금 겨우 노산군에 관한 소식 을 접했으니 평소 통류방과 거의 왕래가 없었던 지저음부동에서는 이 사 실을 모르고 있을 가능성이 큽니다. 이때 빨리 그들과 연합하여 나원을 치면 아직 가능성이 있습니다.”

“사선이 모른다고 어찌 장담하는가? 일단 방패부를 보내 넌지시 떠보 도록 하고, 염상들을 동원하여 노산군이 오고 있다는 소식이 지저음부동 에 들어가지 못하게 막게.”

“…후~! 알겠습니다. 그리하지요.”

또다시 한숨이 나오는 도복이었다. 방패부를 보내 사선을 떠보고, 염 상을 동원해 소식을 막느라고 귀중한 시간들이 흘러갔다. 속이 세카맣게 타는 느낌이었지만 어쩔 수가 없었다. 마침내 방패부가 돌아와 사선은 오직 나원을 칠 날만을 기다리고 있다는 말을 듣고서야 육희는 출발했 다.

도복은 왠지 불안했다. 지나친 신중함은 때론 독이 된다. 큰일을 치른 경험이 부족한 육희는 신중함을 오직 미덕으로만 생각하고 있음이 분명 했다. 거기에 다음날 곡은도가 중주백팔곤을 데려가기 위해 나타나자 도 복은 더욱 불안해졌다. 무엇인가 일이 자꾸 어긋난다는 느낌을 지울 수 없었다.

마침내 지루하게 기다리던 결전의 날이 다가왔다.

원상이 오늘 밤 삼경에 은경보와 지저음부동의 고수들이 들이닥칠 것 이니 미리마혼산을 풀고는 정전(正殿) 남쪽에 큰 횃불을 붙이라는 것이 었다. 그 대상은 천오와 주상, 피용화, 상팔대의 여덟 부가주, 혈해의 십

대장로 중 아홉, 전주와 당주 등이었다.

상칠은 생각했다. 이들을 한꺼번에 모으는 것은 불가능한 일이었다. 그렇다고 자신의 능력으로 그들을 일일이 찾아다니며 약물을 푸는 것도 가능할 것 같지가 않았다.

고심하던 그는 한 가지 꾀를 냈다.

하루 일과가 끝나고 저녁을 먹은 뒤 상칠은 혈해를 찾아갔다. 그리고는 이장로에게 혈선이 가면서 남긴 서찰이 있으니 장로와 전주, 당주를 모두 모아달라고 했다. 혈해에서 혈선의 권위는 절대적이었다. 그들은 속속 모여들었다. 비록 두 명의 장로와 세 명의 전주, 한 명의 당주가 빠지긴 했지만 이 정도면 만족스러운 수준이었다.

그는 혈선의 서찰을 꺼내 읽어주는 척하면서 미리마혼산을 날려 보냈다. 물론 자신은 미리 해취제(解臭劑)를 복용했다. 과연 만마성의 몽혼약은 지독한 것이었다. 대청에 모여든 혈해의 고수들은 순식간에 맥없이 쓰러졌다. 상칠은 터질 듯 두근거리는 심장을 진정시키며 재빨리 정전으로 달려가 남쪽에 큰 횃불을 붙였다.

이때 육희와 사선 등은 나원 입구의 야산에 모여 있었다. 섣불리 나원으로 들어갔다가는 적에게 들킬 것을 우려해 상당히 멀리 있었던 것이다. 횃불을 본 그들은 즉시 내달렸다. 하지만 그들의 걸음이 아무리 빨라도 이각은 걸리는 거리였다.

상칠의 선택과 함께 이 이각이 문제였다. 늦은 밤이지만 엄청난 숫자의 무사들이 들이닥치는 것을 비향들이 모를 리 없었다. 영상에서 손연중과 이비가 통륜방을 장악하는 그날부로 절복과 호남의 비향도 활동을 재개했다.

물론 세밀하게 짜여진 조직을 일시에 가동시키기는 힘들어 완전 복구까지는 제법 시간이 걸리겠지만, 급박한 사정을 목격한 비향 한 사람이 보고 계통을 무시하고 천오에게 직접 최지급의 전서응(傳書鷹)인 청응(青鷹)을 날린 것이었다.

이때 천오는 저녁을 먹고 있었다. 이일이 없다 보니 자신의 거처로 돌아와서도 정신없이 일하다가 때를 놓치고 늦은 식사를 하고 있었던 것이다. 청응은 상칠을 거치지 않고 천오에게 직접 전달하도록 되어 있었다. 전서를 담당하는 사람은 부리나케 천오의 거처로 달려갔다. 한눈에 전서를 읽어 내린 낭심제갈은 놀랄 여가도 없이 즉시 일급 비상 신호를 울렸다.

최악의 위기가 닥쳤음을 직감으로 알 수 있었다. 하나 그의 머리는 차분하면서도 맹렬하게 사태를 분석하고 해결책을 찾아나갔다. 정전으로 나오자마자 못 보던 큰 횃불이 눈에 띄었다.

"저건 누가 붙인 거냐?"

경비를 서던 수하가 대답했다.

"부총관께서 붙인 것입니다만."

그 한마디로 족했다.

천오는 한가닥 염려가 현실이 되었음을 알 수 있었다.

"주 교두! 즉시 상칠을 체포하게. 반항하면 죽여도 좋네. 아, 그리고 원상과 원왕도 함께 감금하도록!"

오늘도 명소원 근처를 어슬렁거리던 주상이 비상 신호를 듣고 가장 먼저 달려와 있었다. 그는 즉시 대답하고 상가로 내달렸다.

얼마 안 있어 무극노유 동이가 나타나고, 뒤이어 혈해의 사장로 혈룡자(血龍子) 부덕설(傅德雪)이 모습을 드러냈다.

"대총관! 이장로를 비롯한 주요 고수들이 대거 이상한 약물에 중독되어 쓰러져 있소이다. 그 직전에 부총관이 나갔다고 하니 아마 그의 짓인 모양이오."

“이거 정말 큰일이군요. 동 노가주님! 즉시 피 궁주를 모셔 가셔서 그들을 치료하게 하십시오. 그리고 사장로님! 남은 혈군 팔십 구를 이십 구씩 나누어 동서남북에 배치하십시오.”

“알았소. 마침 세 전주와 한 명의 당주가 무사하니 그들에게 혈군을 지휘하게 하면 될 것이오, 나는 팔장로와 함께 문도들을 모아 대비하겠소.”

“그렇게 해주십시오. 아, 마침 이 부가주가 오시는군. 이 부가주! 대규모 적의 침입일세. 곧 들이닥칠 것이니 싸울 수 있는 사람은 전부 동원하여 동서남북으로 배치하게. 어서! 급하네.”

허겁지겁 달려오는 젊은이는 바로 이일의 사촌동생이자 이가(李家)의 부가주인 장락도룡(長樂刀龍) 이확(李穫)이었다. 도법에 대단한 소질을 타고 난 그는 상저와 함께 동이, 이일의 가르침을 받아온 터였다. 천오의 다급한 목소리를 들은 그는 정전을 향해 오다가 말고 되돌아갔다.

이렇게 하여 나원의 삼파도 적을 맞이할 최소한의 준비를 갖출 수 있었다.

“와아아~!”

거대한 함성과 함께 적들이 들이닥칠 무렵, 주상은 상칠과 원상 형제를 제압해 지하 뇌옥에 감금했다. 똑같이 염부객 출신이었던 두 사람의 대결은 허무할 정도였다. 염부주의 수련 기간 동안 삼십 년 내 도법에서는 최고의 성취를 이루었다는 명성이 자자했던 주상은 이후에도 꾸준히 도법에만 정진해 왔다. 반면 상칠은 도법에서 벽에 막히자 이를 참지 못하고 검법으로 전환했다. 결과는 처음부터 정해져 있었던 셈이다. 비슷한 실력이라고 알려져 있었으나 실제 대결이 시작되자 상칠은 팔초를 견디지 못하고 제압당하고 말았다.

급한 불을 끈 주상은 곧 천오가 있는 남쪽으로 달려갔다. 벌써 적들이 담장을 넘어오고 있었다. 얼마나 되는지 숫자도 헤아리기 힘들었다. 반면 남쪽 정문에 배치된 아군은 혈군 스물에 혈해의 문도 이백여 명, 상팔대의 부가주 두 명과 가솔 백사십여 명, 그리고 살충단을 대표해 천오와 주상, 달랑 두 사람이었다. 물론 동쪽과 서쪽, 북쪽에 배치된 숫자는 더 형편없었다.

"크아아악!"

혈해의 팔장로 혈전수(血電叟) 목산(穆山)이 담을 넘어오는 적의 허리를 갈라놓는 것으로 대접전이 시작되었다. 천오 등은 적들의 정체를 금방 알아볼 수 있었다. 곤(棍)을 쓰는 백의무사들은 은경보 출신, 사공(邪功)을 쓰는 음침한 인상의 흑의무사들은 지저음부동 출신이 틀림없었다. 한데 은경보 무사들은 이상할 정도로 약했다. 혈해나 상팔대의 무사들과 충돌하는 족족 쓰러지는 것이었다. 중원마도의 종주라고 자처하는 혈해나 현무상인의 막내 제자인 무극자의 후예 상팔대가 은경보에 비해 확실히 한 수 위이기는 했지만 이 정도 차이는 아니었던 것이다.

이는 지저음부동의 사인(邪人)들을 보면 알 수 있는 일이었다. 그들은 혈해의 마인들을 맞이해서도 제법 끈질기게 버티다가 쓰러지고 있었다.

일단 초반 탐색전은 나원의 승리라고 할 수 있었다.

그러자 안 되겠다고 생각했든지 뒤에서 말소리가 들려왔다.

"사선님, 음부사견을 내보내야 되겠습니다."

"상칠이란 녀석이 제대로 일을 못한 모양이군. 실력있는 고수들이 저렇게 많다니? 아무래도 마물들을 동원해서 단숨에 승부를 갈라야겠군. 그렇게 하지. 자네도 부참마시를 내보내게."

"알겠습니다."

부참마시라는 말을 듣는 즉시 천오는 명령을 내렸다. 정보에 의하면 은경보에 부참마시 두 구가 남았으니 당연히 두 구를 상대해야 할 것이라는 사실이 머리 속에 떠올라 있었다.

"혈군들은 부참마시 한 구를 상대하라. 그리고 사장로! 주 교두! 이 부가주! 정 부가주! 나와 함께 목숨을 걸어야 되겠소. 남는 부참마시 한 구를 상대합시다."

누군가 물었다.

"음부사견은 어떻게 합니까?"

"혈해의 고수 전원과 상팔대의 가솔 오십 명이 음부사견을 막으시오."

이렇게 되면 겨우 상팔대의 구십 명이 은경보와 지저음부동의 무사들을 상대해야 된다는 말이었다. 누구 하나 승리할 가망성이 없었다. 곧 적들의 대대적인 공격이 시작되었다. 먼저 음부사견이 떼를 지어 담장을 넘어왔다. 거의 이백에서 삼백이나 되는 엄청난 숫자였다.

크기는 작은 황소만 한데다가 달빛에 번쩍거리는 놈들의 날카로운 이빨과 발톱, 그리고 반쯤 불에 구운 것처럼 흉측한 겉모습. 보기만 해도 기가 질리는 광경이었다.

그럼에도 혈해의 고수들은 조금의 망설임도 없이 녀석들을 향해 몸을 던지는 것이었다. 과연 그들은 중원마도의 종주요, 독불장군으로 종횡무진해 온 혈해의 마인다웠다.

잠시 머뭇거렸던 상팔대의 가솔들도 이를 보고 용기를 내어 돌진해 들어갔다. 설부를 치면서 그들은 이미 한차례 처절한 접전을 경험했다. 숫자에 약간 겁을 먹기는 했으나 일단 접전이 시작되자 혈해의 마인들 못지않게 용감한 전사로 돌변하는 것이었다.

"하하하, 좌검우도마의 본거지가 이렇게 허약할 줄은 몰랐군. 부참마시여! 가라! 가서 쓸어버려라!"

육희의 득의양양한 외침과 함께 무릎도 굽히지 않고 담을 껑충 뛰어넘어오는 시체와 같은 괴물이 있었다. 바로 부참마시였다. 놈들은 담장을 넘는 순간 입을 쩍 벌리고 시독을 뿜어냈다. 보기만 해도 기가 질리는 무서운 독기였다. 하지만 혈군들이 즉시 한 구를 향해 달려들었고, 천오 등도 나머지 한 구가 뿜어내는 시독을 최강의 절기를 펼쳐 막아갔다.

푸헉!

정면에서 시독을 받아낸 혈군 한 구가 순간적으로 녹아버렸다. 비록 새로 제조된 것은 아니지만 혈갑 등을 교체하고, 혈혈강령마법의 구조를 바꾸면서 그 능력이 칠 할 이상 증대된 것이었다. 그런 마물이 단순한 부상도 아니고 통째로 녹아버렸다는 사실은 부참마시의 능력이 어느 정도인지 단적으로 보여주는 바였다.

뿐만 아니라 나머지 마물들도 혈갑이 군데군데 녹아 시뻘건 속살이 드러나고 팔이 날아가는 등, 크고 작은 부상을 입지 않은 것들이 없었다.

과연 부참마시는 감람경의 능력자와 맞먹는 무서운 마물이었다.

천오 등의 상황도 매우 좋지 않았다. 그들은 시독의 독기를 쳐서 흩어 놓기 위해 각자 최상의 절기를 펼쳤지만 결과는 참혹했다. 혈해의 사장로 혈룡자 부덕설은 얼굴 절반이 녹아버렸으며, 정가(鄭家)의 부가주 청우도(靑牛刀) 정유(鄭諭)는 왼팔이 뼈만 앙상하게 남아 있었다.

정유는 청우도란 별호 그대로 성격이 우직하고 인내심이 강해 상팔대 비전의 무공인 무극유심도 구장을 하루도 거르지 않고 꾸준히 수련해 온 사람이었다. 그의 성실성과 인내심은 혈선이 다 감탄할 정도였다. 그런 정유였지만 부참마시를 맞이해서는 공포심을 느끼지 않을 수가 없어, 뻗어오는 시독의 독기를 향해 재빨리 일격을 가하고는 옆으로 피했다. 그럼에도 시독의 여파가 왼팔을 스쳤고, 순간 살이란 살은 모두 녹아버리고 뼈만 남게 된 것이다.

이에 비해 천오와 주상, 이확은 보다 발 빠르게 반격하고 피한 덕분에 시독의 직접적인 피해는 입지 않았으나 독기를 쳐낼 때 흩어지는 시독을 흡입하여 안색이 거뭇하게 변하고 있었다.

단 한 번의 충돌 결과가 이러했다. 사실 처음부터 상대가 되지 않는 싸움이었다. 그럼에도 천오는 소리쳤다.

"한 번만! 한 번만 더 막아!"

의외로 기백이 넘치는 음성이었다. 사람들은 그의 목소리에 다시 힘을 얻었다. 천오가 이러는 것은 분명 이유가 있기 때문이라고 철석같이 믿었다. 부참마시가 뚜벅뚜벅 다가오고 있었다.

정유가 싱긋 웃으며 말했다.

"대총관! 제가 가겠습니다."

말이 끝나기도 전에 그는 몸을 날렸다.

"정유! 안 돼!"

"다음에 정가를 위해, 정가만의 무공을 하나 만들어주십시오."

그의 마지막 말이 들려올 때는 이미 부참마시가 시독을 뿜어내고 있었다.

"허허허, 이 늙은이도 가야겠군. 대총관! 혹시 이 늙은이의 뼈다귀라도 남아 있다면 부디 산동 조장에 묻어주게."

"장로님!"

천오는 목이 메었다.

푸헉~! 하는 소리와 함께 정유와 부덕설은 눈 녹듯이 녹아내렸다. 옆에서도 혈군 두 구가 순식간에 사라져 갔다. 그들은 부참마시 바로 앞에 자신의 몸을 던짐으로써 시독이 뻗어 나가는 것을 막은 것이다.

옆쪽의 사투도 처절함이 극에 달하고 있었다.

음부사견 이백오십 구를 맞이한 혈해의 마인 이백과 상팔대의 가솔 오십 명 중에는, 녀석들을 통과시키지 않기 위해서 일부러 자신의 팔을 내밀어 물게 하고는 미친 듯이 칼을 내려치는 사람들이 여럿 있었다.

또한 상팔대의 기술 구십여 명 역시 다섯 배가 넘는 은경보 무사들과 지저음부동의 사인들을 맞이해, 아예 처음부터 동귀어진(同歸於盡)의 수로 너 죽고 나 죽자는 식으로 달려들고 있었다.

이런 상황은 사방이 다 비슷했다. 육희와 사선은 전력을 사등분하여 사면을 동시에 공격하게 했고, 천오 역시 사방의 담장으로 비슷한 전력을 보내 적을 막게 했다.

처음부터 상대가 안 되는 전력으로 반 각이나 버틴 것 자체가 기적 같은 일이었다. 하지만 벌써 서쪽이 뚫렸는지 살충단에서 새로 받아들인 제자들의 숙소인 큰 건물에 불이 붙어 화염이 충천하고 있었다. 천오는 속이 바싹바싹 타는 느낌이었다. 이때 그가 애타게 기다리던 목소리가 들려왔다.

"멈춰라!"

웅후한 내력이 담긴 음성이었다. 사람들은 일제히 그를 쳐다보았다. 안쪽에서 세 사람이 나오고 있었다. 바로 무극노유 동이와 심소희, 그리고 심소희의 품에 안긴 피용화였다. 방금 목소리의 주인공은 물론 동이였다. 그가 전음으로 천오에게 말했다.

"피 궁주가 혈해의 이장로 등을 치료하기는 했지만, 미리마혼산이라는 만마성의 그 몽혼약은 워낙 지독한 것이라 단시간에 깨어나기는 힘들다고 하였네."

"피 궁주는 혼절했습니까?"

"치료를 마치자마자 바로 혼절하였네. 자네가 원하는 시간에 깨우라고 하더군. 언제 깨우면 되겠나?"

"지금!"

천오는 비명을 지르듯 전음을 보냈다. 어느새 부참마시가 다시 뚜벅뚜벅 다가오고 있었다. 동이도 이를 본 모양이었다. 그는 황급히 소맷자락

안에서 금빛이 나는 커다란 대침 하나를 꺼내더니 심소희에게 다가가 그녀가 안고 있는 피용화의 기해혈을 푹 찌르는 것이었다. 사람들은 기겁을 했다. 마치 자신의 하복부가 통째로 관통당하는 느낌이 들었던 것이다. 한데 평소처럼 주작신홀을 가슴에 안은 채 혼절해 있던 피용화가 눈을 스르르 뜨는 것이 아닌가? 천오는 그녀의 눈빛만 보고도 안도의 한숨이 나왔다.

"제가 조금 늦었지요?"

"아… 닙니다. 적시에 오셨습니다."

"마물들은 제가 막지요. 나머지를 책임져 주세요."

"물론입니다."

사선이 걱정스럽기는 하지만 그녀의 말대로 마물만 막을 수 있다면 어떻게든 버틸 수 있을 터였다. 곧 피용화는 주작신홀을 천천히 허공으로 들어 올렸다. 그리고 주작신홀이 그녀의 팔과 일직선이 되어 하늘을 보고 똑바로 선 순간, 황홀한 광채가 흘러나와 사방 천여 장을 덮어버렸다.

동서남북의 모든 싸움터가 일시에 빛 속에 잠겼다. 기이한 일이 생겨났다. 그 빛을 접하는 순간 모든 마물들의 움직임이 멎어버린 것이다. 부참마시도, 음부사견도, 심지어 혈군도 마찬가지였다.

"와아아아~!"

나원의 삼파 세력은 이 기적 같은 일에 크게 기세가 올라 함성을 질러댔다. 육희가 자기도 모르게 뒤로 주춤거리며 말했다.

"크, 큰일이군요. 저런 신비한 능력자가 있었다니……. 어, 어떻게 우리 마물들이 일시에 맥도 못 추고 폐물이 된 것일까요?"

"육 당주, 너무 걱정 말게. 아마도 저 여자가 바로 주작천궁의 궁구일 걸세. 보아하니 어떤 신비한 힘으로 마물들을 움직이지만 못하게 한 것 같으니 저 여자만 없애 버리면 되지 않겠나?"

"아! 그럼 마물들이 못 쓰게 된 것은 아니군요?"

"당연하지. 신이 아닌 이상 어떻게 저 많은 마물들을 일시에 못 쓰게 만든단 말인가? 흐흐흐, 이제 내가 나서야겠군. 같이 가지."

"그, 그러시지요."

사선과 육희가 앞으로 나오는 것을 본 천오가 말했다.

"주 교두는 전력을 다해 피 궁주와 심소희를 지키게."

"목숨을 걸겠습니다."

주상이 대답하고 달려가자 천오는 주요 고수들을 전부 모이게 했다. 상대의 모습을 보아하니 사선과 육희가 틀림없었다. 비향의 정보를 통해 그 생김새를 파악하고 있었던 것이다.

'사선이 이미 감람경에 올랐다는 말이 있었다. 얼마 전에 지저음부동에 침투한 비향의 보고였지. 한데 그 직후 절목과 호남의 비향이 폐쇄되는 바람에 보다 상세한 내용을 파악할 수 없었다. 만약 사선이 진짜 감람경에 올랐다면 기적이 일어나지 않는 한 우리는 전멸을 면치 못할 것이다. 과연 그때가 되어도 피 궁주는 그것을 쓰지 않을까?

짧은 생각이 스쳐 가고 다시 접전이 시작되었다.

천오는 소리쳤다.

"모두 수단 방법을 가리지 말고 마물들을 처치하시오."

움직이지 못하는 마물을 제거하기는 수월한 일이었다. 단지 적들이 그냥 보고 있지 않는 것이 문제였다.

육희도 이에 맞서 외쳤다.

"저 여자! 저 여자를 죽여라. 저 여자만 죽이면 마물을 다시 움직일 수 있다."

"와아아아~!"

이번에는 적들이 함성을 울렸다.

천오는 다시 한 번 주상에게 신비용녀를 부탁하고 싶었지만 그럴 여가조차 없었다. 사선이 흐릿한 안개를 가르고 번개처럼 날아온 것이었다. 무극노유 동이와 혈전수 목산, 장락도룡 이확, 거기에 혈군을 지휘하던 혈해의 혈웅당(血雄堂) 당주 혈구혈심(血口血心) 전극파(全極波)까지 모아 사선을 향해 부딪쳐 갔다.

파바바박~!

일 장까지 접근하는 순간 시퍼런 사기가 물결치듯 덮쳐 왔다. 사기(邪氣)는 순식간에 머릿속으로 파고들어 온갖 사악한 생각을 일으키고 감각을 마비시켰다.

이 때문에 천오 등은 가장 중요한 순간에 사선의 움직임을 놓치고 말았다. 그런 그들을 사선의 팔다리가 수십 개나 생겨나 거의 동시에 격타했다.

"끄응."

기절하지 않는 것이 다행이었다. 이 장이나 날려간 천오는 온몸이 부서지는 것처럼 고통스러웠지만 꾹 참고 일어났다.

"흐으……. 정말 대단한 음부사심대법과 환사유형벽이군."

그나마 목숨이 끊어지지 않는 것은 천오의 흡식마공이 마지막 순간에 반응해 주어 몇 군데 급소를 피할 수 있었고, 무극노유 동이가 기이한 도법을 펼쳐 사선의 간담을 서늘하게 한 덕분이었다.

현무상인의 막내 제자인 무극자가 이대도류를 통합하여 만든 무극유심도 구장은 도법에 관한한 최정상의 무공이다. 동이는 이를 가장 오랫동안 연구하고, 연마해 온 사람이다. 감람경에 오른 사선조차 피하지 않으면 심각한 부상을 입을 위험이 있었던 것이다.

하지만 일 장 충돌의 결과는 절망적이었다. 다섯이 아무리 덤벼보아야 앞으로 십 초를 버티지 못할 것이 확실했다. 이때 사선이 천오를 알아보았다.

“너는 남우, 아니, 천오로구나.”

“후후후, 오랜만이오.”

“네 녀석이 본동과 유명마곡, 사망교를 차례로 돌아다니면서 삼파의 무공을 빼내 갔던 일을 잊지 않고 있었다. 놈! 더군다나 그것을 언강호에게 몽땅 알려주었다지?”

“그게 어쨌다는 말이오? 내가 그 무공을 손에 넣기 위해 얼마나 노력했는지 아시오? 그런 만큼 내가 아는 무공 구결은 내 맘대로 할 권리가 있다는 말이오.”

“주둥아리가 야무지다더니 사실이었군. 예전의 남우와는 전혀 딴판이야.”

“뭘 그렇게 집착하시오? 속은 사람이 바보 아니겠소? 일씨감치 집착을 버렸더라면 아들도 죽이지 않았을 것을…….”

“네놈의 목을 베어 그 아이의 영혼을 달래주리라.”

“어련하시겠소?”

비웃고는 있었지만 천오의 얼굴에는 아득한 절망감이 어리고 있었다. 지금쯤 피용화는 엄청난 갈등에 시달리고 있으리라. 만약 그녀가 주작 창힐선인의 신기(神器)인 주작신홀의 진정한 능력을 발휘한다면 마물뿐만 아니라 사선을 비롯한, 오늘 나원에 쳐들어온 적들은 일시에 흔적도 없이 사라져 버릴 것이다.

하지만 주작신홀의 능력은 단 한 번만 사용할 수 있을 뿐이다. 겨우 이들을 상대로 사용할 수는 없음이다. 천오는 이를 잘 알고 있었다. 차라리 자신이 죽더라도, 아니, 나원의 삼파 연합 세력이 몰살을 당하더라도 쓰게 해서는 안 되는 것이다. 마지막 순간이 오면 전력을 다해 피용화를 탈출시키는 것이 그가 해야 할 일이었다. 그것이 이성적인 판단인 것이다.

다시 사선이 움직였다. 목산과 전극파가 몸을 던져 막아냈다. 개구리처럼 무려 오 장 밖으로 패대기쳐진 그들은 몸을 가늘게 떨더니 곧 잠잠해졌다. 대혈해의 사장로가 변변한 대항 한 번 못해보고 뻗고 만 것이다. 감람경의 능력자는 비로 이런 존재였다.

'내가 너무 방심했군. 비향이 완전히 복구되지 않은 지금 좀 더 조심했어야 하거늘!'

뒤늦은 후회가 무슨 소용이 있겠는가?

천오는 씁쓸한 미소를 지었다.

'이제 마지막 결정을 내려야겠지?'

자신의 신중하지 못함으로 인해 희생된 이들의 넋을 기리며 막 주상에게 피용화를 데리고 탈출하라는 명령을 내리려는 순간이었다. 한데 이때 기적이 일어났다.

"멈춰라!"

엄청난 사자후와 함께 저 멀리서 어둠을 가르고 시커먼 물체가 정문으로 날아든 것이었다. 목산과 전극파를 눕히고 천오를 잡으러 재차 몸을 날리려던 사선은 가슴이 뜨끔했다. 상대의 사자후와 날아오는 기세만 보아도 자신 못지않은 능력자임을 알 수 있었던 것이다. 순식간에 대문 위로 뛰어오른 그가 소리쳤다. 허연 수염을 휘날리는 선풍도골의 노인이었다.

"모두 물러나시오!"

갑작스러운 그의 등장에 은경보의 무사들과 지저음부동의 사인들은 멈칫했고, 죽음의 위기에서 몇 호흡 더 연명하게 된 나원 세력들은 이때를 틈타 우르르 뒤로 물러났다.

그 노인의 말을 따랐음인지, 아니면 워낙 다급했던 순간이라 잠시 숨을 돌리기 위해서였는지, 그것도 아니면 죽음의 공포 앞에 두려움을 느꼈던 탓인지는 알 수 없었다. 어쨌든 나원 세력들이 우르르 물러나자 노인이 옆구리에 끼고 있던 무엇인가를 만졌다. 동시에 기이하게도 주작신홀이 뿜어내던 빛이 사라지면서 피용화가 쓰러졌다.

푸하아악!

괴악한 소리와 함께 시커먼 기류가 해일이 밀려들 듯이 덮쳐 왔다. 너무나 갑작스러운 일이었다. 노인과 가까운 데 있던 적들은 영문도 모른 채 검은 기류의 해일 속에 잠기고 말았다.

그리고……

대참사가 일어났다. 그것은 정녕 대참사였다. 순간적으로 사방 십 장이 초토화가 되어버린 것이다. 얼마나 많은 사람과 마물들이 죽었는지 알 수 없었다. 사선도, 천오도 입을 딱 벌리고 말았다.

“처, 천살마시?”

경악한 음성이 장내를 울리는 가운데 선풍도골의 노인이 옆구리의 그것을 연달아 두 번을 더 만지는 것이었다.

푸하아악!

푸하아악!

시커먼 파도가 좌우를 잇달아 휩쓸고 지나갔다. 적아(敵我)를 불문하고 살아남은 사람들은 움직일 생각을 하지 못했다. 사선도 마찬가지였다. 노인은 그런 그들을 잠시 바라보더니 훌쩍 몸을 날려 서쪽으로 향하는 것이었다. 서쪽, 북쪽, 동쪽, 노인의 흰 그림자가 화광에 언듯언듯 비쳐 보였다. 그는 채 일각도 지나지 않아 다시 남쪽의 정문에 나타났다. 노인이 물었다.

“천오 대총관은 어디 있소?”

“여, 여기…….”

낭심제갈이 어정쩡하게 손을 드는데 노인이 휙 하고 날아오더니 옆구리의 그것을 건네주는 것이었다.

"잠시 보관하고 계시오."

"뉘, 뉘신지?"

"난 노산군이오."

"아아, 노산군!"

천오는 기뻐서 눈물이 날 지경이었다. 노산군이라면 바로 언강호의 외가인 소주담가의 어른으로 감람경의 고수가 아닌가? 이제는 걱정할 것이 없었다. 나원은 죽음에서 살아난 것이다. 노인이 그의 심정을 짐작했는지 빙그레 웃더니 사선을 향해 돌아서는 것이었다. 천오가 급히 물었다. 무심코 받아 든 물건 때문이었다.

"한데 이건 뭐지?"

"그게 바로 천살마시요."

"히엑?"

쿵~!

어지간한 천오도 깜짝 놀라 천살마시를 내던지고 말았다. 하지만 그는 혹시나 적의 손에 들어갈까 봐 허겁지겁 달려가서 다시금 천살마시는 안아 드는 것이었다. 노산군이 사선을 보고 말했다.

"대단한 무공이었소. 멀리서 보아하니 사공(邪功) 같던데, 당신은 대체 뉘시오?"

"난 사… 선이오."

"아? 당신이 바로 사선이었군. 오오~! 대단한 일이오. 마침내 십패, 아니, 사도(邪道)에서도 감람경의 고수가 나왔구려."

"……."

"하나 안타까운 일이오. 이렇게 적으로 만나다니 말이오."

"그러는 당신은 대체 누구요? 노산군이라? 금시초문이오만!"

사선도 육합천에 동조해 왔지만 정파를 표방하는 통륜방 등과 왕래가 많지 않아 정보를 정기적으로 받지 못하고 있었다. 이 때문에 통륜방에 노산군이란 이름이 알려진지는 제법 되었지만 사선은 오늘 처음 듣는 것이었다.

"나는 소주담가의 후손이오. 본 가의 시조이신 만상자 담조령님은 현무상인의 제자이기도 하지만 현무 해동신군, 즉 자부신군의 후예이셨소. 난 현무의 무공을 깨우쳐 감람경에 오를 수 있었소."

"서, 설마 현무가 전설의 선계 사신장을 말하는 것은……."

"그건 사실이오."

교덕서(喬德瑞), 아니, 원래 성은 미(米)였지만 사부를 존경하여 성까지 교(喬)로 바꾸었던 사도의 일대 거인 사선은 자신의 패배를 예감했다. 그의 예감은 사실이 되었다. 지저음부동 가장 깊은 곳에서 찾아낸 사기를 몽땅 쏟아 부었건만 노산군이 펼치는 기묘한 경(勁)을 당하지 못하고 구 초 만에 제압당하고 만 것이다. 바로 현무의 무공인 만상천화 칠편 중의 오편이었다.

이렇게 하여 처절한 접전은 나원 세력의 승리로 돌아갔다. 노산군이 천살마시를 이용하여 동서남북을 다니면서 음부사견과 주력무사들을 절반 가까이 줄여놓았고, 남쪽에서는 천살마시의 묵령시독에 부참마시 두 구까지 녹여 버렸던 것이다. 거기에 사선과 육희까지 제압당하자 적들은 전의를 상실하고 말았다.

그나마 음부사견들이 끝까지 날뛰었지만 여유를 되찾은 혈해 마인들과 상팔대 가술들의 조직적인 협공으로 인해 우리에 갇힌 짐승처럼 광란하다가 하나둘 분시(分屍)가 되고 말았다.

큰 희생이 있었지만 그들은 마침내 승리한 것이다. 곧 사독과 강숙이

공심이 자매, 독옹, 팔수표 나가량, 서군과 함께 도착했다.

하남 남악(南樂)의 철갑사에서 구금강숙, 흑탄수 염악, 일룡과 함께 피해 있었던 나가량과 서군은 천오의 서찰을 받고 나원으로 향하고 있었는데, 노산군 일행과 절강 남부에서 마주쳐 함께 온 것이었다.

그들이 가져온 많은 영초는 큰 도움이 되었다. 처절한 접전으로 거의 성한 사람이 없었는데 덕분에 빠르게 회복될 수 있었다. 특히 삼 일 뒤에 피용화가 깨어나 약초를 제대로 사용하니 그 효과는 한층 더했다. 곧 나원은 안정을 되찾았다. 천오 사건의 전말을 조사했다. 상칠과 원상, 원왕을 심문하자 장달원, 비향 왕전, 단룽, 오패부, 도복, 육희로 연결되는 선이 속속 드러났다.

다시 육희를 심문하니 노산군이 제때 올 수 있었던 원인도 밝혀졌다. 도복이 그렇게 간했건만 육희가 듣지 않고 신중에 신중을 기하며 날짜를 늦추는 바람에 결국 실패한 것이었다.

천오는 도복을 제거하기로 결심했다. 우선 그는 염상의 덫에 이중, 삼중으로 걸린 장달원과 왕전의 일가친척들을 구출하고 부춘상단 소속의 염상들을 치기 시작했다. 강숙이 정가의 무사 삼십 명을 거느리고 가서 나원을 칠 일 만에 깨끗이 청소해 버렸다. 이로써 나원에는 은경보의 눈이 미치지 못하게 되었다.

후에 장달원은 용서를 받고 살충단의 진정한 제자가 되었으며, 왕전도 용서는 받았으나 이미 많은 사람들에게 신분이 알려진 관계로 비향의 활동은 접기로 했다.

또한 상칠을 상가의 가주에서 물러나게 하고, 그의 사촌형인 노해도(怒海刀) 상보(商甫)를 가주로 임명했다. 일부는 상칠의 이복동생으로 만마성에 가 있는 상저를 가주로 삼자고 했지만, 많은 사람들이 성격이 침착하고 후덕한 상보를 추천했던 것이다.

한편 피용화는 심소희의 도움을 받아 언강호가 보낸 영초들을 분류하여 팔 것은 팔고, 금번 접전으로 다친 사람들을 치료하는 데 쓸 것은 쓰고, 또 몇 가지 중요한 약과 해독제를 만들었으며, 동시에 열 가지로 천살마시의 해독 작업에 들어갔다. 심소희는 아직 마음을 잡지 못해 피용화를 사부로 받아들이지 않고 있었으나 종일 그 곁을 떠나지 않고 그녀의 일을 도우며 함께 지내고 있었다.

천오는 이번 기회에 아예 절복을 정리하기로 마음먹었다.

이때 사선과 미황극, 즉 조부와 손자는 나원의 지하 뇌옥에서 상봉했다. 천오는 두 사람을 이용하여 지저음부동의 항복을 받아냈다. 그는 노산군 등을 보내 남아 있는 음부사견과 그 제조 시설을 초토화시키고, 사공 수련의 기반이 되는 지하 동부까지 부수어 버렸다. 이로써 사도의 종주인 지저음부동은 거의 멸망한 셈이었다.

또한 귀선을 압박하여 귀곡탑을 접수하였는데, 역시 마물인 귀혈시와 그 제조 시설을 모두 제거하고 제조 비법을 불태웠으며, 주요 고수들은 포로로 잡아와 지하 뇌옥에 감금했다.

비향이 완전히 복구되고 얼마 지나지 않아 사망교에 대해서도 의외의 기회가 찾아왔다. 물론 슬픈 소식이기도 했다. 막용을 포함한 십이살수 네 명이 수하 삼백여 명과 함께 먼 호남 땅 향계에서 곡은도가 이끄는 중주백팔곤과 동패구사했다는 것이다.

천오는 이 소식을 언강호에게 알림과 동시에 지저음부동, 귀곡탑을 차례로 접수하고 돌아온 노산군을 수장으로 하여 다시 상당한 규모의 원정대를 파견했다. 예상대로 사망교의 저항은 격렬했다. 하지만 혈군 팔십이 무혼살을 막는 사이, 노산군이 십이살수 중 남은 여덟 명을 차례로 제거하면서 접전은 나원 세력의 승리로 귀결되었다.

천오는 여기서 만족하지 않았다.

원정대를 그대로 북으로 보내 절강 북부 염해의 은경보를 쳐서 도복의 목을 베고, 다시 부춘상단의 본거지를 기습하여 대행수 방패부와 이십이 행수 중 여덟 명을 사로잡았다. 그리고 절강 곳곳의 부춘상단 지점, 즉 염상의 소굴을 쳐서 남은 행수들을 제거하거나 붙잡았다.

이리하여 절강과 복건은 완전히 나원 세력의 손에 들어왔다.

절강 남부 태순에 천비서원이 있기는 하나 그들은 만마성의 원정에 최정예를 기꺼이 파견할 만큼, 진정한 정도의 신봉자라 걱정할 것이 없었다.

또한 마도의 유명마곡은 사실상 곡주나 다름없게 된 비마 옹확이 언강호의 충실한 추종자가 되었고, 독도의 현현독지 역시 계주인 전락생이 살충단과 뜻을 함께하고 있어 달리 조치할 필요가 없었다.

물론 적발독광의 사부인 독선 장한징이 걱정이었으나, 어차피 그는 천오가 처리할 대상이 아니라 만마성에서 언강호가 해결해야 할 복잡한 과제 중 하나였다.

낭심제갈 천오는 비마 옹확에게 거부할 수 없는 덫을 놓았던 일말의 미안함과 그가 진정한 마도의 길로 들어섰음을 감안하여 유망마곡에 대한 복수는 그만 접기로 했다.

절복의 세력을 정리하고 나니 그의 복수도 완성된 셈이었다. 남은 일은 한 가지뿐이었다. 이제는 재정 문제를 해결해야 할 때였다.

천오는 막 원정에서 돌아와 채 노독이 가시지 않은 노산군과 혈해의 마인 백여 명을 다시 대설산으로 파견했다. 설부의 옛 본거지가 있던 대설산 오지에 질 좋은 수정이 대량으로 묻혀 있다고 확신하고 있었던 것이다.

예전에 한때는 언강호의 전서를 보고 소주담가가 있는 은성동에서 빛을 반사시키는 돌이 수정이 아닐까 생각했지만, 곧 유리 성질을 가진 광물임이 밝혀져 크게 실망했던 적이 있었다.

설부의 전설이 사실이기를 바랄 수밖에 없는 형편이었다.

나원에서 대설산이 있는 사천으로 가자면 강서, 호남을 관통하여 가는 길이 가장 빠르다. 한데 천오는 멀리 북쪽의 산동 조장으로 우회해서 가 달라고 부탁했다.

몸을 던져 부참마시의 시독을 막은 혈해의 사장로 부덕설의 뼈는 진짜 단 한 조각이 남아 있었다. 그의 마지막 소원대로 혈해의 옛 터전인 조장 에 묻어주기 위함이었다.

함께 간 혈해의 마인들이 얼마나 감격했을지는 불문가지의 일이었다. 물론 천오는 정유의 유언도 반드시 실천할 것임을 약속하고, 육비와의 연락망이 복구되자 즉시 언강호에게 소식을 보내 이 사실을 알리고 정가 만의 무공을 만들어 달라고 부탁했다.

조장을 떠난 노산군은 만마성이 있는 마이강을 피해 남동쪽의 공래 산(邛萊山)을 타고 내려가서 다시 서쪽으로 길을 잡았다. 설부의 옛 근 거지는 대설산에서도 가장 산세가 험한 입미(入美) 근처에 있었다. 그들 은 혹독한 눈보라와 추위, 천 길 낭떠러지와 싸우며 끝끝내 수정이 나는 얼어붙은 강을 발견할 수 있었다. 삼 장 두께의 얼음을 깨고 내려가자 강 아래 자갈밭에 찬란한 빛을 반사하는 수정들이 점점이 흩어져 있는 것이었다.

노산군 등은 가지고 갈 수 있는 최대한의 수정을 채집해 대설산을 빠 져나왔다. 이 과정에서 혈해의 마인 세 명이 실족사하고, 두 명이 동사하 는 참사를 겪었다.

한편 천오는 노산군 등을 대설산으로 보내고도 만족스럽지 않았다. 성 공한다는 보장도 없거니와 백 명이 가져와 봐야 얼마나 가지고 오겠는 가? 노산군 등이 떠나고 며칠 뒤 그는 다시 주상과 아매, 혈해의 이장로 혈성자(血토子) 백궁(白弩), 혈군 팔십을 남쪽으로 보냈다.

다행히 언강호가 보낸 영초를 처분한 돈과 부춘상단을 치면서 확보한 돈이 상당해 당분간은 버틸 수 있겠지만, 조금이라도 여유가 있을 때 확실하게 미래를 대비하기 위함이었다.

그들의 목적지는 운남 병변(屛邊)이었다. 이곳은 예전에 언강호가 혈사행 제사행으로 흡혈마랑을 제거한 장소였다. 육합천의 일원인 욕마 호덕견의 주동으로, 만마성은 이곳에 흡혈당을 차려놓고 마물을 만들었던 것이다. 당시 언강호는 적상(赤象)이라는 신비하면서도 포악한 코끼리 떼를 이용하여 흡혈마랑을 제거했는데, 그때 자욱한 안개 속에서 코끼리 무덤을 목격한 바 있었다. 무공을 모르는 아매를 함께 보낸 것은 바로 이 때문이었다. 언강호와 곽요진이 없는 지금 유일한 목격자가 그녀인 것이다.

천오는 출발하기에 앞서 주상에게 자신이 알고 있는 코끼리 무덤에 관한 이야기들과 지형의 높낮이를 구분하는 방법 등을 알려주고, 안개 속에서도 방향을 찾을 수 있는 지남철을 주었다.

주상과 백궁은 온갖 고생 끝에 병변에 도착하여 적상 무리를 찾아냈고 죽어가는 적상 한 마리를 따라가 마침내 코끼리 무덤에 들어갈 수 있었다. 적상들이 다니는 길을 아매가 기억하고 있었던 것이다. 과연 예전에 본대로 엄청난 양의 상아가 쌓여 있었다. 그들은 쉽게 지치지도 않고 엄청난 근력을 자랑하는 혈군들을 이용하여 몇 차례에 걸쳐 운남 북부의 동천(東川)으로 상아를 운반했고, 거기서 장강을 타고 바다로 내려와 다시 복건으로 향했다.

긴 여정이 마무리되었을 무렵, 주상은 심소희에 대한 마음을 접고 아매를 받아들였다. 나원에 도착했을 때 아매는 이미 그의 여인이 되어 있었다. 또한 이 무렵 나원의 심소희도 마음을 완전히 정리하고 정식으로 피용화의 제자가 되었다.

주상 등이 나원에 입성하는 날 삼파 세력은 크게 기뻐하며 축제를 열었다. 그들보다 앞서 노산군이 엄청난 가치의 수정을 가지고 왔으며, 만마성에서는 드디어 무공을 완성한 언강호가 삼파 공통의 무공과 혈해의 무공, 상팔대의 무공, 살충단의 무공을 각기 만들어서 보내왔다. 뿐만 아니라 언강호는 상팔대 팔가 각자의 무공도 따로 창안하여 보냈는데, 그 중에서도 정가의 무공은 단연 백미라고 할 수 있을 만큼 뛰어난 절학이었다. 정유의 유언이 잊혀지지 않고 실현된 것이었다.

축제가 끝나자 천오는 수정과 상아를 처분하여 많은 토지와 상단(商團)을 사들여 항구적인 재정의 기반을 만들었다. 그리고는 육비를 통해 언강호에게 연락하여 정식으로 삼파 통합 세력의 발족을 건의했다.

혈해에서는 일부 반대도 있었지만 새로운 혈군과 무공이 대단히 매력적이었고, 혈선과 대장로가 반대하지 않는 데다가 혈해의 독자성이 유지되는 형태라 대부분의 마인들이 받아들였다. 또한 천오는 세상이 조용해지면 산동 조장을 통합 세력의 제이총단으로 삼을 것임을 약속해 그들을 안심시켰다.

만마성에서 천오의 건의를 받은 언강호는 이일과 상의하여 문파명을 반신교(反神敎)로 결정했다. 교주는 일행들의 강권으로 언강호가 맡기로 했고, 좌사(左使)에는 저사렴을, 우사(右使)에는 혈선을 임명했으며, 대총관에는 예전대로 천오를, 이총관에는 이일을, 부총관에는 노표를 지명했다. 그리고 나머지 직책은 천오가 알아서 설치하고 임명토록 했다.

이렇게 하여 나원에 반신교라는, 일성이웅십정십패의 구도를 깨는 새로운 세력이 정식으로 출범하게 된 것이다.

◆ 第百十七章 ◆ 최후의 여정

오랍을 떠난 언강호는 빠른 속도로 남하했다. 염부주로 향하던 때와 같은 두근거림 속에 마침내 사천 마이 강이 나타났다.

만마의 땅, 아버지의 대지.

서쪽으로는 아득한 설산(雪山)이, 동쪽으로는 험준한 공래산(邛萊山)이 병풍처럼 둘러싼 가운데 세 개의 강이 흐르는 거대한 분지. 전설처럼 듣던 웅장한 마의 본산을 실제로 접한 일행은 한동안 말을 잃었다. 사람을 압도하는 장관이었다.

"만마의 용트림이 공래산마저 두려움에 떨게 하는구나."

한참 만에 뒤쪽에서 호혼포사 염이화가 입을 열었다. 적사묘 당주 서열 일위이자 사사노를 기르는 임무를 맡고 있는 그는 흑탄수 염악의 권고를 받아들여 최정예 사사노로 구성된 두 개의 칠십이사사대를 이끌고 얼마 전에 일행과 합류했다. 얼굴에 두 개의 커다란 혹주머니를 달고 있어 흉측해 보이는 외모와 달리 염이화의 중얼거림은 시적인 데가 있었다.

그의 말을 구금강승의 수좌 마두금강이 받았다.

"아미타불, 과연 만마의 기세는 마이강을 넘어 수천 리 밖의 동해 바다까지 움츠러들게 할 만큼 흉험하오이다."

일행의 심정을 대변하는 말이었다. 확실히 말로만 듣던 만마성에는 사람의 공포심을 자극하는 그 무엇인가가 있었다.

이때 북순의(北淳議)가 큰 소리로 말했다. 그는 언강호, 곽불사(당시는 당고륜), 이일, 사독, 강숙 등과 같은 해에 염부주에 들어가 수련한 사람으로, 장손세가에서 독선의 독에 중독되어 하마터면 목숨을 잃을 뻔하였으나 이반오란하에서 구한 사라죽순과 칠백 년 묵은 오풍초 덕분에 무사히 해독될 수 있었다.

"만마가 두렵다 하나 우리에게는 좌검우도마와 벽력장 방주님이 계십니다. 뿐만 아니라 곧 천기도수사까지 합류할 예정인데 무엇을 걱정하십니까? 세 사람이 힘을 합쳤을 때, 우리는 그 지독한 염부주에서도 살아남을 수 있었습니다."

예전의 기억이 떠오른 것인지 북순의의 말에는 흥분한 기운마저 있었다. 그러자 그의 동료들, 즉 언강호와 곽불사, 이일의 동료들이 한결같이 '옳소!', '만마가 무슨 대수랴?', '비도의 무공과 무성팔도면 만마가 아니라 백만마도 일거에 쓸어버릴 수 있소' 등등의 말을 분분히 쏟아냈다.

사실 그들의 말은 과장한 측면도 있고, 만마성이라는 이름이 주는 공포가 염부주의 험악함보다 결코 못하지 않지만, 약간은 두려움을 떨쳐버릴 수 있었기에 사람들은 고개를 끄덕였다.

여기에 일룡이 연신 재주를 넘으며 끽끽거리자 그들의 표정은 한결 밝아졌다. 언강호와 곽불사도 일행의 분위기가 크게 좋아져 다소 민망한 북순의의 말에도 그냥 웃고 말았다. 곽불사가 둘째 부인인 백부용 장손 경과 팔비 감립본을 보며 말했다.

"이곳부터 사실상 만마성의 영역이오. 곧 그들의 경초(警哨:경계를 서는 곳)가 나올 것이오. 여기서 우리의 행동 계획을 명확히 한 다음 전진해야 하지 않겠소?"

"당신의 말씀이 옳아요. 하지만 언 단주께서 조금 전에 이미 전음을 보내셨어요. 당신은 항상 한발 늦는군요?"

"하하하하."

다소 짓궂은 그녀의 말에 사람들은 가볍게 웃었다.

언강호가 오랍에서 마이강으로 내려오는 동안 많은 세력들이 합류했다. 이는 언강호 등이 다소 천천히 움직인 면도 있고, 이격찰도의 굴염방을 제거하느라 상당한 거리를 우회하는 사이 길을 재촉한 사람들이 공래산 자락에서 대부분 따라잡은 것이었다.

가장 먼저 합류한 것은 남악 철갑사에 있던 구금강승과 일룡이었고, 뒤이어 은성동의 소주담가와 태순의 천비서원, 장미밀원 등이 차례로 합류했으며, 공래산이 보일 즈음에는 곽불사의 신통륜방과 장손세가가 모습을 드러냈고, 철갑사를 떠나 적사묘로 갔던 흑탄수 염악도 늦지 않게 호혼포사 염이화와 함께 두 개의 칠십이사사대를 거느리고 나타났다.

또한 거의 동시에 혈선 계몽량과 혈뢰옹 순우황이 새로운 혈군 삼백을 거느리고 주작천궁의 나의선자 백화심, 육장로, 십이선자와 함께 당도했다.

여기에 저사렴과 손연중이 예상치 못했던 전과를 올려 이비 광목기린 송필과 통륜방 융무전주인 불로신군 임벽, 동심맹 자미원의 동심전사 파옥일기수사 학조린 등 무려 오백여 명의 놀라운 고수들과 함께 나타나자 일행의 사기는 크게 올라갔다.

특히 배후의 큰 위협이라고 할 수 있던 통륜방과 동심맹, 금강숙, 태극도량이 말끔히 정리되어 장손세가 등은 본거지에 대한 걱정을 덜고 조금이나마 여유를 가질 수 있었다.

사람들의 웃음이 그치기를 기다리던 감립본이 적사묘의 계주인 구시사객 정수산과 송필, 현청사안 왕방형에게 눈짓을 보냈다. 장손경을 포함한 다섯 사람은 늘 의견을 교환하며 가까운 거리에서 움직였기에 따로 모일 것도 없이 바로 회의가 시작되었다.

송필이 먼저 말했다. 그는 통륜방을 떠나면서 충실한 수하인 등자산에게 집비향을 맡겨 낭조호각 홍진과 일비 기환신유 축현이 거느리고 있던 비향을 장악하게 하였다. 그 노력이 이제 결실을 맺어 비향은 정상을 되찾고 있었다.

"마침내 두 비향과 연락이 닿았습니다."

"아, 그래요?"

팔비 감립본이 크게 반색했다. 만마성에서 육합천의 연락을 전담하고 있던 육비가 바로 백오랑(白烏郞) 두징명(杜徵明)이었다.

"그렇습니다. 조금 전 두 비향이 곽불인의 전서를 가장하여 보낸 소식에 의하면 현재 만마성은 세 갈래로 세력이 갈라져 있으며, 그중 한쪽이 우리에게 호의를 보이고 있다고 합니다."

"혹시 그 중심 인물이 낭심제갈 대총관의 말대로 팔마인가요?"

장손경이 물었다.

"바로 그 사람입니다. 물론 전통적으로 팔마는 무력 단체를 보유할 수 없기에 세 무리 중 세력이 가장 약하지만, 십마 안에 드는 그의 권위를 빌면 큰 충돌 없이 만마성에 입성할 수 있을 것이라고 하는군요."

"아? 다행한 일이에요."

장손경의 얼굴에 미소가 떠올랐다. 당장에 닥친 가장 큰 걱정거리가 바로 만마성으로의 입성이었다. 그들의 경계가 허술한 것 같지만, 비상 신호만 울리면 감당하기 힘든 마왕들이 무더기로 쏟아져 나올 터였다. 최악의 경우 일이 이렇게 되면, 만마성에 들어가 보지도 못하고 전멸당할 가능성까지 있었던 것이다.

정수산도 안도의 한숨을 내쉬며 말했다.

"팔마가 무력 집단은 없어도 차기 성주에 오를 후계자이니 상징성이 클 것이오. 다른 마인들도 그의 말을 무시하기는 힘들 터, 역시 대총관의 말이 사실이었구려. 하지만 돌다리도 두드려 보고 건너랬다고, 과연 그를 신뢰할 수 있겠소?"

송필이 언강호를 곁눈질로 쳐다보더니 대답했다.

"이유는 알 수 없지만, 언 단주가 온다는 말을 듣고 팔마는 흥분한 기색까지 보이며 기뻐했다고 합니다. 그리고 무조건적인 협조를 약속했나는 것입니다."

"……."

이 말에 사람들은 일제히 언강호의 얼굴을 쳐다보았지만 이유를 알 수 없기는 언강호도 마찬가지였다. 단지 어깨를 한 번 으쓱하는 그를 보고 궁금함을 참을 수밖에 없었다.

다시 송필이 말을 계속했다.

"물론 이것만으로 팔마를 신뢰하기는 힘듭니다. 그러나 현재 만마성의 상황을 볼 때 그가 실제로 다음 대 성주가 될 가능성은 거의 없습니다. 아니, 양쪽 거대 세력에 끼어 언제 제거될지 모르는 상황입니다. 따라서 팔마로서도 우리와 손을 잡는 수밖에 달리 도리가 없을 것입니다."

"팔마에게도, 우리에게도 목숨을 건 모험이 되겠군요."

감립본이 어두운 안색으로 대꾸하자 왕방형 역시 얼굴을 찌푸리며 중얼거리듯 말했다.

"두 어린양이 손잡고 이무기를 사냥하러 나서는 꼴이군."

"그것도 한 마리가 아니라 두 마리씩이나……."

자기도 모르게 왕방형을 따라 중얼거리던 송필은 얼른 입을 다물고 안색을 밝게 했다. 애써 좋아진 분위기를 망쳐 놓고 싶지 않았던 것이다. 그는 희망적인 말이 필요하다는 생각이 들었다.

"만마성의 양 세력은 팽팽한 줄다리기를 계속하고 있습니다. 무력이 비슷해 어느 쪽도 섣불리 움직일 수 있는 상황이 아닙니다. 지금 상태에서는 오히려 우리가 가장 쉽게 움직일 수 있습니다. 이를 잘 이용하면 기회를 잡을 수도 있습니다."

양쪽 세력에도 머리가 있는 이상 송필의 말대로 될 가능성은 거의 없을 터였다. 그럼에도 사람들은 실낱같은 희망이라도 있다는 사실을 기뻐하며 고개를 끄덕이는 것이었다.

언강호는 시간이 지체되고 있다는 생각이 들었다. 가능한 빨리 만마성에 입성해야 충돌의 가능성을 줄일 수 있었다. 그는 이비를 보고 물었다.

"우리를 맞이할 사람은 정해져 있는 것이오?"

"그렇습니다. 전대의 구마(九魔)였던 황마(黃魔) 섭민(葉敏)이 직접 나온다고 합니다."

"섭민 같은 거물이 직접?"

약간 놀란 언강호가 되물었다. 무림인치고 황마를 모르는 사람은 거의 없다. 전대의 만마성 마인으로 아직 기억되고 있다는 사실은 최소한 그가 생사현관에 도달하여 칠십이 넘어서도 만마공이 감퇴되지 않고 있다는 뜻이었다. 이런 섭민이 직접 마중 나온다고 하니 언강호가 놀라는 것도 무리는 아니었다.

"그는 현재 팔마의 사부입니다. 아무래도 령마는 자신의 사부를 직접 보냄으로써 우리에게 진정을 나타내 보이고, 혹시 있을지도 모를 분쟁을 예방하고자 하는 것 같습니다."

"음, 송 비향의 말이 맞는 것 같소. 언제 만나기로 한 것이오?"

"약 삼각 후입니다."

"그럼 신속하게 움직이도록 합시다. 정 계주께서 감 비향과 함께 우리의 대오를 다시 점검해 주시오."

언강호의 말에 정수산과 감립본이 바쁘게 움직이며, 혹시 있을지 모를 공격에 대비하여 많은 일행들을 간단하지만 효과적인 팔괘진(八卦陣)의 형상으로 대오를 갖추게 했다. 총원이 거의 천 명에 달하다 보니 삼각은 금방 지나갔다. 시간이 임박하자 송필은 언강호에게 건의해 우선 갖추어진 건괘(乾卦)와 곤괘(坤卦)의 진형부터 출발토록 했다. 공래산 북동쪽의 가장 높은 고개를 넘어서니 아래로 얕은 계곡이 몇 겹의 성벽처럼 펼쳐져 있었다.

정수산은 이를 보고 아무래도 만마성에서 인공적으로 조성한 방어 시설 같다고 말했지만 사람들은 좀처럼 그 말을 믿을 수가 없었다. 그러나 공래산 허리를 타고 남북으로 길게 뻗어 있는 첫 번째 계곡에 이르자 만마성의 경초들이 일렬로 쭉 늘어서 있는 것을 보고는 그의 말이 사실임을 알 수 있었다. 이런 계곡이 언뜻 보기에도 십여 겹 이상 펼쳐져 있으니 실로 대단한 일이 아닐 수 없었다.

일천에 달하는 고수들이 보신경을 전개하여 빠른 속도로 접근하고 있음에도 백여 장마다 하나씩 있는 경초에서는 별다른 움직임이 없었다. 가장 가까운 경초는 마인들의 표정까지 볼 수 있을 정도였다. 그들은 굳은 얼굴로 일행을 바라보고만 있었다.

두 번째 계곡 같은 곳에서도 마찬가지였다. 육비 두징명의 전서처럼 팔마가 조치를 취하고, 만마성의 양 세력이 모종의 이유로 움직이지 않고 있음이 틀림없었다. 그럼에도 일행은 긴장을 늦추지 않고 단숨에 공래산을 내달려 갔다.

험준한 산지의 비탈이 끝나고 분지가 시작되는 곳에 이르자 마지막 경초가 나오고 이리저리 뚫린 몇 갈래의 길이 나타났다. 안도의 한숨을 내쉰 그들은 잠시 숨을 고르고 멀리 보이는 마을을 향해 다시 걸음을 재촉했다.

한데 길이 한 갈래로 모이는 곳에 이르자 양쪽에 키가 한 길이 넘는 갈대 비슷한 풀이 무성하게 자라나 있고, 그 가운데 누군가 우뚝 서 있는 것이었다. 일행은 급정거를 했다. 곱슬곱슬한 허연 수염이 온 얼굴에 가득한 그는 일천에 달하는 눈빛을 일시에 받고도 유유자적한 모습이었다. 그의 능력이 어느 정도인지 한마디로 웅변해 주는 대목이었다.

'저 사람이 바로 황마 섭민인가?'

언강호는 옆에서 팔을 꼭 붙잡고 따라오는 효마 설백을 힐긋 바라보았지만, 그는 여전히 싱글벙글할 뿐 별다른 표정의 변화를 보이지 않았다. 하긴 설백은 전전대의 삼마로 대법판을 지냈고, 섭민은 전대의 구마에 오른 인물이니 한 배분의 차이가 있었다.

선두를 맡은 혈뢰옹 순우황이 나서며 물었다.

"혈해의 일장로를 맡고 있는 순우모요. 그대는 뉘신가?"

혈해의 대표적인 강경파에 속하는 순우황은 중원마도의 종주라는 자존심이 매우 강하여 예사롭지 않은 상대를 향해 존대도, 하대도 아닌 어중간한 투로 말을 건넸다.

이 말을 들은 상대가 크게 웃으며 말했다.

"크하하하! 혈해가 감히 마이강에 발을 들여놓다니? 네게 그런 자격이 있는지 묻지 않을 수 없구나."

상대가 섭민일 것이라고 생각했던 일행에게는 뜻밖의 대답이었다. 특히 순우황을 비롯한 혈해 마인들의 자존심을 무참히 짓밟는 말이었다.

"뭐라고? 이놈이!"

격노한 순우황이 몸을 날리려 하는데 혈선이 그의 팔을 붙잡았다.

"순 대장로, 내게 맡기시구려."

"계주?"

"내가 상대하는 것이 좋겠소."

계몽량의 몸에서 숨 막히는 기세가 피어나고 있었다. 이에 순우황은 그가 자신의 상대가 아님을 느끼고 못 이기는 척 옆으로 비켜섰다. 뚜벅 뚜벅 상대를 향해 걸어간 혈선이 말했다.

"자격이 있는지 내가 답하겠소."

"흐흐흐. 그대가 혈해의 계주이며, 팔선의 최강자인 혈선인가?"

"이 몸이 혈선이라고 불리는 것은 사실이오."

길을 막아선 마인은 계몽량을 한차례 쓰윽 훑어보더니 다시 입을 열었다.

"호오~! 대단하군. 그렇다면 받아보게!"

말이 채 끝나기도 전에 그는 벼락처럼 왼손을 후려쳐 왔다. 그 기세는 실로 대단하여 삼시간에 사방 이 장의 갈대들이 폭풍을 만난 것처럼 뒤흔들렸다. 뿐만 아니라 머리 속을 헤집는 듯한 괴악한 마기가 일시에 사방 삼 장을 뒤덮었다.

놀란 언강호는 재빨리 곽요진과 연옥귀에게 진기를 불어넣어 마기를 차단했고, 곽불사 역시 장손경을 바싹 끌어당겨 보호했다.

괴마인의 무시무시한 공격을 마주한 계몽량은 저항 한 번 못해보고 분쇄가 되고 말 것처럼 보였다. 하지만 곧 혈선의 전신에서 시뻘건 기류가 용트림하듯 일어나며 괴악한 마의 기류를 헤쳐 나가는 것이었다. 이에 놀랐음인지 마인은 한층 더 힘차게 손을 뻗어내며 무서운 기류를 분출시켰다. 보고 있던 송필이 말했다.

“아, 이건 바로 마음까지 찢어발긴다는 분심마수(焚心魔手)가 아닌가? 저 나이에 이 정도로 분심마수를 익힌 자는 전대 이마(二魔)이자 대장로였던 심마(心魔) 구환(仇歡)뿐이거늘……. 설마 저자가 구환이란 말인가? 그는 육천의 욕마 호덕견을 후원하고 있는 자인데…….”

송필의 말이 사실이라면 상대는 섭민이 아니라 적이라고 할 수 있는 자였다. 그렇다면 일이 틀어져 전면전이 불가피하다는 말인가? 극악한 만마기에 대항하고 있는 언강호 등은 마음이 크게 무거워져 갔다.

이때 두 사람의 대결은 점점 격렬해져 급격하게 절정을 향해 치닫고 있었다. 처음 구환의 마공에 놀랐던 일행은 그와 대항하는 혈선에 대한 놀라움도 커지고 있었다.

계몽량이 중원마도 사상 처음으로 감람경에 올랐다는 사실은 모두 알고 있지만, 상대가 구환이라고 생각하니 새삼 그를 팔선의 최강자라고 평하던 말들이 과한 것이 아님을 느끼게 되었다.

특히 천비서원의 전대원주이자 같은 팔선의 일인인 유선 구우중은 혈선에게 한가닥 패배감마저 느끼고 있었다. 그는 은연중 팔선 가운데 자신이 정도를 대표한다고 자부해 왔으며, 혈선만을 호적수로 여기고 있었던 것이다. 한데 지금 계몽량이 보여주는 능력은 도저히 자신이 감당할 수 있는 것이 아니었다. 자신이라면 구환의 무서운 분심마수 아래 십 초를 견디기 힘들 것 같았다.

일행의 놀라움을 알고 있음인지 혈선은 점점 더 놀라운 혈령마경을 뿜어냈다. 시간이 지남에 따라 그토록 무서워 보이던 분심마수가 오히려 밀리는 감마저 있었다. 그러나 원래 겉으로 드러나는 것과 실상은 차이가 있기 마련이다.

겉보기에는 혈선이 심마를 거세게 몰아붙이고 있는 것 같았으나, 사실은 지독한 만마기의 영향으로 공세가 마주칠 때마다 계몽량은 극심한 육체적 고통과 심적 혼란에 시달리고 있었다. 두 사람은 거의 비슷한 시기에 삼경의 벽을 넘었고 똑같이 마공을 익혔지만, 안타깝게도 혈해 마공의 근본인 혈마기(血魔氣)는 만마공의 근본인 만마기에 미치지 못했다. 이는 혈선도 부인하기 힘든 사실이었다. 실력이 백중한 상태에서는 근본적인 문제들이 승패를 좌우하는 경우가 많았다. 지금도 그러했다.

더구나 분심마수는 수법과 장법의 중간 형태로 그 자체의 파괴력이 강하기도 하지만, 무엇보다 인간의 욕망을 자극하는 만마기의 효능을 극대화시켜 상대로 하여금 극심한 심적 혼란에 시달리게 하는 무서운 마공이었다.

상대를 핍박하고 있는 것처럼 보이지만, 이대로 가다가는 계몽량 자신의 패배가 불을 보듯 뻔했다. 이는 주춤주춤 물러나는 구환의 얼굴에 어리는 미소만 보아도 알 수 있는 일이었다.

혈선은 모질게 마음을 먹었다. 그는 순식간에 가슴과 이마, 복부에서 세 가닥의 경(勁)을 동시에 일으켰다. 마치 세 마리 혈룡이 동시에 승천하는 듯한 형상이었다. 놀란 심마 구환은 급히 뒤로 여섯 걸음을 물러났다. 물론 그는 뒷걸음질치면서도 이장(二掌)의 분심마수를 쳐내 방어를 겸한 공격을 잊지 않았다.

계몽량은 이때를 기다리고 있었다. 분심마수가 놀라운 마공임은 분명하나 전혀 약점이 없는 무공은 아니었다. 물러날 때 우측의 방비에 상당한 문제점이 있었던 것이다.

"하아압~!"

혈선은 온몸의 혈마기를 끌어모았다. 이미 삼경(三勁)을 동시에 쓴 상태라 하복부가 찢어지는 듯한 통증이 밀려왔다. 하지만 그는 이를 악물고 모든 진기를 왼쪽 눈에 집중시켰다.

파아악~!

세상을 온통 피로 물들일 듯한 혈광이 번쩍였다. 그리고 한마디 신음이 울렸다.

"욱~!"

사람들은 손에 땀을 쥐었다. 계몽량과 구환이 똑같이 비틀거리며 몇 걸음씩 물러나고 있었던 것이다. 순식간에 벌어진 일이라 무엇이 어떻게 된 것인지 정확하게 알아보는 사람은 많지 않았다. 물론 언강호는 두 사람 사이에 벌어진 일을 원인부터 결과까지 훤히 꿰뚫어보고 있었다.

'혈해 마공의 근본 진기가 만마공의 만마기에 미치지 못함에도 혈선은 상대의 실낱같은 빈틈을 파고들어 일격을 성공시킴으로써 승리를 거두었다. 또한 그 와중에도 싸움을 확대시키지 않으려고 마지막 순간 진기를 거둔 것은 더욱 대단한 일이었다.'

잠시 후 혈광과 분심마수의 기세가 가시고 일곱 발자국씩 물러난 두 사람의 모습이 드러났다. 혈해의 마인들은 결과가 어떻게 된 것인지 몰라 초조한 안색으로 그들의 입을 주시하고 있었다.

마침내 구환이 입을 열었다.

"호호호, 중원 마도에도 사람이 있었군. 이 정도면 능히 만마의 땅에 발을 디딜 만하지. 그럼 다음에 만나 다시 겨뤄보세."

뜻밖에도 선선히 패배를 자인한 그는 그대로 몸을 돌려 만마성으로 날아가는 것이었다.

"와아~! 혈해 만세! 중원마도 만세!"

혈해의 마인들이 일제히 함성을 울렸다. 그들의 기쁨은 이루 말할 수 없는 것이었다. 비록 일 대 일의 부분적인 접전이었지만, 의미있는 대결에서 혈해가 만마성을 이긴 것은 처음 있는 일이었던 것이다. 일행은 혈해의 승리에 아낌없는 축하를 보내주었다. 그들 대부분은 혈해와는 길이

다른 정파 출신이었으나 혈선의 승리는 곧 중원의 승리였기 때문이다.

"계주, 수고하셨소."

대장로인 혈뢰옹 순우황이 제일 먼저 다가가 인사를 건넸다.

그러나 인사를 하는 순우황도, 인사를 받는 혈선도 표정이 밝지 못했다. 두 사람은 금번 접전을 통해 혈마기의 한계를 뚜렷이 알게 되었다. 이번 승리는 엄밀하게 말해 혈해의 승리가 아니라 혈선 개인의 승리에 불과했다.

어쨌든 구환의 등장과 퇴장은 전혀 예상치 못한 뜻밖의 일이었다. 잠시 기뻐하던 일행은 다시 만마의 땅을 향해 나아갔다. 곧 백마촌(百魔村) 가운데 하나가 눈에 들어왔다. 만마성이라고 하지만 달리 성곽이 있는 것이 아니었다. 단지 공래산과 대설산이 자연적인 커다란 성곽을 이루고 있고, 좀 전에 보았던 계곡과 비슷한 방어 시설이 산허리를 돌아가며 여러 겹의 성곽처럼 둘러쳐져 있기에 만마성이라고 칭하는 것이었다.

만마성의 일만 마인. 즉 만마는 백마촌이라는 백 개의 마을에 백 명씩 나뉘어 거주하고 있으며, 만마 가운데 상위의 백마가 백마촌의 촌장으로서 자체적으로 하나의 마을을 다스리고 있었다.

눈앞에 보이는 마을은 가장 외곽에 자리 잡고 있는 만큼 지위가 낮은 백마 중의 한 명이 다스리는 곳일 터였다. 일행이 마을로 구십여 장 가까이 접근했을 무렵, 길에 다시 한 명의 마인이 서 있는 것을 볼 수 있었다.

구부정한 허리에 지팡이를 짚고 있는 모습이 동네의 평범한 노인을 연상시켰다. 언강호 등이 속도를 늦추어 다가가자 그는 사람 좋은 미소를 지으며 먼저 인사를 건네는 것이었다.

"어서들 오시게. 그대가 바로 좌검우도마인게로군. 나는 령마(靈魔)의 부탁을 받고 나온 섭민일세."

"아! 황마께서 직접 나와주시다니, 크게 감사드리는 바이오."

별다른 문제없이 그를 만난 것이 기뻐 인사를 건네는데, 섭민을 알아본 범마 등호가 뒤쪽에서 나와 깊숙이 읍을 하며 말했다. 사실 그는 심마 구환도 알고 있었으나 예전에 반대 세력으로 치열하게 대립한 전력이 있어 일부러 얼굴을 보이지 않았던 터였다.

"구마님, 그간 평안하셨습니까?"

"오오오~! 자넨 등호가 아닌가? 이게 대체 얼마 만인가? 아니, 저분은 효마님?"

이때 섭민도 설백을 알아보았다. 그러나 언강호의 옆에 바싹 붙어 있는 설백은 제정신이 아니어서인지 그를 알아보지 못했고, 인사도 받지 않았다.

잠시 어수선한 인사가 끝나고 일행은 섭민의 안내로 육십칠마가 다스린다는 외곽의 백마촌을 통과하여 중심부로 이동했다. 마을은 조용하고 사람 하나 볼 수 없었으나 곳곳에서 긴장한 살기가 물씬거렸다. 섭민이 아니었으면 이곳을 무사히 통과할 수는 없었으리라. 그들은 섭민을 따라 몇 개의 백마촌을 지나갔다. 각 백마촌의 규모는 상당했다. 중원의 커다란 현(縣)에 못지않을 정도로 번성하여 하나의 도시라고 해도 좋을 정도였다.

그렇게 일곱 개의 마을을 지나자 지금까지와는 상대도 안 되는 거대한 규모의 도시가 나타났다. 특히 인상적인 것은 가운데 세워진, 한눈에 보이는 웅장한 건물이었다.

도시의 입구로 들어서던 섭민이 그 건물을 가리키며 말했다.

"여기가 바로 팔마촌(八魔村)이며, 저곳이 팔마의 거처인 팔마부(八魔府)일세. 십마, 즉 십대마인의 거처는 다 저 정도 규모로 지어져 있다네. 그리고 십마에는 들지 못하지만 팔대마단(八大魔團)을 관장하는 십일마와 십이마, 십삼마, 십사마의 거처도 상당한 규모를 자랑하지."

일행은 마음이 무거워짐을 느꼈다. 십마가 다스리는 마을 하나가 마치 중원의 커다란 도시를 방불케 하고, 그의 거처는 궁궐에 못지않으니 새삼 만마성의 저력이 무섭게 다가온 것이었다.

거리에는 서역인, 천축인, 몽고인, 장족 등 다양한 종족들이 오가고, 각종 물건을 파는 가게와 화려한 건물들이 시선을 사로잡았다. 중원의 번화한 도시보다 오히려 나은 면모도 있어 보였다.

언강호 등은 무거운 마음을 안고 섭민을 따라 걸음을 재촉했다. 가까이서 본 팔마부의 위용이 다시 한 번 그들을 압도했다. 어른 키 세 배나 되는 높은 담장으로 둘러싸인 팔마부의 거대한 정문을 통과하자 백여 명이 나란히 지나갈 수 있는 엄청난 규모의 청석로(靑石路)가 멀리 보이는 웅장한 건물을 향해 쭉 뻗어 있었다.

길 양쪽에는 세죽(細竹)과 이름 모를 기이한 나무늘이 가득한 숲이 형성되어 있었는데, 그 경치가 만마의 이름과는 어울리지 않게 고아하고 우미로운 풍취가 있었다.

물론 언강호 등이 경치를 즐길 마음의 여유는 없었다. 섭민을 따라 묵묵히 길을 재촉하는 그들은 일천이나 되는 일행의 규모에도 불구하고 모래사장에 던져진 한 줌의 모래와 같은 심정이 되었다. 모래사장에 모래 한 줌 더 뿌린다고 무슨 변화가 있으며, 무슨 영향을 미치겠는가? 만마의 땅은 바로 이러한 곳이었다.

팔마부 안 청석로와 숲의 길이만 거의 오백여 장. 기가 질리지 않을 수 없는 일이었다. 긴 청석로를 지나 그들은 마침내 팔마부의 정전(正殿)이 되는 건물 앞에 당도했다. 두 명의 시녀가 백 개도 넘어 보이는 계단 아래에서 기다리고 있었다.

"황마님, 수고하셨어요. 령마님께서 기다리고 계세요. 그분께서는 중원의 협사들 중 각파를 대표하는 마흔 분은 안으로 모시고, 나머지는 객

관으로 인도하라고 하셨어요.”

그녀의 말은 또렷하고 청아했다.

“강호, 어떻게 하면 좋겠나? 순순히 따라도 좋을까?”

곽불사가 걱정스러운 음성으로 전음을 보내왔다.

“그를 믿기로 했으니 끝까지 믿어보는 수밖에 없을 것이오.”

언강호도 걱정이 되지 않는 바가 아니었으나 지금에 와서 달리 선택의 여지는 없었다. 곽요진과 연옥귀에게 설백과 일룡을 챙겨 바싹 뒤따르게 하고는, 주요 고수들과 함께 계단을 오르기 시작했다.

‘과연 팔마는 어떤 사람일까?’

긴장한 중에도 자신을 크게 반기는 듯한 그의 정체가 궁금했다.

끼이익.

거대한 팔마부의 문이 천천히 열렸다. 한 사람이 중앙의 커다란 태사의에 앉아 있었다. 그를 본 언강호의 얼굴이 급격하게 굳어져 갔다. 오랜 세월이었다. 아주 어릴 적 기억이었지만 그는 결코 잊지 못할 사람이었다.

“어서 오너라, 강호야.”

마치 사부 진립의 그것과도 같은 부드러운 음성.

“당신이… 당신이 팔마였단 말이오?”

언강호는 주먹을 부들부들 떨며 격노했다. 그가 천천히 일어나 다가왔다. 확실히 그는 아련한 기억 속의 바로 그 사람이었다.

양조(楊調)!

장천문을 버리고 떠났던 대사형. 사부 진립의 모든 희망이며 꿈이었던 바로 그 대사형이었다. 진립의 탄식과 절망, 눈물과 회한이 가슴속에서 되살아났다.

“으아아아~!”

좌검이 불을 토했다. 단공쇄류의 광인(光刃)이 무섭게 분출하며 팔마부 안을 휘저었다.

하나…….

무려 65,536에 달하는 그 광인은 끝내 양조도, 그 누구도 상하게 하지 못하고 소멸되었다. 두 사형제는 한동안 침묵했다. 언강호는 이글거리는 분노로 양조의 눈을 뚫어져라 쳐다보았다.

시간이 지나면서 분노가 가셨음인가? 그의 눈에서 아픔과 고통이 보였다. 그간 양조의 고통이 어떠했는지 그 눈빛이 말해주고 있었다. 그의 눈은 진립을 닮아 있었다. 언강호의 마음은 분노에서 연민으로 바뀌어갔다.

"대사형!"

오열하듯 외친 언강호는 양조의 어깨를 으스러져라 서너쥐면서 격동하는 마음을 추슬렀다.

그는 어깨의 고통이 상당함에도 후회가 가득한 눈빛으로 사제를 바라보았다. 언강호에게서 진립의 그림자가 느껴졌다. 지난 세월 동안 진립은 그에게 천 근의 무게였으며, 마음의 짐이었다. 사제의 분노는 사부의 회초리가 되어 그의 마음을 후려쳤다. 이것이 도리어 양조의 아픔과 고통을 달래주었다.

언강호가 진립을 안장하고 염부주로 들어간 이후, 뒤늦게 사부의 임종 소식을 들은 양조는 생명의 위협을 무릅쓰고 몰래 만마성을 빠져나가 무덤을 찾은 적이 있었다.

그때는 얼마나 통곡했던가?

그때는 얼마나 괴로웠던가?

지난 세월의 회한과 아픔이 두 사형제의 소리 없는 오열 속에 녹아내리고 있었다. 언강호는 대사형이 이미 충분한 벌을 받았음을 알았다. 그러니 자신이 용서하고 말고 할 것이 없었다. 양조는 진립을 떠난 그 순간부터 형극의 고통을 당하고 있었던 것이다.

약 반 시진이 지나고 마음을 추스른 두 사형제와 일행들이 커다란 탁자에 둘러앉았다. 팔마부 정전의 오른쪽에 있는 회의실은 천여 명이 동시에 둘러앉을 수 있는 엄청난 규모였다.

그들이 막 회의를 시작하려는데 한 사람이 비밀스럽게 모습을 드러냈다. 바로 통륜방 집비향의 육비인 백오랑 두징명, 그 사람이었다. 뜻밖에도 그는 섭민보다 더욱 평범해 보이는 육십대의 노인이었다.

그런 그가 그동안 육천(六天) 간의 연락을 담당하며, 또 천오와 손잡고 중간에서 곡예하듯 양쪽을 오가며 암약해 왔다는 사실이 선뜻 믿어지지 않았다. 언강호 등은 그의 공로를 생각하여 무수한 치하를 아끼지 않았다. 두징명은 사람 좋은 미소로 겸사했다.

곧 회의가 시작되었다. 양조와 섭민, 두징명은 보다 상세하게 만마성의 상황을 설명해 주었다. 먼저 두징명이 입을 열었다. 그는 오히려 양조와 섭민보다 상황을 정확하게 꿰뚫고 있었다.

"현재 만마성은 두 부류의 세력으로 나뉘어 있습니다. 물론 령마님까지 포함한다면 세 부류의 세력이 되겠습니다만, 현재 우리만으로는 하나의 세력이라고 하기가 어렵습니다."

"……."

"먼저 성주이자 일마(一魔)인 전마(戰魔) 강운(江雲)을 정점으로 하는 자칭 정통파입니다. 그들은 스스로를 만마성의 정통이라고 주장하고 있습니다만, 강운은 만마평의회에서 선출하는 팔마의 수련기를 거치지 않고 무력으로 성주가 되었기에 만마들의 인심을 얻지 못하고 있습니다. 그러나 전대 대법판인 소마(簫魔) 홍천(洪遷)이 그를 지지하고 있고, 대교령이자 군사인 사마(四魔)와 대암첩인 오마(五魔)가 동조하고 있으며,

팔대마단을 지휘하는 십마, 십일마, 십이마, 십삼마가 충성을 다하고 있어 상당한 세력을 자랑하고 있습니다.”

“…….”

“이에 맞서는 자들은 대장로인 이마(二魔)를 정점으로 하는 타칭 강경파입니다. 무력으로 세상을 마신의 발아래 두어야 한다는 위험한 주장을 하고 있는 자들이지요. 이들의 세력은 더욱 대단한 바가 있습니다. 우선 전대 성주인 조마(照魔) 안과강(顔跨岡)과 전대 대장로인 심마 구환이 가담하고 있으며, 대법판인 삼마와 육마(六魔), 칠마, 구마, 십사마 등이 동조하고 있습니다.”

“…….”

“얼마 전 십삼마이자 마혈단주였던 역마 도패와 십사마이자 마경단주였던 음마 좌목이 언 단주님께 제거된 뒤 강경파의 세력은 상낭히 줄어든 상태입니다. 도패와 좌목은 원래 육마인 욕마 호덕견의 충실한 지지자였지요. 한데 그 후임자를 선정하는 과정에서 강경파의 호마(虎魔) 두오(竇塢)가 다행히 십사마에 올라 새로운 마경단을 차지했습니다. 십삼마는 정통파 출신인 묵마(墨魔) 유기(劉騎)의 차지가 되어 마혈단을 빼앗긴 것입니다.”

도패와 좌목은 언강호가 혈사행을 하는 중에 제거한 자들이었다. 혈사행으로 인해 만마성 내에 이러한 변화가 있었던 것이다.

두징명의 말을 들으며 언강호는 의문을 느꼈다.

“두 비향! 강경파의 지도자가 정말 이마인 도마(屠魔) 관정(關靜), 그 사람이오? 성주인 강운과 함께 그 역시 감람경에 오른 삼경의 고수일지도 모른다는 소문은 듣고 있었지만 그 정도로 영향력이 대단하다는 사실은 믿기 어렵소.”

“잘 지적하셨습니다. 사실 대외적으로 강경파의 지도자는 대장로인 관정이라고 알려져 있으나, 실질적으로는 육마이자 팔대마단 최정예인 마성단(魔星團) 단주 욕마 호덕견이 그들을 이끌고 있습니다."

"……."

"그리고 호덕견은 아시다시피 육합천 육천 중의 일인으로 곽불인 형제와 더불어……."

계속되는 설명에 곽요진과 곽불사는 두근거리는 심정으로 두징명의 입을 주시하고 있었다. 누군가의 이름이 나오지 않기를 바라는 마음이 간절했다. 그러나 두 남매의 바람은 외면당했다.

"태천이라는 신비인의 지시를 받고 있습니다. 저는 그동안 그의 정체를 알아내기 위해 무척 노력했습니다만, 아직 별다른 소득을 얻지 못한 상태입니다."

"……."

이 말에 곽요진 남매의 안색은 크게 흐려졌고, 일행의 얼굴에도 무거운 기운이 감돌았다. 한참의 침묵 뒤에 소주담가의 부가주인 십섬조영(十閃爪影) 담락조가 물었다.

"그렇다면 혹시 정통파에도 그러한 신비인이 있는 것 아니오?"

"…사실은 그렇습니다."

침묵을 깨뜨리려 막연히 물었던 담락조는 가슴이 철렁하는 기분이었다.

"성주 강운은 이미 십여 년 전에 감람경의 벽을 넘었지만 성격이 단순하고 저돌적이라 무엇인가 치밀하게 일을 꾸밀 위인은 못 됩니다. 그럼에도 팔마의 수련기조차 거치지 않은 그가 만마평의회의 승인도 얻지 못한 상태에서 무력으로 차지한 성주 자리를 계속 유지하고 있다는 것은 놀랄 만한 일입니다."

백오랑의 말대로 만마성은 결코 물렁한 곳이 아니다. 정상적인 절차를

거치지 않은 사람이 성주가 되어 십 년 넘게 그 자리를 지키고 있다는 것
은 확실히 의문이 아닐 수 없었다.

이러한 의문은 두징명도 당연히 느꼈을 터,

"저는 그동안 심혈을 기울여 조사했고, 마침내 그의 배후에 태선(太仙)
이라는 자가 자리 잡고 있어 강운을 도우며 조종하고 있다는 사실을 알
아냈습니다."

"태선? 태마(太魔)나 천마(天魔)가 아니고 태선이란 말입니까?"

왕방형이 자기도 모르게 반문했다.

"뭔가 어울리지 않는다는 느낌이 드는 것이 사실입니다. 그래서 더 조
사해 보았지만 태선이란 자의 기풍이 마인의 그것과는 상당한 차이가 있
다는 정도만 느꼈을 뿐, 달리 알아낸 것은 없습니다. 태천도 그런 점은
마찬가지지요."

알아갈수록 신비로움과 두려움이 일행을 옥죄었다. 언강호는 분위기
를 바꿀 겸 질문을 돌렸다.

"두 비향께서 비록 육천의 연락을 담당하며 곽불인 등 강경파의 내밀
한 곳까지 알 수 있었다고 하나 그러한 사실들을 다 알아내기는 결코 쉽
지 않았을 것이오. 어떻게 하신 것이오?"

"아! 과연 언 단주의 안목은 예리하십니다. 저 혼자의 힘으로 어떻게
이런 정보를 다 알 수 있었겠습니까? 사실 저에게는 협조자가 있습니다.
그는 여기 황마님께서 소개해 준 사람이지요."

"그가 도대체 누구요?"

"그는… 환마(幻魔) 태오돈(台晤暾)입니다."

"태오돈? 오마이며 대암첩인 바로 그 사람 말이오?"

정수산이 크게 기뻐하며 확인하듯 물었다. 두징명이 이를 보고 빙그레
웃으며 고개를 끄덕였다.

"그는 정통파 소속이라고 하지 않았소? 그런데 어떻게?"

"맞습니다. 하지만 그는 황마님의 하나뿐인 누이의 아들로, 어려서 부모를 잃고 황마님께서 업어 키운 사람입니다."

"아……."

역시 만마성도 사람이 사는 곳이었다. 이곳이라고 부모 자식 간이나 혈육의 정이 다르지는 않은 것이다. 만마성의 정보를 총괄하는 대암첩 환마가 협조하고 있다는 사실은 일행에게 큰 기쁨이 되었다. 잠시 후 장손경이 밝은 음성으로 물었다.

"두 비향님, 구환이 우리를 막아섰던 이유는 무엇이지요? 또 우리가 무사히 팔마부로 들어설 수 있었던 것은 다른 배경이 있지 않나 싶은데, 말씀해 주시겠어요?"

자칫 팔마인 양조를 무시하는 말이 될 수도 있기에 그녀는 아름다운 미소를 띠면서 눈인사를 보내고는 질문을 던지는 것이었다. 령마 역시 미소 지으며 그녀에게 눈짓으로 답했다. 밝아진 분위기가 좋은지 두징명은 한층 힘찬 음성으로 대답해 주었다.

"만마성에서 만마평의회가 개최된 지는 매우 오래되었습니다. 양 세력이 서로 견제하다 보니 평의회를 열 수가 없었지요. 령마님이 차기 성주인 팔마로 선출된 것이 마지막 평의회였습니다. 성주인 강운도 정상적인 절차를 거치지 못했고, 이로 인해 만마성에서 가장 권위 있는 정통성을 확보하고 계신 분이 바로 팔마이신 령마님으로 인식되고 있습니다. 아무리 정통파나 강경파의 세력이 강하다고 해도 대부분의 만마들이 인정하는 팔마님의 의견을 무시하지는 못하는 것입니다. 이것이 여러분들이 무사히 입성하게 된 가장 큰 원인입니다."

"아, 그렇군요. 또 다른 원인은 없나요?"

"물론 그 외의 요인도 있습니다. 저는 태오돈님과 힘을 합쳐 며칠 전부터 긴박하게 움직였습니다. 양측의 동향을 낱낱이 감시했지요. 덕분에 그들의 속내를 어느 정도는 알 수 있었습니다."

"속내요?"

"그렇습니다. 양쪽 다 기이하게도 중원에서 오는 여러분들을 언제든 자신의 세력으로 끌어들일 수 있으며, 통제할 수 있다는 자신감에 가득 차 있었습니다. 즉, 여러분이 오는 것을 오히려 자신의 힘을 증가시키는 것으로 생각하고 있는 셈이지요. 사실 곽불인 등이 그동안 본격적으로 나서지 않았던 데는 이러한 이유가 크게 작용한 것 같습니다."

하긴 그동안 모든 일이 너무 순조로운 점이 있었다. 육천 중 일인만 본격적으로 나섰어도 엄청난 희생이 뒤따랐을 터였다.

언강호가 물었다.

"도대체 그 이유가 무엇이오?"

"그건 저도 알아내지 못했습니다만, 그들에게 무엇인가 계책이 있는 것이 틀림없습니다."

"……."

궁금하기 짝이 없었으나 지금으로서는 별다른 방도가 없었다. 잠시 후 다시 두징명이 입을 열었다.

"또한 그들은 우리 쪽의 약점을 이용해 언제든 마음만 먹으면 제거할 수 있다고 자신하고 있습니다."

"혹시 그것은 범마님이나 효마님과 관련된 것이 아닌가요?"

총명한 장손경은 어느 정도 짐작을 한 모양이었다.

"그렇습니다. 범마님은 과거 팔마의 지위를 버리고 무단으로 만마성을 이탈했으며, 효마님 역시 만마평의회의 결의와는 반대로 끝까지 복마사마랑님을 감싸다가 홀연히 자취를 감추었습니다. 당시 효마님과 뜻을 같이했던 넘마 요일방님이 지금도 영겁마동에 산 채로 갇혀 계신 것을 생각하면, 그들이 어떤 벌을 내리자고 주장하든 반대할 명분을 찾기 힘들 것입니다."

"으음."

등호가 침통한 안색으로 신음을 토했다. 그의 곁에 앉아 있던 그의 사랑하는 아내 나의선자 백화심이 손을 꼭 잡아주며 위로했다.

"양파에서 두 분을 문제 삼고 나오면서 동시에 중원에서 오신 모든 분을 일당으로 몰아 제거해야 한다고 하면, 아마 팔마님의 권위로도 막기 어려울 것입니다."

"……."

일리가 있는 말이었다. 그렇다면 일행의 목숨은 사실상 양파의 손아귀에 쥐어져 있는 셈이나 마찬가지였다. 한동안 침묵이 흐르고 곽불사가 물었다.

"그럼 구환이 막으셨던 것은 무엇 때문이오?"

"비록 그가 태천이라는 신비인의 지시를 따르고 있지만 만마의 후예라는 자존심이 무척이나 강한 사람입니다. 아니, 어쩌면 강자를 존중하는 마음이 더 클지도 모르겠군요. 아무튼 그는 여러분들이 만마의 땅에 발을 들여놓을 자격이 있는지 시험해 보고 싶었을 것입니다."

"으음."

공감이 가는 이야기였다.

잠시 침묵이 흐르고 언강호가 본격적인 문제를 꺼냈다.

"무엇보다 정통파와 강경파가 궁극적으로 추구하는 바가 무엇인지를 알아내는 것이 가장 중요한 사안이오. 낭심제갈을 통해 두 비향께 연락한 바가 있었소이다만."

"물론입니다. 저는 천오 대총관의 전서를 받고 환마님의 도움을 받아 그동안 가능한 모든 정보를 수집하고 분석해 왔습니다. 그 결과, 상당히 노출된 점이 많은 강경파가 추구하는 바는 어느 정도 파악할 수 있었습니다."

"그렇습니까?"

"예. 불행히도 강경파는 인간 세상을 마계의 일부로 만들고자 하는 것이 틀림없습니다."

"……."

이미 예상하던 바였다. 그렇다면 사라진 암황신의 적통 초용, 아니, 아밀이 강경파와 함께 있을 가능성이 높았다.

다시 두징명의 말이 계속되었다.

"은성동에서 아밀이라는 마족이 사라졌다는 연락을 받은 지 얼마 되지 않아 강경파의 본거지인 이마부(二魔府)가 한동안 어둠에 잠겨 있었던 적이 있습니다. 그리고 이후 괴이한 자들이 간간이 눈에 띄고, 육합천을 포함한 강경파 전체의 움직임이 매우 긴박해졌습니다. 이것으로 보아 그들이 추구하는 바가 거의 달성되어 마계와 인간계의 벽을 넘어 마신들을 불러낼 준비가 대부분 완료된 것이 아닌가 여겨집니다."

"그러한 사실을 정통파에서도 알고 있는 것이오?"

"제가 환마님께 부탁해서 일부러 정보를 흘렸습니다."

"아! 역시 두 비향이오. 정통파는 어떤 식으로 대응했소이까?"

"자세히는 알 수 없으나 정보를 흘리고 약 삼 일 뒤, 이마부에서 엄청난 섬광이 뻗어 나오고 천둥을 방불케 하는 굉음이 한동안 계속된 적이 있습니다."

"흐음."

"그 일이 있을 당시 환마님의 정보망에서 성주가 잠시 사라졌고, 태선이라는 자의 행적도 한동안 포착되지 않았습니다. 이것으로 보아 태선을 비롯한 정통파의 숨겨진 세력들이 강경파를 급습한 것임이 틀림없습니다. 이후 이마부의 움직임은 극도로 잠잠해졌고, 괴이한 존재들도 한동안 눈에 띄지 않았습니다."

"으음, 당시 강경파에 초용이 있었을 가능성이 매우 높은 상황에서 그들을 급습하여 마신을 불러내는 일을 멈추게 하였다면, 정통파의 태선이라는 자의 능력도 정말 대단한 것이 아닐 수 없소."

"인간 이상의 존재들이 정통파에도 있음이 틀림없습니다. 그리고 특이하게도 정통파에는 무진(無盡)이라는 노승이 있다는 사실을 알아냈습니다."

이 말에 적각 선사가 놀라 반문했다.

"아미타불! 그게 정말이오? 무진이라면 본승의 사숙조뻘 되는 분으로 혜 자 배보다 한 배분 위이며, 육천의 일인이었던 혜밀에 앞서 모니원 원주를 지내신 분이오. 그 뒤 은퇴하여 도하원(渡河院)에 계신 것으로 알고 있었거늘."

금강숙의 도하원이란, 은퇴한 고승들이 열반의 날을 기다리며 마지막 용맹정진을 하는 곳이다. 이곳은 장문인도 함부로 드나들 수 없는 무상의 권위가 있어 지금처럼 누가 어떻게 지내는지 알지 못하는 경우가 생길 수 있었다.

"환마님의 전언에 의하면 삼 년 전에 왔다고 하더군요."

언강호가 중얼거렸다.

"삼 년이라면 얼마 되지 않았군. 어쨌든 마계의 힘을 물리칠 수 있을 정도라면 선계(仙界)뿐이거늘……. 설마 정통파에 선계에서 온 자들이 있다는 말인가? 마계는 보패인 마정환을 이용하여 아득한 옛날부터 인간 세상과의 끈을 연결해 놓았지만, 선계는 그런 일을 꾸민 적이 없다고 들었는데……."

이번에는 두징명도 언강호의 중얼거림에 답하지 못했다. 그 역시 그러한 일은 들어본 적이 없었던 것이다. 잠시 생각하던 언강호가 다시 물었다.

"그렇다면 우리는 앞으로 어떻게 해야 하겠소?"

"양파의 충돌로 급한 불은 꺼진 것으로 보입니다. 따라서 우리는 대마부(大魔府)와 이마부의 동태를 주시하면서 빈틈을 노리는 것이 나을 것입니다."

두징명의 말에 정수산이 고개를 끄덕이며 말했다.

"타당한 생각입니다. 거기에 팔마님의 정통성을 이용하여 은밀하게 만마들을 포섭하고, 불공님과 도공님이 오시기를 기다리면서 점차 세력을 확장해 나가는 것이 좋겠습니다."

이때 신환룡영 고황이 입을 열었다.

"그러나 무엇보다 급한 것은 언 단주의 무공을 완성하는 것입니다. 마침 양파의 충돌로 여유가 생겼고, 사신장 가운데 백호와 현무의 무공을 모두 모을 수 있게 되었습니다. 뿐만 아니라 청룡의 무공도 불공께서 찾아올 가능성이 높으니 시급히 이들 무공을 완성하여 선계든 마계든, 우리 스스로 대항할 능력을 가지는 것이 절실합니다."

묵묵히 듣고 있던 령마가 이에 동조했다.

"고 교두의 말씀이 옳소이다. 우선 사제는 영겁마동으로 가서 선친의 유해를 찾아뵌 뒤, 갇혀 계신 념마님을 구해 나오게. 그 다음 수련을 시작하게."

"제가 함부로 념마님을 모시고 나와도 되겠습니까?"

"어차피 양파에서 우리를 묵인하기로 마음먹었다면 그 정도의 일로 쉽게 뜻을 바꾸지는 않을 것이다."

대사형의 말에 일리가 있었다. 언강호는 장시간의 회의가 파하자 곧 범마, 효마와 함께 영겁마동을 찾았다.

만마성에서도 가장 서북쪽, 대설산의 거대한 빙하가 흘러내리는 산자락에 자리 잡은 영겁마동은 입구에서부터 손발이 얼어붙을 듯 매서운 추위가 몰아치는 곳이었다. 특히 지금이 가장 추운 시기라 무공을 익힌 사람이 아니면 그대로 얼어버릴 듯한 추위였다.

"이런 곳이라면 징녕 형님의 세월 동안 그대로 잠들어 있을 수 있겠군요."

언강호는 떨리는 마음을 달래며 범마를 보고 말했다.

"저승에서나마 형님이 얼마나 기뻐하시겠느냐? 어서 가자."

오랜 세월이 지났지만 범마는 영겁마동을 여는 방법을 잘 알고 있었다. 경비를 서는 마인들은 이미 팔마부에서 연락을 받았기에 그들을 지켜볼 뿐이었다.

끼이익.

거대한 돌문이 힘겹게 열렸다. 순간 안에서 지독한 한기가 휘몰아쳐 왔다. 숨을 들이쉬니 뱃속까지 한 덩어리 얼음이 되는 느낌이었다. 하지만 언강호는 범마, 효마와 함께 조금의 망설임도 없이 안으로 들어갔다.

영겁마동은 빙하 밑으로 뚫린 거대한 지하 동공이었는데, 벽면과 천장, 바닥에 마치 종유석 같은 고드름이 주렁주렁 달려 있고 두께를 짐작하기도 어려운 서리가 두터운 층을 형성하고 있었다.

범마가 앞장서서 안으로 들어갔다. 거의 일직선의 동공이 백여 장이나 계속되었다. 추위에 신발이 얼어붙어 발을 내디딜 때마다 바닥에서 쩍쩍거리는 소리를 내며 떨어졌다. 그들의 무공이 워낙 높아 한기에 큰 영향은 받지 않았지만 실로 지독한 추위였다.

이때 효마가 앞으로 달려나가며 부르짖는 것이었다.

"아이구! 이놈! 일방아!"

그가 달려간 곳의 동굴 중간에는 제법 높은 좌대 하나가 놓여 있고, 그

위에 서리로 뒤덮인 사람 형상의 물체가 앉아 있었다.

설백이 그를 안고 얼음을 털어내며 말했다.

"너마저 죽었단 말이냐? 악독한 놈들이 너까지 잡아먹었구나."

언강호는 그가 바로 산채로 영겁마동에 갇히는 형벌을 받은, 전전대의 구마이자 부친인 팔마 사마량의 사부였던 넘마 요일방임을 알 수 있었다.

광인이 된 효마는 얼음에 뒤덮인 그를 한눈에 알아보았다. 어쩌면 그는 광인이 된 것이 아니라 미친 척하고 있을 뿐인지도 모를 일이었다.

"넘마님, 제가 이제야 왔습니다. 용서… 하십시오."

앞으로 다가간 등호가 절을 올리며 떨리는 음성으로 말했다. 요일방은 복마를 가르치면서 사마량과 함께 만마쌍절로 불렸던 범마에게도 많은 깨우침을 주었다. 따라서 넘마는 등호에게노 사부나 다름없는 존재었다.

잠시 격동된 마음으로 바라보고 있던 언강호도 곧 등호의 옆에서 나란히 절을 올렸다. 모든 자들이 부친을 탄핵할 때 오직 효마와 넘마만이 목숨을 걸고 반대했다. 그 결과 설백은 미쳐 만마성을 떠났으며, 요일방은 이 극한의 추위에서 오랜 세월 동안 갇혀 있는 형벌을 받게 된 것이었다. 넘마의 고통은 곧 언강호의 고통이기도 했다.

바닥은 감람경의 고수인 언강호도 뼈가 시릴 만큼 차가웠다. 분노가 밀려왔다. 부친을 죽이고, 넘마에게 마하발특마 지옥의 고통을 안겨주고, 설백을 미치게 한 원흉은 대체 누구란 말인가? 만마가 어떻게 일제히 한목소리를 낼 수 있단 말인가? 거대한 힘이 뒤에서 조종하지 않고서야 있을 수 없는 일이었다.

잠시 마음을 추스른 언강호는 곧 요일방을 살펴보았다. 무슨 방법을 쓴 것인지 놀랍게도 그는 가사 상태에서도 한가닥 심맥이 뛰고 있었다. 함께 살펴본 등호가 말했다.

"음, 역시 넘마님은 마장심공(魔障心功)을 익혔군."

"마장심공이 무엇입니까?"

"만마성에는 사대심법(四大心法)이 있는데 만마공(萬魔功), 암흑마공(暗黑魔功), 마장심공, 역혈마공(逆血魔功)이 그것이다. 이 가운데 암흑마공과 역혈마공은 금단의 마공이며, 마장심공은 수련이 극히 까다로워 아주 소수의 사람들만이 익힌 심공이다."

등호의 설명에 의하면 암흑마공은 암흑마기(暗黑魔氣)라는, 만마기와는 또 다른 마기를 근본 진기로 한다. 한데 이 마공은 입문하기가 어려웠다. 하지만 특별한 인연이 닿아 수련을 시작할 수만 있다면 별다른 노력 없이도 일사천리로 무공이 높아지는 특징이 있다.

다만 일단 수련을 시작하면 자신의 의지로는 중단할 수 없으며, 암흑마기가 눈사태처럼 불어나 인간의 의지와 혼백을 집어삼키기 때문에 결국에는 암흑마신(暗黑魔神)이라는 악마와 같은 존재가 되어버리는 무공이다. 그야말로 최악의 무공이라 멸천이마종도 수련할 엄두를 내지 못했다는 말이 있을 정도였다.

그리고 역혈마공은 별도의 진기를 형성하지는 않지만 만마공과 함께 익히면 순간적으로 만마기의 위력을 몇 배나 높여주는 특성이 있다. 이 역시 대단히 매력적이라고 할 수 있는 것이지만, 주화입마의 가능성이 너무 높아 금지 무공의 하나가 되었다.

이와는 달리 세 번째 서열의 마장심공은 글자 그대로 마의 장애로부터 마음을 지켜주는 무공으로, 실전적 위력은 전혀 없으면서도 대단히 복잡하고 수련하기 까다로운 것이었다.

하지만 마장심공은 무공 수련에 보조적인 여러 가지 효능을 가지고 있다. 가령 호흡을 느리게 하여 오랫동안 명상을 가능하게 한다든지, 만마기로 들끓는 마음을 진정시켜 준다든지, 심지어 마장심공을 완성하면 다른 마공으로 인해 주화입마에 빠진다고 하더라도 심마(心魔)에서 벗어날 수 있다는 말이 있었다.

이 때문에 마장심공을 완성한 상태에서 암흑마공을 익히면 암흑마기를 통제할 수 있을지 모른다고 말하는 사람들도 있었다. 물론 이는 모두 가설에 불과하며, 무엇보다 까다롭기 그지없는 마장심공을 완성하는 것부터가 거의 불가능에 가까운 일이었다.

어쨌든 마장심공이 삼성에 이르면 호흡과 신체 대사를 극도로 느리게 하여 오랫동안 가사 상태에 드는 것이 가능하다. 넘마는 바로 이 마장심공 덕분에 아직 완전히 죽지 않은 것이었다.

"다행히 우리가 때를 잘 맞추어 왔구나. 한 달만 늦었어도 넘마님은 한기를 이기지 못하고 한 덩어리 얼음이 되었을 것이다."

"정말 다행입니다."

가사 상태에서 요일방을 깨우는 것은 어렵지 않은 일이다. 혼돈의 기운이면 능히 잠든 만마기를 활성화시킬 수 있을 터였다.

언강호와 등호는 설백을 달래 사마량을 찾아갔다. 영겹마동은 지하로 팔십이층이나 형성되어 있었다. 복마 사마량은 그 최하층에 안장되어 있었다. 사방 일 장 남짓, 벽면에 움푹 들어간 사각형의 공간에서 서리와 얼음을 뒤집어쓴 채 우뚝 서 있는 거인. 그 체구만으로도 언강호를 연상할 수 있는 사람이었다.

그의 발 아래에는 '사마량! 만마가 무릎을 꿇을 복마의 재목이었으나 꿈을 못 다 펼치고 여기 잠들다. 그의 꿈이여! 마신의 땅에서 완성될 지어다' 라는 글귀가 적혀 있었다. 언강호는 약간은 분노가 가라앉는 기분이었다. 이 글귀를 적은 사람은 적어도 마음으로는 아버지를 존경했음이 틀림없었다.

"이놈! 량아. 크흐흐흐, 네가 여기 있었구나. 얼마나 추웠느냐? 얼마나 추웠느냐?"

설백의 통곡이 들려왔다. 언강호는 말없이 흑호피를 벗어 효마에게 건네주었다. 그는 연신 사마량을 어루만지며 정성스럽게 흑호피를 걸쳐 주는 것이었다. 고드름과 서리가 떨어져 나가고 사마량의 본모습이 드러났다. 오랜 세월이 지났건만 그 위엄과 기상이 실로 대단했다. 그런 그가 흑호피를 걸치자 지금이라도 사각형의 공간을 뛰쳐나와 천하를 호령할 것 같았다.

등호가 조그만 목소리로 말했다.

"강호야, 인사 올려라. 부친이시다."

이에 언강호는 떨리는 마음으로 다가가 이배를 올렸다.

"아… 버… 님, 이제야 왔습니다. 이제야……. 저는 그 회하에서 살아남았습니다. 수강호라는 두 분의 한 서린 글귀를 안고 살아남아 이렇게 찾아왔습니다."

마음의 통곡이었다. 곁에서 보고 있는 등호는 회하의 거친 강물에 갓난아기였던 언강호를 갈대 바구니에 넣어 떠나보냈던 사마량과 담문경이 이제는 저 멀리서 미소를 짓고 있는 듯했다. 그들의 아기가 살아남아 그들을 기억해 주고 있음이었다.

◆ 第百十八章 ◆ 도와 비도를 넘어

도와 비도를 넘어

마음을 추스른 언강호는 부친에게
서 떨어지지 않으려는 설백을 데리고 영겁마동의 위층으로 올라갔다. 그
리고 넘마를 안고 팔마부로 돌아왔다. 요일방을 깨우는 것은 대단히 조
심스러운 일이었다.

십여 일에 걸쳐 조금씩 만마기를 자극해 진기를 돌게 하고, 미지근한
물과 미음을 먹여 오장육부의 기능을 정상화시켜 나갔다. 차분히 정성을
다하길 십 일째, 마침내 넘마가 정신을 차리고 눈을 뜨는 것이었다. 그로
부터 다시 십 일이 지나자 그는 효마와 범마 등을 알아보았고, 한 달이
흘렀을 때는 비로소 말을 할 수 있게 되었다.

언강호는 요일방을 치료하면서 수련에 전력을 다했다. 곽요진도 잠시
태천에 관한 일을 접어두고 넘마의 치료와 무공 수련에 동참했다.

일차적인 목표는 만상천화 칠편이었다. 만상천화 칠편만 완성하면 곧
바로 현무 해동신군의 신기(神器)인 현무건의 수련을 시작할 수 있을 터

였다. 생각만큼 쉽지는 않은 일이었다. 자신의 체질은 놀라울 정도로 만 상천화 칠편과 잘 맞았지만, 이상하게 무엇인가 삐걱거리는 느낌을 지울 수 없었다.

어느새 한 달이 지나고 마지막으로 나원을 떠난 이일과 상팔대의 여섯 가주, 그리고 상칠의 이복동생인 단백도영 상저가 합류했다. 또한 중주 백팔곤을 거느리고 떠난 심유정검 곡은도가 백색마겸 막용 등 사망교의 실수들과 동귀어진했다는 안타까운 소식이 들려왔다.

그런 차에 요일방이 말을 하게 되었다. 사마량과 담문경의 아들이 왔 다는 사실을 알게 된 념마는 너무나 격동한 나머지 심맥이 흐트러질 만 큼 흥분하여 위험에 빠지기도 했다. 언강호는 설백과 더불어 하루를 온 전히 그 곁을 지키며 요일방을 진정시켰다.

다음날이 되어 념마가 안정을 되찾고 스스로 진기를 조절하게 되자 비 로소 등호와 령마, 이일 등을 불러 함께 당시의 일을 듣기 시작했다. 잠 시 설백을 바라보던 념마가 탄식하며 입을 열었다.

"대법판이 저렇게 된 것도 무리는 아니지. 오로지 량에게 희망을 걸고 있었던 사람이니……."

"그러한 인재를 어째서 만마성 스스로 제거한 것입니까?"

두징명이 핵심을 물었다.

"생각해 보니 조금 전에 두 비향이 나에게 이야기해 준 현재 만마성의 구도, 즉 강경파와 정통파의 대립이 그전에 이미 시작된 것이 아닌가 하 네."

"정통파나 강경파의 뿌리가 그 정도로 깊다는 말씀이십니까?"

"그렇다네. 만마를 그처럼 일사불란하게 움직일 힘은 존마님께도 없 었지. 있었다면 두 분의 중마조님이 아마 유일했을 거야. 그러니 당연히 멸천이마종님 정도의 능력자들이 뒤에서 만마를 움직여 만마평의회를 열었다는 말이 아니겠는가? 우리 둘을 제외한 모든 만마들이 량을 탄핵할 때는 어떻게 이런 일이 있을 수 있나 도무지 이해할 수 없었네. 한데 자네의 말과 같이 선계나 마계와 연관된 힘이 만마성에 은밀히 자리 잡고 있었다면 충분히 이야기가 되는 것일세."

중마조란 멸천이마종을 일컫는 말이다. 다시 두징명이 말했다.

"마계는 몰라도 선계가 관련되었다는 증거는 아직 없습니다. 악목대전 이후 그 힘의 잔재는 사신장의 사신기와 그로부터 파생된 무공들이 전부인데, 그 대부분을 언 단주께서 계승한 상태입니다."

"그건 나도 의문일세. 하지만 마계의 힘과 대등한, 아니, 그들에게 큰 타격을 입힐 수 있는 힘이 따로 있을 수 있겠나? 어떻게 된 일인지는 몰라도 분명 정통파의 신비인은 선계와 연관이 있을 것이네."

"……."

요일방의 말을 통해서도 마계에 이어 선계마저 관련이 있다는 사실이 점차 명백해지고 있었다. 잠시 생각하던 언강호가 물었다.

"선계든 마계든, 적대적인 그들이 손잡고 아버님을 탄핵해야 할 이유가 있었습니까?"

"그것이 문제의 핵심일 것 같은데 명확히 알기는 힘들다. 량이 탄핵받을 만한 이유는 지옥검마종님이 남긴 비도의 무공 지옥멸겁광을 익혔다는 것 외에는 없는 것 같구나. 음, 좀 더 구체적으로 말하자면 당시의 량은 마장심공을 실로 놀라운 속도로 익혀 나를 능가했고, 그 덕분에 지옥멸겁광을 완성할 수 있었지. 그리고 곧바로 암흑도마종님의 암흑팔마해에도 입문한 상태였었지."

두징명이 감탄하며 말했다.

"아, 실로 대단하군요! 복마님이 그대로 몇 년만 더 수련했더라면 존마 고귀향님을 능가하는 대단한 강자가 되었겠습니다."

"아마도 그랬을 거야."

"흐음."

백오랑뿐만 아니라 모두들 크게 감탄한 표정이었다. 이때 장손경이 눈빛을 반짝이며 물었다.

"넘마님, 그런 사실을 만마성에서 모두 알고 있었나요?"

"주요 인사들은 대부분 알고 있었지."

"그렇다면 문제는 거기에 있는 것이 아닐까요?"

"무슨 뜻인가?"

"누군가 복마님께서 비도의 무공을 익히는 것을 원하지 않았을지도 모른다는 말이에요."

"하나 그 당시 중마조님의 제자이신 존마님도 이미 비도의 무공을 익히고 있었다네. 일존이라고 불리는 그분의 능력은 상상을 불허하는 것이었지. 한데 그런 분은 그냥 두고 양쪽 세력이 힘을 합쳐 량을 제거했다는 것은 이해하기 어려운 일이네."

이 말에 잠시 생각하던 장손경이 다시 물었다.

"혹시 존마님도 마장심공을 수련하셨나요?"

"그건 아니네."

"그럼 복마님의 무공이 결정적으로 향상된 것이 혹시 마장심공이 어느 정도 경지에 이른 이후의 일이 아닌가요?"

"음~! 어떻게 알았나? 사실은 그렇다네. 량은 마장심공이 구성에 이른 후 그토록 애태우던 지옥멸겁광의 입문에 성공하더니, 채 일 년이 되지 않아 완성해 버렸지. 아마 중마조님들이나 존마님보다 빠른 성취였을 거야."

"넘마님, 역대로 마장심공을 구성까지 익힌 사람이 있었나요?"

"…없네. 제법 열심히 수련한 나도 겨우 사성에 올랐을 뿐이니…….

그리고 보니 비도의 무공을 익힌 것보다 오히려 그것이 더 대단한 일이 었는지도 모르겠군."

멸천이마종의 공포가 너무 컸기에 비도의 무공을 익혔다는 사실에 중요한 면이 가려져 있었던 것이다. 이일이 감탄했다는 표정으로 곽불사와 장손경을 번갈아 쳐다보더니 말했다.

"하하하! 신 통륭방의 작은 안주인께서 지혜가 대단하십니다. 부럽습니다, 방주!"

"사람 참, 별소릴 다 하는군."

곽불사가 쑥스러운 듯 얼버무리자 장손경이 아름다운 미소를 띠우며 말했다.

"나원의 이총관 천기도수사께 비할 바는 아니지요."

"별말씀을 다 하십니다. 꾁 빙주를 꾁 붙잡았다는 사실만으로도 저보다 훨씬 낫습니다."

농 섞인 이일의 말에 사람들은 잠시 유쾌하게 웃었다. 일행의 웃음이 가시자 이일이 신중한 음성으로 말했다.

"가능성은 두 가지인 것 같습니다. 우선 작은부인의 말씀처럼 마장심공과 비도의 무공을 동시에 익히면 그 누구도 감당하기 힘든 가공할 능력자가 될 수 있어 그냥 두고 볼 수 없었을 가능성이 첫 번째입니다. 어쩌면 마장심공에 특별한 비밀이 있는지도 모르겠습니다."

"두 번째는 무엇이오?"

현청사안 왕방형이 질문에 이일은 바로 대답하지 않고 고귀향에 관한 이야기를 꺼냈다.

"당시 존마님의 권위라면 만마 전체를 설득하지는 못해도 만마평의회가 그러한 결론에 이르지 못하도록 충분히 막을 수 있었을 것입니다. 그럼에도 그는 침묵했습니다."

"혹시 그 말은 존마님이 양 세력과 관련이 있었다는 말인가? 아니지, 불과 일 년여 전에 육합천에서 시험 제조한 마물 축융마인과 두 명의 가공할 능력자에게 제거되었다고 하지 않았는가? 그렇다면 마계는 아니고 선계란 말인데……."

황마 섭민이 이해할 수 없다는 표정으로 중얼거렸다.

다른 사람들의 생각도 마찬가지였다. 멸천이마종의 제자인 고귀향이 선계와 관련있다는 것은 좀처럼 믿기 힘든 일이었다. 결국 따지고 보면 만마성은 마족의 일원인 흑마신의 후예가 아니겠는가? 이미 이런 사실을 생각하고 있었음인지 이일이 곧바로 대답했다.

"존마님은 흑마신의 후예로, 결코 선계와 관련될 수 없는 사람입니다. 관련될 수 없는 사람이 관련되었다는 것은 그가 곧 가짜였다는 뜻이 아니겠습니까?"

"……."

충격적인 말에 사람들은 한동안 입을 열지 못했다.

하지만 논리 정연한 이일의 말에 가능성을 인정하지 않을 수 없었다. 아연해 있던 황마가 한참 만에 고개를 끄덕이며 말했다.

"그러고 보니 존마님은 사공과 달리 겨우 육십 년 만에 성주에서 물러나셨고, 마라원에 은거한 이후 한 번도 본 성에 모습을 드러내지 않았네. 극히 제한된 인원만이 마라원을 찾아가 뵙곤 했다는 말이 있었지. 거기에 비도의 무공은 말할 것도 없고, 그분의 또 다른 주 무공이었던 만겁마경(萬劫魔勁)조차 펼치는 것을 본 사람이 없었으니……."

뜻밖의 사실들이 속속 드러나고 있었다. 그렇다면 존마는 도대체 누구였단 말인가? 여기에는 이일도 대답할 수 없었다. 단지 그는 지금 해야 할 바를 이야기할 수 있을 뿐이었다.

"우선 마장심공을 확인해 보아야 할 것 같습니다. 녬마님께서는 구결을 다 기억하고 계십니까?"

"아닐세. 마장심공은 모두 칠절(七節)로 되어 있는데 나는 그중 삼절만 외웠고, 나머지는 량으로 하여금 직접 마장고(魔藏庫)에서 비급을 가져다가 보게 했지."

"지금 그 비급을 볼 수 있겠습니까?"

이일의 이 말은 령마를 보고 한 것이었다. 만마성의 모든 무공 비급과 주요 서적들을 모아둔 마장고는 아홉 개의 서고로, 만마팔관(萬魔八關)이라는 무서운 기관 장치에 의해서 보호되고 있다. 이곳에 자유로이 출입할 수 있는 것은 현직에 있는 십마뿐이었다.

령마는 흔쾌히 고개를 끄덕였다.

"곧바로 다녀오겠네."

사안의 중대성을 감안했음인지 양조는 속시 밖으로 나가더니 채 이각이 지나지 않아 돌아왔다. 만마성은 엄청나게 넓은 곳이다. 당연히 팔마부에서 마장고까지의 거리도 멀었다. 그럼에도 이각이 안 되어 돌아왔다는 것은 양조가 보신경까지 사용했다는 말이었다. 그만큼 사안의 중대성이 심각했다.

그가 건네주는 책자는 두께가 무려 두 뼘이나 되는 두꺼운 책자였다. 이런 무공 비급이 있었다니? 그 안의 구결은 얼마나 긴 것일까? 보는 사람들은 그 두께만으로도 기가 질리는 느낌이었다.

양조가 침중한 음성으로 말했다.

"확실히 이상한 점이 있군. 뒷부분 몇 장이 찢겨 나가고 없었는데, 마지막 칠절에 해당하는 부분이었네."

"역시 그렇군요. 일단 이것을 언 단주께서 가지고 계시면서 수련하는 것이 좋겠습니다. 마장심공의 비밀을 알아내자면 직접 수련해 보는 것이 가장 빠를 것입니다. 령마님, 괜찮겠습니까?"

"물론이네. 팔마의 권위로 허락하는 바일세. 나는 복마님께서 죄인이 아니라고 확신하고 있으니 그 후손인 사제는 당연히 만마성의 후예인 것이며, 만마의 무공을 익힐 권리가 있다고 생각하는 것이네."

"고맙습니다, 대사형."

언강호는 무공보다 부친에 대한 양조의 미음이 고마웠다. 가볍게 웃어 보인 령마가 이일을 보고 물었다.

"다음 할 일은 무엇인가?"

"당연히 양 세력의 실체를 벗겨 그들을 의도를 분쇄하는 것이지요. 이것이 제이의 악목대전을 막는 지름길입니다. 이와 동시에 만마평의회를 열어 복마님과 범마님, 효마님, 넘마님을 복권시키고, 단주의 만마성에 대한 권리를 공식적으로 인정받아야 합니다. 이렇게 함으로써 복마님의 원수도 갚을 수 있을 것입니다."

"흠, 그러자면 양 세력에 대한 정보 수집을 강화하고 만마를 설득하는 일이 중요하겠군?"

"그렇습니다."

대답을 한 이일은 장손경과 송필, 두징명, 감립본, 정수산, 왕방형을 따로 불러 잠시 의논하더니 일행에게 각자 해야 할 일을 알려주었다.

언강호와 곽요진에게 맡겨진 일은 수련에 전념하는 것이었다. 이일이 온 이후 언강호는 수련에 관해서도 상의한 적이 있었다. 두 사람이 내린 결론은 만상천화 칠편만 익히면 곧바로 사신기의 하나인 현무건의 힘에 접근할 수 있다는 단순한 생각은 문제가 있다는 것이었다.

넘마도 조언을 해주었다. 눈을 뜨고 이십여 일을 누워 있는 동안 옆에서 수련하는 언강호를 지켜본 그는 새로 수련하는 만상천화 칠편보다는 간간이 몸 풀듯이 하는, 예전부터 계속 익혀온 무공들을 볼 때마다 어떤 중요한 고비에 있음을 느낀 것이다. 이런 상황에서 새로운 무공을 억지로 익히고 있다는 것은 이해가 되지 않는 일이었다.

결국 언강호는 예전의 수련으로 되돌아갔다. 오랫동안 계속해 온 대로, 곽요진과 함께 그림을 그리면서 검성도와 도화도의 뜻을 좇아 나가는 한편, 가장 기초적인 본원십일공을 통해 통륜십육공에 이르고 또 이를 통해 무성십도에 이르는 점진적인 단계를 밟아 나가는 방식의 수련이었다.

수법인 회원수는 이미 오래전에 금궐수의 경지에 올랐다. 보신경 이원종도 만마성으로 오기 전에 귀축도궁을 넘어섰다. 거기에 만마성에서의 수련으로 장법인 도원장, 권법인 무원권, 지법인 수원지 등 나머지도 무공들도 하나씩 통륜십육공을 넘어갔다.

전전대 구마로 만마쌍절이라는 최고의 천재들을 가르쳤던 넘마의 안목은 정확했다. 언강호는 감람경에 오른 이후에도 가장 기초적인 무공인 본원십일공의 수련을 중단하지 않았다. 오히려 기본에 가장 충실해 왔다. 덕분에 그의 본원십일공은 십이성의 한계마저 초월하여 십삼성, 십사성으로 나아가 통륜십육공의 경지에 근접하고 있었던 것이다.

보통 하나의 무공은 십성(十成)에 이르면 완성되었음을 뜻하며 십일성, 십이성은 상징적인 의미로 사용된다. 이미 익힌 초식을 상황에 맞춰 자유자재로 임기응변(臨機應變)할 수 있으면 십일성에 올랐다고 하는데, 하나의 초식을 정해진 대로 완벽하게 구사할 수 있다는 말과 이를 매번 달라지는 상황에서 적절하게 사용할 수 있음은 다른 의미인 것이다.

또한 십이성은 천의무봉한 경지를 말한다. 하늘의 선녀들이 입는 옷은 기운 곳이 없는 것처럼 하나의 무공에 일체의 유위(有爲)가 배제되어 있는 경지를 십이성이라고 한다. 억지로 맞추지 않지만 저절로 맞아 들어가는 경지! 이것이 바로 십이성의 경지다.

그러나 십이성의 경지가 무공의 끝은 아니다. 그 이상, 즉 십삼성이나 십사성 등이 얼마든지 있을 수 있다. 다만 십이성은 구결과 초식에 구애받지는 않지만 하나의 무공이라고 부를 수 있는 범주 안에 있고, 십삼성 이상은 그 범주를 초월해 버리기에 완전히 다른 무공이 된다는 차이점이 있는 것이다.

그간 언강호는 갖가지 일로 쉴 틈 없이 강행군을 해왔기에 수련에 전념할 겨를이 없었다. 이 때문에 본원십일공은 늘 십이성과 십삼성의 중간에서 주춤거리고 있었다. 그런 차에 만마성에서의 차분한 수련은 막혀 있던 둑을 틔워놓는 계기가 되었다.

여기에는 마장심공이 큰 역할을 했다. 마장심공의 숨겨진 효능은 정녕 놀라운 것이라, 마장심공이 일정한 경지에 오르자 언강호는 본원십일공의 본질을 꿰뚫어 보고 그 핵심을 정확하게 짚어나갔다. 자연히 본원십일공은 놀라운 진전을 보였다. 도원장은 금방 다륜장법이 되었으며, 무원권은 곧 어형권법이 되어갔다.

본원십일공이 십이성을 넘어 십삼성, 십사성으로 나아가자 그것이 바로 통륜십육공이었던 것이다. 저사렴이 각법과 투법에서 본원십일공을 넘어 통륜십육공으로 나아간 적은 있지만, 언강호처럼 거의 모든 분야에서 이런 일을 이룬 사람은 아무도 없었다.

한동안 언강호는 완전히 수련에 빠져들었다. 오전에는 곽요진과 더불어 화육법(畵六法)에 따라 그림을 그리며 검성도와 도화도의 의미를 좇고, 오후부터 밤늦게까지는 본원십일공을 수련했다.

그리고 동이 트기 전에 일어나 양조가 준 마장심공을 익혔다.

비급의 엄청난 두께만큼 과연 마장심공의 구결은 길고도 길었다. 이를 사람의 머리로 다 외우기는 거의 불가능에 가까운 일이었다. 이러니 미세한 부분까지 꼼꼼하게 지적하고 있는 구결 그대로 한 치의 오차도 없이 정확하게 운기행공을 하는 것이 가능할 리가 없었다.

실제로 용천혈 하나의 혈도로 진기를 통과시키는 데 주의사항이 백 가지가 넘고, 그 과정에서 진기의 강약을 쉰네 번이나 바꾸어야 했다. 또한 용천혈의 구조를 설명하는 글만 수백 줄이 넘고, 그 복잡한 구조를 지나는 동안 진기가 자극해야 할 부분과 진기가 닿아서는 안 될 부분을 설명하는 데 또 수백 줄이 넘었다.

수많은 혈도와 경락, 세맥들 중 용천혈 하나가 이러했다. 만마성 역사상 아무도 완성하지 못한 이유를 알 것 같았다. 다행인 것은 마장심공은 그 자체로 진기를 생성시키지 않으며, 어떤 내공심법을 익혔든 그 진기로 운기행공이 가능하다는 점이었다. 따라서 만마공을 익히지 않아도 수련이 가능했다.

언강호는 삼 일에 걸쳐 구결을 읽었다. 축심기공 삼단 십만대공을 완성한 이후 언강호는 머리 부분의 세맥까지 모두 뚫려 사고능력이 극대화되어 있었다. 자연히 책을 읽고 이해하는 속도가 다른 사람과는 비교가 되지 않았다. 마치 책장을 세듯 빠른 속도로 읽어내리고는 생각했다.

'마장심공 육절을 인간의 능력으로 완전히 외우고, 자신의 의지로서 완벽하게 진기를 조절하여 구결에 따라 운기행공을 한다는 것은 불가능한 일이다. 이것은 십만대공보다 열 배는 더 복잡한 심법이다. 정녕 이러한 무공이 있을 줄은 몰랐군.'

잠시 회의감이 찾아들었다. 별다른 무공상의 효능도 없는 마장심공을 굳이 익혀야 할 것인가? 자신의 정신 능력은 이미 십만대공으로 인해 크게 향상된 터였다. 한데도 다시 마장심공을 익히는 데 시간을 낭비해야만 할까?

인간이라면 당연할지도 모를 회의감에 사로잡혀 있던 언강호는 곧 마음을 굳게 먹었다. 아버지의 사인을 풀기 위해서라도 익히고야 말겠다고 다짐했다. 그는 한 번 더 마장심공의 구결을 꼼꼼하게 읽었다. 책장을 덮을 때가 되자 한 가지 느껴지는 것이 있었다.

'있다! 이 마장심공에도 전체를 관통하는 하나의 거대한 물줄기가 있다. 인간의 의지로 이 구결에 따라 완벽하게 운기행공을 하는 것은 불가능하지만, 그 물줄기에 자신을 맡겨 버리면 운기행공은 자연스럽게 이루어지는 것이다.'

십만대공으로 높아진 정신적 능력이 언강호로 하여금 마장심공을 꿰뚫어 보게 해주었다. 비록 칠절이 없었지만 칠절은 매우 상징적인 구결이며, 그 분량도 아주 적어 실제 수련에 미치는 영향은 미미하다고 할 수 있었다. 물론 마장심공이 최고의 단계에 가면 반대로 칠절의 영향은 매우 커져 전부라고 해도 과언이 아닐 터였다.

마장심공의 물줄기는 자신을 쉽게 드러내려 하지 않았다. 언강호는 구결을 읽고 의미를 되새기는 명상을 반복하며 열흘을 보냈다. 그리고 공래산을 넘어 아침 햇살이 유난히 강렬하게 비쳐 오던 날, 마침내 그 물줄기를 보고야 말았다.

크게 격동한 그는 그 자리에서 마장심공 육절을 단숨에 운기해 버렸다. 과연 그의 생각대로였다. 인간의 의지로써 일일이 구결에 따라 운기한다면 넘마처럼 육십 년 이상 마장심공에 매달려도 채 삼절을 넘어가기 힘들 터였다. 한데 마장심공 전체를 관통하는 물줄기를 찾아내고, 거기에 자신을 맡겨 버리니 운기행공이 저절로 이루어진 것이었다.

단숨에 육절을 성취한 언강호는 머릿속이 환해지면서 그간 해결하지 못했던 무공상의 난제들이 저절로 풀려 나가고, 자신의 수련에서 적절하지 못했던 점들이 훤히 보이는 것이었다. 이는 마치 사람이 자라면서 저절로 걷게 되는 것처럼 매우 자연스러운 현상으로 다가왔다.

마장심공 육절의 운기에 성공하는 순간, 언강호는 자신의 많은 부분들이 훌쩍 저 멀리 가 있음을 느낄 수 있었다. 물론 한 번의 운기 성공이 마장심공의 완성을 뜻하는 것은 아니었다. 목욕으로 비유하자면, 별다른 문제 없이 한번에 뜨거운 물속에 몸을 담그는 데 성공한 셈이었다. 이후의 적응과 때를 벗겨내는 것은 언강호가 계속해야 할 일이었다.

과연 마장심공은 놀라운 바가 있었다. 십만대공으로 인한 정신적 능력의 향상은 부수적 효과에 불과하지만 마장심공은 그 대부분이 인간의 내면적 능력을 자극하고 증강시키는 무공이었다.

근골을 튼튼하게 하고, 혈도와 경락을 질기고 유연하게 하여 은연중 수련에 도움을 줄 뿐만 아니라, 정신적 능력을 놀라울 정도로 향상시켜 고도로 집중력을 높여주었다. 이로 인해 수련할 때면 언강호의 신체는 그 수련에 모든 힘과 정열을 쏟게 되었다. 이러니 놀랍도록 빠르게 수련의 성과가 나타나는 것은 당연한 일이었다.

한 가지 이상한 점은 마장심공이 유명마곡의 무녕유공, 사낭교의 흡식마공, 심지어 대충 겉모습만 알고 있는 은경보의 월령곤법, 백운신문의 불해검환, 장미밀원의 미령천향공, 혈해의 혈령마경과도 어쩐지 통한다는 느낌이 들었던 것이다.

정도, 마도, 요도, 심지어 서천마도인 만마성까지 이렇게 다양한 부류의 무공들이 통한다니? 언강호는 의문을 지울 수 없어 한동안 깊은 명상에 잠겨 있었으나 구체적으로 어떤 점이 어떻게 닮아 있는 것인지는 명확히 알 수 없었다.

어쨌든 본격적인 수련이 시작되고 한 달. 마침내 언강호는 검법과 도법을 제외하고는 본원십일공에서 모두 십이성을 뛰어넘었으며, 다시 한 달이 지나자 통륜십육공마저 전부 십이성에 오르고 말았다. 여기서 고비가 찾아왔다.

본원십일공은 워낙 오래 수련해 온 것이라 만반의 준비가 되어 있었던 셈이지만 통륜십육공은 그렇지가 못했다. 그럼에도 구결조차 모르는 통류십육공을 스스로 깨우쳐 십이성까지 단숨에 내달린 것은 실로 대단한 일이며, 마장심공의 도움이 지대했다고 할 수 있었다.

하나 혼자만의 수련으로 통륜십육공의 십이성을 넘어 십삼성, 즉 무성십도로 나아가기란 결코 쉬운 일이 아니었다. 이때 곽불사가 곽요진에게 무성제해를 넘겨주었다. 물론 언강호의 수련에 도움을 주기 위함이었다.

무성십도의 여덟 가지가 수록된 무성제해는 이 중요한 고비에서 큰 힘이 되어주었다. 무성제해 없이 통륜십육공의 경지를 다시 넘어서기 위해서는 얼마나 오랜 시간이 필요할지 모를 일이었던 것이다. 권왕도를 시작으로, 장천도, 지성도, 수형도, 조룡도, 타뢰도, 현현도, 비황도가 차례로 그 속살을 드러내고 언강호를 맞이했다.

그리고 다시 한 달 후, 그러니까 본격적인 수련을 시작한 지 석 달 만에 마침내 언강호는 무성팔도마저 십이성을 넘어서는 경지에 이를 수 있었다. 그곳은 아득히 펼쳐진 광야였다. 그렇지만 어디로 가야 할지 알 것 같았다. 그 길은 검성도와도 관련이 있었다.

언강호는 일단 여타 무공들의 수련을 멈추고 미루어두었던 검법과 도법의 수련을 시작하기로 했다. 곽요진과의 수련으로 이미 검도법(劍刀法) 최정상의 모습인 검성도와 도화도를 어렴풋이나마 보고 있는 상태였다.

이제 길을 찾아가기만 하면 될 터였다.

언강호가 검법과 도법의 수련을 시작한다는 소식에 이일은 무극유심도 구장을 주었고, 곽불사는 통륜십육공 가운데 일곱 가지 검도법의 구결을 건네주었다. 제이의 악목대전을 막아야 할 무거운 책임이 있기에 언강호는 거절하지 않았다. 이렇게 언강호에게 모인 백호의 검도법은 크게 세 가지 부류였다.

우선 무성자가 남긴 통륜방의 무공으로, 본원십일공의 심원검법과 창원도법, 그리고 통륜십육공의 쾌검류 벽전검법(碧電劍法)과 변검류 표화검법(飄花劍法), 연검류 무절구곡(無節九曲), 비검류 방등비환검(方等飛幻劍), 장검류 천장검법(天長劍法), 유도류 반종도법(反宗刀法), 중도류 척천도법(擲天刀法) 등 모두 아홉 가지였다.

검법과 도법의 가장 기초라고 할 수 있는 심원검법과 창원도법은 오대검류와 이대도류를 수련하기 위한 모든 기본적인 동작을 포괄하는 것이었다. 따라서 두 기본 검도법에는 칠대검도류가 어지럽게 모여 있는 셈이었다. 그럼에도 무성자는 놀라운 통찰력으로 이를 분류하고 정리하여 하나의 완벽한 검법과 도법으로 만들어놓은 것이었다.

반면 통륜십육공의 벽전검법 등은 그 하나하나가 각기 칠대검도류의 절정에 속하는 무공으로, 오대검류와 이대도류의 이상을 가장 잘 해석하여 구현해 내고 있었다.

즉 무성자는 칠대검도류를 분리하여 그 하나하나의 이치를 철저히 익혀 나감으로써 검법과 도법의 정상을 찾고자 하였던 사람이다. 그가 남긴 검도법을 순서에 따라 차근차근 익혀 나간다면, 결국 검성도와 도화도에 이르러 검도법의 궁극에 이를 수 있을 터였다.

이에 비해 그의 사제였던 장천자가 장천문에 남긴 삼류검도법(?) 조화검법과 천지도법은 전혀 다른 길을 걷고 있었다. 장천자는 처음부터 오대검류와 이대도류라는 정통적인 구분에 구애되지 않고 검법과 도법이라는 전체적인 형상을 꿰뚫어 보고자 애썼다.

일찍이 이러한 시도는 거의 없었기에 그의 노력은 가시밭길을 걷듯 어려운 길이었다. 하지만 장천자는 끝내 포기하지 않고 오대검류 전체를 관통하는 줄기를 깨우쳐 이를 조화검법으로 구현하고, 이대도류 전체를 관통하는 이치를 천지도법에 담아냈다.

원래 지극한 것은 극히 평범해 보인다는 말이 있다. 장천자가 남긴 두 검도법은 사실 검성도나 도화도에 버금가는 지고의 무공이었다. 그러했기에 너무나 평범해 보였고, 장천문은 삼류로 전락하고 말았던 것이다.

두 사람은 완전히 반대되는 방향으로 검도법에 접근한 셈이었다. 그러나 사람의 능력은 한계가 있기 마련이며, 무성자나 장천자는 천 년에 한 명 나올까 말까 할 인재였다. 무성자가 남긴 수련 방식, 즉 모든 검도류를 일일이 수련함으로써 전체적인 형상을 더듬어가는 것이나 장천자처럼 처음부터 검도법의 본의(本意)를 찾아가는 방식이 다 인간의 능력으로는 실로 힘겨운 과정이 아닐 수 없었다.

이에 장천자의 어린 사제였던 만상자와 무극자는 사형을 존경하는 마음으로 그 길을 따르면서도, 한편으로는 무성자 대사형의 방식까지 일부 차용하여 새로운 검도법을 창안했다.

해동신군의 후예이기도 한 만상자 담조령은 오대검류를 통합한 검정칠해를 남겼는데, 이는 장천자처럼 처음부터 검법의 전체적인 물줄기를 따르고자 하면서도 그에 이르는 실제 수련 과정에서는 무성자처럼 일부 오대검류의 개별 수련을 첨가한 것이었다.

상팔대의 시조 무극자가 이대도류를 통합한 무공 무극유심도 구장도 비슷한 방식이었다. 전체적인 도법의 줄기를 따르되, 수련 과정에 일부 개별 수련을 차용한 것이었다.

즉 무성자와 장천자가 양극단에 서 있다면, 담조령과 무극자는 그 중간에 있는 셈이었다.

언강호는 마장심공 덕분에 지극히 높아진 정신적 능력을 십분 발휘하여 세 부류의 검도법을 완전히 이해하고 꿰뚫어 보았다.

한 사람이 평생을 익혀도 벽전검법이나 표화검법 등 단 하나의 검도류에서도 끝을 보기 어렵다는 점을 생각하면 언강호의 현재 수련 속도가 얼마나 가공스러운 것인지 알 수 있을 터였다. 실제로 그를 지켜보는 사람들은 하루하루 경악하며 지내고 있었다.

모든 것을 훤히 알고 하는 수련은 참으로 쉬운 것이었다.

더구나 언강호는 수련에 가장 적합한 신체와 차고 넘치는 진기를 가지고 있으며, 심원검법과 창원도법, 조화검법과 천지도법을 끝없이 수련하여 검도법의 기본 동작에 누구보다 능숙했다. 수련에 최상의 조건을 모두 갖춘 셈이었다. 믿어지지 않는 일이었지만 언강호는 두 달이 지났을 무렵 세 부류의 검도법에서 모두 그 끝을 향해 치닫고 있었다. 실제 수련에 있어서는 중용을 취하고 있는 검정칠해와 무극유심도 구장이 큰 도움이 되었다.

외가인 소주담가와 친구이며 동료인 이일의 상팔대에서 두 가지 무공을 기꺼이 내주지 않았더라면 검도법의 실제 수련은 매우 어려운 과정을 거쳐야 했을 터였다. 따라서 수련 방식에 있어서는 두 문파의 견해가 옳았다는 사실이 입증된 셈이었다.

모든 중원 무학의 대종사라고 자부했던 무성자도 무공을 완성하여 무성십도를 만든 이후, 뒤늦게서야 사제들처럼 수련 방식의 문제를 깨닫고 무절구곡을 고쳐 검법뿐만 아니라 도법까지 전체를 포괄하는 길로 나아갈 수 있는 가능성을 열어두었던 것이다. 무절구곡이 통륜십육공의 하나이면서도 통륜방의 정통이라고 하여 특별한 취급을 받았던 것은 바로 이 때문이었다.

언강호는 광린검과 청령도를 놓았다. 대신 삼 일 동안 오로지 곽요진과 함께 붓을 들고 그림만 그려 나갔다. 통륜십육공의 칠대검도법의 위에는 검성도와 도화도가 있었다. 그것들은 조화검법과 천지도법의 지극한 이치와도 상통하는 것이었다. 즉 다른 길을 통해 산봉우리에 오르는 차이일 뿐이었다.

한데 두 사람이 본 검도법의 본모습은 조금씩 달랐다. 이는 각기 다른 방향으로 산봉우리에 올라 앞쪽만 보았기 때문이다. 산 이쪽과 저쪽의 풍경이 다른 것은 당연할 터, 너무나 고생스럽게 봉우리까지 올랐기에 두 사형제는 미처 자신이 온 반대 방향을 볼 생각은 하지 못한 것이었다.

검법과 도법이 전체 무공에서 차지하는 비중은 매우 크다.

전체 무공을 십(十)으로 보았을 때 사(四) 이상이라는 것이 대부분 무림인의 생각이었다. 그만큼 검법과 도법의 길은 넓고 광대할 뿐만 아니라 멀고 험했다. 이백 년 전 천재 중의 천재들이었던 무성자와 장천자, 만상자, 무극자가 일생을 바쳤건만 결국 검도법의 반쪽밖에 보지 못했던 것이 그 어려움을 잘 말해주고 있었다.

하지만 무성자와 장천자의 깨달음이 모이자 결국 완전한 검도법이 모습을 드러냈고, 만상자와 무극자의 노력까지 더해지니 인간의 능력으로 실제 수련할 수 있는 길이 열렸다.

언강호는 미소 지었다. 두 사람의 검도법을 합치니 그것이야말로 완벽한 칼이었다. 날이 둘 있는 검이든, 하나만 있는 도든, 그것들은 궁극적으로 칼인 셈이었다.

곽요진도 이를 깨달았는지 옆에서 잔잔한 미소를 짓고 있었다.

"이제 검성도와 도화도를 완성할 때요."

"그래요."

그녀는 언강호가 말하고자 하는 바를 알아들었다.

무성자가 염부주에 남긴 그대로의 검성도와 도화도가 곧 커다란 화폭에 찬연하게 피어났다. 언강호의 붓은 용이며, 곽요진의 붓은 봉이었다. 용봉이 어우러져 화폭을 누비니 그야말로 용봉조화도(龍鳳造化圖)가 따로 없었다.

칼의 반쪽.

완성된 검성도와 도화도의 화폭에 무성자가 보았던 검도법의 모습이 완벽하게 되살아나 있었다. 염부주의 그날 불꽃을 만들어내던 무성자 자신의 모습 그대로였다. 그림이 완성되었을 때 마침 곽불사가 찾아왔다. 언강호는 두 그림을 말아서 주며 말했다.

"불로신군이 당신을 전체 통륜방의 진정한 방주로 인정했다고 들었소. 곽 방주가 이제 통륜방의 주인이니 이것을 받으시오. 나의 열 번째 혈사행이오."

"검공께서 안 계신 이상 나는 당당히 이것을 받겠네. 자네는 마침내 혈사행을 완수한 것일세."

"아직 대천무가 남았소."

그의 말에 곽불사와 곽요진의 안색이 흐려졌다.

대천무!

만약 언강호가 대천무마저 해낸다면 그들은 불구대천의 원수지간이 되고 말 터였다. 곽요진이 말했다.

"다, 당신은 혈사행과 대천무에 얽매어 있지 않았잖아요? 그… 런데 왜?"

울먹이는 그녀의 어깨를 부드럽게 감싸며 언강호가 말했다.

"요진, 걱정 마시오. 지금 생각하니 혈사행과 대천무는 검공이 내린 것이 아니라 사실은 하늘이 내린 것이었소. 그것들이 나를 강하게 키웠으며 올바른 길로 이끌어주었소. 대천무도 분명 올바른 결과로 귀결될 것이오."

"정… 말 그럴까요?"

어느새 그녀의 눈에서 이슬이 맺혀 떨어져 내리고 있었다. 언강호는 거친 손을 들어 부드럽게 닦아주었다.

이때부터 곽요진은 자신만의 제단을 차려놓고 기도하는 것으로 일과를 보냈고, 언강호는 수련을 계속했다.

무성자는 정녕 무학의 대종사였다. 검도법에서는 사형제들과 비슷한 업적을 남겼지만 장법이나 권법, 지법 등 무공의 나머지 영역에서는 가히 독보적인 존재라고 할 수 있었다. 그는 무공의 전 영역에 걸쳐 놀라운 성취를 이루었다. 검성도와 도화도를 제외한, 무성팔도의 끝에 펼쳐진 세계도 실로 광활한 것이었다.

언강호는 존경심을 금할 수 없었다.

한 사람의 능력으로 그 어렵다는 검도법에서도 장천자와 쌍벽을 이루는 업적을 남겼을 뿐만 아니라, 다른 모든 무공에서도 오히려 그보다 더한 업적을 남겼으니 어찌 경탄하지 않으랴.

더구나 무성팔도는 검성도나 도화도처럼 반쪽이 아니었다. 그것은 각 분야별 무공의 완벽한 모습이었다. 이러한 사실을 깨닫고 보니 언강호는 절로 고개가 숙여졌다. 하지만 무성자의 공부는 이것이 끝이 아니었다. 놀랍게도 이백 년 전의 이 대종사는 무공 외의 무공에도 길이 있음을 보았던 것이다.

이웅이 아직 성립되지 않았던 삼백 년 전 십정십패와 만마성의 수뇌부들은 주화입마의 위험성이 없는, 검증된 무공만 추려 정도(正道)의 무공이라 칭하고 나머지는 모두 이단(異端)으로 규정했다.

한데 그로부터 백 년 뒤 무성자는 정도, 즉 도(道)가 아닌 비도(非道)가 있을 수 있음을 깨달았고, 멸천이마종의 무공을 보고서 그 역시 단공쇄류와 용명도후라는 비도의 무공을 창안해 냈다.

무성자는 가히 경이로움, 그 자체가 아닐 수 없었다. 지금에 와서 언강호가 새삼스럽게 두 가지 죽음의 무공을 새로 수련할 필요는 없었다. 이미 초식상의 단련이 필요한 단계는 지났고, 단지 지기를 일시에 분출시키는 문제점으로 인해 연속적으로 사용하기 힘들다는 것이 남은 과제였다. 한동안 이에 대해 생각해 보았으나, 이 문제는 비도라는 영역 자체를 넘어서 보다 거대한 세계와 연관이 있는 것이었다.

　더구나 이단의 영역, 비도의 영역은 오히려 도의 영역, 무공의 영역보다 넓었다. 무공이란 인간의 언어 능력에 제한받는, 인식이란 범위 안에서 형성된 것이기에 당연한 일이었다. 여기에서 언강호는 다시 난관에 부딪쳤다. 단공쇄류와 용명도후는 비도의 영역 가운데 극히 일부분에만 관련되어 있었다.

　며칠간 식음을 전폐하고 고민하고 있는데 정철원이 유곤과 상의하여 동심자가 남긴 무공들을 알려주었다. 잘 알려진 바와 같이 무림삼자의 일원으로 무성자의 사제요, 장천자의 사형이었던 그는 당시까지 정도인지 이단인지조차 규정되지 않았던 각종 기병(奇兵)들을 이용하는 무공을 남겼다.

　동심자 역시 사형이나 사제 못지않은 무학의 대종사였다. 그의 무공은 많은 부분이 이단의 영역에 관련되어 있었다. 무성자와 장천자가 기존 무공을 정리하는 차원이었다면, 그는 완전히 새로운 길을 걸었던 셈이다.

　언강호는 동심자가 남긴 무공들을 통해 보다 넓은 이단의 영역을 넘보고 인식의 바깥을 엿볼 수 있었다. 이렇게 하여 드디어 큰 줄기가 잡혔다. 완전한 검도법과 나머지 무공들, 그리고 정도와 비도. 현무상인의 제자들, 즉 무림삼자와 만상자, 무극자가 남긴 도를 완전히 이해한 언강호는 이에 만족하지 않고 더 높은 이치를 좇았다. 여기서부터는 참고할 만한 어떤 구결도 없으며, 조언해 줄 사람도 없었다.

　희미한 화두(話頭)가 유일한 끈이었다. 그는 이를 붙잡고 잠도 자지 않은 채 하루 십이 시진을 온전히 명상에 잠겼다. 그러다가 언강호는 문득 생각이 축심기공 삼단 십만대공에 미쳤고, 일월합벽으로 천기와 지기의 차이를 극복하고 생성하게 된 혼돈의 기운을 다시금 주목하게 되었다. 언강호는 혼돈의 기운이 천천히 맴도는 모습을 주시하며 시간을 보냈다.

그리고 마침내 무성자의 모든 무공, 아니, 백호 일맥의 모든 무공이 이 혼돈의 기운이 펼쳐지고 거두어지는 모습에 다름 아님을 알게 되었다. 김도법과 나머지 무공들이 실상은 모두 하나이며, 정도와 비도의 구분조차 없는 세계가 눈앞에 드러났다.

그는 미소 지으며 불공이 주고 간 백호신령기를 꺼냈다. 선계 사신장(四神將)의 하나인 백호 남화자가 남긴 신기(神器). 마계 마족들의 보패에 대항할 수 있는 선계 사신기(四神器)의 하나인 바로 그 백호신령기였다. 깃발에는 기이한 문양들이 새겨져 있었다.

언강호는 그것이 바로 혼돈의 기운이 맴도는 모습임을 알 수 있었다. 또한 백호 후예들의 모든 무공의 원천이 된 진기도인법(眞氣導引法)도 사실은 여기에서 유래하였음을 깨달을 수 있었다. 이를 이용한다면 비도의 무공을 연속적으로 사용하는 것도 얼마든지 가능한 일이었다. 굳이 혼돈의 기운을 지기로 변환시켜 사용할 필요도 없었다. 천기와 지기가 구분되기 이전의 힘인 혼돈의 기운, 그 자체를 쏟아낼 수도 있었다.

혼돈의 기운을 이용한 비도의 무공. 언강호가 무수한 무공을 익혔지만 역시 단공쇄류와 용명도후를 능가하는 것은 없었다. 한데 백호신령기 자체의 힘은 그것마저 능가하고 있었다. 정녕 사신기의 능력은 인간의 힘과는 차원이 달랐다.

백호신령기를 사용하게 된 언강호는 인간계의 운명이 어떻게 될 것인지 걱정하다가 마침내 백호의 수련을 끝마치고 현무의 수련으로 넘어갔다. 이미 사신기의 하나를 사용하게 된 언강호가 현무 해동신군의 기본 무공인 만상천화 칠편을 익히는 것은 그리 어렵지 않은 일이었다. 처음 만마성에서 수련할 때 느꼈던 이질감은 혼돈의 기운으로 인함이었다.

백호 무공의 원천인 혼돈의 기운은 현무 무공과는 맞지 않았던 것이다. 실제로 소주담가에서도 검정칠해는 검정칠해대로, 만상천화 칠편은 만상천화 칠편대로 완전히 별개의 무공으로 익힐 뿐 그 원리를 서로 차용하거나 통합적인 관점에서 수련하는 경우는 전혀 없었다.

현무 무공의 원천은 결계의 힘이었다. 삼황(三皇)이 삼계(三界)를 창조하고 구분할 때 사용했던 그 힘이 바로 현무 무공의 원천인 것이다. 한 달이 지나지 않아 만상천화 칠편의 수련이 끝났다. 현무의 신기인 현무건도 두 달이 채 지나지 않아 사용할 수 있었다.

오른손에는 백호신령기, 왼손에는 현무건.

사신기의 두 가지를 자유롭게 사용하게 됨으로써 비로소 정통파든 강경파든 상대할 수 있는 기본적인 힘을 갖춘 셈이었다.

이때가 만마성으로 온 지 약 일 년 반이 지난 시점이었다.

그간 나원에서는 은경보와 지저음부동의 침입으로 절체절명의 위기를 맞이했지만 노산군이 적시에 도착하여 위기를 넘긴 일이 있었다. 이 소식은 먼저 이일에게 전달되었는데, 그는 언강호의 수련에 방해가 될까 하여 그제서야 알려주었다. 언강호가 얼마나 놀랐을지는 말할 필요도 없는 일이었다.

하지만 그사이 천오는 노산군과 주상 등을 지독하게 부려 절복을 완전히 평정했을 뿐만 아니라 대설산에서 많은 수정을 찾아내고, 병변에서 코끼리 무덤을 다시 찾아 재정적 기반까지 확실히 갖추어놓고 있었다. 수련을 막 끝내고 나온 언강호는 무수한 치하를 아끼지 않았다.

얼마 전 천오가 보낸 새로운 전서가 당도해 있었다.

그는 나원의 삼파 통합 세력의 정식 출범을 건의하면서 각파의 무공을 만들어 달라고 부탁했다. 이미 천오와 교감하고 있던 이일은 사람들을 충동질하여 언강호를 강제로 반신교의 교주에 앉혔다. 이리하여 중원에서 원정을 온 만마성 내의 세력들은 반신교라는 깃발 아래 단단히 뭉치게 되었다. 언강호는 대부분의 일을 다시 이일에게 맡기고 자신은 나원에 보낼 무공을 만들기 위해 머리를 싸맸다. 그렇게 고민과 번뇌의 시간이 지나고 결과물이 나왔다.

혈해의 마공,

상팔대 전체의 무공과 여덟 가문의 독자적인 무공,

특히 자신을 던져 희생한 청우도 정유의 가문인 정가를 위한 청천십팔검횡로(晴天十八劍橫路)와 우황종련구도(牛惶縱連九刀),

살충단의 무공,

그리고 반신교의 전체 무공 등이었다.

반신교의 전체 무공에는 천오가 지저음부동과 유명마곡, 사망교를 전전하며 빼돌렸던 무공들을 개량한 것들이 모두 포함되었다.

지저음부동의 유명한 변신술 무면사공은 일찍이 언강호가 개량한 그대로 반화현공이 되었고, 음부사심대법은 힘을 순간적으로 분출시키는 장점만을 따서 충천일기공(沖天一氣功)을, 유가술과 축골변체기공이 결합되어 있는 독특한 투법 환사유형벽을 따서는 현경삼십육결(顯驚三十六訣)을, 사령봉법(邪靈棒法)을 본따서는 천벽팔봉(天壁八棒)을, 흡심사공에 착안해서는 오히려 침투하는 기운을 튕겨 내는 탄극기경(彈極氣勁)을, 사류십이지와 벽사지를 본떠서 금원예망지(金元銳芒指)를, 탈심사안공에 착안하여 심형금안공(心形金眼功)을, 외공인 통철사공을 본떠 단금십이련(鍛金十二鍊)을, 흑사수를 본떠 묵옥대나수(墨玉大那手)를, 청사장을 본떠 청허무영장(清虛無影掌)을 만들었다.

또 유명마곡의 무공들 중 무림삼대 보신경의 하나인 부명유공을 완전히 꿰뚫어 보게 된 언강호는 이를 이원종, 귀축도궁의 원리까지 감안하여 부신수형(浮身隨形)으로 승화시켰고, 유령마환장은 환환백팔장(幻幻百八掌)으로, 명부마장칠해는 죽마십팔섬형(竹馬十八閃形)으로, 척혈갑을 사용하는 유환팔수는 기허구갑수(奇虛九甲手)로 재탄생시켰다.

그리고 사망교의 신비롭고도 기이한 흡식마공은 마장심공과 십만대공의 일부까지 감안하여 육식통령(六識通靈)으로 다시 창안하였고, 은신술인 폐공둔허는 신비둔형(神秘遁形)으로, 잠입술 낙백투영은 은비잠행(隱秘潛行)으로, 추적술인 천목잔혼종은 신안추종(神眼追蹤)으로 만들었으며, 죽엽마지는 인경다엽지(刀勁多葉指)로, 백열칠마겸은 나자칠겸우(螺刺七鎌羽)로 개량했다.

언강호가 이처럼 삼파의 무공에 특히 신경을 써서 반신교의 새로운 무공으로 만든 것은 천오가 이들을 얻기 위해 얼마나 고통받았는지 잘 알기 때문이었다.

거기에 지저음부동의 사공들은 이제는 갈 곳이 없어진, 살충단원이 될수밖에 없는 왕방형까지 충분히 배려하고 있었다. 이 때문에 그의 삼류사공들, 흑사수, 청사장, 통철사공까지 언강호는 하나도 버리지 않고 새로운 무공으로 만들었으며, 그의 피땀 어린 현청대사나는 건곤백화형(乾坤百華形)으로 개량하여 세상에 명성을 떨치게 하였다.

그 외에도 언강호는 특별한 의미가 있는 무공들을 하나도 버리지 않았다. 예를 들어 미황극이 독웅을 괴롭히며 장난스럽게 이름 붙였던 두족보를 진정한 무공으로 거듭나게 하여 발과 머리를 번갈아가며 환상적으로 사용할 수 있는 역경인허(易勁引虛)라는 최고의 보신경으로 만들었다. 언강호는 이 무공을 독웅에게 전수하여 살충단의 대주(隊主)로 삼게 하였다.

또한 분절검홍 추표가 만들었던 검광어류를 아무런 문제가 없는 완벽한 검법으로 재탄생시켰다. 추표를 대신하여 그의 가르침을 받은 언강호가 추가검(秋家劍)을 이룬 것이다. 쾌검류와 비검류가 결합된 이 검법은 추표와 추가장을 기려 천추검법(千秋劍法)이라 칭하고, 후일 추옥승이 낳을 아들로 하여금 추가장을 재건케 하고, 이 무공을 추가장의 주 무공으로 삼게 할 생각이었다.

그리고 수련 과정에서 큰 감흥을 주었던 두 가지 검법. 즉 은경보의 은선 육사원이 창안한 무변검법과 장손세가의 불패섬선생 상손공유가 보여준 흐름의 쾌검을 발전시켜 변검류의 풍운검법(風雲劍法)과 쾌검류의 명멸삼섬광(明滅三閃光)를 창안했다. 특히 풍운검법에는 비명에 간 심유정검 곡은도를 기리는 뜻이 담겨 있었다.

또한 특별히 혈군들을 위한 무공도 만들었는데, 혈상조를 개량한 홍초혈조(紅炒血爪)와 혈령마경을 장법, 권법, 지법으로 개량하여 나눈 단철혈장(丹鐵血掌)과 주사혈권(朱砂血拳), 적금혈지(赤金血指), 그리고 혈혈강령마법과 혈마기의 사용에 가장 효율적인 혈운검법(血雲劍法)과 혈뢰도법(血雷刀法), 혈전팔퇴(血電八腿), 투법 혈성십팔타(血星十八打) 등이 그것이었다.

혈군은 인간도 아니고 마물도 아닌 상태에서, 혈해의 젊은이들이 자신의 청춘을 다 바쳐 문파를 위해 희생하는 그 마음을 갸륵하게 생각한 것이다.

물론 새로이 만든 혈해의 기본 무공들도 대단한 것이었다. 이를 받아 본 혈선과 혈뢰옹 순우황, 혈마 노표 등은 한동안 놀라움을 금치 못하다가 기뻐 어쩔 줄을 몰라 했다. 더 이상 혈마기가 만마기에 밀릴 걱정을 하지 않아도 되었던 것이다.

거기에 언강호는 불행했던 두 삼류 문파, 즉 공심이 자매의 비성문과 심소희 남매의 백홍문도 잊지 않았다. 그들이 아들을 낳으면 가문을 재건하도록 하고, 그때를 대비한 무공도 만들어서 보냈다.

◆ 第百十九章 ◆ 마장심공

만마성에 온 지도 상당한 시간이 흘렀다. 그동안 만마성은 기이할 정도로 조용했다. 그러나 이것이 폭풍 전야의 고요임을 모르는 사람은 아무도 없었다. 이일은 정통파로 행세하고 있는 대압첩이자 오마인 환마 태오돈과 은밀히 접촉하면서 정보를 수집하고 만마의 성향을 분석하는 데 많은 시간을 할애했다.

정보 수집에는 통륜방 집비향의 십비에 드는 송필과 두징명, 감립본이 크게 활약했고, 수집된 정보의 분석에는 적사묘의 계주로 세상사에 온갖 잡다한 지식이 많은 구시사객 정수산과 광범한 독서로 뛰어난 지혜를 갖춘 백부용 장손경이 중요한 몫을 담당했다.

이렇게 수집되고 정리된 정보를 바탕으로 이일은 정통파와 강경파의 움직임을 예의주시하면서 만일의 사태에 대비해 나갔다. 또한 만마성의 만마를 양파의 핵심 인사와 절대 지지자, 대세에 따라 행동하는 자, 은연중에 불만을 품고 있는 자 등으로 나누고는, 팔마를 앞세워 하위 서열의 만마들부터 차례로 포섭해 나갔다.

물론 팔마촌 내에 거주하는 만마 중의 백 인을 양조의 완벽한 수족으로 만들고, 팔마촌과 팔마부에 침투해 있는 양파의 첩자들을 찾아내 정보를 차단하는 것도 매우 중요한 일이었다.

석들의 눈을 피하고 비밀을 유지하기 위해 일은 매우 더디게 진행되었다. 그러다 보니 중원에서 온 원정 세력들은 만마성에 들어온 이후 상당한 시간이 지나도록 하는 일이 거의 없었다. 팔마부에서 무위도식하는 생활이 다 따분하게 느껴질 정도였다.

이래서는 안 되겠다고 생각한 이일은 수시로 그들을 모아 위기의식을 고조시키고 긴장의 끈을 늦추지 못하게 했다. 그 방법으로는 수련만큼 좋은 것이 없었다. 이일은 그들로 하여금 언강호를 지켜보게 함으로써 수련에 대한 열망을 불러일으켰다.

한동안 빈둥거리던 중원 원정 세력들에게 언강호의 경이적인 성취는 실로 큰 충격이었다. 팔마부의 각 건물들은 그때부터 수련의 열기에 휩싸였다.

이일도 시간을 쪼개 그 열기에 동참했다. 그는 상팔대 여섯 가문의 가주들, 장가의 환형장절(環形掌絶) 장삼, 갈가의 어도일좌(馭刀一座) 갈사, 윤가의 풍환검절(風幻劍絶) 윤오, 한가의 비격권절(飛擊拳絶) 한육, 정가의 백인가도(白刃可蹈) 정팔, 동가의 묵도비룡(墨刀飛龍) 동우, 그리고 상칠의 이복동생 단백도영(斷魄刀影) 상저와 함께 무극유심도 구장을 연구하고 각자 염부주에서 익힌 통륜십육공의 검법과 도법의 연마에 정성을 다 쏟았다.

곽불사와는 통륜십육공에 대한 양해가 있었다. 언강호가 정식으로 나원 통합 세력의 무공을 만들면, 그때부터는 통륜십육공의 수련과 전수를 중단하기로 한 것이었다.

　이들의 수련장에는 가끔 혈선이 모습을 드러내기도 했다. 갈사의 모친은 계화연으로, 계몽량의 딸이었다. 자신의 유일한 핏줄인 갈사의 수련에 혈선이 신경을 쓰는 것은 당연한 일이었다. 감람경의 고수가 된 외조부의 조언은 갈사에게 큰 힘이 되어주었다.

　곽불사는 전 삼호 천일옹 채공시, 전 칠호 축두귀 왕진파, 전 구호 사미륵 황복전, 전 십일호 녹수룡 고영상, 전 십이호 암혈사랑 주효목 외에 새로이 생사현관을 보게 된 음환(陰煥), 고군(高君), 낙우연(落羽宴), 북순의 등 소위 신 통륜방의 십대고수와 함께 무성팔도를 하나씩 익혀 나갔다.

　이들 중 북순의는 언강호, 곽불사, 이일 등과 같은 시기에 염부주에 들어갔던 사람으로, 살아남은 오십여 명 중에서는 가장 빠른 성취를 보이고 있었다. 북순의는 그들 오십여 명의 실질적인 목표가 되었다. 사실 언강호나 곽불사, 이일은 너무 멀리 가버린 존재라 따라잡는다는 생각 자체를 하기 어려웠지만 북순의는 그렇지 않았던 것이다. 그들은 치열하게 경쟁하고 노력하면서 하나둘 벽을 깨고 놀라운 고수가 되어갔다.

　한쪽에서는 곽불사를 통륜방 전체의 방주로 인정한 불로신군 임벽 등 안휘 영상에서 온 염부객들도 함께 수련에 열중하고 있었다.

　적사묘의 정수산은 정보 분석으로 바쁜 와중에도 당주인 호혼포사 염이화, 흑탄수 염악과 함께 두 개의 칠십이사사대를 지휘하여 토혈정 등 칠대암기의 수련에 열을 올리고 있었는데, 그들이 수련하는 사방 오십 장 안에는 아무도 접근할 수 없었다. 암종(暗宗)이라는 말이 허투루 생겨난 것이 아니라는 사실을 그들의 암기가 여실해 증명히 주고 있었다. 물론 언제 어느 때고 암기에 맞아 목숨을 잃어도 불만이 없는 사람은 예외였다.

　천비서원의 원주 신필서생 구중로는 직접 등룡삼십육필과 절인칠십이검을 지휘하여 광등용해진을 천의무봉한 경지까지 올려놓고자 애쓰고 있었다. 오로지 만마성을 상대하기 위해 길러져 온 등룡삼십육필과 절인 칠십이검이 아닌가? 피나는 수련으로 닦아온 실력을 선보일 때가 곧 다가올 터였다.

구중로의 부친이며 전대 원주였던 유선 구우중은 심마 구환과 대결하던 혈선 계몽량에게 큰 자극을 받아 누구보다 수련에 열중이었다. 그는 나이도 잊은 채 젊은이들과 함께 뛰고 뒹굴며 자신을 채찍질하고 있었다.

신구 두 팔마는 통하는 점이 많았다.

령마와 범마는 차기 성주로 지명되어 똑같이 팔마공인 천겹뢰를 익혔다. 일공부터 사공으로 이루어진 천겹뢰는 사실 그 끝을 알 수 없는 무공이다. 바로 천겹뢰가 오공(五功)에 이르면, 그것이 곧 만마제일공인 복천주(伏天呪)가 되기 때문이다.

일찍이 등호는 언강호를 처음 만나 대결할 때 그의 무변검법에서 복천주의 길을 엿본 적이 있었다. 여기에 황마의 가르침을 받은 양조도 나름대로 느끼는 것이 있었다. 두 사람은 서로의 경험을 공유하며 치열한 대결을 통해 천겹뢰의 경지를 높여 나갔다.

원래 복천주는 성주에게 구전으로 전해지는 구결이 따로 있었지만 놀랍게도 등호와 양조는 이를 뛰어넘어 스스로 오공을 향해 접근해 가기 시작했다.

기적과도 같은 그들의 성취에 넘마와 황마는 크게 흥분해 하루 종일 곁을 지키며 조언을 아끼지 않았고, 정신이 나간 효마까지 언강호를 떠나 두 사람의 옆에 머물러 있었다.

이처럼 중원 원정 세력들은 치열한 수련으로 다가오는 최후의 결전에 대비하고 있었다. 세월이 흘러 언강호의 수련이 끝나고 반신교의 무공을

모두 만들어 보냈을 즈음에는 그들 역시 한 단계 이상의 성취를 거둘 수
있었다. 이때가 되자 이일의 정보 수집과 만마들의 설득 작업도 어느 정
도 성과가 나타나기 시작했다. 특히 강경파와 정통파의 핵심에 환마의
암첩들이 접근하고, 두징명이 위험을 무릅쓴 덕분에 중요한 정보를 알아
낼 수 있었다.

그러던 차에 나원에서 다시 사람들이 찾아왔다.

혈해의 칠장로 염혈수(閻血手) 주약평(朱若評)이 책임자였는데, 혈군
이십구가 두 대의 마차를 호위하여 끌고 왔다. 마차 안에서 네 개의 관과
두 개의 큰 상자가 나왔다.

웬 관인가 싶어 열어보니 세 개에는 모습이 많이 변한 천살마시가 들
어 있었다. 아니, 이제는 장손성(長孫星), 장손휘(長孫輝), 장손유(長孫踰)
라고 불러야 할 상손세가의 세 아들이었다. 천살성을 타고나 투천신안
이위에 의해 천살마시로 제련되었던 그들은 언강호 등이 이반오란하에
서 찾아보낸 약재들과 현현독지에서 보낸 팽낭낭 덕분에 묵령시독의 저
주에서 대부분 벗어난 상태였다.

놀라운 것은 그러면서도 천살마시의 능력을 칠 할이나 그대로 유지하
고 있다는 점이었다. 깨어나기만 하면 감람경의 고수 세 명이 단숨에 탄
생하는 셈이었다. 물론 아직은 연대구용을 구하지 못해 이처럼 관 속에
서 가사 상태에 빠져 있었다.

나머지 관 하나에는 신비용녀 피용화가 죽은 듯이 누워 있었다. 신비
한 미소를 머금고 가슴에는 주작신홀을 일자로 안은 채 누워 있는 모습
이 그야말로 전설의 용녀를 생각나게 했다. 하지만 광대뼈가 튀어나올
만큼 야윈 얼굴이 그녀가 얼마나 고생했는지 단적으로 말해주고 있어 보
는 사람들의 가슴을 아프게 했다.

언강호는 그녀를 보는 순간 가슴이 철렁했다.

겨울 바람에 바싹 마른 갈대처럼 가련해 보이는 피용화의 모습이 마치 인간계의 운명을 말해주는 것 같았던 것이다. 갖가지 일로 나원에서 천오와 함께 가장 바쁜 사람 중에 하나였던 그녀가 왔다는 것은 최후의 순간이 임박하고 있다는 뜻이나 다름없었다. 그녀는 평범한 인간으로서는 헤아리기 어려운 신비한 능력사가 아닌가? 이일을 흘낏 비리보니 같은 생각을 하고 있음인지 그의 안색 역시 급격하게 흐려지고 있었다.

이때 주약평이 커다란 은빛 대침을 하나 건네주며 말했다.

"교주님, 피 궁주께서 때가 오면 이 회혼침(廻魂針)을 기해혈에 찔러 자신을 깨우라고 하셨소."

이 말을 듣는 사람들은 몸서리가 쳐지는 느낌이었다. 저 커다란 침으로 단전을 찌르라니? 언강호는 슬픈 눈빛으로 잠시 그녀를 바라보다가 백화심과 종조고에게 신비용녀를 안아 침상에 누이게 하였다.

"저 두 개의 상자는 무엇입니까?"

한숨을 삼키던 이일이 주약평을 보고 물었다.

"하아! 피 궁주의 피와 땀이외다. 단주님께서 이반오란하에서 보낸 약재들을 가공하여 만든 속근고(續筋膏)와 속명단(續命丹), 조혈단(造血丹), 벽독단(辟毒丹)이란 것들이오."

그의 설명에 의하면 속근고는 외상의 치료에 대단한 효능이 있는 것으로 근골과 피부를 신속하게 치유하고 재생시키며, 속명단은 최후의 심맥을 보호하여 목숨을 연장시켜 준다. 또한 조혈단은 피를 생성시키고 오장육부의 손상을 빠르게 회복시켜 주는 효능이 있으며, 벽독단은 거의 모든 독을 해독할 수 있는 해독제였다.

이 말에 전락생이 앞으로 나서더니 냉큼 벽독단 하나를 깨물어 보고는 말했다.

"히야, 대단하군. 본 현현독지의 최고 해독단에 못지않잖아? 아니, 더 나은 점도 있는데? 쩝! 이거 잘못하다가는 우리 현현독지의 독이 전부 무력화될 수도 있겠는걸? 어쩐다? 이걸 모두 없애 버려?"

몰매를 맞지 않은 것이 다행이었다. 사람들이 일제히 잡아먹을 듯이 노려보자 전락생은 자라목이 되어 슬그머니 뒤로 물러나고 말았다. 이일이 말했다.

"자리를 옮기시지요. 마침 중요한 정보가 포착되어 안 그래도 회의를 소집하려던 참입니다."

사람들과 함께 움직이려는데 주약평의 전음이 들려왔다.

"신비용녀께서 특별히 당부하시며 이총관에게 전하라고 하셨소. 누군가 천살마시를 가져가고자 한다면 그냥 두라고 말이오."

"그게 무슨 말입니까?"

"나도 이유를 물었지만 피 낭수께서는 신비로운 미소를 띨 뿐이었소."

"……"

그에게 묻는 것은 소용없는 일이었다. 다시 생각해 보기로 하고 이일은 걸음을 옮겼다. 팔마부의 넓은 회의실에 자리를 잡고 앉기 무섭게 저일민이 물었다.

"이총관, 무슨 일이여?"

나이는 어리지만 사실상 중원 원정 세력 전체의 군사 역할을 하고 있는 이일에게 무식한 저일민도 대놓고 하대하지는 못했다.

"태오돈님의 도움을 받아 두 비항께서 죽음을 무릅쓰고 육마부에서 결정적인 사실을 알아냈습니다. 하지만 아깝게도 두 비항님의 정체가 탄로나 더 이상 그들에게 접근하지 못하게 되었고, 지금은 중상을 입어 당분간 일어나시기도 힘든 형편입니다."

"무슨 일인데 그렇게 무리를 한 것이오? 그리고 이마부가 아니라 육마부란 말이오?"

장손세가의 가주 광검집혼 장손덕회가 물었다.

"그렇습니다. 가장 북적거리며 사람들이 많이 드나드는 육마부에 의외로 놀라운 비밀이 숨겨져 있었습니다."

"허를 찔렸군."

유선의 말에 이일이 고개를 끄덕이며 이야기를 계속했다.

"신비로워 보이는 이마부는 사실 대마부의 이목을 끄는 역할에 불과했던 것입니다."

"역시 간단치가 않은 자들이오."

소주담가의 부가주 십섬조영 담락조가 걱정스러운 음성으로 중얼거리자 왕방형이 이일을 보며 물었다.

"두 비향이 정체까지 드러내면서 얻은 정보는 대체 무엇이오?"

"지금 육마부의 지하 깊은 곳에서는 독선이 차령마녀(借靈魔女) 백 구를 동시에 제련하고 있습니다. 그가 전날 만들었던 천락성마독을 비롯한 칠대마독의 세 가지는 차령마녀를 만드는 주요한 재료 가운데 하나입니다."

"차령마녀라면 마시와 갑마를 능가하는 팔대마물 중 서열 사위의 대단한 마물이기는 하지만 서열 이위의 축융마인이나 삼위의 빙백마녀에는 미치지 못하는 마물이 아니오? 물론 숫자가 백 구나 된다고 하니 실로 걱정이긴 하오만!"

주작천궁의 사장로 청화마고(靑華麻姑) 독란영이 말했다.

신비에 가려져 있던 팔대마물은 서열 일위만 제외하고는 모두 밝혀진 상태였다.

"중요한 것은 차령마녀가 아닙니다. 백 구의 차령마녀는 결국 세 구의 불사마인(不死魔人)을 제련하기 위한 하나의 재료일 뿐이라는 사실입니다."

“불사마인? 천기도수사님, 설마 그 불사마인이 아직까지 밝혀지지 않았던 서열 일위의 마물인가요?”

요기가 물씬 느껴지는 음성의 주인공은 장미밀원의 총순찰 혈관음(血觀音) 종리춘이었다. 이일은 청수한 얼굴을 찌푸리며 말했다. 자신을 바라보는 그녀의 눈빛이 야릇하기 그지없었던 것이다.

“바로 그렇습니다. 백 구의 차령마녀는 완성된 후 일종의 음양대법을 통해 모든 정혈을 불사마인에게 빨리고 백골로 사라질 운명입니다.”

이 말을 들은 주작천궁의 삼장로 흑운마고(黑雲麻姑) 교요군이 장미밀원 쪽을 흘깃 쳐다보더니 냉랭한 음성으로 말했다.

“하는 짓이 누구와 비슷하군.”

그러자 십삼호랑의 맏이인 운몽호(雲夢狐) 옥진진(玉眞眞)이 순진해 보이는 얼굴과는 선혀 어울리지 않는 말로 받아쳤다.

“평생 아랫도리를 썩혀 곰팡내나 피우고 있는 것보다야 백배천배는 행복하겠네.”

쾅~!

노하여 탁자를 내려치며 벌떡 일어나 외치는 것은 십이선자의 수좌 옥령수화 종조고였다.

“이런 요사한 것들! 너희들이 어디다 대고 감히 그 더러운 주둥아리를 놀리느냐?”

서로 말이 거칠어지다 보니 삽시간에 회의장 분위기는 엉망이 되고 말았다. 언강호는 재빨리 연옥귀와 백화심에게 전음을 보내 사태를 진정시켜 달라고 부탁했다. 이때 연옥귀의 내심은 같이 끼여들어 싸우고 싶은 생각이 굴뚝같았으나 어찌 사랑하는 낭군의 부탁을 거절하랴.

다행히 장미밀원의 여인들은 원주인 요선의 말을 거역하지 못했고, 주작천궁의 여인들은 궁주의 사저인 나의선자의 말을 가벼이 여기지 않았

다. 물론 서로 냉랭한 눈초리로 쏘아보며 기 싸움을 계속하는 것은 어쩔
수 없는 일이었다.

어수선한 분위기가 조금 진정되자 소주담가의 가주인 자전신룡 담승
조가 이일을 보며 물었다.

"무서운 마물인 차령마녀를 백 구씩이나 희생시켜 세 구의 불사마인
을 만들려는 까닭이 대체 무엇이오?"

"육비 백오랑님이 죽음을 무릅쓰고 알아낸 정보가 바로 그것입니다.
역시 강경파의 목적은 마족들을 인간 세상으로 불러내는 것이었습니다.
마계는 인간계처럼 아름답지도, 풍요롭지도 못하다고 합니다. 때문에 마
족들은 인간계를 손에 넣길 갈망하고 있습니다."

"……."

"마족들이 인간계로 넘어오기 위해서는 그들의 영체(靈體)를 받아줄
법체가 필요합니다. 보통 마족들은 낮은 단계의 마물이나 환혼과를 복
용한 탈백인을 이용하면 되지만, 마계의 지배자인 십이마신은 다릅니
다. 그들의 영성(靈性)이 워낙 강하여 웬만한 법체는 견디지를 못하기
때문입니다. 최소한 감람경 이상의 마물이나 탈백인이 있어야 하는데,
영성이 강한 마신일수록 더 높은 경지에 이른 법체가 필요한 것입니
다."

"……."

"십이마신 가운데서도 마계의 최고 지배자인 암황신을 비롯한 삼존마
신의 능력은 상상을 불허합니다. 바로 이들을 받아내기 위한 법체로써
불사마인이 준비되고 있는 것입니다."

"아!"

우려했던 것들이 모두 현실로 드러나고 있었다.

태극도량의 삼재류 전대교도인 광평산인(廣平散人) 남구룡(南救龍)이

탄성을 터뜨리며 작은 목소리로 법주(法呪:도가의 주문)를 읊었다. 그는 불로신군 임벽, 저사렴, 송필, 손연중 등과 힘을 합쳐 홍진, 광양 진인 등 육합천 세력을 소탕하고, 그 길로 만마성으로 달려온 오백여 고수들 중 태극도량의 최고 고수였다.

"아미타불."

금강숙의 장문인 적각 선사도 침중한 음성으로 불호를 외우며 합장했다. 잠시 후 적사묘의 당주 흑탄수 염악이 물었다.

"그럼, 전에 은성동에서 보았다는 그 아밀이란 마족은 왜 아득한 옛날부터 마정환으로 미리 각성을 준비하는 등 복잡한 과정을 거쳐 법체 없이 나타난 것이오?"

"마족들의 힘은 보패를 통해 발휘됩니다. 보패가 없으면 마족은 생각처럼 그렇게 놀라운 능력을 발휘하지 못합니다. 대부분의 마족은 하나의 보패만 가지고 있으나 최상위의 마족들은 둘 혹은 셋, 넷까지도 가지고 있다고 하더군요. 그렇다고 해도 보패 하나하나는 그들에게 생명처럼 귀중한 것입니다. 그런 보패를 희생하여 세상에 마족이 직접 태어나게 예비했다는 것은 그만큼 절실한 이유가 있었기 때문입니다. 그 이유란 바로… 불사마인을 깨우려면 최후에는 마족, 그것도 최상위 마족의 능력이 필요한 것입니다."

"……."

비로소 초용이 아밀이 된 이유를 알 수 있었다. 언강호는 마음이 무거워졌다. 이제 초용은 완전한 마족으로 각성해 다시는 자신을 알아볼 수 없으리라. 잠시 생각하던 언강호가 물었다.

"우리가 오기 얼마 전에 대마부가 이마부를 급습한 것은 무엇 때문이었소?"

"강경파에서 열두 구의 차령마녀를 이용하여 정통파를 단숨에 쓸어버릴 수 있는 마족을 소환하려 한다는 거짓 정보를 아주 은밀하게 흘렸습니다. 정통파는 그 정보를 워낙 어렵게 입수한 터라 믿지 않을 수가 없었습니다. 그리고 실제로 정통파는 이마부를 급습하여 차령마녀 열두 구를 파괴할 수 있었습니다.”

“강경파가 한 수 위로군.”

통륜방 융무전주 불로신군 임벽의 말에 이일이 고개를 설레설레 흔들며 말하는 것이었다.

“글쎄요. 꼭 그렇지만도 않을 것입니다. 정통파도 분명 그에 못지않은 어떤 일을 꾸미고 있다는 정황들이 곳곳에서 포착되고 있습니다.”

“흐음.”

“한데 환마 태오돈님조차 정통파의 가장 내밀한 정보에는 접근을 못하고 있어 내용을 파악할 수 없었습니다. 이런 점을 보면 오히려 그들을 더 조심해야 할 필요성이 있는 것 같습니다.”

“산 넘어 산이군요.”

나의선자 백화심이 가벼운 한숨을 내쉬며 말했다. 남편인 범마 등호가 천겁뢰의 오공을 넘보고 있다는 사실에 기뻐하던 그녀는 사저인 피용화가 야윈 몰골로 가사 상태에 빠져 나타나자 수심에 잠겨 있었다.

“강경파가 늑대라면, 온건파는 하는 짓이 꼭 여우새끼 같군.”

“아니야. 살쾡이 같다는 게 더 적당한 표현일 거야.”

검령과 도령이 분위기 파악 못하고 농담을 던졌다. 당연히 대꾸하는 사람은 아무도 없었다. 두 사람이 머쓱해 목을 움츠리자 언강호가 무거운 음성으로 말했다.

“아무래도 느낌이 좋지 않소이다. 이총관을 위시하여 송 비향과 감 비향께서는 그 부분을 속히 알아내도록 전력을 다해주시오.”

“알겠습니다, 교주님.”

"그리고 전에 말했던… 존마의 정체를 알아보는 일은 어떻게 되었소? 대세와 상당한 연관이 있을지도 모르는 일인데……."

"태오돈님이 아는 것은 많지 않습니다. 태선이란 명칭과 그가 정통파의 인사들로 하여금 무공 수련에 전념하도록 최상의 환경을 만들어주고 있다는 사실 정도입니다. 그의 신분이나 능력에 관해서는 아는 것이 전무한 상황입니다. 아무래도 존마에 관한 사항은 태선만이 알고 있는 것으로 보입니다. 이 때문에 아직 아무것도 알아내지 못했습니다."

"역시 같은 문제였군. 정통파에서 은밀하게 꾸미고 있다는 일이나 존마의 정체는 모두 연결된 하나의 문제일 것이오. 정보를 수집함에 있어 이 점을 유의하도록 하시오."

"예, 교주님."

"전에 이총관이 지적한 것처럼 마장심공과 더불어 존마의 정체는 중요한 변수일 것이오. 정말로 존마가 가짜였고, 정통파와 관련이 있었다면 태선과는 잘 아는 사이가 아니었겠소? 존마의 정체를 알아내면 태선이 누군지 짐작할 수 있을 것이오."

"저도 그렇게 생각하고 있습니다. 한데 마장심공을 수련하면서 이상한 점은 없었습니까?"

"있었소. 처음 마장심공을 이해하고 느낀 점은 마의 장애를 막아주는 마장심공은 만마성이나 마계와는 전혀 어울리지 않는다는 것이었소. 그리고 어느 정도의 경지에 이르니 뜻밖에도 마장심공이 유명마곡의 부명유공이나 사망교의 흡식마공, 심지어 은경보의 월령곤법, 백운신문의 불해검환, 장미밀원의 미령천향공, 혈해의 혈령마경과도 뿌리가 닿아 있음을 알 수 있었소."

"그… 럴 리가!"

"그게 정말이에요?"

　은경보의 신월곤룡 육여나 장미밀원의 요선 연옥귀만이 아니었다. 여기저기서 놀란 목소리가 터져 나왔다. 언강호는 잠시 여유를 두었다가 다시 이야기를 계속했다.

　"아마도 마장심공은 흑마신에서 유래한 만마성 정통의 무공이 아닐 것이오. 나는 며칠 전에 대사형의 도움으로 암흑마공의 비급을 볼 수 있었소. 그러자 이런 사실은 더욱 명확해졌소. 칠절이 찢겨 나가 확신하기는 힘들지만, 마장심공을 완성하면 암흑마기를 자신의 의지로 지배할 수 있다는 말이 사실인 것 같소."

　"으음, 그럼 암흑마공도 마장심공과 한 뿌리인 것입니까?"

　"아니오. 암흑마공은 가장 지독한 마족의 무공이었소. 단지 만마공이 마족에서 유래한 무공의 정도라면, 암흑마공은 마족의 무공 중에서도 이단의 영역에 속하는 것이오. 원래 암흑마공은 흑마신의 보패인 멸극편에서 유래한 것으로, 멸천이마종은 암흑마공과 멸극편의 문양을 보고 비도의 무공인 지옥멸겁광과 암흑팔마해를 만들었을 것이오. 멸극편은 예전에 소멸되었지만 그 위에 새겨진 문양은 암흑마경에 그대로 전해오고 있었소."

　"아!"

　"문제는 마장심공이 암흑마공을 제어할 수 있다는 사실이오."

　"교주, 그게 그렇게 큰 문제인 것이오?!"

　양사독문의 문주 장운이 이해를 하지 못하고 의아한 표정으로 물었다. 언강호는 보다 상세하게 설명해 주었다.

　"인간의 능력으로 감람경에 이르는 것은 결코 쉽지 않은 일이오. 하물며 신도경은 말해 무엇 하겠소? 나는 숱한 무공을 보았지만 신도경으로 인도할 수 있는 확실한 가능성이 있는 것은 단 하나뿐이었소."

　"그게 도대체 무엇이지요?"

　장운의 부인이자 독성인 여려화도 크게 궁금했는지 눈을 동그랗게 뜨고 물었다.

"바로 암흑마공이오."

"……."

숨소리도 들리지 않을 만큼 회의실이 고요해졌다.

"물론 여러분도 잘 알다시피 암흑마공은 입문하기가 매우 어려워 특별한 인연이 없으면 시작조차 할 수 없으나, 일단 수련에 들어갈 수만 있다면 저절로 경지가 높아져 삼십 년 안에 신도경을 볼 수 있을 정도였소."

"그렇다면 그동안 만마성에서 암흑마공을 수련한 자가 왜 하나도 나오지 않은 것이오?"

신월곤룡 육여가 침중한 음성으로 물었다. 이 말에 만마성의 인물들은 쓴웃음을 지었다. 대답은 양조가 대신했다.

"암흑마공의 수련자가 없었다고 누가 그랬소? 알려지지는 않았으나 사실은 역대로 십여 명이나 있었소. 한데 그들은 암흑마공의 수련을 시작하게 되자마자 암흑마기에 사로잡혀 오로지 피와 파괴만을 갈구하는 암흑마신이 되어버렸소. 중마조님들 정도를 상상하지 마시오. 그야말로 악마와 같은 존재였다고 하니 말이오."

"그게 정말이유?"

전락생이 시비를 걸 듯이 반문했다. 양조는 대꾸하지 않고 이야기를 계속했다.

"여러분은 의아하게 생각할 것이오. 왜 그런 사실이 알려지지 않았는지? 그 이유는 간단한 것이오. 그들은 암흑마공의 수련 초기부터 오로지 살상과 파괴만을 일삼다가 척살되었던 것이오."

"아!"

"실상 그들은 모두 암흑마공을 단 일성만 성취한 상태였소. 그럼에도 정말로 악마처럼 날뛰는 바람에 본 성의 피해가 얼마나 컸는지 모를 지경이오. 그렇지 않았더라면 중마조님 이전에 본 성은 여러 차례 중원 원정을 단행했을 것이오.”

사람들은 웃어야 할지 울어야 할지 모를 심정이었다. 암흑마신의 피해로 인해 만마성이 그냥 눌러앉아 있었다니…….

이때 언강호가 다시 입을 열었다.

“대사형의 말씀과 같이 일단 암흑마공의 수련에 들어가면 파괴 본능을 숨기지 못하고 살상을 일삼다가 결국은 척살되기 마련이오. 하지만 동시에 마장심공을 익혔다면 이야기가 다른 것이오. 극악한 파괴 본능을 누르고 수련을 계속하여 암흑마기의 인도를 따라 절로 신도경에 이르게 될 가능성이 매우 높았소.”

“그런 일이?”

이일마저 크게 놀란 표정을 감추지 못했다.

“누군가 예전에 벌써 마장심공과 암흑마공을 동시에 수련하여 신도경을 보았다면 이는 보통 문제가 아니오.”

“아니, 언 교주! 뭐가 그리 복잡혀? 이미 사신기의 둘이나 쓰게 되었는데 어떤 놈이 암흑마공을 익혔든 말든 무슨 상관이람?”

도움이 안 되는 인간은 당연히 전락생이었다. 이 말에 생각 없는 저일민조차 눈치를 주면서 조용히 하라고 할 정도였다.

이때 조용히 듣고 있던 출옥귀검 손연중이 말했다.

“교주의 말대로 그런 자가 있었다면 결코 교주의 부친을 그냥 두지 않았을 것이오. 자신과 같은 능력자가 또 생기는 셈이니……. 어쨌든 지금쯤 그자가 어떠한 능력자가 되었을지 걱정이군요.”

언강호는 잠시 그를 부드러운 눈빛으로 바라보았다.

염부주에서 자신을 가르친 손연중은 두 번째 사부라고 할 수 있는 사람이었고, 힘든 세월을 보내는 동안 진립, 불공과 함께 정신적 버팀목이 되어주었다.

비록 표정은 처음 통륜방에서 본 그때처럼 변함없이 싸늘하고 날카롭지만 언강호는 그가 아주라는 한 여인을 위해 염부주까지 서슴없이 들어갈 만큼 가슴이 뜨겁다는 사실을 잘 알고 있었다. 손연중과 아주의 아들 손오를 생각하니 지금의 힘겨운 현실에도 불구하고 슬며시 미소가 떠오르는 것이었다.

얼마 전 손연중은 저사렴, 송필과 함께 임벽을 설득하여 일거에 통륜방과 동심맹, 금강숙, 태극도량을 손에 넣는 큰 공을 세웠다. 그리고 네 개 문파의 고수 오백여 명을 규합하여 만마성으로 달려왔다. 하지만 이런 사실보다는 언제나 말없이 자신의 곁을 지키고 있다는 점이 무엇보다 고맙고 든든했다.

두 사람의 시선이 마주쳤다. 출옥귀검이라는 별호 그대로 칼날처럼 번득이던 손연중의 눈빛에 문득 부드러움이 감돌았다. 사랑을 위해 목숨을 바친 염부객. 그가 바로 손연중이었다.

잠시 그의 눈빛을 음미하던 언강호가 고개를 끄덕이며 말했다.

"그렇소. 참으로 걱정스러운 일이 아닐 수 없소이다. 아시는 바와 같이 신도경은 그 안에 삼백단이나 되는 경지가 있소. 하지만 삼백단을 전부 돌파해야 탈각하여 선계나 마계로 갈 수 있다는 말은 잘못 알려진 것이오. 사실은 신도경에 오르는 순간 탈각할 수가 있소이다."

"으음, 그렇다면 선계의 신인들이나 마계의 마족들도 그 능력이 천차만별이겠구려? 최하의 능력자가 신도경 일단이라고 가정하면 최고의 능력자는 삼백단이 아니겠소?"

통륜방 전 이호 파초광돈 저사렴이 걱정스러운 듯 반문했다.

"어쩌면 삼백단도 끝이 아닐는지 모르지요. 어쨌든 만약 누군가 신도경에 오르고도 탈각하지 않을 수 있다면 그는 인간으로서 신인이나 마족에 버금가는 능력의 소유자가 되는 것이오. 아니, 이후로 그의 무공이 더욱 높아진다면 오히려 웬만한 신인이나 마족을 능가할 수도 있소이다.”

“…….”

사람들은 더 이상 놀랄 힘마저 잃어버렸다. 그간의 수련이 하찮게 여겨지는 순간이었다. 잠시 후 이일이 낮은 음성으로 물었다.

“그럼 교주님께서는 지금 어느 정도의 경지에 오르셨습니까?”

“…다행히 신도경에는 올랐지만 구체적으로 알지는 못하오.”

사람들은 언강호가 얼마나 힘든 과정을 거쳐 신도경에 올랐는지 잘 알기에 암흑마공과 마장심공을 동시에 익히기만 하면 절로 신도경에 오를 수 있다는 말이 새삼 놀랍게 다가왔다.

암흑마공은 수련에 들어가기가 극히 어렵고, 마장심공은 그 엄청난 구결로 인해 익히기가 힘들지만 언강호의 노력과 비교한다면 어느 것이 더 어렵다고 말하기 힘들었다.

다만 한 가지 확실한 것은 언강호처럼 험난한 고난의 가시밭길을 걸어 신도경의 경지를 보게 된 인간이 아마도 다시는 나타나기 힘들 것이라는 사실이었다. 이런 생각을 하던 이일은 문득 자기도 모르게 안도의 한숨을 내쉬며 말했다.

“아, 교주님께서 신도경에 오르고도 탈각하지 않은 것은 참으로 불행 중 다행입니다.”

“나는 다행히 이성과 감성의 조화를 이루고, 도와 비도의 세계마저 넘었기에 어느 한쪽에 치우치지 않을 수 있었소. 마계는 감성의 세계이며, 선계는 이성의 세계인 것이오. 불공님과 사부님, 무성자… 께 크게 감사해야 할 일이오. 누군가 한쪽에 완전히 치우친 무공을 익혀 신도경을 넘으면 그 순간 자연히 마계나 선계로 가게 되지만 나는 삶이 워낙 험하다 보니…….”

언강호는 말꼬리를 흐리며 아직 자신이 인간임을 무엇보다 다행으로 생각했다. 지난 삶은 고난의 연속이었지만 그 어려웠던 삶이 오히려 지금 자신을 인간으로 남아 있도록 지켜준 셈이었다.

사람들은 마계나 선계를 동경하여 그들을 완전한 존재라고 하지만, 사실은 그렇지가 않았다. 오히려 인간이야말로 가장 완전하며 무한한 가능성의 존재였다.

"서천마도인 만마성을 비롯한 사마외도의 무공은 감성에 바탕을 두고 있고, 이웅과 십정으로 대표되는 정파의 무공은 이성에 치우쳐 있다는 점을 생각하면 일반적인 경우 신도경에 오르면 그 순간 바로 탈각하게 되겠군요?"

"그렇소. 어쨌든 마장심공과 암흑마공에는 많은 비밀이 얽혀 있는 것이 틀림없소. 이는 다가오는 악목대전과 밀접한 연관이 있을 것이오. 이 총관은 이 점에도 유의하여 가능한 한 많은 정보를 수집해 주시오."

"잘 알겠습니다, 교주님."

이때 적사묘의 수석당주 호혼포사 염이화가 물었다.

"그건 그렇고 불사마인이 완성되는 순간 강경파와 태천이 움직일 것 같은데, 그 시점이 언제쯤 될 것 같소?"

"아직은 시간이 더 필요한 모양입니다. 몇 가지 문제도 생긴 모양이고……. 우리로서는 다행히 시간을 번 셈입니다. 좀 전에 교주님께서 말씀하신 몇 가지 사항 외에도 중요한 임무를 띠고 가신 불공님과 도공님께서 아직 돌아오지 않으셨고, 양파 신비인들의 정체를 정확하게 파악하지 못한 상황에서 섣불리 공격하는 것은 큰 모험이니까요."

"날이 갈수록 정보 수집의 중요성이 더해가는데 육비의 정체가 탄로나고 중상까지 입었으니 앞으로가 걱정이오. 더구나 강경파의 보안이 더욱 철저해질 것이니……."

정수산의 말은 모두에게 공통된 생각이었다. 언강호가 송필과 감립본을 한 번씩 쳐다보며 말했다.

"이제부터는 두 분께 의지하는 수밖에 없겠소. 환마 태오돈과 협력하여 최선을 다해주시오."

"알겠습니다."

"물론입니다."

의외로 그들은 활기에 찬 음성으로 대답했다. 송필과 감립본은 천생이 비향 체질이었다. 누구나, 어디서나 쉽게 들을 수 있다면 자신들이 왜 필요하겠는가? 어렵게, 힘들게 얻어야 전문 비향으로서 보람을 느낄 수 있는 것이다.

다시 언강호가 좌중을 쭉 둘러보더니 말했다.

"모두들 두 분 비향과 이총관을 적극적으로 돕도록 하시오. 이제 얼마 남지 않았소. 어쩌면 내일이 바로 결전의 날일지도 모르는 일이오. 하지만 경거망동은 금물이오. 자중하며 기회를 기다려야 할 것이오."

스스로에게 다짐하는 듯한 말이었다. 마음 한구석에서는 당장 강경파로 쳐들어가서 불사마인을 파괴해 버리고 싶은 생각이 들었지만 지금은 기회가 아니었다. 기다리는 자에게 기회는 오기 마련이다. 언강호는 참고 인내하기로 했다.

육마부!

만마성의 지배자인 십마 중 한 명이자 육합천 육천의 일인인 욕마(慾魔) 호덕견의 거처. 그런 거물이 주인인 육마부는 팔마부의 정전만 한 건물이 다섯 채나 될 정도로 거창한 규모를 자랑하는 곳이었다.

특히 육마부는 산하에 팔대마단 최정예인 마성단을 거느리고 있어 백마부 중에서도 가장 규모가 큰 편이었다. 당연히 중앙대로의 길이만 오리에 달하는 육마촌의 규모 또한 클 수밖에 없었다.

육마촌은 중원의 가장 큰 도시들과 비교해도 전혀 손색이 없었다. 화려한 건물들 사이로 곧게 뻗은 거리에는 수많은 사람들과 마차가 오가고 있었다.

그들 중에는 육마부의 마인들이나 마성단의 단원들도 있지만 대부분은 물건을 사고팔기 위해 서역, 천축 등 먼 타국에서 온 상인들과 무공을 모르는 평범한 사람들이 대부분이었다. 마이강은 무공을 익힌 만마의 세 배나 되는 평범한 사람들이 살아가는 터전이기도 했다.

한데 활기찬 거리의 표정과는 달리 육마촌 중심부에는 왠지 모를 음산함이 흐르고 있었다. 이 때문인지 이마부가 아니라 이곳이 바로 강경파의 본거지라는 사실을 아는 사람이 많지 않음에도 육마부 소속을 제외하면 마인들조차 가까이 가길 꺼려했다.

멀리 육마부를 돌아가는 마인들의 얼굴에는 걱정이 어려 있었다. 만마성의 마인들이라고 모두 피를 원하는 것은 아니었다. 오히려 그들 중에는 마이강에서의 생활에 만족하고 현상 유지를 바라는 사람들이 많았다.

중마조인 멸철이마종의 뜻을 받들어 세상을 피로 물들이고, 온 인간 세상을 마신의 발아래 두어야 한다고 외치는 강경파의 주장은 사실 큰 동조를 얻지 못하고 있었다. 이백 년 전 멸천이마종으로 인한 혈겁은 중원 못지않게 만마성에도 크나큰 재앙이었다. 당시 만마성 전 인원의 삼분지 일이 목숨을 잃을 정도였던 것이다.

한데 많은 마인들의 바람과는 달리 육마부에서 다시 한 번 재앙이 일어나려 하고 있었다. 숨막히는 괴악(怪惡)한 기운이 가득한 정전의 대회의실에는 여러 사람들이 모여 있었다. 그들 가운데 몇몇은 견디다 못해 의자에 앉은 채 가부좌를 틀고 슬며시 운기행공을 하여 자신을 보호했다.

서열이 낮은 아래쪽 자리에는 전날 쌍백산에서 도망친 호덕견의 동생 호덕원과 종란분, 가당지안, 운옥교, 영마, 종마 등의 모습도 보였다.

마화비처를 맡아 축융마인과 빙백마인을 제련하는 임무를 맡았던 자칭 염옥신마(炎獄神魔) 호덕원은 만마성에 온 이후 슬그머니 열마(熱魔)로 별호를 바꾼 상태였다. 감히 마종(魔宗)이나 존(尊), 신마(神魔) 등의 존귀한 칭호를 쓸 수 있는 마인은 극소수에 불과한 것이다.

원래 빙마부 출신으로 호덕원의 아내가 되어 자신의 분파를 고봉의 질곡으로 몰아넣었던 음희(陰姬) 종란분은 농익은 요염함으로 여전히 호덕원을 사로잡고 있었고, 혈빙화(血氷花) 운옥교는 한령마수(寒靈魔手) 가당지안의 적극적인 구애를 받아들여 그의 아내가 되어 있었다.

호덕원을 도왔던 만마성의 열두 전대 마인들은 그간 두 명이 세상을 떠나고 열 명이 남은 상태였다. 육마 호덕견의 특별한 부탁을 받은 그들은 여전히 영마와 종마의 지휘하에 호덕원의 곁에 머물고 있었다.

반대편에는 통륜방의 낭조호각 홍진과 동심맹의 칠원성군, 금강숙의 혜각 선사, 태극도량의 광양 진인 등의 모습이 보였다. 반대파를 일거에 제거하려다가 불로신군 임벽과 이비 송필 등의 역습으로 오히려 통륜방과 동심맹, 금강숙, 태극도량을 통째로 빼앗기고 비 맞은 강아지 신세가 되어 만마성으로 기어들어 온 그들이었다.

예상과 달리 곽불인은 당장 그들의 목숨을 거두지는 않았지만 언제 어떻게 될지 몰라 불안한 나날을 보내고 있었다.

홍진 아래쪽에는 뜻밖의 인물도 있었다. 바로 소주담가의 배신자 금형수사(琴形秀士) 담은조였다. 노산군의 심복 노릇을 하다가 배신하고 떠났던 그는 여러 곳을 떠돌던 중 강경파 측 암첩의 수장이자 육마의 두뇌 역할을 하는 은마(隱魔) 오수(吳修)의 정보망에 포착되어 육마부의 수족이 되었다. 은마는 그를 통해 숨어 있던 소주담가의 세력을 훤히 알게 되어 대단히 기뻐했다.

글 읽는 선비를 연상케 하는 청수한 인상의 오수는 한때 대암첩이자 오마인 환마 태오돈의 수하였다가 십여 년 전 욕마의 수족이 된 사람이었다. 그는 만마성의 모든 정보를 실질적으로 주무르는 암첩 서열 일위에 올라 있을 뿐만 아니라, 만마 서열도 십구위에 달해 정통파의 태오돈조차 함부로 하지 못하는 거마(巨魔)였다.

열심히 무엇인가를 설명하는 은마의 위쪽 자리에는 새로이 마경단을 맡게 된 십사마인 호마 두오와 구마, 칠마, 대법판이자 삼마인 수마(水魔) 방현(龐賢)이 차례로 자리를 잡고 있었다.

또한 그들의 위쪽으로는 강경파의 정신적 지주인 전대 대장로 심마 구환과 전대 성주 조마 안과강의 모습이 보였고, 안과강의 윗자리에는 대장로이자 이마이며, 대외적으로 강경파의 수장이라고 알려진 도마 관정이 근엄한 표정으로 앉아 있었다.

만마성에서 대장로의 권위는 성주에 버금가는 것이다. 그도 그럴 것이, 만마평의회가 개최될 경우 회의의 주재는 성주가 하지만 그 소집을 비롯한 제반 업무는 대장로가 담당하기 때문이다. 하지만 그런 관정도 가장 윗자리를 차지하고 있지는 못했다. 아니, 대장로의 권위가 무색할 정도로 많은 사람들과 괴이한 존재들이 그의 위쪽에 앉아 있었다.

우선 그의 바로 윗자리를 차지하고 있는 사람은 다름 아닌 독선 장한징이었다. 비록 독선이 팔선의 일인으로 제법 명성을 날렸지만 만마성 대장로의 윗자리를 차지고 있다는 것은 납득하기 힘든 일이었다.

이상한 일은 이뿐만이 아니었다.

육천인 광유산인 왕조욱이나 천고자황수 진복원, 투왕 곽불굴, 비뢰검붕 곽불인이 차례로 독선 위에 자리 잡고 있는 것은 이해할 만한 일이었다. 하나 그보다 윗자리에는 전혀 뜻밖의 인물이라고 할 수 있는 적사묘의 천상루 점주 유화와 당주 사심개 방탁, 은경보의 안주인인 유하선자 소설란과 수석당주 겸 정무당주인 편편철곤(翩翩鐵棍) 낙조완 등 무려 스물네 명이나 되는 사람들이 앉아 있어 괴이함을 더해주었다.

하지만 그 윗자리 스물네 개는 더욱 이상한 자들의 차지였다. 뻥 뚫린 눈동자에서 거뭇한 기운을 뿜어내는 자들 스물셋과 백운신문의 수석당주 겸 건운당주였던 적하검룡 포건공.

놀랍게도 포건공을 제외한 존재들은 바로 부참마시가 아닌가? 한데 놈들은 때때로 기괴한 웃음을 터뜨리기도 하고, 오수에게 질문을 던지기도 하는 등 마치 사람처럼 행동하고 있었다.

마물 중에는 만마성의 갑마(甲魔)나 혈해의 혈군처럼 인간의 특징을 그대로 가지고 있는 경우가 있지만 대부분의 마물은 인간과는 확연히 구별되는 존재다. 팔대마물 서열 육위의 마시(魔屍), 그 가운데 두 번째인 부참마시는 이미 숨이 끊어진 시신을 이용하여 만들기 때문에 사람처럼 행동하는 것은 있을 수 없는 일이었다.

강경파의 내부 사정을 모르는 사람들이 놈들의 행동을 보았다면 몰골이 송연할 일이었다.

어쨌든 이 기괴한 존재들도 강경파의 우두머리는 아니었다.

부참마시와 포건공보다 위의 탁자의 중앙에는 눈 아래로 면사를 드리운 한 사람이 차분한 모습으로 앉아 있었다. 곱게 빗어 뒤로 묵은 단정한 흑발과 잔잔한 눈빛. 얼굴의 반을 가리는 면사만 아니라면 별다른 특이한 점이 없는 평범한 인상의 사람이었다. 더구나 그는 각종 괴악한 기운이 가득한 이곳에서 유일하게 별다른 기운을 풍기지 않고 있었다.

가장 지독한 기세를 뿜어내는 부참마시들과 은연중 사방을 짓누르는 육합천의 육천, 하다 못해 호덕원이나 영마 등도 강력한 만마기를 흩날리고 있다는 점을 생각하면 그처럼 평범한 사람은 육포처럼 짓이겨져야 마땅한 일이었다. 한데 어찌 된 일인지 그의 존재는 오히려 육천보다 더 도드라져 보이고 있었다.

정녕 이곳은 상식으로 이해할 수 없는 일들이 가득한 곳이었다.

하지만 이런 신비의 인물조차 가장 윗자리에 있지는 못했다. 아니, 탁자에서는 가장 위쪽이었으나 그의 뒤쪽, 일 장 정도 떨어진 곳에는 높이가 십 장에 달하는 거대한 태사의가 놓여 있었다. 그리고 그곳에 실로 마신과 같은 존재가 자리를 잡고 있었다.

쭉 찢어진 입술과 불꽃이 이글거리는 눈동자, 시커먼 피부, 바람 한 점 없음에도 제멋대로 휘날리는 긴 머리카락, 거기에 인간의 열 배는 족히 되어 보이는 거대한 체구. 정전 안에 모인 자들치고 어느 하나 예사로운 자가 없었지만 태사의의 주인은 그 모두의 기괴함과 신비로움을 넘어서고 있었다.

그를 보는 순간 생각나는 것은 바로 마신이라는 단어였다.

만마성의 마신!

마이강의 주민들이 섬기는 마신이란 다름 아닌 흑마신을 뜻한다.

오천 년 전 만마부에서 마족의 후예들을 규합하여 악목대전을 일으켰던 반마족. 마계 최고의 지배자인 암황신의 서자. 태사의 주인의 모습은 전설이 전하는 흑마신의 모습 그대로였다.

정녕 그는 흑마신이 재림한 것이란 말인가? 한데 어울리지 않게 그의 팔에는 흑화(黑花)가 가득한 꽃바구니가 걸쳐져 있었다.

흑화가 담긴 꽃바구니를 보패로 쓰는 자.

그렇다. 모습이 완전히 변하기는 했지만 그는, 아니, 그녀는 흑마신이 아니라 바로 아밀이었던 것이다. 현무 해동신군의 유허이며 소주담가의 은신처였던 은성동에서 언강호 일행이 보았던 초용, 불행히도 그녀는 이제 완전히 마족으로 각성한 상태였다. 그 어디에도 사랑스러웠던 언강호의 이종사촌동생 초용의 모습은 남아 있지 않았다.

오수의 보고가 끝나가고 있었다.

“…선계 측의 움직임은 이상과 같습니다.”

“크크크, 선계의 그 거미보다 못한 놈들이 날뛰어봐야 아밀님의 손바닥 안이지요.”

부참마시 중 하나가 아부 섞인 음성으로 말했다. 곁에서 무엇인가를 집어 입에 넣어 으적거리던 아밀이 무표정한 얼굴로 그를 한 번 쳐다보더니 핀잔을 주었다. 그녀가 간식 삼아 먹고 있는 것은 독거미였다.

“탈루하, 거미보다 못한 놈들이라서 일을 그렇게 망쳐 놓았느냐?”

“예? 그, 그게…….”

“지난번 이마부에 두었던 차령마녀 열두 구는 초기에 시험 삼아 제작한 실패작으로, 선계 놈들의 눈을 돌리기 위한 미끼로 사용해도 하등 아까울 것이 없는데, 속히 빠져나올 일이지 무엇 때문에 얼쩡거리다가 힘들게 소환한 마족 스물넷을 소멸당하게 했느냐?”

당황한 탈루하가 맞은 편에 앉은 부참마시를 가리키며 말했다. 혀도 없는 뻥 뚫린 아가리로 흘러나오는 목소리가 섬뜩한 느낌을 주었다.

“그, 그건 가벌륵이 그 차령마녀만 있으면 자기 친구들을 모두 불러올 수 있다고 하는 바람에…….”

으적.

이 말에 새삼 화가 나는지 아밀이 한꺼번에 세 마리의 커다란 독거미를 입에 털어 넣어 짓이기며 말했다.

“가벌륵! 그게 정말이냐?”

“아, 아닙니다. 그럴 리가요? 전 다, 단지 차령마녀가 아까워서…….”

은성동에서 언강호에게 단단히 혼이 났던 띨띨한 마족 탈루하와 가벌륵의 행동은 만마성에 와서도 고쳐지지 않고 있었다.

아밀이 꽃바구니에서 흑화(黑花) 한 송이를 꺼내 빙글빙글 돌렸다. 이를 본 탈루하와 가벌륵은 안색이 돌변해 자리에서 벌떡 일어나더니 무릎을 꿇고 애원했다.

"제, 제발 아밀님! 소멸만은……."

"살려주십시오. 저는 가벌륵이 하자는 대로 한 죄밖에 없습니다."

"나도 니들을 소멸시키거나 마계로 돌려보낼 생각은 없어. 이걸로 니들을 나의 장식물로 만들 거야."

"허걱!"

마계는 삼계 중에서 최악의 세상이었다. 그곳은 마족도 살아가기 힘든 고통스러운 땅이었다. 그에 비하면 인간계는 천국이라고 할 수 있었다. 탈루하와 가벌륵은 결코 다시는 마계로 돌아갈 생각이 없었다.

물론 소멸도 끔찍한 일이었다. 마족은 소멸로 인간의 죽음과 비슷한 상태가 된다. 영체가 사라지고 잔령(殘靈)만이 남아 사후 세계로 넘어가는데, 그 과정이 너무나 고통스러워 과거의 모든 기억을 상실하게 된다. 그리고 잔령은 지옥불 속에서 몇십만 년을 보내다가 다시 마족으로 태어난다. 그들 역시 윤회에서 자유롭지 못한 존재인 것이다.

어쨌든 마계로의 소환이나 소멸도 끔찍한 일인데 자신들을 장식물로 만들겠다는 아밀의 말은 그보다 더한 고통을 암시하는 것이었다. 기절할 듯이 놀란 두 녀석은 벌벌 떨며 기어 앞으로 다가가 아밀의 거대한 다리를 붙잡고 늘어졌다. 탈루하가 애원했다.

"위대하시고 전능하신 아밀님! 가벌륵은 아니지만 저, 저는 아밀님께서 인간계로 처음 소환한 우리 종족이 아닙니까? 그, 그런 저를 단지 노리개로 만든다는 것은 너무 가혹한 처사입니다. 저는 용서해 주시고 가벌륵, 이놈만 노리개로 만드시지요."

이 말을 들은 가벌륵이 이에 질세라 애절한 목소리로 외쳤다.

"아닙니다. 이 녀석의 말은 결코 들을 게 못 됩니다. 보십시오. 인간계에 와서 빈둥거리며 포동포동해진 게 가지고 놀기 딱 알맞지 않습니까?

장난감으로는 이 녀석이 딱입니다요. 불쌍한 저는 비썩 마르고 긇어서 만져 봐야 뼈밖에 없습니다.”

걸모양은 똑같았지만 가벌륵이 괴상한 동작으로 과장해서 탈루하의 이곳저곳을 가리키며 말하자 그 말도 그럴듯하게 들리는 것이었다. 드러내지는 않았지만 사람들은 누 마속이 벌이는 치열한 생존 경쟁을 고소한 표정으로 지켜보고 있었다.

이는 무화경의 신화적인 고수가 된 곽불인 등도 마찬가지였다. 사실 곽불인의 윗자리에 있는 마흔여덟은 마계의 지배자인 암황신의 적통 아밀의 능력이 커지면서 하나둘 소환한 마족들이었다.

유화 등 스물넷은 천령신목의 환혼과를 먹고 탈백인이 된 자들을 이용하여 소환한 최하급, 즉 구급(九級)에서 칠급의 마족들이고, 그 위의 스물넷은 마물인 부참마시와 은갑마인인 포건공을 이용하여 보다 강력한 육급에서 삼급의 마족들을 소환한 것이었다. 마족 하나를 소환하는 것은 각성한 아밀의 능력으로도 무척이나 힘거운 일이었다.

한데 먼저 인간계에 나온 탈루하와 가벌륵이 거들먹거리며 마족들을 데리고 다니다가 이마부에서 스물넷을 잃었으니 아밀이 이처럼 크게 화를 내는 것도 무리는 아니었다.

마계에는 십팔지옥염화형(十八地獄焰火刑)이라는 것이 있다.

십이마신이 자신의 보패로 내리는 이 형벌을 당하면 죽지도 살지도 못한 채 영원히 고통에 몸부림치는 탈백수인(奪魄囚人)이 되고 만다. 그리고 탈백수인은 점점 몸체가 줄어들어 결국에는 형벌을 내린 보패 주인의 노리개가 된다. 특별한 놀이나 장난감이 없는 마계에서 최상층의 마족들은 탈백수인을 수집하는 것이 취미였다.

이런 사정을 곽불인 등도 이제는 어느 정도 알고 있었다. 마족답지 않게 엉뚱한 사고를 치고 다니는 탈루하와 가벌륵은 그들에게도 큰 골칫거리였다.

둘을 통제할 수 있는 아밀은 그간 독선과 함께 지하 밀실에 틀어박혀 불사마인의 완성을 도우며, 한편으로는 남은 탈백인과 부참마시를 이용하여 마족들을 소환하고 있었던 것이다. 오늘 아밀이 단단히 혼을 내놓지 않는다면 또 무슨 사고를 칠지 모를 일이었다.

이때 은갑마인 포건공이 입을 열었다. 아니, 이제 그는 더 이상 포건공이 아니라 찰태합(察太哈)이라는, 이곳에서 아밀을 제외하고는 가장 신분이 높은 삼급 마족이었다.

"아밀님, 십팔지옥염화형만은 면해주시고 대신 공포삼태(恐怖三殆)를 내리는 것이 어떻겠습니까?"

탈루하와 가벌륵은 찰태합의 말에 잠시 갈등하다가 곧 미친 듯이 고개를 끄덕이며 말하는 것이었다.

"옳습니다. 찰태합님의 말씀이 옳습니다. 그렇게 하여주십시오."

"저는 아무리 고통스러워도 결코 아밀님을 원망하지 않겠습니다."

공포삼태 역시 마계의 형벌로, 십팔지옥염화형보다는 한 단계 낮은 고통을 선사한다. 물론 그 고통 역시 말할 수 없이 큰 것이었으나 탈백수인이 되는 것에 비하면 백배천배 나은 일이기에 오히려 애원을 하는 것이었다. 한데 뜻밖에도 아밀이 흑화를 거두어들였다.

"이번은 처음이니 불문에 부치겠다. 대신 너희들은 앞으로 찰태합의 말에 절대 복종하여라. 그렇지 않으면 정녕 십팔지옥염화형의 맛을 보게 되리라. 알겠느냐?"

"……."

"……."

이처럼 관대한 처분을 예상치 못했던 둘은 잠시 꿈인가 생시인가 하여 좀처럼 믿지 못하는 표정을 하고 있었다.

"왜, 싫어?"

"아, 아니요. 싫다니요! 만세! 만세! 아밀님 만세!"

"저도 만세! 아니, 백만세, 천만세!"

"시꺼! 어서 가서 앉아."

아밀이 고함을 빽! 지르자 탈루하와 가벌륵은 황급히 입을 틀어막고 헐레벌떡 자신들의 자리로 돌아갔다. 찰태합이 그런 둘을 괴이한 눈빛으로 한 번씩 노려보았다. 그동안 탈루하와 가벌륵은 하급 마족인 육급 마족임에도 상급 마족인 찰태합의 말을 우습게 여기고 마음대로 행동해 왔던 것이다.

이제 그럴 수가 없게 된 둘은 풀이 죽어 고개를 푹 숙였다.

원래 삼급 마족의 힘은 당연히 육급 마족을 능가한다. 하지만 결계의 벽에 막혀 마계에서 인간계로 넘어올 때 마족들은 보패를 가지고 올 수 없었다. 보패가 없으면 그들은 자신의 힘을 삼분의 일도 발휘하지 못한다. 더구나 그 힘마저 일정한 시간이 지나면서 서서히 회복되기 때문에 갓 인간계로 나온 마족의 힘은 당연히 약할 수밖에 없었다. 가장 먼저 소환되었던 탈루하와 가벌륵이 거들먹거렸던 데는 이런 이유가 있었다.

곽불인 등은 크게 안도했다. 찰태합은 다른 마족들과 달리 크게 잔인하지도 않고, 탈루하나 가벌륵처럼 이상한 짓을 하지도 않았다. 그는 현명한 마족이라고 할 수 있었다. 가장 악독한 마족인 소설란, 아니, 파루라(婆婁羅)는 배가 고프면 아무나 잡아먹곤 하여 육마부를 공포에 몰아넣었는데, 이를 말리며 인간계에서 적과 아군이 누군지 깨우쳐 주고 아군을 잡아먹으면 안 된다고 가르친 것도 바로 찰태합이었던 것이다.

그런 찰태합이 마지막 골칫거리였던 탈루하와 가벌륵까지 통제하게 되었으니 당장의 큰 걱정을 덜어낸 셈이었다.

◆ 第百二十章 ◆ 흔들리는 오수

흔들리는 오수

다시 오수가 입을 열었다.

"그리고 본 성의 전체적인 문제입니다만, 언강호 등에 의해 외부의 가장 큰 자금원이었던 이격찰도의 굴염방이 파괴되어 생활이 매우 피폐해지고 있습니다. 급한 대로 마이강의 주민들에게 인두세를 걷고, 왕래하는 상인들에게 통행세를 받고 있는데 불만이 점점 팽배해지고 있습니다. 이런 상태로는 얼마 못 가 상인들의 왕래가 절반 이상 줄어들어 필요한 물자를 구하기가 매우 어려워질 것입니다."

"걱정할 것 없어. 넉넉잡아 보름만 버티도록 해."

마이강 주민들의 생존이 걸린 문제에 대해 아밀은 너무도 간단하게 답하는 것이었다. 오수는 면사의 신비인과 육천 등을 바라보았지만 그들 역시 같은 생각인지 별다른 표정의 변화가 없었다.

"또 보고할 것 있어?"

"어, 없습니다."

얼떨결에 대답한 은마는 엉거주춤 자리에 앉고 말았다. 그러자 아밀이 자신의 바로 아랫자리에 앉아 있는, 얼굴의 절반을 면사로 가린 사람을 보고 말했다.

"태천! 때가 다가오고 있다."

아밀이 그의 정체를 말해주고 있었다. 그가 바로 강경파의 신비인이자 마화비처와 빙마루에 나타났던 육천의 배후이며, 곽요진 남매를 고통에 잠기게 한 장본인, 태천이었다.

"차령마녀를 이용한 불사마인의 제련에는 문제가 없겠습니까?"

약간은 걱정스러운 음성이었다. 사실 아밀은 모든 힘을 불사마인에 쏟고 있었다. 지금으로서는 더 이상 탈백인이나 부참마시를 이용하여 마족을 소환할 여유가 없었다. 언제 준동할지 모르는 선계 측을 생각하면 마족의 힘이 절대적으로 필요하지만 그럴 수가 없는 형편이었다.

이렇게 중요한 판국에 탈루하와 가벌륵이 멋대로 스물넷의 마족을 데리고 이마부를 얼쩡거리다가 소멸케 하였으니 그 죄는 죽어 마땅한 것이었으나 너무 많은 힘을 소모하여 십팔지옥염화형을 펼치는 것도 쉽지 않았다. 그렇지 않았다면 결코 그들을 용서하지는 않았을 터였다. 아밀이 독선을 가리키며 대답했다.

"안 그래도 몇 가지 필요한 것이 있다. 독선, 말하라!"

"크크크, 그러지요."

장한징이 마치 마족처럼 웃고는 입을 열었다.

"아시다시피 저번에 그 멍청한 송백남 녀석이 천락성마독단 하나를 빼앗기는 바람에 융백마독수(融魄魔毒水)를 만드는 데 약간 차질이 있었습니다."

"그 문제라면 간단하군. 만마성에 와 있는 살충단 놈들에게서 빼앗아 오면 되니."

태천은 자신보다 훨씬 나이 들어 보이는 독선을 마치 후배 대하듯 했다. 그럼에도 독선은 아무런 불만이 없어 보였다.

다시 장한징이 말했다.

"남은 하나의 천락성마독단도 당연히 있어야 하고, 거기에 몇 가지 약재가 추가로 필요하게 되었습니다."

약간 짜증스러운 눈빛으로 태천이 질책했다.

"그럼 처음부터 천락성마독을 찾아달라고 했어야지."

"그게… 얼마 전까지만 해도 아밀님께서 도와주시면 하나가 없어도 충분할 걸로 보았습니다만, 마족의 소환에 지나치게 힘을 많이 쓰시는 바람에 그 천락성마독이 꼭 필요하게 된 것입니다."

"……."

아밀이 고개를 끄덕여 독선의 말이 옳음을 표시했다. 더 이상 독선을 질책할 수 없게 된 태천이 눈빛을 슬그머니 거두며 말했다.

"추가로 필요한 약재가 무엇인가?"

"유명한 독물인데, 수라군자검과 야차숙녀도, 그리고 포대화상 등 세 가지입니다."

이 말을 들은 태천이 곽불인 등 육천을 차례로 바라보았다.

이에 곽불인과 곽불굴은 아래쪽의 홍진에게 시선을 보냈고, 진복원과 왕조욱은 문곡성군에게, 호덕견은 오수에게 눈짓을 보냈다. 각기 자신의 군사 역할을 하고 있는 수하에게 독선이 말한 독물을 어떻게 구할 것인지 답하라는 뜻이었다.

그러나 홍진과 문곡성군은 묵묵부답 슬며시 눈빛을 피해 고개를 떨구었고, 반면 오수는 가벼운 미소를 띠더니 자리에서 일어나 대답하는 것이었다. 이로 인해 호덕견의 안색은 밝아졌고, 곽불인 등은 얼굴을 찌푸렸다.

"그 세 가지라면 전혀 걱정할 필요가 없습니다. 지금 남은 천락성마독 단 하나는 독선의 제자이신 현현독지의 계주 적발독광 전락생이 가지고 있습니다. 한데 공교롭게도 얼마 전 그는 이반오란하에서 포대화상 등 세 가지 독물을 얻었습니다. 지금은 그것을 이용하여 천락성마독을 능가하는 독을 만들겠다며 연구에 몰두하고 있다고 하더군요."

"캬, 그래요? 역시 내 제자 놈이구만. 곧 그놈을 한 번 만나봐야 할 테니 그건 걱정하지 않아도 되겠소이다."

독선은 의기양양한 표정으로 말하면서도 오수에게 반존대를 잊지 않았다. 비록 그가 중요한 역할을 맡고 있어 높은 자리를 차지하고 있지만 이곳에서 만만하게 대할 수 있는 사람은 거의 없었던 것이다.

오수 덕분에 크게 체면을 세운 호덕견이 재빨리 말을 받았다.

"아밀님, 그리고 태천님. 파천의 시간이 임박하고 있으니 이 기회에 아예 언강호 일당을 정리하는 것이 어떻겠습니까?"

언강호라는 이름이 나와서일까? 아밀이 움찔했다. 하나 곧 쭉 찢어진 입을 열어 냉혹한 음성으로 말하는 것이었다.

"세 구의 천살마시도 그자들의 손에 있다고 했었지?"

이번에도 오수가 대답했다.

"그렇습니다. 바로 어제 천살마시가 본 성으로 왔습니다. 한데 정보에 의하면 주작의 후예인 주작천궁의 궁주 신비용녀 피용화가 천살마시의 묵령시독을 대부분 풀었다고 합니다."

"크크크, 역시 예상대로군. 그건 오히려 잘된 일이오."

"……."

독선이 기분 좋은 듯 웃으며 말했다. 이는 실질적인 강경파의 군사로 대부분의 일을 주관해 온 오수도 모르고 있던 것이라 장한징을 멀뚱한 표정으로 쳐다보았다. 설명을 해달라는 뜻이었다.

“사실 천살마시를 이용하여 십이마신 중 구대마신의 영체를 소환하자면 마지막 순간에 가서는 아밀님의 힘으로 오히려 그 묵령시독을 풀어야 하는 것이오. 한데 안전하게 미리 제거해 주었으니 얼마나 고마운 일이유? 전에 태천님의 이야기를 듣고 이렇게 되지 않을까 싶어 아밀님께 말씀드렸던 거요. 신비용녀에게 뽀뽀라도 해주고 싶구랴.”

“……”

오수는 왠지 기분이 나빠지는 느낌이었다. 늙고 추한 장한징이 절세미녀인 피용화에게 뽀뽀해 주고 싶다고 해서가 아니었다. 아밀과 독선이 자신을 제쳐 놓고 뭔가 일을 진행했다는 사실이 서운한 것이었다.

귀선과 이호 등이 이반오란하에서 천살마시를 빼앗기고 포로가 되어 나원으로 끌려가고 있다는 소식을 들었을 때, 그는 많은 암첩을 동원하여 노산군의 행로를 추적하고 호덕견과 태천에게 보고하여 즉시 천살마시를 되찾을 계획을 꾸몄다.

한데 지하 밀실로 찾아갔던 태천이 아밀의 명령이라며 그냥 내버려 두라는 것이 아닌가? 당시로서는 이해할 수가 없었던 일이다. 천살마시는 그들에게 결코 없어서는 안 될 지극히 중요한 존재였다. 그랬기에 진복원을 시켜 귀선에게 명령을 내리는 것으로도 모자라 금강숙의 혜홍 선사와 십육나한, 태극도량의 광무 진인과 사상문자까지 동원하여 천살마시를 만마성으로 호송하게 하였던 것이다.

천살마시를 이용하여 이씨세가의 건설을 꾀하던 이호의 꿈은 그야말로 개꿈에 지나지 않았다. 육천은 이호에게 계속적인 천살마시의 관할권을 약속했지만 그 기한이 언제까지라고 명백하게 말한 적은 없었다.

만마성으로 들어오는 순간 이호의 관할권은 끝이었다. 인간의 능력으로는 이호 외에는 천살마시를 부릴 수 없지만 아밀은 다른 것이다.

이런 상황을 암첩의 보고를 통해 훤히 알고 있었던 오수는 내심 이호를 많이 비웃었다. 한데 지금에 와서는 자신 역시 바보가 된 느낌을 피할 수 없었다. 기분이 나빠진 그는 아무도 눈치 채지 못하게 장한징을 한 번 흘겨보고는 자리에 앉았다. 아밀의 음성이 다시 들려왔다.

"천살마시의 일은 매우 잘했다. 독선!"

"네, 네, 아밀님."

괴팍하기로 소문난 장한징도 아밀이 약간 큰 소리로 부르자 안색이 창백해져 굽실거렸다.

"이것으로 구대마신을 소환할 준비는 끝난 것이냐?"

"아, 아직은……."

"다른 문제가 또 있단 말이냐?"

지쳐 있던 탓인지 아밀의 목소리가 높아지고 무서운 기세가 일어났다.

"그, 그, 그……."

장한징의 안색이 파랗게 질렸다. 뿐만 아니라 실내의 모든 인간들과 마족들까지 두려움에 떨었다. 찰태합이 조심스럽게 말했다.

"아밀님, 고정하시지요."

"으음."

자칫하면 자신의 기세만으로도 장한징을 죽일 수 있다는 사실을 깨달았음인지 아밀이 태사의 깊숙이 몸을 기대며 다시 말했다.

"독선, 두려워 말고 말해보라."

"예, 예. 아밀님. 그러니까… 에……."

"……."

"백운신문의 부문주이며 포건공의 사부였던 해검신협 송백남은 금갑마인이라는 마물이면서 환혼과까지 복용하여 다소 문제가 복잡해졌습니다. 아시겠지만 놈이 환혼과를 복용할 때 마족의 영체가 일부 침투한 상태입니다. 해서……."

"어떤 놈인지 모르겠으나 마계로 돌려보내려면 힘깨나 써야겠군."

원래 탈백인은 아밀이 의식적으로 마계의 영체를 불러내 주입하지 않는 한 저절로 마족이 되지는 않는다. 한데 마물과 인간의 특성을 동시에 가지고 있던 송백남과 포건공은 특이하게도 환혼과를 복용하는 순간 마족의 영체가 스스로 마계의 벽을 넘어와 침투한 상태였다.

하지만 그 영체는 아주 일부분에 불과해 마족으로서의 능력을 거의 발휘할 수 없었다. 만마성에 온 아밀은 자신의 힘으로 포건공에게 침투한 영체를 온전히 마계에서 소환하여 찰태합이란 삼급 마족을 얻을 수 있었다.

당시에는 상급의 마족을 얻어 매우 기뻐했는데, 지금은 도리어 문제가 되고 있었다. 송백남은 시시한 마족들이 아니라 구대마신을 받아내야 할 법체였다. 그러자면 지금 들어와 있는 영체의 일부를 마계로 돌려보내야 하는 것이다. 아밀이 얼굴을 찡그리며 말했다.

"송백남 외에는 문제가 없느냐?"

"축융마인과 빙백마인은 상태가 매우 좋습니다만……."

"만?"

반문하는 아밀의 눈동자가 다시 살벌하게 변하며 태천과 호덕원, 종란분 등을 스쳐 갔다. 두 마물의 제조에 직접 관여했던 사람들이었다. 순간 그들은 등골이 오싹하여 식은땀이 흐르는 것도 느끼지 못했다.

"별다른 문제는 아니고 한 가지 약점이 있는 것 같습니다."

"약점이라니?"

"혹시라도 최상급의 오풍초 연기를 쐬면 하루 동안 모든 기능이 중지될 수 있습니다. 또한 뇌호혈이 매우 좁아 구대마신의 영체를 제대로 받아들이지 못할 가능성이 큽니다."

호덕원은 생각나는 사람이 있었다.

'그 빌어먹을 장일손 늙은이의 짓이 틀림없을 거야. 진작에 쳐 죽였어야 했는데…….'

마화비처의 전대 장로들인 태화육마의 수장 장일손을 떠올린 그는 초조한 마음으로 입술을 잘근잘근 깨물며 지금 이 순간이 잘 넘어가기만을 빌었다. 조금 전 득의해 있던 호덕견도 동생의 안위가 석성스러워 안색이 어두워졌다. 어려서 부모를 잃은 그는 동생과 함께 의지하며 이 험악한 만마성에서 살아남았기에 누구보다도 형제애가 강했다.

그가 비록 붕천정의 단주 덕분에 무화경에 올라 탈인간의 경지를 밟게 되었지만 동생에 대한 사랑은 더욱 두터워졌다.

원래 만마공은 욕심이라는 격렬한 감성에 바탕을 둔다. 따라서 그가 감람경에 이르자 이성은 대부분 사라지고 지옥의 불길과도 같은 감성에 사로잡혔다. 하지만 감성의 일종인 동생에 대한 사랑도 더욱 커졌고, 이후 감성이 깊어짐에 따라 이에 대한 조절 능력까지 생겨 동생에게는 가장 따스한 형으로 남아 있었다.

다행히 아밀은 그들을 한 번씩 노려보았을 뿐 달리 질책하지 않고 독선을 보고 물었다.

"혹시 구대마신을 소환했을 때 문제를 일으키지는 않겠느냐?"

"그때 누군가 만년오풍초의 연기만 흘러 넣지 않으면 별다른 상관은 없습니다. 그리고 뇌호혈을 넓히는 것도 곧 해결할 수 있을 것으로 보입니다. 참! 태천님, 마화비처의 마화라대장경과 빙마루의 반극법장경을 아직 가지고 계십니까?"

독선의 질문에 태천은 조심스런 표정으로 아밀을 한 번 쳐다보고는 대답했다.

"그건 전에 은마에게 주어 보관해 두도록 했네."

"그걸 좀 보아야겠습니다. 어느 정도 해결의 실마리를 찾았지만, 확실한 것을 알기 위해서는 그 책자들을 보아야 합니다."

"그거야 어려운 일이 아니지. 은마! 회의가 끝나는 대로 독선에게 가져다주도록 하게."

"예, 태천님."

은마가 고개를 숙이며 대답하자 아밀이 다시 태천을 보고 말했다.

"설마 태천이 두 번 실수하지는 않겠지?"

그는 황급히 변명하듯 말했다.

"물론입니다. 걱정 마십시오. 그때는 저희들의 모든 힘을 집결시켜 철통같이 지키고 있을 테니 만년오풍초는 조금도 염려하지 마십시오."

이때 오수는 몇 번이나 망설이다가 결국 말을 하지 않기로 했다.

그는 암첩의 정보를 통해 언강호 등이 만년오풍초를 얻었음을 알고 있었다. 하지만 자신을 물 먹인 독선과 아밀이란 존재가 갑자기 싫어졌다. 그들도 한 번쯤 물을 먹어야 자신을 깔보지 못할 것이라는 생각이 들었던 것이다.

'내가 이렇게 쪼잔한 사람이었나? 대사를 앞두고 이런 사소한 일로 감정을 품다니……. 그렇지만 별일이야 있겠어? 결국 아무도 모르고 지나가겠지. 나 혼자만의 조그만 복수라고 해두자.'

은마는 자신을 합리화시키며 속으로 중얼거렸다. 다시 아밀이 독선을 보고 물었다.

"마장고에서 발견한 그 세 사람은 어때?"

"고귀향과 곽포라는 가사 상태에 빠져 있을 뿐 손상된 곳은 거의 없습니다."

장한징의 입에서 놀라운 이름이 튀어나왔다. 육천과 시험 제조된 축융마인 등의 손에 제거된 것으로 알려진 그들이 사실은 가사 상태에 빠진 채 마장고에 있었던 것이다.

“위위홍은?”

“역시 매우 좋은 상태입니다. 그동안 수차례 검사한 사실이니 조금도 틀림이 없습니다.”

독선의 말은 무림에 알려진 사실과는 많은 차이가 있었다.

“나중에 문제가 생기지는 않겠지?”

“전에 아밀님께서 말씀하신 모든 사항을 완벽하게 충족시키고 있습니다. 과연 감람경을 넘어 현도경을 바라보던 고수들이 마물에 비해 훨씬 완벽한 법체감이었습니다요. 크크크.”

그새 간의 크기가 원상회복된 것인지 독선이 슬그머니 장난기를 내보였다. 하지만 아밀은 무표정한 얼굴로 대꾸했다.

“좋다. 송백남 문제는 내가 해결하겠다. 너는 그날에 대비하여 더욱 준비를 철저히 하라. 난 이번에 들어가면 불사마인과 계속 영적 교통을 해야 하니 당분간 움직이지 못한다. 따라서 태천, 찰태합과 수시로 연락하면서 어떤 오류도 생기지 않도록 해야 할 것이다. 알겠느냐?”

“며, 명심하겠습니다, 아밀님.”

독선이 황급히 일어나 포권하며 대답하자 아밀은 태천과 찰태합에게도 주의를 주었다.

“태천은 대외적인 일을 총괄하도록 하고, 찰태합은 마족들을 잘 관리하면서 선계 놈들을 견제하는 데 전력을 다하라. 둘은 서로 잘 협력하여 일하고, 인간이니 마족이니 따져서 분쟁을 일으키면 안 된다. 알겠어?”

“잘 알겠습니다, 아밀님.”

“당연한 말씀이십니다.”

태천보다 조금 늦게 대답하는 찰태합의 눈빛에 짧은 순간 불만의 빛이 스쳐 갔다. 그는 이해할 수 없었다. 위대한 암황신의 적통 아밀이 무엇

때문에 하찮은 인간에 불과한 태천을 이렇게 존중하며 싸고도는지 모를
일이었다.

지금 아밀의 명령은, 제삼급(第三級)의 마족으로 마계에서도 대접받는
상급(上級) 마족에 속하는 자신더러 간식거리인 거미만도 못한 인간 태
천의 명령을 받으라는 것이 아닌가? 그가 알기로 인간들은 소모품에 지
나지 않았다. 십이마신이 모두 소환되고 마계의 통로 자체가 열리는 날
이면 인간들은 마족의 먹이가 되거나 비천한 노예가 될 운명이었다.

한데 태천 등을 대하는 아밀의 태도는 전혀 그렇지 않았던 것이다. 이
런 찰태합의 불만을 아는지 모르는지 아밀은 시선을 돌려 호덕견을 불렀
다.

"욕마!"

"예! 이밀님, 말씀하십시오."

오수는 긴장하여 뻣뻣하게 굳은 자세로 대답하는 호덕견의 모습이 오
늘따라 더욱 불쌍해 보였다. 당당한 만마성 욕마, 그리고 육합천 육천의
기세는 온데간데없었다.

원래 정통파의 환마 태오돈을 따랐던 오수는 욕마의 진취적이고 거침
없는 기상에 반하여 강경파로 전향했다. 오랜 상관이었던 태오돈의 거듭
되는 충고와 회유에도 뜻을 굽히지 않았다.

그때는 어떤 상황이 닥치든 후회하지 않을 자신이 있었건만 지금 욕마
의 모습은 그의 가슴을 온통 회의감으로 물들여 놓고 있었다.

은마의 생각을 뚫고 아밀의 음성이 들려왔다.

"넌 오수와 함께 천살마시를 되찾고, 세 가지 독물을 구해 독선에게
갖다줘."

"알겠습니다. 아밀님, 그럴 게 아니라 아까도 말씀드렸지만 이번 기회
에 아예 언강호 일당을 정리하는 것이 어떻겠습니까?"

태천을 제치고 자신이 직접 아밀의 명령을 받았다는 기쁨 때문일까? 욕마는 과잉 의욕을 내보이고 있었다. 오수는 그런 호덕견을 보고 있노라니 짜증스러운 감정까지 치미는 느낌이었다.

물론 호덕견이 태천에게 밀려 오랜 세월 동안 이인자도 아니고, 육합천의 언저리를 맴돌며 곽불인 형제에게까지 상당한 괄시를 당했던 점을 생각하면 이해가 안 되는 바도 아니었지만 그렇다고 마족인 아밀에게 굽실거리는 꼴이 갈수록 볼썽사나웠다.

오수는 예전부터 마족을 믿지 않는 마음이 강했다. 거기에다가 좀 전의 일로 독선과 아밀에게 서운한 생각을 품게 되자 그런 마음이 눈덩이처럼 커지고 있었다. 갑자기 아밀의 음성이 들려왔다.

"은마는 어떻게 생각해?"

"저, 저는……."

화들짝 놀란 오수는 말을 더듬거리며 급히 생각을 정리하고는 입을 열었다.

"욕마님의 말씀에 일리가 있다고 생각합니다. 선계의 이목을 확실하게 붙잡아두자면 아껴두었던 반신교, 아니, 살충단을 이용하는 것이 최선입니다."

"그래? 그럼 그 일은 욕마의 말대로 해. 다만 계획을 잘 세워서 태천의 지휘에 따라 시행하고, 절대 그들을 얕보지 않도록 해. 그들은 사신장의 후예라고 할 수 있으니 큰 힘을 필요로 할 때는 찰태합에게 도움을 청하는 게 좋을 거야. 특히 결공(結空)과 효마의 일에 유의하고."

"걱정 마십시오. 태천님과 독선께서 장담하셨으니 곽불사와 전락생을 이용하면 그들은 꼼짝 못하고 우리 손에 들어올 것입니다. 중요한 것은 그들을 제거하는 것이 아니라 충분히 이용하는 것이 아닌가 합니다. 욕마님께서도 저에게 그 점을 몇 차례 강조하신 적이 있습니다."

내키지는 않았지만 자신의 주군이라 할 수 있는 호덕견의 체면을 세워 준 오수는 곁눈질로 독선과 태천을 훔쳐보았다. 두 사람 다 표정 변화가 거의 없었다. 은마는 속으로 '너희들은 우리 만마보다 더한 냉혈한들이구나' 라며 중얼거렸다.

이때 아밀은 자신의 할 일을 다했다고 생각했는지 보패인 꽃바구니와 간식거리인 독거미가 든 대바구니를 들고 태사의 뒤쪽의 동굴로 들어갔다. 그녀가 사라지자 태천이 잠시 욕마 호덕견을 바라보더니 말했다.

"이번 일은 자네가 벌인 셈이니 자네가 책임지고 진행하게. 하지만 아밀님께서도 이야기하셨다시피 살충단을 가볍게 보아서는 안 될 것일세."

담담하지만 만 근의 무게가 느껴지는 그의 기이한 눈길에 육마는 자신도 모르게 이마에서 한줄기 땀을 훔치고는 대답했다.

"죄, 죄송합니다."

쩔쩔매는 호덕견의 모습이 위대한 만마성 육마의 실상이었다. 오수는 가슴에 찬바람이 부는 느낌이었다. 예전 열정적이고 진취적인 욕마의 모습에 반해 운명을 맡긴 자신의 선택이 한심스러웠다. 은마의 눈길은 자기도 모르게 누군가에게로 향했다.

자신과 똑같은 선택을 한 사람, 그래서 동변상련의 처지일 수밖에 없는 사람. 그는 바로 전대 대장로이자 전대 이마였던 심마 구환이었다. 마침 그도 같은 심정이었는지 자연스럽게 시선이 마주쳤다. 두 사람의 입가에는 씁쓸한 미소가 감돌고 있었다.

다시 태천의 음성이 들려왔다.

"그래, 어떻게 일을 진행할 생각인가?"

호덕견은 대답 대신 자신을 바라보는 것이었다. 오수는 고소(苦笑)를 삼키며 자리에서 일어나 말했다.

"한편으로는 그들의 내부를 흔들면서, 다른 한편으로는 팔마부를 급습하여 공포 분위기를 조성하는 양동 작전이 제격입니다. 이렇게 하면 반신교와 그 동조 세력들은 어찌할 바를 모르고 허둥거리게 될 것이고, 선계의 이목 역시 그쪽으로 쏠릴 것입니다."

이 말에 유화, 아니, 구급 마족 날사아(捺舍阿)가 물었다.

"크르르, 꼭 그렇게 복잡하게 할 필요가 있어? 그냥 가서 다 잡아 먹어버리면 안 될까? 쩝쩝, 벌써 한 달째 제대로 먹지 못했단 말이야."

그녀는 파루라 못지않게 악독한 마족이었다. 어제는 전대 성주였던 조마 안과강의 손녀를 먹겠다고 설치는 바람에 태천이 찰태합을 데리고 가서 겨우 말렸을 정도였다. 오수는 의식적으로 찰태합에게 가볍게 고개를 숙여 보이고는 말했다. 그의 권위를 빌어 날사아를 눌러두기 위함이었다.

"아까도 이야기했지만 살충단과 팔마부를 제거하는 것 자체가 중요한 일은 아닙니다. 힘으로 없애려면 날사아님 한 분만으로도 충분하겠으나, 십이마신님들을 무사히 소환하자면 선계 측의 이목을 확실히 붙잡아두는 것이 무엇보다 중요합니다. 저번 이마부의 접전으로 어느 정도 아셨겠지만, 선계의 힘은 결코 만만한 것이 아닙니다."

날사아 하나로 충분하다는 것은 당연히 과장이었다. 선계 사신장의 신기인 백호신령기와 현무건이 언강호의 손에 들어갔을지도 모른다는 정보가 이미 입수되어 있었던 것이다.

다행히 가벌륵이나 탈루하와 달리 날사아는 영 멍청하지는 않았다. 그녀는 오수가 비록 인간이지만 무시하기 힘들다는 사실을 잘 알고 있었다. 더구나 아밀로부터 사실상 마족들을 관리하는 책임을 부여받은 찰태합이 은근히 압박의 눈빛을 보내오는 데다가, 은마가 자신을 한껏 추켜세워 주면서 차분히 설명을 해주어 기분 나쁘지 않게 물러설 수 있었다.

그녀는 입맛을 다시며 살충단을 먹기를 포기했다.

그러자 찰태합이 마족들을 쭉 둘러보며 재차 주의를 주었다.

"우리가 인간계로 먼저 나온 사명은 오직 한 가지다. 바로 아밀님께서 십이마신님들을 무사히 소환하실 수 있도록 외부의 방해를 철저히 차단하는 일이다. 여기에 방해가 된다면 그 누구도 용서치 않을 것이다. 가벌룩, 탈루하! 알겠는가?"

"아, 알겠수."

"말 잘 듣겠수. 너무 그러지 마시우."

아밀에게 혼이 났던 두 마족이 떨떠름한 표정으로 대답하자 찰태합은 만족스러운 듯 입술을 씰룩이고는 오수를 향해 말했다.

"계속하라."

그사이 은마는 많은 생각을 하고 있었다.

'십이마신이 소환되고 마계의 통로가 열려 인간계가 온통 마족의 세상이 된다면 과연 어떻게 될 것인가? 이건… 결코 잘하는 일이 아니다. 하지만 이제 와서 멈출 수도 없는 일이고……. 아, 나는 어떻게 해야 한단 말인가?'

마치 꿈에서 깨어나듯 오수는 이제까지의 일을 돌이켜보았다.

욕마에 대한 실망감, 그리고 독선과 아밀이 몰래 일을 꾸며 자신을 바보로 만들었다는 사실 등이 그를 꿈에서 깨어나게 한 것이었다.

무엇 때문에 마족을 위해 그토록 열심히 일해왔는지 모를 일이었다. 왜 인간계를 마계로 만들고자 했는지 알 수 없었다. 마음속이 격류처럼 요동쳤다. 하지만 그는 결국 현실을 떨치고 뛰쳐나갈 용기를 내지는 못했다.

'이제는 어쩔 수 없는 일이다. 끝에 무엇이 있을지 모르겠으나 이대로 가보는 수밖에……. 욕마를 찾아오던 그날 이미 나의 인생은 망가진 것

이다. 다시는 돌이킬 수 없겠지?'

절망감이 찾아왔다. 오수는 그 절망감이 못 견디게 싫어 고개를 흔들어 생각을 떨쳐 버리고는 입을 열었다.

"저는 그동안 암첩들을 총동원하여 대마부를 살펴왔습니다. 그 결과 정통파의 신비인인 태선이 이상하게도 살충단을 비롯한 그 일행에게 목을 메고 있다는 사실을 알아냈습니다."

"그게 정말인가? 그 이유가 무엇인가?"

태천이 자못 궁금하다는 표정으로 반문했다. 하지만 은마도 아직 거기까지는 알아내지 못한 상태였다.

"구체적인 이유는 알 수 없습니다만 살충단, 아니, 반신교인지 뭔지 하는 무리와 그 동조자들을 태선이 대단히 중하게 여기고 있다는 것은 틀림없는 사실입니다."

"음! 그래서 살충단을 이용해 선계 측의 이목을 붙잡아두자고 한 것이군?"

"그렇습니다."

이 말을 듣고 있던 심마 구환이 입을 열었다.

"그들이 만마성으로 올 때 시험해 보니 결코 예사롭지가 않았소이다. 선계 측의 세력을 의식하지 않을 수 없는 지금 우리가 전력으로 팔마부의 살충단을 칠 수도 없는 노릇이고, 섣불리 나섰다가는 우스운 꼴을 당할지도 모르는 일이오."

"……."

"따라서 무력 사용은 자제하고 만마평의회를 소집하여 공개적으로 그들의 죄를 묻는 것이 어떻겠소이까? 마침 언강호는 사마량의 자식이고, 무단으로 본 성을 떠났던 등호가 함께 왔으며, 만마평의회의 결의에 반대했던 효마 설백도 나타났소이다. 더구나 팔마 양조는 성주의 재가도

받지 않고 영접마동을 열어 외부인을 들이고 자기 마음대로 죄인인 넘마 요일방을 빼냈소이다.”

“…….”

“이런 죄목이면 만마평의회를 개최하여 그들을 단죄하기에 결코 부족하지 않을 것이오.”

듣고 있던 은마가 말했다.

“구환님의 말씀에 일리가 있습니다. 만마평의회를 열어 공개적으로 그들의 죄를 따진다면 살충단이 어떤 힘을 가졌든 전 만마성의 공격을 받게 될 것이니 결코 살아남지 못할 것입니다. 뿐만 아니라 모든 이목을 일시에 집중시킬 수 있겠지요. 하지만 그럴 수 없는 이유가 몇 가지 있습니다.”

“그럴 수 없는 이유라니?”

심마가 반문했다.

“정통파 측의 태선이 살충단을 감싸고 있는 이상 만마평의회가 우리 뜻대로 흘러가기는 힘들 것입니다. 최악의 경우 그들이 우리 측의 내부 사정을 모두 공개해 버린다면 매우 어려운 상황이 될 수도 있습니다.”

오수의 말에 구환은 고개를 끄덕일 수밖에 없었다. 사실은 그 자신도 마족이 지배하는 세상에 대한 회의감을 느끼고 있는 중이었던 것이다. 마이강의 주민들은 만마는 물론이고 무공을 모르는 평범한 사람들까지 대부분이 마신을 믿고 있지만, 그건 단지 신앙의 대상일 뿐 그 마신들이 실제 나타나 자신들을 노예처럼 다스리고 먹이로 잡아먹는다면 누가 섬기려고 하겠는가?

선계 세력들이 강경파의 내부 사정을 공개하는 순간 만마성은 극심한 혼란에 빠지고 말 터였다. 은마와 비슷하게 호덕견의 인물됨에 반해서 또한 전대 성주인 조마 안과강을 혼자 내버려 둘 수 없어 강경파에 가담한 구환이지만, 그는 진정으로 만마성을 아끼는 사람이었다. 결코 이런 혼란을 원하지 않았다. 그는 바로 자신의 뜻을 접었다.

"으음, 내가 잘못 생각한 모양이군."

오수가 쓸쓸하게 웃으며 대꾸했다.

"또한 살충단의 농조 세력 가운데 효마 설백은 우리에게도 매우 중요한 존재입니다."

"설백이?"

"그렇습니다. 그는 전전대 삼마로, 대법판을 지냈습니다. 아시다시피 대법판은 만마법(萬魔法)에 따라 마이강의 분쟁을 공정하게 해결하는 최고의 직책입니다. 그리고 명목상이긴 하나 영겁마동의 최고 관리자이기도 합니다."

"그거야 다 아는 일이 아닌가?"

"태천님께서 전에 말씀하신 대로 우리가 해야 할 중요한 일 중 하나가 바로 삼황결공(三皇結空)을 찾는 것입니다. 저와 암첩들이 태천님의 명령을 받아 오랫동안 조사한 결과 삼황결공이 바로 영겁마동 지하 깊은 곳에 있음을 알아냈습니다."

"뭐라고? 삼황결공이?"

"그렇습니다. 아밀님께서 십이마신의 소환에 성공하면 마계와 선계, 인간계의 접점에 위치하고 있는 삼황결공을 열어 마족들을 모두 불러내는 것이 궁극적인 목적이 아니겠습니까? 효마 설백이 거기에 매우 중요한 물건을 가지고 있을 것으로 생각됩니다."

이 말에 구환의 옆에 있던 조마 안과강이 이해하기 어렵다는 표정으로 말했다.

"영겁마동은 이미 오래전에 샅샅이 조사하여 지하 팔십이층이 가장 아래층임이 밝혀졌고, 그래서 그곳을 본 성의 명예와 관련있는 자들을 안치하는 곳으로 삼지 않았나? 더구나 저번에 자네가 보고하길, 설백은 완전히 광인이 되었다고 한 것 같은데?"

"제가 여러 가지 일로 바빠서 적시에 보고를 드리지 못한 점 죄송합니다. 벌써 삼 년 전의 일이군요. 저는 역대 암첩들의 기록을 검토하던 중 암흑마신과 영겹마동에 대한 기록에서 삼황결공에 대한 단서를 찾아낼 수 있었습니다."

"……."

"지금으로부터 사백여 년 전, 본 성에는 암흑마공을 익힌 암흑마신이 출현하여 난리가 벌어진 적이 있었습니다. 암흑마기에 사로잡힌 그의 무자비한 살수는 적아(敵我)와 남녀노소를 가리지 않았습니다. 한 달이 채 안 되어 마이강에서 무려 천여 명이 목숨을 잃었지요."

"……."

"이로 인해 당시 성주님을 비롯한 십마께서 모두 나서 그자를 공격하게 되었고, 견디다 못한 그는 결국 도망치고 말았습니다. 하지만 그를 제거하지 않고는 그 누구도 발을 뻗고 잠을 잘 수 없는 일이었지요. 이런 사실을 잘 알기에 온 암첩과 전 만마들이 수색에 나섰습니다. 한데 무려 한 달 동안이나 그의 행방은 한 줌 연기처럼 묘연했습니다."

마이강이 넓다고 하나 모든 암첩과 만마들이 일시에 나섰다면 그 눈을 피하는 것은 거의 불가능에 가까운 일이다. 한데 그자는 어떻게 한 달 동안이나 들키지 않을 수 있었단 말인가? 잠시 뜸을 들이던 오수의 말이 곧 계속되었다.

"그러다가 결국 암첩 가운데 한 명이 영겹마동 깊은 곳에서 그를 찾아냈고, 덕분에 당시 최고의 고수들이 달려가 척살할 수 있었던 것입니다. 놀랍게도 한 달이 지났을 뿐인데 십마가 일제히 협공하고서야 겨우 이길 수 있었다고 합니다."

“아?”

누군가 두려움이 묻어 있는 탄성을 터뜨렸다. 눈앞에 마족들이 있고, 자신들이 바로 중원무림인들에게 공포의 대상이지만, 그런 만마들에게도 암흑마신에 대한 이야기는 두려움을 안겨주기에 충분했던 것이다.

“문제는 그자를 찾아낸 장소입니다. 당시에도 영섭마롱은 팔십이층까지 쓰이고 있었기에 이미 암첩들이 몇 차례나 수색한 상태였습니다. 한데 그자는 놀랍게도 팔십이층의 아래에 더 깊은 지하 공간이 있다는 것을 알아내고 거기에 숨어 있었던 것입니다.”

“…….”

“그 암첩의 최초 보고서는 아직도 오마부에 남아 있었습니다. 아니지요. 삼 년 전에 제가 보고 없앴으니 지금은 없군요. 어쨌든 저는 그 보고서를 보고 혹시 그곳에 삼황결공이 있을지도 모른다는 생각이 들어 즉시 태천님께 보고했습니다. 보고서에 지하 분지가 얼마나 넓은지 평원과 같다고 적혀 있었던 것입니다.”

“…….”

“이후 태천님과 저는 암첩들의 도움을 받아 그 깊은 지하 동공을 뒤졌고, 마침내 삼황결공을 찾아낼 수 있었습니다. 정말로 태초에 삼황이 쳤다는 결계의 접점이 있었습니다.”

“결공을 찾았다면 잘된 일이 아닌가? 그 일이 효마와 무슨 상관이 있는가?”

이마(二魔)이자 대장로이며, 강경파의 명목상 수장인 도마 관정이 입을 열었다. 계속 듣고만 있다가 조심스럽게 입을 여는 모습이 강경파에서 그의 실상이 어떤지 잘 말해주고 있었다.

그의 권위는 육마(六魔)에 불과한 호덕견보다 못한 것이었다.

“말씀드리지요. 그 결공 앞에는 본 성의 시조이신 만마성자 인게라님께서 좌화한 채 앉아 계셨습니다."

"아? 그게 정말이오?"

격동하여 벌떡 일어나 외치는 사람은 바로 칠마인 병마(病魔) 인타라(因
陀羅)였다. 팔대마단 중 마룡단을 거느리고 있는 그는 푸른 눈과 약간 검
은 피부, 매부리코와 곱슬한 머리카락 등 중원인과는 확연한 차이가 있는
용모의 소유자였다.

이는 당연한 일이었다. 그가 바로 천축에서 건너온 만마성의 시조 만
마성자(萬魔聖者) 인게라(因揭羅)의 직계 후손이기 때문이다.

"그렇소. 이제까지 찾지 못했던 성자님의 유체는 바로 그곳에 있었던
것이오."

"한데 사백 년 전에 암흑마신을 제거하면서 당시 성주님 등은 이미 그
런 사실을 알게 되었을 텐데, 왜 비밀로 남겨둔 것이오?"

"그것은 성자님의 유언 때문이었소. 본 성의 뿌리인 만마부의 고향과
도 같은 마계가 이 땅에 현신할 날이 올 것이라 생각하시고 그때까지는
비밀로 남겨두라고 하신 것이오. 사실 성자님께서 마이강에 본 성을 세
운 것은 중원 세력에 밀려서가 아니라 전적으로 영겁마동 지하의 삼황결
공을 지키기 위함이었소."

"그럼 그렇지. 중원 놈들이 하는 말이 사실일 리가 없지."

만마성에 대한 자부심이 누구보다 강한 심마 구환이 당연하다는 듯 고
개를 끄덕이며 말했다. 그러자 구마이며 마웅단주인 웅마(鷹魔) 오십탑
랍(烏什塔拉)이 맞장구를 쳤다. 인타라가 천축계라면 그는 서역 계통의
인물이었다.

"당연한 말씀이십니다. 간교한 중원 놈들이 하는 이야기는 하나도 믿
을 바가 못 됩니다."

오수는 그를 무시하고 이야기를 계속했다.

"또한 성자님께서는 죽어서나마 마계가 열리는 광경을 직접 보고 싶다고 하셨습니다. 이에 당시 성주님 등은 성자님의 유해를 그대로 두는 대신 그 앞에 영겁천뢰로(永劫千雷路)를 설치하고, 일체 비밀을 발설하지 못하도록 하여 성자님의 유해와 삼황결공을 지키고자 하였습니다."

영겁천뢰로!

기관장치와 진법이 결합된 최강의 금관(禁關)으로, 전설처럼 전해오는 만마성의 자랑거리 중 하나였다. 이는 팔마공인 천겁뢰와 만마제일공인 복천주의 이치와도 통한다고 알려져 있으며, 만들기가 너무 힘들어 이론적으로는 오래전에 완성되었지만 실제로 설치된 적은 한 번도 없었던 것이다. 만마성의 모든 기록과 보화들을 모아둔 마장고조차 그보다 한 단계 떨어지는 만마팔관에 의해 보호되고 있었다.

그러나 사람들은 의문을 느꼈다. 영겁천뢰로가 비록 만마성의 전설 중 하나이기는 하지만, 찰태합 같은 마족의 능력이면 뚫지 못할 바는 아닐 터였다. 오수 역시 이런 점을 예상하고 있었는지라 바로 설명을 해주었다.

"당시 성주님께서는 삼황결공의 중대성을 감안하여 영겁천뢰로를 삼백여 갈래의 지심화맥(地深火脈)과 연결해 놓았습니다. 만약 억지로 들어갔다가는 일시에 모든 화맥이 폭발하여 영겁마동, 아니, 본 마이강의 대부분이 흔적도 없이 날아가 버릴 것입니다. 그렇게 되면 삼황결공 역시 큰 영향을 받게 될 것이고, 어떻게 변형될지 모르는 일입니다."

"그런 멍청한!"

쾅~!

천하의 거지 무리를 대표하던 적사묘의 당주 사심개 방탁에게 들어간 마족 투파(套뜀)가 화를 내며 탁자를 내려쳤다. 그는 불과 팔급의 낮은 마족임에도 곽불인은 물론이고 태천조차 그에게 싫은 소리를 하지 못했다. 이것이 마족과 인간의 관계였다. 다행히 이때 찰태합이 눈빛으로 투파를 제지했다.

오수는 가볍게 고개를 숙여 감사를 표하고 이야기를 계속했다.

"하지만 태천님과 조마님께서 안전하게 영겁천뢰로를 여는 방법을 연구해 오셨고, 상당한 성과를 거두셨다고 하니 걱정하지 않으셔도 됩니다. 당시 성주님께서는 하나의 열쇠로 영겁천뢰로의 마지막 문을 열고 지심화맥을 막을 수 있게 만들어두셨습니다. 그것이 바로 마황건(魔皇鍵)입니다."

"그 빌어먹을 마황건은 어디 있느냐?"

투파가 여전히 으르렁거리는 투로 말했다.

"당시 성주님은 삼마님께 영겁마동의 관리를 맡겼고, 마황건도 함께 넘긴 것으로 알고 있습니다. 한데 전대 삼마인, 정통파의 소마 홍천은 이런 사실을 까맣게 모르고 있었습니다. 물론 현재 삼마이신 우리 측의 수마님도 모르고 계셨지요. 이것으로 보아 전전대 삼마였던 효마 설백이 영겁마동의 비밀과 마황건을 홍천에게 전하지 않은 것으로 보입니다. 그전의 암첩들의 기록을 보면 역대 삼마들은 영겁마동의 비밀을 알고 있었다는 사실이 곳곳에서 확인되고 있습니다."

"으음, 그래서 전에 효마로 보이는 자가 진령에서 발견되었다는 보고를 받고는 귀선과 이호 등을 시켜 천살마시를 거느리고 가서 먼 북쪽 이반오란하까지 추적하게 한 것이었군. 좀 전에 아밀님께서 결공과 효마에 특히 유의하라고 한 것도 그 때문이고……."

도마 관정이 이제야 이해가 된다는 표정으로 고개를 끄덕이며 말했다. 오수가 미안한 표정으로 대답했다.

"대장로님, 당시만 해도 설백에 대한 확인을 끝내지 못한 상태였는지라 미처 말씀을 드리지 못했습니다. 양해하여 주십시오."

"아닐세. 계속해 보게."

"예. 아시다시피 천살마시도 우리에게 매우 중요한 존재였고, 효마도 그에 못지않은 가치가 있어 저는 암첩들을 대거 풀어 행방을 쫓고 있었습니다."

"……."

"그러던 차에 언강호 일행과 그들이 이반오란하에서 마주칠지도 모른다는 사실을 알고 태천님께 말씀드려 육천님들을 파견하려고 했으나 당시 상황이 여의치 못했습니다. 그때만 해도 아밀님의 힘이 완전하지 못해 태천님과 육천님들께서는 찰태합님 등을 소환하고 차령마녀의 령(靈)을 자극하는 데 힘을 보태야 했으니까요."

"……."

오수가 이처럼 상황을 자세히 설명해 주는 것은 자신이 느낀 소외감 때문이었다. 사람을 바보로 만들고 즐기는 것만큼이나 그런 일을 당하면 충격이 크다는 사실을 깨달았던 것이다.

잠시 침묵이 흐르고 칠원성군 중의 문곡성군이 물었다. 그는 동심맹의 천고자황수 진복원과 태극도량의 광유산인 왕조욱의 책사 역할을 하고 있었다.

"이반오란하에서 효마가 언강호 일행과 합류한 것을 알고 있었던 것이오?"

"사실은 그렇소. 처음에는 무척이나 놀랐지만, 그 길로 살충단 무리들이 본 성으로 올 예정이라는 말을 듣고 그냥 두었던 것이오. 또한 천살마시는 아까 들었던 바와 같이 태천님께서 아밀님의 말씀에 따라 나원으로 가도록 그냥 두라고 명령하신 것이고……."

"으음, 반신교 무리와 그 동조자들이 마이강으로 온 지 꽤 오랜 시간이 지나도록 그냥 둔 것은 혹시 효마를 살피기 위함이었소?"

"역시 문곡성군이시구려. 바로 그 때문이오. 우리는 믿을 만한 사람을 포섭하여 효마를 살피고 있었소.”

“결과는 어떻게 되었소?”

“지금까지 살펴본 바에 의하면 설백은 미치지 않았다는 것이 나의 결론이지만 확신하지는 못하고 있소. 문곡성군께서도 알다시피 만마공의 수련자가 광기에 빠지면 어떤 마법도 통하지 않게 되어 있소. 억지로 마법을 걸어 무엇인가를 알아내려 한다면 그 즉시 만마기가 역류하여 주화입마에 빠지게 되고, 광기(狂氣)가 폭주하여 열 호흡을 못 버티고 죽게 되어 있소이다.”

“강제로 설백의 입을 열게 하는 힘든 일이구려?”

“그렇소이다. 그래서 신중할 수밖에 없었소.”

이때 낭조호각 홍진이 풀 죽은 음성으로 물었다. 한때 그는 곽불사 등이 떨어져 나간 통륜방을 예전의 전성기 때만큼 부흥시키기도 했지만 한 번의 실수로 모든 것을 잃고는 몰골이 핼쑥하게 변해 있었다. 뜬눈으로 밤을 지새다 보니 이렇게 된 것이었다.

“부끄러운 이야기지만 본 방의 집비향에서 만마성에 파견하여 육합천의 제반 연락을 담당하게 하였던 백오랑 두징명도 이미 나원의 낭심제갈 천오에게 포섭되어 있었다는 사실을 얼마 전에야 알 수 있었소. 그것도 놈이 무리하게 정보를 캐내려는 바람에…….”

생각할수록 분한 노릇이었다. 자신의 수족이라고 믿었던 이비 송필과 육비 두징명 등 집비향의 핵심 인물들에게 잇따라 배신당한 아픔은 어떤 말로도 표현하기 힘든 것이었다. 특히 두징명이 중간에서 농간을 부려 곽불인의 전서를 조작하지 않았다면, 임벽과 송필 등에게 통륜방을 송두리째 빼앗기는 일은 결코 없었을 터였다. 간신히 감정을 추스른 그는 이야기를 계속했다.

“뒤… 늦은 걱정일지 모르겠으나 두징명 놈이 이런 중요한 사실을 알아차리지 않았는지 모르겠소?"

조금 전만 해도 속으로 홍진을 비웃던 오수였으나 지금은 달랐다. 자신의 인생 역시 실패한 것이 아니던가? 그는 다소 허탈한 음성으로 대답했다.

"걱정 마시오. 나는 우리 측의 정보를 중요도에 따라 나누어서 관리해 왔소. 가증스럽게 두징명이 우리 앞에서 웃고 떠들며 속으로는 정보를 빼내갔지만 최고의 정보는 한 가지뿐이었소. 나는 이런 사실을 반신교에 포섭해 둔 사람을 통해 확인할 수 있었소."

"그렇다면 다행이오. 그놈이 빼간 최고급 정보는 무엇이오?"

"그것은 우리가 불사마인을 제련하고 있으며, 이를 통해 십이마신님들 중 최고의 세 분, 즉 삼존마신(三尊魔神)을 소환하려 한다는 사실이오. 하지만 그도 십이마신 중 나머지 아홉 분, 즉 구대마신을 축융마인과 빙백마녀, 금갑마인 송백남, 존마 고귀향, 검공 곽포라, 현공 위위홍, 그리고 천살마시 세 구를 통해 소환하려 한다는 사실은 알아내지 못한 모양이오."

"으음, 그것만 해도 큰일이 아니오? 혹시라도 살충단 놈들이 이런 사실을 까발리거나 선계 측에 정보를 흘린다면 어떻게 할 것이오? 그렇게 되면 정통파 놈들이 결코 그냥 있지 않을 텐데……."

오수는 자신의 정보 관리가 철저하여 백오랑이 그처럼 오랫동안 같이 움직이면서도 최고의 정보는 하나밖에 빼내가지 못했다는 사실에 큰 자부심을 느끼고 있었다. 이로 인해 홍진이 지적하는 것과 같은 간단한 문제점도 미처 생각하지 못하고 있었던 것이다.

안색이 다소 창백해진 은마가 급히 말했다.

"그, 그렇군요. 태천님! 아무래도 일을 서둘러야겠습니다. 우리가 먼저 반신교 무리들을 정신없이 강온 양면으로 휘저어놓는다면 놈들은 계책을 부릴 생각을 못할 것입니다."

홍진의 말을 들은 태천과 육천의 표정은 많이 바뀌어 있었다. 태천이 다소 노한 음성으로 말했다.

"군사라는 자가 그런 간단한 것조차 생각을 못했단 말인가?"

"죄, 죄송합니다."

은마가 사과하자 호덕견도 잇따라 고개를 숙이며 사죄하는 것이었다.

"다 저의 불찰입니다. 고정하시지요, 태천!"

조금 전 태천을 통하지 않고 아밀로부터 직접 명령을 받아 기가 살았던 욕마의 굴욕이었다. 다행히 보고 있던 광유산인 왕조욱이 도와주었다.

"태천, 지금은 수습이 급선무입니다. 마침 아밀님께서도 살충단의 처리를 허락하셨으니 서둘러 일을 처리하시지요."

"그것이 좋겠습니다."

왕조욱이 나서자 천고자황수 진복원도 곁에서 거들었다. 이에 태천도 눈빛을 누그러뜨리며 은마를 보고 말하는 것이었다.

"그래, 이런 상황에서 우리가 어떻게 움직여야 되겠나?"

"상황이 상황이니만큼 가능한 모든 수단을 동원해야겠습니다. 다만 만마평의회는 역시 소집하지 않는 것이 좋겠습니다. 그리고 죄송하지만 태천께서도 도… 와주십시오. 그를 만나주십시오. 마황건은 그를 통하는 것이 가장 빠를 테니까요."

"…알았다. 그 문제는 내가 알아서 처리하지. 며칠 내로 시간을 내겠다."

"소, 송구스럽습니다. 또한 지금 즉시 팔마부를 기습해야겠는데, 약간의 문제가 있습니다."

"무슨 문제인가?"

"아직 마족님들의 정체를 드러내기는 힘든 상황입니다. 더구나 뚜렷한 이유 없이 팔대마단을 동원하여 팔마부를 치기도 쉽지 않습니다. 만마평의회에 의해 선출된 팔마의 권위는 상당하니까요."

"그것도 그렇군."

"예, 지금으로서는 소수의 정예로 기습하는 수밖에 없을 것 같습니다. 제 생각으로는 투왕(鬪王)께서 부참마시 삼십여 구를 이끌고 가시는 것이 어떨까 합니다만……."

이 말에 투왕 곽불굴은 곧바로 대답하지 않고 태천의 얼굴을 바라보았다. 잠시 생각하던 태천이 말했다.

"음, 남은 부참마시는 모두 아밀님과 함께 있는데……. 독선! 그들을 움직이는 것이 가능하겠나?"

"지금 남은 부참마시는 다해도 삼십 구가 안 됩니다. 원래 제가 백 구를 제련하여 은경보에 일부를 주었는데, 그중 일부는 소설란과 함께 본성으로 돌아왔지만 일부는 언강호에게 파괴되었습니다. 그리고 마흔여덟 구는 아밀님께서 시간이 날 때마다 마족님들을 소환하는 데 쓰셨는데 그중 스물네 분이 소멸되었고……."

"뭐야? 아픈 데를 왜 자꾸 건드리는 거야?"

가벌륵이 화를 냈다. 독선은 급히 사과하고 말을 돌렸다.

"그, 그게 아니라 설명을 하다 보니……. 어쨌든 죄송합니다."

태천이 그들의 말을 끊고 물었다.

"그럼 스무 구는 되겠나?"

"예. 그 정도는 있습니다. 지금 깨워서 데려올까요?"

"그렇게 하게."

"알겠습니다. 바로 다녀오겠습니다."

장한징이 급히 달려가려 하는데 오수가 막았다.

"독선께서는 잠시만 기다려 주시오."

"왜 그러시오?"

“그것 말고도 한 가지 일을 더 해주서야겠소이다. 며칠 내로 제자 분을 만나주시오.”

이 말에 다소 장난끼가 있던 장한징의 얼굴이 굳어졌다.

“음, 알겠소. 하지만 그전에 끝내야 할 일이 있으니 먼저 마화라대장경과 반극법장경을 나에게 주시오.”

“그렇게 하리다.”

독선이 나가고 난 뒤에도 회의는 한동안 계속되었다. 마침내 길고 피곤했던 회의가 파하자 오수는 녹초가 되는 기분이었다. 그는 곧장 육마부 내에 마련된 자신의 집무실로 향했다.

회의 진행 상황을 듣고 있던 수하 궁백(弓伯)이 마화라대장경과 반극법장경을 이미 책상 위에 갖다 둔 것이 보였다. 믿음직스러운 수하였다.

의자에 털썩 주저앉은 그는 갖가지 생각을 떠올렸다가 지우기를 반복하며 두 권의 책자를 넘겨보았다. 만마성에서도 보기 힘든 엄청난 크기와 두께의 책자들이었다. 내용은 전혀 눈에 들어오지 않았다. 그를 괴롭히는 생각은 자신의 선택이 잘못되었으며, 이로 인해 자신의 인생이 송두리째 망가졌다는 것이었다.

“호오~!”

긴 한숨이 나왔다. 한참을 생각하던 그는 눈빛을 반짝였다.

“잘못된 삶을 바로 잡을 용기는 없지만 아밀과 태천! 그들에게 조금의 저항이라도 하지 않는다면 어디서 나의 존재에 대한 의미를 찾겠는가?”

중얼거리던 오수는 눈에서 이상한 광채를 번득이며 두 권의 책자를 읽기 시작했다. 그렇다고 정독하는 것은 아니고 큰 제목만 보고 넘기는 식이었다. 한참 책장을 넘기던 은마는 원하는 부분을 찾아내고는 몇 장을 깨끗이 뜯어냈다. 그리고는 궁백을 불러 그것을 주면서 은밀히 몇 가지 명령을 내렸다.

"……."

뜻밖의 명령에 궁백은 당혹한 표정이었다. 은마는 미안함이 가득한 시선으로 바라보며 말했다.

"내가 자네의 인생까지 망… 쳤군. 의문이 있겠지만 내 말대로 해주게."

"…알겠습니다, 은마님! 어차피 저는 은마님 덕분에 덤으로 사는 인생이니까요."

원래 궁백은 만마성 출신이 아니라 동심맹의 잠렴(潛廉)이었다. 어려서부터 혹독한 첩자 교육을 받고 불과 십사 세에 마이강에 잠입하여 현공을 위해 활동하다가, 육 년 전 사소한 실수가 빌미가 되어 한 암첩에게 정체를 발각당하고 말았다.

더구나 상대 암첩의 무공은 궁백보다 훨씬 높아 그 자리에서 목숨을 잃을 위기에 처해 있었다. 이때 오수가 오히려 그 암첩을 제거하고 궁백을 구해준 것이었다. 이런 인연으로 두 사람은 단단히 결속되어 있었다. 잠시 침묵하던 궁백이 다시 말했다.

"반신교의 그자가 일급의 신호를 보내왔습니다. 한데 팔마부의 경비가 너무 삼엄해 접촉할 수가 없는 형편입니다."

"후~! 생각하면 그 사람도 참 딱하군. 그의 부인은 이미 마족이 되어 사람을 예사로 잡아먹고 있건만. 어쨌든 서둘지 않아도 될 것이네. 아마도 불사마인에 관한 정보를 알게 된 살충단이 어떤 일을 꾸미고 있다는 것이겠지."

생각이 복잡해진 오수는 점점 이성적인 판단 능력을 상실해 가고 있었다. 물론 반신교 측의 천기도수사 이일과 백부용 장손경 등의 활약으로 팔마부에 침투해 있던 암첩들이 일망타진되어 정보망이 봉쇄된 것도 큰 영향을 미치고 있었다.

◈ 第百二十一章 ◈ 태천의 설득

육마부 북쪽의 한 죽사(竹舍).

대나무 숲 한가운데 지어진 작은 죽옥(竹屋)의 정경은 세상의 온갖 번뇌와는 거리가 먼 한가로운 풍경을 만들어내고 있었다. 하지만 죽사 안의 분위기는 정반대였다. 보통 사람은 일각도 견디기 힘든 무거운 침묵이 감돌고 있었다. 그 침묵을 만들어내는 사람들은 작은 탁자에 차를 놓고 마주 앉아 있는 세 사람이었다.

태천과 곽불인, 곽불굴.

강경파의 핵심 중 핵심이라고 할 수 있는 그들이었다.

육합천의 실질적인 좌장 역할을 해온 비뢰검붕 곽불인이 한참 만에 입을 열었다. 차갑고 딱딱한 말투가 인간미라고는 없는 음성이었다.

"원하시는 바가 도대체 무엇입니까? 저는 아직도 당신을 이해할 수 없습니다."

동생인 투왕 곽불굴도 잇따라 말했다.

"보셨다시피… 마족들은 이성이란 것이 아예 없는 존재들입니다. 그들은 기분 내키는 대로 행동할 뿐입니다. 물론 아밀이나 찰태합은 다른 면모가 있지만, 그것도 이성적인 판단에 따른 행동이 아니라 그들에게 부여된 사명에 따른 본능적인 행동에 불과합니다."

다시 곽불인이 말했다. 그의 목소리가 조금 높아졌다.

"우리 통륜방은 백호의 후예로서 선계의 힘을 이어받았으며, 무화경에 오르면서 이성만이 세상을 올바른 길로 인도할 수 있다는 것을 확실히 깨달았습니다. 한데 어째서 마족들입니까? 차라리 선계와 손을 잡을 일이지 왜 마계의 더러운 것들과 어울려야 하는 것입니까?"

두 형제의 공격에 태천은 잠시 침묵으로 응대했다. 그의 침묵이 싫어 다시 곽불굴이 입을 열었다.

"당신께서는 인간에 의한 인간의 세상을 만들겠다고 하였습니다. 형님과 저도 같은 생각이었습니다. 일존사공이 다스리는 세상이 너무 싫었습니다. 그래서 저희는 당신의 뜻을 충실히 좇아 통륜방과 육합천을 지휘해 왔습니다."

"……."

"그러나 신존대법이 완성되면서 저와 형님은 인간이 아니라 이성이 지배하는 세상이 가장 완전한 세상임을 알게 되었습니다. 물론 선계의 신인들이 아직 어떤 존재인지 알지 못하니 그들이 다스리는 세상이 가장 바람직하다고 확언할 수는 없겠지요. 그렇지만 최소한 마족보다는 나을 것입니다."

"정녕 아밀을 도와 십이마신을 소환하고, 삼계를 전부 마계로 만들 작정이십니까?"

곽불인이 다그치듯 물었다. 그제야 태천이 다 식어버린 차를 한 모금 마시고는 천천히 입을 열었다.

"신존대법의 완성 과정에서 너희들이 뜻을 잃어버린 것은 매우 안타까운 일이다."

"……."

다소 뜻밖의 말에 두 형제는 움찔했다.

"오래전 나는 분명 너희들에게 말한 적이 있다. 인간에 의한 인간의 세상을 만들자고!"

"……."

"나의 뜻은 결코 변하지 않았다."

이 말도 뜻밖인지라 곽불인이 반문했다.

"정말이십니까? 하지만 요 몇 년 사이 당신의 행동은 결코 믿을 수가 없습니다. 더구나 저희는 신존대법의 완성으로 인해 인간이라는 불완전한 존재가 세상을 다스려서는 안 된다는 사실을 깨달았습니다."

그러자 태천이 약간 인상을 찡그리며 말하는 것이었다.

"불인아! 지금은 이성이 모든 것으로 생각될 것이다. 하나 사실은 그렇지가 않다. 오히려 감성과 이성이 조화를 이루는 인간이야말로 가장 완전한 존재라고 할 수 있다."

"……."

두 형제는 태천의 진정한 뜻을 몰라 잠시 생각에 잠겼다. 크게 향상된 그들의 이성적 능력이 꼭 좋은 것만은 아니었다. 사소한 일도 그냥 지나칠 수가 없게 되었다. 두 사람은 모든 것을 세심하게 따져 보고 판단하게 된 것이다. 좋게 말하면 신중한 것이지만 나쁘게 말하면 의심병을 갖게 된 것이라고 할 수 있었다.

침묵하던 곽불굴이 도전적인 음성으로 물었다.

"그렇다면 인간의 세상을 만들자고 한 당신의 말씀이 단지 저희들을 이용하기 위한 것이 아니었단 말입니까?"

"너희들이 나를 그렇게 생각하고 있었구나."

태천이 씁쓸한 음성으로 말했다.

"당신의 행동은 그렇게밖에 이해할 수 없었습니다."

냉정한 곽불인의 말에 그의 쓴 미소가 더욱 짙어졌다.

"들어보거라. 신존대법은 일단 시작하면 멈출 수가 없다. 서연이 너희들을 임신했을 때 나는 아버님의 뜻에 따라 신존대법을 펼쳤다. 그때는 일존사공의 지배를 종식시킬 방법이 그것뿐이라 어쩔 수가 없었다. 한데 얼마 있지 않아 나는 염부주의 지하에서 한 가지 기연을 얻게 되었다."

"……."

"덕분에 나는 일존사공에 버금가는 능력을 얻을 수 있었고, 오히려 그들을 능가할 길도 찾아내게 되었다. 그리고 신존대법의 문제점을 깨달을 수 있었다. 아니, 신존대법만이 아닌 무공 전체의 문제점이라고 해도 되겠지."

"……."

"정파의 무공은 이성에 의존하고 있고, 사마외도의 무공은 감성을 바탕으로 하기 때문에 삼경을 넘어서면 한쪽으로 급격하게 치우치게 된다. 이것은 실로 큰 문제다. 지금 너희들은 이성의 존재라고 할 수 있다. 한데 어떠냐? 너희들에게는 믿음이라는 감정이 거의 남아 있지 않다. 그 결과 모든 것을 이성적으로 따져서 판단하게 되었다. 인정하기 싫을지 모르겠지만, 그것이 바로 의심인 것이다."

"……."

"의심에는 감정상의 의심이 있고, 이성의 반작용으로 생기는 의심이 있다. 너희들의 의심은 후자에 속한다. 그 의심은 매우 차갑다. 그래서 어떤 용서나 인정도 없다. 오직 옳다고 생각하는 바를 밀고 나갈 뿐이며, 아직도 소용이 있는지를 판단할 뿐이다. 홍진 등도 아직 소용이 있다고 판단했기에 너희는 살려두고 있는 것이다. 그렇지 않느냐?”

“…….”

형제는 대답하지 못했다. 마음속에는 그럴 리 없다는, 말도 안 되는 소리라는 냉소적인 생각이 가득했지만 반박하기가 쉽지 않았다. 이는 매우 역설적인 이야기 같지만, 태천의 말이 옳냐 그르냐 하는 갈등과 이성적인 판단들은 결국 자신이 옳냐 그르냐 하는 문제로 귀결되고 있었던 것이다.

다시 태천이 말했다.

“급한 일이 해결되면 나의 무공을 모두 가르쳐 주마. 그것들을 익히면 자연히 깨닫게 될 것이다. 너희들의 차가워진 이성에 따스한 감성이 스며들 테니 말이다.”

“좋습니다. 그때까지는 판단을 유보하지요. 당신의 말이 옳은지 그른지는 그때 알 수 있을 테니까요.”

곽불인의 음성은 약간이나마 누그러져 있었다.

“고맙구나. 어쨌든 나의 뜻은 예전이나 지금이나 결코 변함이 없다. 내가 육합천을 만든 것은 두 가지 이유에서였다.”

“그것이 무엇입니까?”

“염부주 지하 봉래부(蓬萊府)에서 기연을 얻을 당시 그곳에 나보다 한 걸음 먼저 들어온 사람이 있었다.”

“그래요? 누굽니까?”

“그가 바로 독선이었다.”

“아?”

“하지만 장한징은 그 무공들을 익힐 만한 재목이 못 되었기에 나에게 양보했다. 대신 그는 괴팍한 성격답게 이것들을 이용해 세상을 뒤집어놓자는 조건을 내걸었다. 생각하면 우스운 일이지. 일존사공에 대한 반란을 꿈꾸고 있던 나에게 그런 조건이라니? 나는 당연히 그러겠노라고 대답했고, 독선은 자신이 할 수 있는 일이라면 무엇이든 돕겠다고 말했다. 육합천은 그렇게 시작되었다.”

“…….”

“봉래부를 떠난 나는 일단 통륜방으로 향했다. 처음에는 검공을 제거해 버리겠다는 결의로 들끓고 있었지. 그때는 어느 정도 자신감도 있었으나 막상 검공 앞에 서니 감히 도전할 엄두가 나지 않았다.”

“…….”

“횡급히 통륜방을 벗어나 만마성을 찾아갔다. 가장 중요한 무공 한 가지가 모종의 이유로 만마성에 있었던 것이다. 나는 만마성에 숨어 그 무공을 익히면서 검공을 상대하기 위해 본격적으로 육합천을 조직하기 시작했다. 마침 그때 호덕견이 서서히 두각을 나타내고 있었고, 팔대마물에 대한 연구가 활발하게 진행되고 있던 참이라 기회가 매우 좋았다.”

“…….”

“우선 은밀하게 몇 명의 마인을 제거하고 팔대마물에 대한 연구물을 빼앗았다. 하위의 마물들은 그것만으로도 충분히 만들 수 있었지만 일부는 아직 더 연구가 필요했다. 나는 호덕견의 수하들로 하여금 하위의 마물들을 만들게 하고, 연구가 필요한 것은 독선과 상의했다. 그는 매우 기뻐하면서 은갑마인과 금갑마인, 부참마시와 천살마시, 차령마녀와 불사마인은 자신에게 맡겨 달라고 했다.”

“…….”

“몇 년간 연구를 거듭하던 장한징은 금갑마인과 은갑마인은 백운신문의 해검신협 송백남에게, 천살마시는 장손세가의 투천신안 이위에게 맡기겠다면서 그들을 데리고 왔다. 나는 그들로부터 육합천에 대한 충성의 맹세를 받고 필요한 것들을 넘겨주었다. 또 독선은 축융마인과 빙백마녀를 제련할 수 있는 한 가지 길도 알려주었는데, 그것은 마화비처와 빙마루를 이용하는 것이었다. 그 일은 내가 직접 맡기로 했다."

"……."

"그리고 잘 아는 바와 같이 장한징은 부참마시와 차령마녀, 불사마인을 만들기 시작했다."

태천의 입에서 육합천의 탄생 과정이 담담하게 흘러나오고 있었다. 곽불인과 곽불굴은 그 대부분을 알고 있었지만 오늘처럼 전 과정을 상세하기 듣기는 처음이라 귀를 기울이고 있었다.

"즉 내가 육합천을 만든 것은 독선의 조건을 들어주고, 검공을 상대하기 위함이었다."

"……."

"독선의 조건을 들어주는 것은 다소 우스운 일이었고, 그때는 검공이 가짜라는 사실을 모르고 있었지만 결과적으로 잘한 일이라고 할 수 있다."

"어째서 그렇습니까?"

곽불인이 차가운 음성으로 물었다.

"육합천을 만들어가면서 나는 끝없이 가짜 검공과 충돌했다."

"……."

"너희들이 통륜방의 핵심 조직인 집비향과 설인향을 장악하고, 중간에서 정보를 조작하고 인원을 빼돌리는 등 갖가지 훼방을 놓았음에도 그는 교묘한 방법으로 나를 괴롭혔다."

"……."

"너희들도 잘 아는 일이지만 육합천의 돈줄로 삼기 위해 세운 지주상단과 이격찰도의 굴염방, 그리고 육합천의 수련 기지로 건설하려던 동천목산의 선원곡(仙猿谷) 등을 생각하면 그의 능력을 알 수 있을 것이다.”

“확실히 그건 그렇습니다. 제가 집비향에서 정보를 빈틈없이 차단했지만 그는 그 극비 정보들을 귀신처럼 알아내곤 했습니다.”

곽불인은 예전에 정보를 담당하는 집비향 향주 겸 부방주였고, 곽불인은 조직과 인사 관리를 책임지는 설인향 향주였다.

“그가 선원곡에 관한 사실을 알고 염부객을 파견하려 하자 저는 갖가지 핑계를 대어 그들을 엉뚱한 곳으로 보내기도 하고, 누명을 씌워 죽이기도 했습니다. 그럼에도 전체적인 상황이 이상하게 돌아가서 결국에는 염부객을 보낼 수밖에 없었습니다.”

감정의 변화가 거의 없는 지금도 검공을 생각하면 가슴이 서늘해지는 곽불굴이었다. 형인 곽불인의 정보 차단에도 불구하고 검공이 동천목산에 육합천의 비밀 수련 시설이 건설되고 있다는 사실을 알게 되자 곽불굴은 세 가지 음모를 동시에 꾸며 만마성과 대대적인 이권 분쟁을 일으켰다.

만마성의 영역이었던 사천(四川) 만현(萬縣)에서 벌어진 이 일로, 무림에는 알려지지 않았지만 동심맹까지 가담하여 염부객과 동심전사, 만마를 합쳐 삼백이 넘는 고수들이 목숨을 잃었다. 이는 오로지 곽불굴이 검공의 시선을 돌려 선원곡의 비밀 수련 시설을 무사히 건설하기 위함이었다.

한데 만현의 전투가 통륜방과 동심맹의 승리로 끝나고 뒷정리를 하는 과정에서 이상한 증거가 나와 동천목산 선원곡이 드러나고 말았다. 당시 육합천은 거의 전적으로 호덕견의 수하들에 의해 건설되던 초창기라 선원곡에도 당연히 만마들이 나와 있었다.

중원 한복판에 버젓이 만마가 활동하고 있다는 사실은 경악할 만한 일이었다. 정파의 수호자인 통륜방의 설인향 향주였던 곽불굴은 앞장서서 그들의 토벌을 외칠 수밖에 없었고, 결국 선원곡은 피에 잠겼다. 이런 일이 한두 번이 아니었다.

이 때문에 육합천이 지주상단과 굴염방, 동천목산의 비밀 수련 시설을 만드는 데는 오랜 시간이 걸렸고, 수많은 인원과 물자가 소비되었다. 그나마 육합천 자체의 비밀 수련 시설은 검공의 끈질긴 방해로 결국 최적의 장소였던 선원곡을 포기하고 열두 개의 봉우리 넘어 북쪽 선유곡에 건설할 수밖에 없었던 것이다.

이런 일이 없었다면 육합천의 힘은 이미 오래전에 완성되어 그들의 뜻하는 바도 쉽게 이루어졌을 터였다.

그러고 보니 이해가 되는 일도 있었다.

예전에 검공은 그들 형제를 매우 아끼는 척하며, 집비향 향주이자 부빙주인 곽불인에게 반드시 통륜방을 물려줄 것이라고 말했다. 통륜방 같이 거대한 단체를 넘기려면 오랜 세월에 걸쳐 단계적으로 진행하는 것이 가장 바람직하다. 하지만 검공은 그들의 나이가 사십을 훨씬 넘도록 어떤 조치도 취하지 않았다.

그래도 두 형제는 혹시나 하는 희망을 품었지만 증오하는 이복동생 곽불사를 당고륜이라는 이름으로 바꿔 염부주에 들여보내는 것을 보고는 믿음을 접었다.

염부객 중에서도 손꼽히는 삼호 분절검홍(分切劍虹) 추표와 이십이호 출옥귀검(出獄鬼劍) 손연중, 삼십삼호 염라도쟁(閻羅刀爭) 저일민을 보호자로 딸려 보냈다는 사실은 곽불사를 그들 이상으로 생각하고 있다는 뜻이 아니겠는가?

그들의 생각은 사실로 나타났다. 곽불사가 구사일생으로 붕괴되는 염부주에서 살아 돌아오자 검공은 바로 회전향을 맡겼다. 집비향, 설인향과 함께 가장 중요한 삼당 가운데 하나로, 재정과 물품 공급 일체를 관리하는 회전향 향주의 영향력은 막강한 것이었다.

이렇게 되자 염부객들 사이에서는 곽불인과 함께 곽불사도 유력한 검공의 후계자로 떠올랐다. 이는 그들에게 참을 수 없는 모욕이었다.

두 사람은 검공의 생각과 의도를 알 수가 없었다. 일존사공이 다스리는 세상이 아닌 인간이 다스리는 세상을 꿈꾸며 육합천에 발을 담그고 있었지만, 한편으로는 검공으로부터 통륜방을 자연스럽게 물려받는 상황도 내심 기대하고 있었던 것이다. 하지만 그런 기대는 헛된 것에 지나지 않았다.

그들은 검공이 가짜라는 사실을 알고서야 예전 상황들이 이해가 되었다. 검공으로 변신한 그에게 어떤 목적이 있었다면 능히 그럴 수도 있는 일이었다. 태천이 가벼운 미소를 띠며 말했다.

"확실히 대단한 자였지. 내가 집비향 향주일 때부터 느꼈지만 그의 앞에 서기만 하면 숨이 막힐 것 같았다. 그 견딜 수 없는 압박감이 나를 분노케 했고, 나는 오늘에 이르러 결국 태천이 되었다."

"……."

"어쨌든 검공과 충돌하는 과정에서 나는 정체를 알 수 없는 거대한 암류를 감지했다. 그리고 마침내 검공이 가짜라는 사실도 알게 되었지."

"그것은 확실히 대단한 소득이군요. 한데 예전의 그는 대체 누구였습니까? 어째서 진짜 존마와 검공, 현공은 가사 상태에 빠진 채 만마성의 마장고 깊은 곳에 숨겨져 있었던 것입니까?"

"그들을 제압할 세력은 정통파밖에 없겠지. 그리고 가사 상태에 빠진 세 사람을 마장고에 둔 구체적인 이유는 아직 알아내지 못했다. 단지 산정마환(散精魔丸)을 다량으로 복용시킨 것으로 보아 정신력을 약화시켜 섭백나부대법(攝魄奈府大法)으로 무엇인가 알아내려 한 것이 아닌가 생각된다."

“……..”

“또한 가짜 검공의 정체는 짐작 가는 사람은 있지만 아직 확인은 하지 못했다. 다만 그가 바로 정통파의 태선이라는 사실은 전에 말해주었고, 우리가 제거한 존마와 현공은 그의 충실한 협력자로 세상에는 만상자와 무극자로 알려진 사람들이다.”

“예?”

“설마요?”

믿을 수 없다는 듯 곽불인과 곽불굴이 반문했다. 이는 당연한 반응이었다. 현무 상인의 제자이며 무림삼자의 사제였던 두 사람이 아닌가? 더구나 그들은 소주담가와 상팔대의 시조로, 각기 칠대검류와 이대도류를 통합한 새로운 검도법을 창안하는 등 혁혁한 업적을 남긴 일대 종사들이었다.

이미 오래전에 세상을 떠났다고 알려진 두 사람이 살아남아 검공의 수족 노릇을 하며 존마와 현공으로 행세하고 있었다는 사실을 어찌 쉽게 받아들일 수 있겠는가?

태천의 이야기가 계속되었다.

“존마 행세를 하고 있던 만상자는 나와 호덕견이 시험 제조한 축융마인과 함께 제거하지 않았느냐? 그때 욕마 녀석은 그가 죽은 줄 알았겠지만 나는 그의 마지막 숨통을 끊지 않고 은밀한 곳으로 데려와 검공, 즉 태선의 정체를 물었다. 하지만 그는 옅은 웃음을 띠더니 자신의 몸을 분쇄시켜 버렸다.”

“…….”

“나는 그의 미소에서 비웃음과 함께 검공에 대한 존경의 마음을 엿볼 수 있었다. 만상자 역시 무화경에 올라 너희들처럼 차가운 이성의 존재가 되어 있었는 데도 그처럼 존경심이 남아 있었다는 것은 대단히 의미

심장한 일이 아니겠느냐?"

"삼경을 보기 전의 매우 특별한 기억은 남기 마련이지요."

고개를 끄덕이며 대답하는 곽불인의 가슴에도 검공에 대한 두려움과 태선에 대한 원망, 도옥림의 자식들에 대한 저주 등의 감성들이 아직 남아 있었다.

"바로 그렇다. 따라서 만상자가 평소에 태선을 얼마나 존경했는지 능히 짐작할 수 있을 것이다."

"만상자가 존경해 마지않는 사람이라면 뻔하지 않습니까? 설마 태선이 바로 그 사람이란 말입니까?"

곽불굴의 말에 태천이 무거운 안색을 하며 말했다.

"확신할 수는 없지만 아마 그럴 것이다."

"그가 대체 무엇 때문에? 그리고 그의 단주는 저희가 얻지 않았습니까?"

"그것이 나도 이해할 수 없는 점이다. 더불어 그가 바로 태선이라면 최소한 나처럼 신도경의 능력자라는 뜻인데, 어째서 너희에게 당한 것처럼 가장하고 사라졌는지 모를 일이다. 나는 만상자의 표정으로 미루어 이런 사실을 짐작하고 크게 놀라 통륜방으로 달려갔다. 다행히 너희들은 무사하더구나."

"하긴 그가 신도경의 능력자라면 그때 충분히 우리를 속이고 한 줌 먼지가 된 것처럼 가장할 수도 있었겠지요."

고개를 끄덕이면서도 곽불인은 의문을 떨쳐 버릴 수 없었다.

당시 동심맹을 맡은 진복원과 왕조욱도 무사히 현공을 제거할 수 있었다. 이는 전적으로 자신과 동생 곽불굴이 신존대법을 완성하여 호덕견과 진복원, 왕조욱을 도와 단주의 능력을 나누어 주었기에 가능한 일이었다.

하지만 천고자황수와 광유산인은 아직도 자신들이 제거한 사람이 누구인지 알지 못했다. 대체 태천은 현공이 무극자였다는 사실을 어떻게 알 수 있었을까? 또한 검공이 정말로 그들이 추측하는 그 사람이었다면 갖가지 훼방을 놓는 자신들을 왜 예전에 제거하지 않았을까?

그러고 보니 생각지 못했던 의문까지 떠올랐다.

사마외도에 속하는 만마공을 익힌 호덕견이 지옥검마종의 단주를 흡수하는 것은 자연스러운 일이라고 할 수 있다. 한데 정파의 무공, 즉 이성의 무공을 익힌 진복원이 감성의 화신과 같은 암흑도마종의 단주를 흡수하고도 이성의 존재가 되었다는 것은 대단히 이상한 일이었다.

이런 의문을 알아차린 것일까?

태천의 목소리가 그의 생각을 뚫고 들려왔다.

"현공의 정체는 마지막 순간 그가 사용했다는 기이한 도법을 통해 알 수 있었다. 최후의 순간이 되자 만상자도 만상천화 칠편에서 발전한 것으로 보이는 경을 사용했다. 나는 진복원과 왕조욱에게 현공이 사용한 무공에 대해 상세히 물어보고는 그가 무극자라는 결론을 내린 것이다."

"아, 네에."

"이런 사실들을 알게 되자 나는 그간의 사정들을 대부분 이해할 수 있었다. 태선이 바로 그 사람이고, 내가 만마성에 와서 강경파의 근간을 이루었을 무렵 그도 만마성에서 정통파의 틀을 대부분 갖추었기에 검공으로 변장하고 통륜방의 정전에 들어앉아서는 육합천의 일을 마음대로 훼방놓을 수 있었던 것이다. 암첩의 수장인 환마 태오돈이 소속되어 있는 정통파의 실질적인 지배자가 바로 자신이고, 존마와 현공으로 변장한 자가 자신의 수족이니 극비 정보를 얻거나 불굴의 공작을 수포로 돌리는 것은 식은 죽 먹기가 아니었겠느냐?"

"그렇겠군요. 한데 태선의 존재는 언제 감지하셨습니까?"

　"그의 존재는 오래전에 알았다. 언제였나? 아, 만마평의회가 개최되던 때였지. 당시 나는 만마성에서 원하던 무공을 찾아내 익히고 있었다. 그 무공을 익히기란 매우 힘들었지."

　"……."

　"그런데 전혀 뜻밖에도 당시 만마성에도 그것을 익히는 자가 있었다. 나보다 더한 속도로 진경에 이른 그는 암흑마공에서 유래한 지옥멸겁광까지 익히더니 곧이어 암흑팔마해마저 수련하기 시작했다. 가공할 진전이었지."

　"복마 사마량의 이야기군요? 언강호의 부친이라고 하는……."

　"그렇다. 나는 크게 놀라 지옥멸겁광과 암흑팔마해를 살펴보았는데, 멸천이마종이 암흑마공의 일부 원리를 차용하여 만든 두 가지 비도의 무공은 결국 그 한계를 넘어서게 되면 암흑마기의 지배를 받는 암흑마공으로 환원될 위험성이 지극히 컸다. 특히 암흑마공을 살펴보니 별다른 어려움 없이 일사천리로 신도경까지 발전할 가능성마저 있었다."

　"신도경까지나?"

　"대단한 일이군요."

　"그를 어찌 그냥 둘 수 있었겠느냐? 나는 그를 제거하기로 마음먹었다. 하지만 만마평의회에 의해 선출된 그를 없애는 것은 쉬운 일이 아니었다. 더구나 전대의 마인들이자 대단한 고수인 효마와 넘마가 주야로 곁에 붙어 있어 접근하기조차 쉽지 않았다. 결국 암살을 포기한 나는 만마평의회를 소집하여 비도의 무공이 지극히 위험한 것이라는 말을 퍼뜨렸다."

　"……."

　"나는 그 일도 결코 쉽지 않을 것이라 생각하고 있었다. 한데 어찌 된 일인지 만마들이 일제히 찬성하고 나서지 않겠느냐? 뿐만 아니라 멸천이

마종의 제자로 두 가지 비도의 무공을 익혔다는 존마마저 침묵으로 도와 주는 것이었다."

"……."

"물론 나도 당시 안과강과 호덕견을 통해 많은 주요 마인들을 포섭하여 강경파를 거의 형성한 상태였기에 삼분의 일에 달하는 만마들을 찬성하게 할 수 있었으나 효마와 넘마, 범마 단 세 사람을 제외한 모든 만마들이 일제히 동조하고 나오리라고는 전혀 예상치 못했다."

"……."

"과연 삼분의 이에 달하는 만마들이 어째서 일제히 찬성했을까? 고민하던 나는 혹시 만마성에 또 다른 세력이 있지 않을까 의문을 품게 되었고, 암첩을 통해 살피던 중 예상이 맞아떨어졌음을 알 수 있었다. 그때 저음으로 정통파의 실체를 보았고, 얼마 지나지 않아 태선의 존재도 느낄 수 있었다. 당시 정통파도 우리와 비슷하게 삼분의 일에 달하는 만마를 장악하고 있었다. 나머지 삼분의 일은 십마를 비롯한 대부분의 마인들이 찬성하자 따라서 찬성한 것이었고……."

"결국 사마량의 죽음으로 양 세력이 모습을 드러낸 것이군요?"

"그렇다고 할 수 있겠지. 한데 지금 와서 이런 모든 사실들을 종합해 보면 태선에게는 너희들은 물론이거니와, 나까지도 제거할 기회가 수차례 있었다. 만약 그가 작정하고 육합천이나 강경파가 성립하지 못하도록 훼방을 놓았다면 우리의 뜻대로 되는 일은 거의 없었을 것이다. 그럼에도 사실상 흉내만 내고 방치해 둔 이유를 알 수가 없구나. 검공이 육합천의 성립을 방해하기는 했으나 결국에는 모두 우리 뜻대로 되지 않았느냐? 그에게 우리가 우습게 보일 만큼 자신이 있다는 것일까?"

태천은 요즘 들어 태선이 더욱 무겁게 다가오는 느낌이었다.

이때 듣고 있던 곽불인이 그가 전혀 생각하지 못했던 사실을 지적했다.

“혹시 태선에게 우리가 필요했던 것이 아닐까요? 가령 삼황결공을 찾아낸다든지, 마황건의 존재를 추적한다든지…….”

“아? 삼황결공! 그렇지. 문제는 삼황결공이었는지도 모르겠구나. 찾다 찾다 찾지 못하자 우리를 이용해 삼황결공을 찾아내려 했는지도……. 그렇다면 결국 그의 목적 역시 선계의 신인들을 모두 불러내는 것이란 말인가? 하지만 내가 알기로 선계는 마계와 달리 지극히 아름답고 살기 좋은 곳이라고 들었거늘, 어째서 신인들이 인간계를 탐하는 것인가?”

그의 중얼거림에 곽불인과 곽불굴은 생각이 더욱 어지러워졌다.

‘설마 선계의 신인들마저 믿을 수 없는 존재란 말인가? 과연 그들은 이성에 따라 법을 세워 인간 세상을 공평하게 다스릴 수 있을까? 아니야. 아까 태천, 당신의 이야기대로 이성에 매몰되어 가는 우리의 존재 자체가 불완전한 것이라면? 그렇다면 실로 끔찍한 일이 아닌가? 아! 과연 진실은 무엇인가? 우리가 꿈꾸었던 인간의 세상! 그것은 일존사공이 아니라 우리가 다스리는 인간의 세상이었다. 그것은 욕심에 지나지 않았다. 과연 그 욕심이 옳은 것이란 말인가?’

놀랍도록 발전한 이성은 그들로 하여금 끝없이 질문을 던지게 하고 있었다. 두 사람의 생각을 뚫고 조금 진정한 것으로 보이는 태천의 음성이 들려왔다.

“태선의 목적이 무엇이든 상관없겠지. 중요한 것은 우리의 세상을 만드는 일이다. 어차피 마족은 마정환으로 태어날 아밀이 나타나게 되어 있었다. 마족들을 이용하여 선계의 끄나풀일지도 모를 태선 등을 제거하고 사신장과 흑마신의 후예마저 쓸어버린다면 이후에는 누가 있어 우리에게 대항할 것인가? 후후후! 곧 인간 세상은 나, 태천과 너희들을 주인으로 맞이하게 될 것이다.”

예전이었으면 달콤하기 그지없는 말이었으나 곽불인과 곽불굴은 여전히 고뇌하는 표정으로 듣고 있을 뿐이었다.

태선이 곽불굴을 다정한 눈길로 바라보며 계속해서 말했다.

"나는 결코 너희들을 실망시키지 않을 것이다. 불굴아! 이틀 후에 부참마시를 거느리고 반신교를 치러 가거든 조심하거라. 혹시 그들 중에 무서운 능력자가 있을지도 모르는 일이니……. 만에 하나 그렇다면 즉시 피하도록 해라. 결코 맞서 싸울 필요가 없다."

"…알겠습니다."

"그리고 언강호와 부딪치거든 그의 목숨만은 살려주도록 해라. 따지고 보면 그는 너의 매제가 아니냐?"

"불사와 요진도 물론이겠지요?"

다소 냉소적인 음성이었다.

"그렇게 해주었으면 좋겠구나. 그 애들의 문제는 내가 처리하마. 설마 너희들은 아직도 옥림에 대한 원망을 그 애들에게 푸는 것이 옳다고 생각하는 것은 아니겠지?"

"……."

곽불인과 곽불굴은 태천의 질문에 대답하지 않았다.

죽사에는 어느새 어둠이 내리고 있었다.

팔마부 가장 깊은 곳에 위치한 아담한 건물.

정운소축(情雲小築)이라는, 만마성과는 다소 어울리지 않는 듯한 이름이 붙어 있는 이 아름다운 건물은 원래 팔마의 부인을 위해 지어진 것인데, 무공에만 전념해 온 양조는 아직 결혼을 하지 않았기에 방치되고 있다가 언강호 등이 오면서 대청소를 하고 일부 수리까지 하여 여인들의 거처로 사용하고 있었다.

그 가운데서도 가장 경치가 좋고 햇살이 정면으로 비치는 동쪽의 방은 양조가 직접 곽요진에게 내주었다. 이는 당연히 사랑하는 사제 언강호를 생각한 배려였다.

태천으로 인해 상심해 있던 곽요진도 무척이나 마음에 들어 했다. 하지만 그녀는 피용화가 나타나자 그 방을 양보했다. 따스한 햇살이 시들어가는 신비용녀의 생명을 하루라도 더 붙잡아둘지도 모른다는 생각에서였다.

안에는 주작천궁 십이선자의 수좌인 옥령수화 종조고와 삼장로인 흑운마고 교요군, 사장로인 청화마고 독란영이 항상 피용화의 곁에 머물고 있었고, 나의선자 백화심도 등호를 제쳐 놓고 사매를 살피느라 여념이 없었다.

거기에 곽요진과 연옥귀 역시 피용화의 상태에 관심이 지대하여 곁을 떠나지 못하고 있었다. 십정의 주작천궁과 십패의 장미밀원은 앙숙이라고 할 수 있지만 피용화와 연옥귀는 정사(正邪)를 떠나 오랜 친구였는지라 종조고와 무언의 밀약을 맺고, 양파의 수하들로 하여금 정운소축 내에서는 일체 큰 소리를 내지 못하게 단속하고 있었다.

이렇게 되자 등호와 언강호는 조바심을 느꼈다.

기세로 보아 그녀들이 피용화의 방에서 쉽게 나오지는 않을 것 같았다. 그동안 수련에 정신이 없어 상당한 기간을 거의 헤어져 있었던 두 사람인지라 등호는 백화심과 언강호는 곽요진, 연옥귀와 잠시만이라도 그들만의 시간을 보내고 싶은 생각이 간절했던 것이다.

물론 지금의 상황이 한 치 앞을 내다볼 수 없을 정도로 급박하다는 사실은 잘 알고 있지만, 그렇기에 사랑하는 여인을 보고 싶은 마음이 더욱 강렬했다. 앞으로 영원히 그들의 시간이 오지 않을지도 모르는 일이 아닌가?

피용화가 온 지도 벌써 이틀이 지났다.

그동안 만마성에서는 치열한 정보전이 벌어지고 있었다. 하나의 정보가 입수될 때마다 정전에서 회의가 개최되었고, 거기에서 정해진 대로 각자에게 할 일이 배당되었다. 조금 전에도 길고 지루한 회의가 끝나자 두 사람의 발걸음은 자기도 모르게 정운소축으로 향하고 있었다.

"의숙께서도 오셨군요?"

"효마… 님을 넘마님께 모셔다 드리고 잠시 시간이 나서……."

중년을 지나는 나이에 아직 젊은 언강호와 비슷한 생각을 했다는 사실이 쑥스러워 등호는 말꼬리를 흐리며 걸음을 멈추었다. 언강호 역시 왠지 쑥스러운 느낌에 더 이상 발걸음을 옮기지 못하고 머뭇거렸다.

이때 안쪽에서 장미밀원의 총순찰인 혈관음 종리춘과 십삼호랑의 수좌인 운몽호 옥진진이 나왔다. 주작천궁의 수하들과 정운소축의 경계를 교대하기 위함이었다. 두 사람을 먼저 발견한 종리춘이 활짝 웃으며 말했다.

"어머! 범마님과 교주님께서 오셨군요? 어서 오세요. 안 그래도 두 분이 오시길 눈이 빠지게 기다리고 있었어요."

"호호호, 총순찰님이 왜 기다려요? 혹시 이총관을 소개시켜 달라고 그러는 것 아니에요?"

"그러면 나야 좋겠지만 지금은 두 분이 더 급한 것 같애. 아니, 다섯 분이네. 말은 안 하고 계셨지만 저 방 안의 세 분이 얼마나 범마님과 교주님을 보고 싶어 하셨는지 잘 알잖아?"

"호호호, 맞아요."

그녀들의 놀림에 범마와 언강호는 얼굴이 붉어지는 느낌이었다. 다행히 종리춘과 옥진진은 더 이상 놀리지 않고 머뭇거리는 두 사람의 등을 방 안으로 밀어 넣는 것이었다. 문이 열리고 그들이 떠밀려 들어가자 뭇 여인들의 시선이 일제히 쏠렸다.

"왜 이제야 왔어요?"

약간의 어리광과 원망이 섞인 음성의 주인공은 당연히 연옥귀였다. 그녀는 사람들의 이목에도 아랑곳하지 않고 곧장 달려와 언강호의 품에 얼굴을 묻었다.

이렇게 안기는 것도 거의 몇 달 만의 일이었다. 언강호는 그녀를 토닥거려 진정시키고는 먼저 피용화의 상태부터 물었다. 등호 역시 백화심의 손을 잠시 잡았다가 놓는 것으로 아쉬움을 달래고 침상 옆으로 다가왔다.

"종선자, 피 궁주는 좀 어떻소?"

질문하는 언강호의 음성에는 걱정스러움과 안쓰러움, 미안함 등의 감정이 복잡하게 얽혀 있었다. 옥령수화 종조고는 속에서 뜨거운 것이 올라오는 느낌이었다. 사실 그녀는 언강호를 많이 원망했었다. 피용화가 주작천궁을 떠나 나원에서 고생을 거듭하는 것을 모두 언강호 탓으로 여겼던 것이다. 한데 지금 정감 가득한 그의 말 한마디에 그간 쌓였던 설움이 일시에 녹아내리는 기분이었다.

이 때문일까?

불같은 성격의 소유자인 종조고의 입에서 전혀 엉뚱한 대답이 튀어나왔다.

"그, 그녀는 당신이 와서 무척 기뻐하고 있을 거예요."

"…고마운 말씀이오."

뜻밖의 대답이었으나 언강호는 종조고의 마음을 느끼고는 따스한 눈빛으로 손을 잡아주며 말했다. 이에 당황한 종조고는 허둥거리며 손을 빼더니 피용화의 손을 언강호에게 쥐어주는 것이었다.

"보… 세요. 당신이 천궁에서 데리고 나온 그녀의 손이 얼마나 야위었는지……. 일이 끝나거든 반드시 궁주님을 원래대로 되돌려주세요."

"약속하겠소. 내가 숨쉬고 그녀가 호흡하는 한 그렇게 하리다."

언강호의 손길을 느꼈음인가? 아니면 그의 말을 들은 것일까? 피용화의 눈꼬리가 가늘게 떨리는 것이었다. 만마성에 온 이후 처음으로 나타난 변화였다. 숨쉬는 것 외에는 먹지도 배설도 하지 않는 피용화가 보여준 유일한 살아 있다는 신호였다.

자연히 사람들의 안색이 크게 밝아졌다. 더 이상의 변화는 없었지만 가장 초조해하던 주작천궁의 여인들까지 마음의 위안을 얻기에 충분했다.

잠시 후 독란영과 종조고가 자리를 권하고 차를 내왔다. 모두들 둘러앉자 방 안에는 화기애애한 분위기가 감돌았다. 연옥귀가 언강호의 옆에 바싹 붙어 애교를 떨었지만 사람들은 조금도 이상하게 받아들이지 않았다.

잔잔한 미소로 그녀를 바라보던 교요군이 말했다.

"궁주님께서 오히려 우리에게 평안을 주시는군요."

"장로님의 말씀이 맞아요. 사매는 정녕 신비로운 사람이에요."

백화심이 그녀의 말을 받았다.

"언니가 궁주님을 제자로 들일 때는 반대도 많이 했는데……."

교요군은 전대 궁주이자 백화심과 피용화의 사부였던 운중신녀의 동생이다. 오늘따라 언니 생각이 간절해지는 그녀였다.

비록 여러 사람들이 함께하는 자리였으나 이상하게도 언강호와 곽요진, 연옥귀는 그 어느 때보다 서로의 사랑을 더욱 절실하게 확인할 수 있었다. 말 한마디, 눈빛 하나, 몸짓 하나로도 충분히 자신의 감정을 표현하고 느낄 수 있었다.

이는 등호와 백화심도 마찬가지였다. 어쩌면 피용화가 그들을 사랑의 세계로 인도해 주고 있는지도 모를 일이었다.

◈ 第百二十二章 ◈ 곽불굴의 고통

곽불굴의 고통

얼마나 시간이 지났을까? 언강호는 남쪽에서 희미한 비명 소리를 들었다. 팔마부의 넓이는 대단하여 그를 제외하면 등호나 연옥귀, 곽요진도 아무런 낌새를 알아차리지 못하고 있었다.

"시작인가?"

툭 튀어나온 언강호의 묵직한 음성에 사람들이 일제히 쳐다보았다. 심상치 않음을 느낀 등호가 먼저 물었다.

"무슨 일이냐?"

"일이 터진 모양입니다. 가시지요. 여러분은 여기서 피 궁주를 지키며 만약의 사태에 대비해 주시오. 요진! 옥귀! 부탁하겠소."

말이 끝나기 무섭게 언강호는 몸을 날렸고, 백화심을 한 번 쳐다본 등호가 그 뒤를 따랐다. 남겨진 여인들은 조금의 동요도 없이 침착하게 위치를 나누어 정운소축을 방비하기 시작했다. 등호가 밖으로 나오자 언강호는 그의 손을 낚아채 바람처럼 날아갔다.

"아?"

이미 언강호의 보신경은 날아가는 수준이 아니었다. 순간적인 공간 이동이라 해도 좋을 정도였다. 섬전처럼 허공을 가로질러 남쪽의 세 번째 큰 건물인 대춘관(大春館)에 도착한 두 사람은 곧 저설한 섭선의 현장을 목격할 수 있었다.

금강숙과 태극도량의 고수들이 묵고 있는 곳이었다.

"저건 부참마시?"

아비규환의 현정을 누비고 있는 것은 다름 아닌 삼대마시의 두 번째 마물인 부참마시였다. 불과 이십여 구의 놈들에게 이백에 달하는 두 문파의 고수들이 벌써 삼분의 일이나 당한 상태였다. 언강호가 당도했을 때에야 옆 건물에서도 알아차린 것인지 통륜방과 동심맹의 고수들이 달려오고 있었다.

하지만 그들은 큰 도움이 되지 못했다. 부참마시들이 시커먼 아가리를 연속적으로 쩍쩍 벌리며 시커먼 독기를 토해낼 때마다 염부객과 동심전사들은 피하기에 바빴다.

"멈춰라!"

분노한 언강호가 굉렬한 음성을 토하며 놈들을 쳐나가려는 순간이었다. 갑자기 누군가 앞을 가로막았다. 그 역시 언강호처럼 순간적으로 허공을 가로질러 모습을 드러내는 것이 천외천(天外天)의 능력자임을 말해 주고 있었다.

"너의 상대는 그들이 아니다."

"당신은 곽불굴?"

"오랜만이군. 마지막 염부귀! 언강호!"

"언젠가 한 번은 당신을 만나야겠다고 생각하고 있었소. 우선 저놈들을 멈추시오.”

“하하하, 내가 그럴 필요가 있을까?”

말을 하면서도 언강호는 초조한 느낌이었다. 일시에 모든 능력을 뿜어 낸다면 곽불굴뿐만 아니라 부참마시까지 단번에 쓸어버릴 수 있겠지만 중원무림인들이 상할 우려가 있었다.

다행히 이때 정전 쪽에서 혈선과 저사렴, 육여, 곽불사, 담승조 등 최고의 고수들이 달려오는 모습이 보였다.

사실 곽불굴이 부참마시를 이끌고 기습한 것은 채 반 각도 되지 않은 짧은 시간이었다. 이처럼 짧은 시간에 최고의 고수들이 달려온 것은 잠시도 방심하지 않고 정전에 대기하고 있었기에 가능한 일이었다. 실제로 그 뒤를 이어 양조, 임벽, 채공시, 이일, 장삼, 유선, 검령, 도령, 정철원, 유곤 등이 차례로 모습을 드러내는 것이었다. 반신교를 중심으로 하는 중원 원정 세력과 팔마부 연합 세력의 핵심 고수들이었다.

부참마시가 무서운 마물이기는 하나 감람경의 고수인 혈선 등이 나타나면서 참혹한 살상은 급속하게 줄어들더니 유곤이 가담했을 무렵에는 오히려 부참마시가 밀리는 느낌마저 들었다. 거의 오십 명에 달하는 무급 이상 최강의 고수들이 똘똘 뭉쳐 금강숙, 태극도량, 통륜방, 동심맹 사파의 고수들과 함께 대항하고 있으니 당연한 결과였다.

더구나 그들은 언강호가 투왕 곽불굴을 막고 있는 모습에 용기백배하여 조금의 두려움도 없이 정면으로 부참마시의 무서운 시독에 맞서가고 있었다.

백부용 장손경과 함께 약간 떨어진 곳에서 전체전인 국면을 살피고 있던 이일이 안도의 한숨을 내쉬며 말했다. 장손경은 곽불사가 데리고 왔기에 오히려 이일보다 먼저 당도해 있었다.

“이런 식의 기습적인 도발은 어느 정도 예상하고 있었지만 생각보다 규모가 적군요."

"그동안 팔마부의 암첩을 모조리 솎아낸 보람이 있었네요. 아마도 적들은 우리의 전력을 잘 모르고 있음이 틀림없어요."

"그렇습니다. 특히 저자! 투왕 곽불굴이 혼자 와서 교주님을 맞상대할 생각을 하고 있다는 사실이 의미심장하군요."

"만마성에서의 수련으로 언 교주님의 무공이 신도경에 달했다는 사실을 알게 되면 저들이 어떤 표정을 지을까요? 생각만 해도 통쾌하네요."

개구쟁이 소녀처럼 짓궂은 표정을 하는 장손경을 보고 이일은 그녀에게 이런 면도 있구나 싶어 자기도 모르게 빙그레 미소를 떠올렸다. 이야기를 주고받는 사이 정수산이 칠십이사사대를, 구중로가 등룡삼십육필과 절인칠십이검을 이끌고 달려오는 모습이 보였다. 하지만 기습한 부참마시들은 이미 패색이 완연해 그들이 가담할 필요도 없었다. 이일이 급히 그들을 멈추게 했다.

상황은 순식간에 급반전되었다. 투왕 곽불굴은 두 가지 면에서 크게 놀라고 말았다. 하나는 상대의 반응이 이토록 신속할 줄 몰랐고, 또 하나는 하찮게 생각했던 반신교, 아니, 살충단 무리에 이렇게 많은 고수들이 있을 줄 몰랐던 것이다.

지금의 상황을 보아하니 부참마시 백 구가 있어도 대등한 싸움이 될지 의문이었다. 그런 상대를 향해 겨우 이십 구로 뛰어들었으니 참으로 한심한 일이 아닐 수 없었다.

'대체 오수, 그 자식은 뭐 하고 있었던 거야? 제일암첩이라고 있는 대로 거들먹거리더니 살충단의 전력을 전혀 파악하지 못하고 있었잖아?'

속으로 투덜거리는 그는 아직 놀랄 일이 하나 더 있다는 사실 역시 전혀 예상치 못하고 있었다. 느긋해진 언강호의 음성이 그의 귓가를 두드렸다.

“굳이 부참마시를 멈추게 하기 싫다면 마음대로 하시오. 당신들에게 부참마시가 몇 구나 있는지 모르겠지만 얼마 견디지 못할 것 같지 않소? 어쨌든 투왕의 행동치고는 유치하기 짝이 없었소.”

“놈! 아직 끝난 것이 아니다.”

“그렇소. 아직 끝나지 않았소. 당신이 남았으니까!”

“너… 는 나를 전혀 두려워하지 않는구나?”

곽불굴이 이해할 수 없다는 표정으로 물었다. 그의 이성적인 판단으로는 언강호가 자신 앞에서 벌벌 떨어야 마땅한 일이었다.

“후후후, 내가 당신을 두려워해야 할 이유라도 있소?”

“나는 이미 신존대법을 완성하여 붕천정의 단주를 흡수했다. 설마 그 사실을 모르고 있단 말이냐?”

“물론 알고 있소.”

“그럼에도 나를 두려워하지 않다니? 마화비처에서 너와 불공, 도공이 전력 다해서야 겨우 축융마인과 빙백마인의 공격을 몇 수 막았을 뿐이라고 들었거늘.”

“그건 사실이오.”

“그렇다면 그사이 너에게 천지개벽할 변화라도 있었단 말이냐? 설마 사신기라도 사용하게 된 것이냐?”

“바로 그렇소!”

“……”

단호한 언강호의 말에 곽불굴은 말문이 턱 막히고 말았다. 사신기를 사용하게 되었다는 것은 마족이 보패를 사용하게 되었다는 말이나 다름없다. 만약 마족들이 보패를 가지고 소환되었다면 자신은 구급 마족 하나도 감당할 수 없었을 터였다. 한데 사신기는 선계 최고의 신장(神將)들인 사신장의 신기(神器)가 아닌가?

결코 자신이 감당할 수 있는 물건이 아니었다. 잠시 생각하던 곽불굴이 고개를 흔들며 말했다.

"그 말은 거짓이다. 너는 얼마 전까지만 해도 겨우 감람경의 초입에서 헤매고 있었다. 그런 일은 있을 수가 없다."

"당신은 의심이 많군."

"나의 이성적인 판단이 너의 말이 거짓임을 알려주고 있다."

"아? 그렇지. 당신은 지금쯤 이성의 지배를 받는 반인반신(半人半神)의 존재가 되었겠군. 후후후, 그러나 이성적인 생각에서 벗어나는 일은 얼마든지 있는 법이오."

"헛소리! 시험해 보면 알겠지. 가라!"

자신의 이성적 판단만이 진리라고 굳게 믿고 있는 곽불굴이었다. 그는 언강호의 말을 전혀 가당치 않다고 생각하면서 다리와 어깨를 동시에 움직였다. 순간 허공의 한쪽이 무너지는 듯한 엄청난 충격파가 퍼져 나갔다.

충분한 거리가 있어 혈선이나 이일 등은 엄청난 기세에 숨이 막힐 듯 놀랐을 뿐 별다른 피해를 입지는 않았다. 반면 일 장도 안 되는 거리에서 대치하고 있던 언강호는 담담한 눈빛으로 그의 공격을 꿰뚫어 보고 있었다.

곽불굴은 두 가지 힘을 동시에 사용했다.

그것은 본원십일공의 각법 환원각과 투법 난원십팔기에서 시작하여 통륜십육공의 취공각과 무상투를 거쳐 무성십도의 타뢰도를 넘어 무리(武理)의 바다로 나아간 미지의 힘이 하나였고, 역시 이원종과 귀축도궁, 현현도를 통해 발을 내디딘 또 다른 세계의 힘이 나머지 하나였다.

타뢰도와 현현도까지는 무성자의 가르침이었으나 그 이상은 곽불굴 본인의 깨달음이 만들어낸 것으로, 무성십도 이상의 세계는 너무나 넓고 광활하여 그곳으로 간 사람들은 향하는 길이 같을래야 같을 수가 없었다.

하지만 그 힘의 본질은 언강호도 능히 꿰뚫고 있었다. 사신기를 사용할 필요는 없었다. 그에게 어떤 것이 적당할까? 섬전처럼 생각이 스쳐 가고 언강호는 좌검(左劍) 광린검과 우도(右刀) 청령도를 동시에 뽑았다.

순간 허공에 무수한 불꽃이 생겨나 흩날리기 시작했다. 그것은 어떠한 형상을 만들어내는 것 같았다. 하지만 곽불굴은 미처 그 형상을 알아보기도 전에 심장을 토해내는 듯한 비명을 울렸다.

"크아아악~!"

천지를 휘감아 도는 불꽃의 향연 속에, 타뢰도와 현현도를 통해 뿜어낸 그의 힘은 허부하게 스러져 갔다. 신존대법이 완성되고 동심자의 단주를 흡수한 뒤 곽불굴은 단숨에 각법과 투법, 그리고 보신경이란 무공 자체의 이치를 넘어 그 이면의 세계를 보았다.

그 순간의 희열이란? 그때의 기쁨이란? 그는 확신했다. 이 이상의 무리는 있을 수 없다. 자신은 완벽한 힘을 얻었다! 한데 저 불꽃이 대체 무엇이길래 자신의 힘을 산산이 흩어버린단 말인가?

확신이 무너지는 고통.

아니, 완벽해진 육신이 무너지는 고통은 처절했다. 그 고통 앞에 곽불굴은 오장육부의 끝인 삼초(三焦)까지 토해 버리고 싶은 심정이었다. 아득해지는 정신을 울리는 음성이 들려왔다.

"당신의 선조가 남긴 위대한 유산 검성도와 도화도가 바로 이것이다. 그분은 무절구곡을 통해 당신의 자손들에게 특별한 기회를 주고자 했지만, 그대들이 끝내 깨닫지 못했던 검도법의 최정화는 이러한 모습이었다."

무성자가 본 검도법의 끝은 칼의 반쪽이었지만 그 위력만은 타뢰도와 현현도를 압도하고 있었다. 곽불굴이 무성십도, 아니, 무공 너머의 세계를 보았듯이 언강호는 오히려 그보다 더 먼 길까지 나아갔다.

두 사람은 금방 무성십도의 형식을 통해 자신의 힘을 펼쳤지만 사실 무림인들에게는 생각조차 하기 힘든 미지의 능력들이었다.

마지막 불빛이 반짝였다. 곽불굴이 중얼거렸다.

"무절구곡!"

그리고는 선 채로 숨이 끊어졌다. 회광반조(廻光返照)의 짧은 순간 무성자가 무절구곡을 남긴 이유를 깨달았던 것이다.

두 사람의 대결을 지켜본 중원과 팔마부 연합 세력은 잠시 숨을 죽였다. 특히 통륜방 출신들의 감회는 남달랐다. 염부주에 잠들어 있던 무성십도의 마지막 전설. 이백 년 장구한 세월 동안 검공이 그렇게 얻고자 애썼던 절학. 마침내 검성도와 도화도가 완전한 모습을 드러낸 것이었다.

무수한 불꽃이 허공에서 무성자의 형상을 그려내며 검무(劍舞)와 도무(刀舞)를 추는 광경은 장엄하고도 신비로웠다. 그 어떤 말로도 표현하기 힘든 장관이었다. 이로 인해 사람들은 기쁨의 함성을 울리는 것도 잊고 있었다. 언강호와 곽불인이 막 격돌하는 순간 혈선 등이 전력을 다해 마지막 부참마시들을 모두 분쇄했기에 더 이상 힘쓸 일은 없었다. 그들은 각자 초현된 완전한 검성도와 도화도가 주는 감흥에 빠져들었다.

곽불사의 심정은 복잡했다. 수없이 자신과 누이를 죽이려 했던 이복형 곽불굴. 어렸을 때 저승사자처럼 무서워하며 피해 다니던 두려움의 대상. 지옥 같은 염부주에서 자신을 극한까지 몰아세우며 언젠가는 반드시 가장 고통스럽게 죽여 버릴 것이라고 증오하고 다짐하던 두 이복형 중 하나가 마침내 눈앞에서 죽어가고 있었다. 가슴이 뻥 뚫리는 느낌이었다. 오랜 원한으로 돌덩어리처럼 굳어 있던 심장이 녹아내리는 것 같았다.

곽불사는 자유를 맛보았다. 그는 곽불인과 곽불굴이란 굴레에 갇혀 있었던 것이다. 사실 곽불사가 이성의 존재인 신인들이 세상을 다스려야 한다는 생각을 갖게 된 것은 전적으로 두 이복형 때문이었다.

증오의 대상인 그들이 속으로는 반인반마, 반인반선의 일존사공과 같은 존재가 아닌, 인간에 의한 인간의 세상을 만들려 한다는 사실을 알고는 그와 반대되는 길을 가기로 결심한 것이었다.

원한과 증오는 곽불사에게 정신적인 장애라고 할 수 있었다. 그 장애의 일단이 무너지자 커다란 변화가 일어나기 시작했다. 세계와 무공을 보는 눈이 뜨인 것이었다. 이미 언강호와 곽요진에게서 그림으로 그린 검성노와 도화도를 받았지만 실제로 보는 느낌은 또 달랐다.

거대한 물줄기가 자신을 휩쓸어가는 것 같았다. 그가 어려서부터 수련한 무공은 장법과 검법이었다. 장법의 수련은 도원장과 다륜장법, 장천도로 이어지는 긴 여정이었고, 검법은 심원검법과 무절구곡으로 이어지는 지루한 반복의 연속이었다. 나중에는 검공이 준 무성팔도를 두루 익혔지만 그 깊이가 장법과 검법에는 미치지 못했다.

장손세가에서의 수련과 만마성에서의 수련으로 무공의 중요한 고비에 올라 있던 곽불사는 오늘 언강호가 보여준 검성도와 도화도가 만들어낸 거대한 물줄기를 따라 넓은 세계로 나아갔다. 무수한 세계가 펼쳐져 있었다. 그는 당연히 장법으로 익숙한 세계를 따라 나아갔으며, 그 속에서 마음껏 노닐었다.

곽불사는 나오고 싶지 않았다. 이때 '무절구곡!' 하는 마지막 곽불굴의 외침이 들려왔다. 퍼뜩! 정신이 깨이며 곽불사는 장법의 끝에 펼쳐진 세계에서 빠져나왔다. 안 그래도 검성도와 도화도는 장법이 아닌 자신의 또 다른 무엇인가를 자극하는 느낌이 있었던 터였다. 곽불사는 그 느낌을 따라갔다. 거기에는 심원검법과 무절구곡을 따라 펼쳐진 길이 있었다.

"아?"

그는 환희의 탄성을 발하며 그 길을 따라갔다.

구름을 뚫고 올라갈 것 같은 마천루. 놀랍게도 팔마부의 정전 꼭대기에도 검성도와 도화도를 보고 격동하는 사람이 있었다.

그는 다소 기이한 용모의 노인이었다.

얼굴과 손은 피부가 늘어나 주름으로 쪼글쪼글하고, 짧은 새치가 삐죽삐죽 돋아난 머리카락은 정돈이 안 되는지 대충 묶은 모습이 죽도록 고생만 한 늙은 농부의 모습 그대로였다. 그러나 이와는 대조적으로 흰 수염이 배꼽까지 길게 내려와 있고, 전신에는 눈처럼 새하얀 백의를 걸치고 있었다.

이 때문에 그는 인생의 괴로움을 두루 맛보았다는 애잔함과 더불어 탈속한 선풍(仙風)을 동시에 풍기는, 매우 기묘한 느낌을 주고 있었다. 무수한 불꽃이 검성도와 도화도를 만들어내는 순간 노인이 부르르 떨며 부르짖었다.

"아? 저것이 바로! 저것이 바로 칼의 반쪽이었구나. 대사형! 당신은 정녕 내가 보지 못한 반쪽을 보았구려."

노인은 쭈글쭈글한 손을 들어 머리를 쓰다듬었다. 거친 손과 머리카락. 탐스러운 수염과 선명한 대조를 이루는 고생의 흔적이 지금 노인의 심정을 대변해 주는 듯했다. 한동안 격동하던 그는 곧 허탈한 음성으로 중얼거렸다.

"이로써 이성에 관해서는 완전하지 못했던 것이 완전해졌다. 이성으로 인한 나의 불안 요인은 해소되었다. 강호야! 넌 참으로 잘해주었다."

노인은 언강호를 잘 알고 있음이 틀림없었다. 신비로운 음성으로 중얼거리던 그는 말이 끝남과 동시에 연기가 사라지듯 홀연히 종적을 감추었다.

급한 발자국 소리. 차를 마시고 있던 오수는 그 소리만으로도 중대한 일이 발생했다는 사실을 알 수 있었다. 아니나 다를까?

덜컹!

문이 열리고 궁백이 뛰어 들어와 외쳤다.

"죽었습니다!"

그럼에도 은마는 바로 대답하지 않고 마시던 차를 마저 마시고 천천히 입을 열었다.

"혹시 투왕인가?"

"그렇습니다. 지금 태천이 미쳐서 은마님을 찾고 있습니다."

궁백의 음성에는 급박함과 아울러 두려움이 가득했다. 하지만 오수는 느긋한 음성으로 오히려 그를 안심시켰다.

"너무 걱정 말게. 이래 봬도 나는 당당한 만마성의 십구마요, 제일암첩이 아닌가? 외인(外人)인 그가 어찌 나를 함부로 할 수 있겠나?"

"그, 그렇기는 하나……."

"허허, 정 그렇게 걱정된다면 가서 심마님이나 모셔오게. 나는 먼저 태천의 죽사로 가고 있겠네."

"아, 알겠습니다."

대답하기가 무섭게 궁백은 달려나갔다. 오수는 그의 등을 잠시 망연히 쳐다보다가 중얼거렸다.

"반신교의 머리 역할을 하는 천기도수가 이일과 곽불사의 둘째 처라는 그 백부용 장손경의 지혜가 보통 아니라고 하더니, 과연 그 말이 맞았군. 그들이 팔마부에 침투해 있는 암첩을 모두 제거하여 정보를 차단했을 때 무엇인가 있다는 사실을 눈치 챘어야 하는 건데……. 깨끗이 한 방 먹은 셈이군.”

반신교 측의 그가 급히 만나자는 연락을 보내왔지만 아직 만나보지 못한 사실도 생각났다. ‘서둘렀다면? 무리를 해서라도 만나보았다면?’ 하는 생각들이 스쳐 갔지만 오수는 곧 고개를 흔들었다.

“그래봐야 곽불굴이 죽지 않은 정도겠지. 하나 지금 내게 이런들 어떠하고 서런들 어떠하리? 그것들이 다 무슨 의미가 있으랴?”

별다른 후회의 마음이 일지 않았다. 그의 가슴은 이미 텅 빈, 공허한 공간에 지나지 않았던 것이다. 집무실을 나선 오수는 휘적휘적 죽림을 헤치고 나아갔다. 보신경을 쓰고는 있었지만 최고의 속도는 아니었다.

그의 공식적인 신분은 만마성 만마 서열 십구마. 만약 그가 마음먹고 전력을 다한다면 지금보다 세 배는 빨리 달릴 수 있을 터였다. 대나무 사이로 멀리 죽사가 보였다.

“으음.”

벌써부터 무서운 기세가 느껴졌다. 대나무들이 잎사귀를 아래로 축 늘어뜨리고 있을 정도였다. 인상을 찡그리며 신음을 흘리던 오수는 곧 태연한 안색으로 나아갔다.

죽사에 당도해 안으로 들어가자 두 사람이 있었다. 그들은 당연히 태천과 곽불인이었다. 얼마나 분노했는지 태천의 눈에서는 활활 타오르는 불길과 같은 광채가 뿜어져 나오고, 바람도 없는데 청색 장포가 펄럭거리고 있었다. 반면 곽불인은 얼음장 같은 싸늘한 기운을 흘리며 오수를 끝을 알 수 없는 무저갱으로 빨아들일 듯이 노려보고 있었다. 그리고 침상에는 참을 수 없는 고통으로 일그러진 얼굴의 곽불굴이 누워 있었다.

부르르 떨리는 태천의 음성이 들려왔다.

"오수! 내… 내 아들이 저렇게 누워 있다. 고통! 고통으로 몸부림치다가 내 곁을 떠나갔다. 보이느냐?"

곽불인도 말했다.

"은마! 너는 결정적인 실수를 했다. 어째서 적의 능력을 제대로 파악하지 못한 것이냐?"

태천의 말과 태도는 격정적이고, 곽불인의 그것은 차갑고 이성적이었다. 목숨이 왔다 갔다 하는 상황에서도 오수는 이런 사실을 느끼고 그들을 비웃었다. 무릎이 저절로 꿇어지고 고개가 숙여졌다. 자신의 의지로 하는 행동이 아니라 태천과 곽불인의 기세가 내리누르고 있음이었다.

오수는 담담한 표정으로 무릎을 꿇고 고개를 숙였다. 이는 굴욕이 아니었다. 아니, 굴욕이라고 한들 또 어떠랴?

"죄송합니다."

누구에게 무엇이 죄송하다는 것인지는 자신도 알 수 없었다. 어쩌면 자신에 대한, 자신의 삶에 대한 미안함의 표현일지도 모를 일이었다. 담담한 표정과 말투가 태천의 분노를 더욱 자극했다.

"네놈을 찢어 죽이고야 말겠다."

"이놈의 실수는 용서받을 수 없는 것입니다. 더구나 우리가 아닌 호덕견의 수족이고, 이놈을 대신할 수 있는 홍진과 문곡성군이 있으니 죽여도 무방할 것입니다."

곽불인도 동조했다. 이에 태천은 침상으로 다가가더니 고통으로 얼룩진 곽불굴의 얼굴을 쓰다듬으며 말했다.

"불굴아! 너에게 인간 세상을 주려 했건만 나를 두고 먼저 가고 말았구나. 걱정 말거라. 내 반드시 인간 세상을 너의 제사상에 올려놓고 말리라."

죽은 뒤라 감성이 돌아온 것일까? 아버지의 말을 믿는다는 듯 곽불굴의 일그러진 얼굴이 풀어지고 부릅뜬 눈이 감기는 것이었다.

"저놈을 길잡이 삼아 부디… 편안하게 가거라."

씹어 뱉듯이 중얼거린 태천이 곧 무시무시한 불길을 내뿜으며 뚜벅뚜벅, 오수를 향해 다가오기 시작했다. 죽음이 목전에 와 있었다. 은마는 망연한 눈빛으로 어딘가를 바라보며 중얼거렸다.

"삶이여! 허망도 하구나."

막 태천이 손을 들어 내려치려는 것이 보였다. 그와 같은 능력자라면 눈빛만으로도 자신을 죽일 수 있겠지만 워낙 분노한 탓에 예전의 버릇대로 무공을 써서 죽이려 하는 모양이었다. 물론 상관없는 일이었다. 은마는 조용히 눈을 감았다. 한데 이때 덜컹, 하며 문이 열리고 누군가가 급히 들어왔다.

"태천님! 목숨만! 목숨만은 살려주십시오."

황급히 외치며 자신의 옆에 나란히 무릎을 꿇는 사람은 다름 아닌 호덕견이었다. 만마성 서열 육마이며, 마이강의 젊은이라면 누구나 들어가기를 꿈꾸는 최강의 마단 마성단의 단주인 욕마 호덕견. 바로 자신이 삶을 걸었던 사람이다. 그런 욕마가 자신을 위해 무릎을 꿇고 있었다. 하지만 감격하는 마음은 조금도 없었다. 고맙다는 생각조차 들지 않았다. 아니, 오히려 애잔한 비애감이 찾아올 뿐이었다.

당당한 만마성의 제육마가 외인에게 무릎을 꿇고 수하를 살려 달라고 애원하다니? 어쩌다가 호덕견이 이렇게 전락했으며, 어쩌다가 만마성이 이렇게 나락에 떨어졌단 말인가?

으르렁거리는 태천의 음성이 들려왔다.

"보이지 않느냐? 불굴의 울부짖는 모습이!"

"다 저의 잘못입니다. 제발 은마의 목숨만은 살려주십시오."

호덕견은 무릎을 꿇고도 모자라 머리까지 조아리며 애원했다. 약간 의외였든지 곽불인이 다소 누그러진 음성으로 말했다.

"호형! 용서하기에는 오수의 잘못이 너무 큰 것이오. 오늘 정당한 처벌을 하지 않는다면 무엇으로 기강을 세울 수 있겠소?"

희망을 발견한 호덕견은 이번에는 곽불인에게 매달렸다.

"비록 이 사람이 곽형을 서운하게 한 점이 있을지 모르나 우리는 한 몸 한뜻이 되어 육합천을 세우기 위해 분투하지 않았소? 예전의 정의를 생각하여 부디 이번만은 용서해 주시오."

"예전의 정의는 중요하지 않소. 지금 중요한 것은 그를 처벌할 것이냐, 아니냐 하는 것이오. 내가 판단하기에는 그를 처벌하는 것이 마땅하다는 생각이오."

"……"

약간의 기대를 걸었던 호덕견은 바늘도 들어가지 않는 곽불인의 말에 실망을 금치 못했다. 하지만 그는 곧 이해할 수 있었다.

'이놈은 자신의 이성적 판단만 옳다고 믿고 있겠지? 멍청한 놈! 세상은 육감(六感)에 따른 직관(直觀)으로 봐야 하는 것이다.'

감성이 깊어지면서 호덕견은 감성의 깊은 세계에 들어와 있었다. 어쨌든 지금 중요한 것은 오수를 살리는 일이었다. 그의 직관이 은마를 죽게 해서는 안 된다고 말하고 있었다. 그러나 태천의 분노는 쉽게 가라앉지 않고, 곽불인은 요지부동이었다.

'이대로 오수가 죽는다면 홍진이나 문곡성군이 군사의 일까지 장악해 나의 입지가 크게 흔들릴 것이다. 무슨 수가 없을까?'

호덕견의 직관이 만들어낸 본심이 바로 이것이었다.

이때 다시 문이 덜컹 열리며 한 사람이 뛰어들었다.

"불가하오! 당신이 그를 죽일 수는 없음이오!"

오수는 보지 않아도 그가 누구인지 알 수 있었다. 바로 전대 대장로이자 이마였던 심마 구환이었다. 그는 속으로 자조했다.

'훗! 나도 아직 목숨에 미련이 남은 것인가? 그러기에 궁백에게 저 어른을 부르라고 했겠지.'

구환의 전신에서 만마기가 이글거리고 있었다. 시커먼 흑룡과 같은 만마기가 그를 감싸고 휘돌고 있는 모습이 인상적이었다. 물론 이곳에서 그의 기세를 두려워하는 사람은 없었다. 단지 십구마인 오수만이 약간 더 고개를 숙였을 뿐이다. 어쨌든 심마의 태도가 예사롭지 않았다. 태천과 곽불인도 흠칫하는 모습이었다.

구환이 폭포수처럼 말을 쏟아냈다.

"오수가 누구요? 그는 하루도 편히 쉬지 못하고 고민하며 계획을 세웠으며, 발로 뛰며 정보를 수집하고 모든 일을 직접 실행에 옮겨온 사람이오. 오늘날 우리 강경파와 육합천이 본모습을 갖추기까지, 당신들이 윗자리에 앉아 느긋하게 내리는 명령을 죽을힘을 다해 실현시킨 것이 바로 오수란 말이오. 한데 오늘 한 가지 실수를 했다고 하여 그를 죽이겠다는 것이오?"

"그러나 불굴이 목숨을 잃었다! 나는 결코 용서할 수 없다."

오수를 죽이고야 말겠다는 의지의 음성이 구환을 자극했다.

"호호호, 실수는 인간이라면 어쩔 수 없는 허물이거늘! 결국 그대의 본색이 이것이란 말인가? 처음부터 정파 출신인 네가 마음에 들지 않았다. 호 단주가 너와 손을 잡은 것은 일생일대의 실수였다."

그의 전신에서 꿈틀거리는 흑룡의 기세가 금방이라도 폭발할 것 같았다. 듣고 있던 호덕견은 간이 오그라드는 느낌이었다.

'이, 이런! 감람경에 오른 지 얼마 안 된 구 대장로의 감성은 아직 직관에 이르지 못했다. 이거 큰일이군. 잘못하다가는 오수뿐만 아니라 구

대장로까지 잃겠다.'

그는 얼른 일어나 심마를 꾸짖었다.

"구 대장로! 태천님 앞에서 이 무슨 망발이오? 벌써 노망이라도 나신 것이오?"

"푸흐흐흐, 노망이 났으면 어떻고 안 났으면 또 어떠하겠소? 어차피 저자에게 오수가 별다른 가치가 없다면 나 또한 마찬가지일 터! 아니, 우리 만마성 사람들이 전부 그럴지도 모를 일이지. 호 단주도 정신 차리시오."

"……."

오히려 면박을 당한 호덕견은 말문이 막혔다. 사태가 예상외로 확대되고 격렬해지자 곽불인은 안색을 찌푸리며 생각에 잠겼다.

'이건 생각 밖이고. 구환까지 죽이면 상성파는 심각한 분열 양상을 보일 것이다. 이래서는 안 된다.'

생각을 정리한 그는 태천에게 전음을 보냈다.

"고정하십시오. 불굴을 위해 오수를 죽이는 것은 언제든지 할 수 있는 일입니다. 이들이 결정적으로 돌아서면 앞으로의 일에 많은 차질이 있을 것입니다. 얼마 남지 않았으니 우선은 용서하는 척하며 이자들을 안심시켜야 합니다."

무척 싸늘한 음성이었다. 그 음성에 태천은 정신이 드는 느낌이었다. 분노가 서서히 가라앉고 이성적인 생각을 할 수 있었다. 자신과의 대결도 불사하겠다는 듯 막말을 내뱉는 구환을 죽여 버리고 싶은 충동을 누르며 입을 열었다.

"호 단주와 구 대장로가 이처럼 은마를 감싸고 나올 줄은 몰랐군. 좋다! 그간의 공로와 두 사람의 간청을 생각하여 오늘 당장 죄를 묻지는 않겠다. 하지만 조속한 시일 내에 불굴의 원수를 갚고 일을 차질없이 진행하지 못한다면, 그때는 두 사람까지 책임을 면할 수 없을 것이다.”

“…….”

“흥!”

오수는 침묵했고, 구환은 가늘게 콧방귀를 뀌었다. 태천이 다시 발끈했지만 곽불인이 슬며시 소매를 당기며 말리고, 호덕견이 얼른 고개를 조아리며 사의를 표하자 그냥 넘어가고 말았다.

“정말 감사합니다, 태천님! 오수는 결코 두 번 실수할 사람이 아닙니다.”

냉랭한 눈빛으로 그를 흘겨본 태천이 말했다.

“단! 오늘부터 모든 일은 오수와 더불어 홍진, 문곡성군 세 사람이 협의하여 공동으로 처리하도록 하라.”

“아, 알겠습니다. 태천님의 명령을 따르겠습니다.”

강경파에서 다시 자신의 입지를 약화시키는 조치였지만 호덕견은 이 정도에서 사태가 마무리된 것이 다행스러워 급히 오수를 일으켜 세우며 말했다.

“뭐 하고 있나? 태천님께 감사드리지 않고?”

“…감사합니다.”

잠시 망설이던 오수는 고개를 숙이며 짤막하게 말했다. 마인답지 않게 초연한 듯한, 아니, 달리 보면 모든 것을 포기한 듯한 은마의 태도가 더욱 마음에 들지 않는 태천이었다. 오랫동안 만마성에서의 모든 일을 사실상 은마에게 맡겼지만 이제는 믿을 수 없다는 생각이 들었다.

이는 오수도 마찬가지였다. 예전에는 태천이 호덕견의 든든한 후원자라고 생각했기에 전력을 다해 명령을 받들어왔다. 하지만 오늘 그의 태도는 자신의 실수에도 불구하고 매우 실망스러운 것이었다. 그에게는 호덕견이나 자신, 구환까지 만마성의 마인들은 중요한 존재가 아닌 것이 틀림없었다.

더구나 분노한 그의 음성에서 진심을 엿볼 수 있었다.

'곽불굴에게 인간 세상을 주려 했다고? 그렇다면 결국 본 성의 이상대로 함께 마신의 세상을 만들자던 말도 다 헛소리에 지나지 않은 것이 아닌가? 아밀님은 이를 알고 있을까? 하긴 마음에 들지 않는 것은 그 마족들도 마찬가지이니……. 마이강은 마이강에서 뿌리를 내리고 살아가는 사람들의 땅이어야 하거늘…….'

이런저런 생각을 하는 사이 오수의 몸은 호덕견에 의해 그의 집무실로 끌려와 있었다. 욕마는 그를 위로하고 타이르며, 한편으론 꾸짖는 말을 무수히 했지만 귀에 들어오는 것은 거의 없었다.

축융나인의 형태는 마화비저의 화형마령(火形魔靈)에서, 빙백마녀의 형태는 빙마루의 음극마혼(陰極魔魂)에서 따왔다. 이는 만마성의 전대 마인들이 어떤 틀을 정해놓지 않고 마물과 화(火), 빙(氷) 양쪽 힘의 관계를 전체적인 관점에서 연구해 왔기 때문이다.

틀, 즉 형(形)이란 실질을 제한하는 요소가 된다. 그렇기에 만마들은 마물의 형태에 연연하지 않고 큰 힘을 발휘할 수 있는 기초적인 연구에 충실했던 것이다.

수백 년에 걸친 연구는 점차 결실을 맺어 독선 장한징이 태천을 따라 만마성에 잠입했을 무렵에는 결론이 도출되고 있었다. 그들의 연구 결과를 본 장한징은 시간을 절약하기 위해 마화비처와 빙마루의 마물을 이용하기로 마음먹었다. 그의 생각은 적중하여 약간의 시행착오 끝에 만마들의 연구 결과는 화형마령과 음극마혼이라는 마물의 형태를 빌어 꽃을 피우게 되었다.

물론 그 과정 역시 대단히 힘든 것이었다. 그래서 독선은 직접 태천이

나서줄 것을 부탁했고, 태천은 강력한 무력과 과감한 결단으로 일을 밀고 나가 마침내 전설의 마물을 만들어낼 수 있었다.

관 속에 누워 있는 절세 미남미녀의 모습이 장한징을 홍겹게 했다. 아까운 생각도 들었다.

"이렇게 잘난 놈들을 마족의 법체로 써야 하디니? 히지만 세상을 홀라당 뒤집어놓을 수 있다면 그것도 좋은 일이겠지. 클클클, 그럼 시작해 볼까?"

그들의 얼굴을 한 번씩 쓰다듬어 준 독선은 곧 궁백이 갖다준 책자를 읽기 시작했다.

"흐음, 이놈들도 꽤 하는 놈들이었군. 오우! 화(火)의 고유한 성질에 관해서는 오히려 마화비처, 아니, 마화교 녀석들이 만마들보다 더 깊이 알고 있었잖아? 대단해, 대단해! 한데 어째서 마물은 그따위였지? 아? 마(魔)에 관한 깊이가 너무 차이나서 그렇게 되었군. 난 역시 천재야!"

결국에는 자화자찬으로 흘러가는 독선이었다. 제멋대로인 성격과 달리 그는 한 번 집중하기 시작하자 무섭게 파고들었다. 놀랍게도 그는 이틀간을 꼼짝도 않고 마화라대장경과 반극법장경을 독파해 냈다.

"후아! 빙마루의 시조라는 한빙마후(恨氷魔后) 해월랑(海月琅)은 정말 대단한 여자였군. 혼자 힘으로 어떻게 빙(氷)의 성질을 이처럼 깊이 파헤칠 수 있었지? 결코 마화라대장경에 뒤떨어지지 않잖아? 흐흐흐, 지금 태어났으면 나와 좋은 짝이 되었을 텐데……."

혼자 감탄하며 낄낄거리던 그는 곧 해야 할 일을 기억해 내고는 심각한 안색이 되었다.

"그러나저러나 뇌호혈에 관한 부분은 어디 있는 거야? 원래부터 없었나? 이거 큰일이군."

안목이 뛰어난 오수는 두 권의 책자에서 독선이 필요한 부분을 정확히 찾아냈다. 그리고는 흔적을 남기지 않고 그 부분을 깨끗이 도려냈다. 워낙 두꺼운 책자였기에 몇 장 뜯어내 봐야 표시가 나지 않았던 것이다. 한참 고민하며 책자를 뒤적거리던 독선은 결국 원래부터 그에 관한 부분이 없었다는 결론을 내리고 말았다.

"뇌호혈 문제는 화형마령과 음극마혼의 원래 약점이었던 모양인데 그걸 몰랐군. 어떡한다? 독물을 이용한 혈도의 확장에는 오히려 락생이 나보다 뛰어난데 녀석이 순순히 들어줄지 모르겠네."

안 그래도 제자를 만나볼 참이었다. 그러나 녀석에게 부탁을 한다는 것은 영 자존심 상하는 일이었다. 한참을 미적거리던 그는 어쩔 수 없다는 표정을 지으며 엉덩이를 털고 일어났다.

독신이 찾아왔다는 궁백의 보고에도 은마 오수는 무표정한 얼굴로 침묵을 지킬 뿐이었다. 대신 낭조호각 홍진이 문곡성군을 한 번 바라보더니 들어오게 하라고 명령했다.

"멋진 저녁이구려. 십구마께서도 식사하셨소?"

눈치없는 장한징이 오수를 보고 눈을 찡긋하며 장난스럽게 인사를 건넸다.

하지만 은마는 가볍게 고개를 한 번 끄덕였을 뿐 아무런 대꾸를 하지 않았다. 그제야 싸늘한 실내의 공기를 눈치 챈 독선도 어정쩡한 자세로 자리에 가서 앉았다.

궁백이 급히 전음으로 투왕 곽불굴이 사망했으며, 이로 인해 세 명이 함께 군사 일을 보게 되었다는 사실을 알려주었다.

마화라대장경과 반극법장경을 독파하느라고 지하 밀부(密府)에 파묻혀 있었던 독선은 이런 사실을 전혀 모르고 있었던 것이다.

비로소 사태를 파악한 그는 괜히 미안한 표정이 되어 오수를 힐끔거렸다.

무슨 말을 할까 망설이는 그를 향해 홍진이 물었다.

"축융마인과 빙백마녀의 뇌호혈 문제는 해결된 것이오?"

독선이 안색을 찌푸렸다.

오수야 만마성의 당당한 십구마이니 자신도 약간 꿀리는 바가 있었지만, 곽불인의 후광에 힘입어 겨우 통륜방 십호를 지냈던 녀석이 평대 비슷한 어정쩡한 말투로 물어오자 기분이 좋을 수가 없었다.

자연히 거친 대답이 나왔다.

"안 그래도 그 문제로 찾아왔다. 마화라대장경과 반극법장경에는 그 부분에 관한 언급이 없었다. 전에는 누군가 실수로 잘못 만들었다고 생각했는데, 어쩌면 그것이 아니라 처음부터 결함이 있었는지도 모르겠다."

홍진의 안색도 변했다.

잠시 눈살을 찌푸리던 그는 곧 밝은 얼굴로 다시 물었다.

"그렇습니까? 독선님이 살펴보아도 없었다면 당연히 원래부터 결점이 있었겠지요. 그 방면에서는 독선님이 명실공히 제일인자이시니……."

약간의 아첨까지 섞인 말투였다.

홍진이 이렇게 갑작스럽게 태도를 바꾼 것은 아직은 몸을 사려야 할 때라고 생각했기 때문이다. 통륜방과 동심맹, 금강숙, 태극도량을 잃은 책임에서 완전히 벗어났다고 할 수 없는 것이다.

지금 괜한 분란을 일으킨다면 투왕의 죽음으로 어렵사리 찾아온 기회가 허무하게 사라질지도 모르는 일이었다.

비슷한 생각을 하고 있던 문곡성군도 홍진이 말투를 바꾸고 독선의 안색이 펴지자 안도의 한숨을 내쉬었다. 그 역시 짐짓 밝은 음성으로 물었다.

"독선님, 그 문제는 해결이 가능합니까? 두 마물은 십이마신 가운데 삼존마신을 제외한 구대마신의 두 분을 소환할 중요한 법체입니다."

"새삼 강조하지 않아도 잘 알고 있네. 물론 내가 손을 써도 되겠지만, 사실 독물을 이용한 혈도의 확장 부분에서는 제자 놈의 실력이 더 나은 점이 있거든. 쩝, 그래서 녀석을 먼저 만나보아야겠는데……."

그러자 홍진이 재빨리 대꾸했다.

"어차피 전 계주를 만나야 하지 않았습니까? 지금 가시겠습니까?"

"시간이 없으니 빠를수록 좋겠지. 문제는 그놈을 어떻게 만나느냐 하는 것인데……."

"그거라면 조금도 걱정 마십시오. 비록 반신교와 팔마부의 경계가 철통같지만 제가 이미 생각해 둔 바가 있습니다."

"그런가? 다행이군."

"가시지요."

홍진이 직접 일어서자 독선은 오수를 향해 어정쩡한 표정으로 다시 눈인사를 건네고 밖으로 나갔다.

사실 홍진에게 달리 생각해 둔 계획은 없었다. 단지 이야기를 나누는 와중에 재빨리 머리를 굴려보았을 뿐이다. 이는 오수와 문곡성군에게 자신의 능력을 과시하기 위함이었는데, 갑작스러운 생각으로 좋은 계획을 세우기란 힘든 일이었다.

그들은 걸음을 재촉해 찰태합을 찾아갔다.

아직은 공공연히 마족을 드러나게 할 수는 없지만 단순히 살충단의 눈을 피해 잠입하는 것이라면 괜찮을 것이라는 생각에서였다.

부탁을 받은 찰태합은 패야부(佩耶夫)와 보청(寶淸)을 불렀다.

칠급 마족으로 하급에 속하는 이 패야부는 은경보의 수석당주 겸 정무당주였던 편편철곤 낙조완이 환혼과를 먹고 탈백인이 된 법체를 이용하여 소환되었다.

물론 그 역시 보패를 가지고 오지 못했고, 아직 인간계에 적응이 덜 되어 완전히 힘을 회복하지 못한 상태였으나 유령처럼 숨어다니는 능력이 누구보다 탁월하여 사람 중에는 당할 자가 없을 정도였다.

또한 보청은 소주담가 출신이었다가 환혼과를 먹고 탈백인이 된 법체를 이용하여 소환한 오급 마족으로, 비행 능력이 매우 뛰어나 도망가기로 작정하면 그를 잡기란 거의 불가능한 일이었다.

최악의 경우 투왕을 죽였다는 언강호와 마주치더라도 최소한 도망은 칠 수 있을 터였다.

이렇게 준비를 갖춘 독선은 밤이 깊어가기를 기다려 팔마부를 향해 떠났다.

팔마부에서 가장 바쁜 사람은 전락생이었다.

만약을 대비하여 삼대독물을 전부 데리고 왔는지라 놈들을 먹이고 입히고(?) 재우는 것이 예삿일이 아니었다.

예전에 언강호에게 삼대독물의 우두머리들이 모두 목숨을 잃은 이후 전락생은 방식을 바꾸었다.

한 마리의 우두머리를 통하지 않고 직접 자신이 모든 녀석들을 통제할 수 있도록 훈련을 시킨 것이다. 시간이 흐르면서 성과가 나타나 이제는 그의 명령 한마디면 삼대독물들은 일사불란하게 움직일 정도가 되었다.

하지만 먹이가 가장 큰 문제였다.

놈들의 엄청난 식욕을 감당하기란 만마성 팔마부도 만만치 않은 일이었고, 배가 고프면 그의 명령도 무시하고 난동을 부리기 일쑤였던 것이다.

더구나 이런 와중에 번식기가 되어 녀석들이 속속 새끼를 낳는 바람에 이중삼중으로 고생을 하고 있었다.

오늘도 대왕독랑 세 마리가 알에서 깨어나고, 백안독묘 두 마리가 어미의 뱃속에서 나왔다.

고생은 되었지만 새로운 생명의 탄생은 기쁜 일이었다.

전락생은 장운과 여려화, 그리고 팔마부에서 지원한 마인들의 도움을 받아 새로 태어난 녀석들이 먹이를 먹기 시작하는 것을 보고 자신의 거처로 돌아왔다.

그는 팔마부에서 가장 큰 숙소인 우래원(雨來園)을 통째로 쓰고 있었다. 원래 우래원은 이백에 달하는 미혼의 남자 하인들이 함께 쓰는 숙소였다.

밤이 깊었지만 전락생은 아직 잠자리에 들 수 없었다.

이반오란하에서 채집한 독물들을 이용하여 새로운 독을 만들기 위함이었다.

그에게는 목표가 하나 더 생겼다.

며칠 전만 해도 만마성의 칠대마독을 능가하는 독을 만들어야겠다는 생각뿐이었으나, 혈해의 칠장로 염혈수 주약평이 신비용녀 피용화가 만들었다는 벽독단을 가지고 오자 이를 무력화시키는 독을 만들어내야겠다고 결심한 것이다.

남들은 전혀 인정하지 않았지만 현현독지는 대대로 주작천궁을 호적수로 생각하고 그들이 해독할 수 없는 독을 만들고자 노력해 왔다.

이러한 생각은 전락생도 마찬가지였다.

그는 아수라장 같은 자신의 거처에 갖가지 독물과 솥단지, 그릇들을 어지럽게 늘어놓고 새로운 독을 제조하느라고 정신이 없었다.

이 과정에서 장운과 여려화가 큰 도움이 되었다.

독을 제법 아는 장운은 잔심부름시키기에 딱 알맞았고, 독성이 된 여려화는 여러 가지 합성 독물의 맛을 보게 하거나 투여해 보는 등 직접 인

간의 몸을 가지고 시험해 볼 수 있어 그야말로 살아 있는 실험 도구가 되
어주었다.

　그들의 연구는 밤늦도록 계속되었다.

◆ 第百二十三章 ◆ 사부와 제자

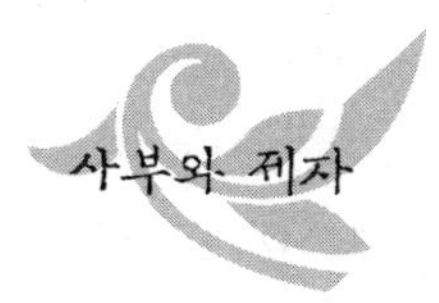

과연 팔마부의 경계는 삼엄했다.

매우 교묘한 위치에 대단한 고수들이 매복해 있을 뿐만 아니라 시도 때도 없이 또 다른 고수들이 순찰을 돌고 있었다. 그중에는 감람경의 고수로 추정되는 자들도 있어 패야부와 보청까지 긴장하게 만들었다.

하지만 그야말로 유령처럼 흐느적거리며 스쳐 가는 패야부의 움직임은 은밀하고도 은밀하여 독선은 마침내 제자의 거처에 무사히 당도할 수 있었다.

독선이 안도의 한숨을 내쉬며 전음을 보냈다.

"히유! 수고하셨습니다. 제자 녀석을 돕고 있는 저 둘은 없애 버리지요."

이 말에 보청이 눈을 희번득거리며 대꾸했다.

"안 돼. 저 계집의 능력은 실로 대단해. 죽이는 것은 어려운 일이 아니지만 몇 초는 필요하단 말이야."

"그렇다면 기다려야겠군요. 찰태합님이 어떤 경우에도 무리하지 말라고 했으니."

패야부의 말에 독선은 기다릴 수밖에 없었다.

처마의 환기구를 통해 들어가 지붕 대들보에 올라앉은 그들은 전락생을 돕고 있는 한 쌍의 남녀가 어서 나가기만을 기다렸다.

하염없이 시간이 흐르자 따분해진 그들은 나란히 앉아 졸기 시작했다.

얼마나 시간이 흘렀을까?

덜컹.

문이 열리는 소리에 그들은 화들짝 깨어났다.

눈을 비비고 보니 마침내 남녀가 전락생의 거처를 떠나고 있었다.

잠시 더 기다린 장한징은 보청을 쳐다보았다.

그가 고개를 끄덕였다.

주위에 아무도 없다는 뜻이었다.

비로소 독선은 마음을 놓고 대들보에서 뛰어내렸다.

오랜만에 제자를 만난다는 설레는 마음에 그는 안 하던 목욕까지 하고, 면도를 했으며, 머리를 잘 손질하여 단정하게 묶은 다음 깨끗한 새 옷으로 갈아입었다.

한마디로 때 빼고 광내고 온 그였다.

덕분에 그의 모습은 환골탈태한 듯 신선 같은 풍모로 변해 있었다.

여기에 멋진 동작으로 제자 앞에 스르르 나타난다면 금상첨화가 아니겠는가?

제자 녀석이 얼마나 감격하여 우러러볼 것인가?

그는 속으로 흐뭇한 미소를 짓고는 신선이 하강하는 모습을 상상하며 천천히 허공을 밟듯이 내려왔다.

한데 아뿔싸!

잠시 졸았던 데다가 김칫국을 심하게 마시느라고 정신이 분산되어 높이를 잘못 계산하고 말았다.

우당탕탕!

독선은 요란한 소리를 내며 형편없는 몰골로 바닥에 나뒹굴었다. 한데 거기에는 제자 놈이 독을 만드는 과정에서 발생한 시커먼 먹물들을 모아 둔 솥단지가 있었다.

"에퉤퉤퉤!"

졸지에 완벽한 곤륜노(崑崙奴)로 변신한 독선이었다.

전락생이 그런 장한징을 멀뚱멀뚱 쳐다보다가는 말했다.

"사부, 강경파 놈들 밑이나 닦고 있다더니 여긴 어쩐 일이우?"

"뭣이여? 이놈아! 수건부터 줘야지."

"이? 김시만 기다리슈. 에~! 어디 보자. 이것밖에 없네."

그가 건네는 것은 차라리 그냥 있는 것이 낫겠다 싶은 시커먼 걸레였다.

"됐다, 됐어. 근데 이놈아, 오랜만에 사부를 보고 반갑지도 않느냐?"

"반가워야 하는 거유? 잔머리쟁이(이일을 말하는 것임)의 말에 의하면, 사부는 우리의 적이라고 하던데?"

"에라이, 먹통아. 사부와 제자 사이에 적이 어디 있냐?"

"그런가?"

사부의 말이 맞는 건지, 천기도수사 이일의 말이 맞는 건지 몰라 적발독광은 머리를 긁적였다.

대들보 위에서 보고 있는 패야부와 보청이 다 한심할 정도였다.

"사부 놈이나 제자 놈이나 똑같군요?"

"그러게. 저런 한심한 인간들에게 무슨 볼일이 있다고 우리가 이 고생이야?"

"돌아가면 찰태합님께 물어볼까요?"

"……."

아래 두 녀석과 비슷한 수준의 대답에 보청은 패야부를 째려보았다.

우여곡절 끝에 자리를 잡고 앉자 전락생이 물었다.

"사부! 뭣 땜시 태천이란 놈과 눈이 맞아서 집을 뛰쳐나간 거유?"

"제자야, 너 죽고 싶어 몸살났냐? 말조심해야지."

"아직 죽고 싶지는 않지유. 해야 할 일이 있는데."

"세월이 그렇게 흘렀건만 너 한심한 거는 하나도 고쳐지지 않았나 보구나?"

"사부도 만만치 않은데 뭘 그러슈?"

전락생이 장한징을 아래위로 훑어보며 말했다. 독선은 헛기침을 한 번 하고는 이야기를 계속했다.

"어허허험, 어쨌든 이제야말로 우리 두 사람이 손잡고 세상을 난장판으로 만들어놓을 때다."

이 말에 전락생의 눈동자가 커졌다.

장한징은 이를 보고 회심의 미소를 지었다.

제자 녀석은 회가 동하면 이런 표정을 짓곤 했던 것이다.

"우리 두 사람이 말이유?"

"그래. 사실 말이 나왔으니 말이지, 우리 현현독지가 얼마나 설움을 많이 받았느냐? 십정십패 가운데 적사묘를 제외하면 가장 천대받는 것이 우리가 아니었더냐?"

"그건 그렇지유."

"지놈들이 도대체 뭐 잘난 게 있다고 우리 독도(毒道)를 무시하고 깔보느냐 이거야. 그리고 너, 생각을 해봐라."

"뭘 말이유?"

"나이로 보나 인품으로 보나 실… 력으로 보나 내가 어째서 팔선의 마지막 자리에 간신히 이름을 올려야 한단 말이냐? 원래 칠선(七仙)이었다가 나중에 요선이란 꼬마 계집애가 등장하자 심지어 그 아래라고까지 입방아를 찍어대던 중원 놈들이 어디 한둘이었느냐?"

"실력으로 보면 당연한 일인데 뭘 그러시우?"

"뭣이여?"

"아, 아니유. 어쨌든 계속해 보시유."

"내가 뭇 중생들을 위하여 갖가지 방면을 연구하느라고 많은 시간을 보내지 않았으면, 그 시간에 무공에만 전념했으면 능히 천하제일의 고수가 되었을 것이다. 너의 사조님이 나보고 천 년에 하나 날까 말까 한 절대 기재라고 칭찬하던 말을 잊었느냐?"

자아도취에 빠진 독선이 입에 거품을 물고 자화자찬을 늘어놓자 전락생은 코를 후비며 시큰둥한 표정으로 대꾸했다.

"그 양반이 그런 말도 하셨수? 쓸데없는 짓을 하셨군."

"뭣이라? 너 지금 사부의 말을 코딱지로 아는 것이냐?"

"쩝, 그냥 말이 그렇다는 거유."

"그런 나를 벌레만도 못한 하찮은 것들이 능멸하니 어찌 참을 수 있겠느냐? 그놈들이 찔찔 짜며 살려 달라고 손이 발이 될 때까지 빌도록 세상을 확 뒤집어놓아야 한다, 이거야."

"재미있겠네요."

"그렇지?"

"근데 나중에 살려 달라고 빌면 어쩔 거유?"

"엉? 그건… 생각 안 해봤는데? 어떻게 되겠지 뭐."

"그럴까유?"

"그건 그렇고, 너 언강호한테 돈 꿨나?"

"아니요."

"그럼 여자 소개시켜 주디?"

"그것도 아닌데요."

"근데 너 왜 언강호를 졸졸 따라다니는 거냐?"

"그, 글쎄유. 그게 그러니까……."

당시의 감정을 설명하자면 한참 길었다. 그는 조리있게 말을 잘 못하는 데다가 시간이 제법 흘러서인지 정말 '내가 왜 이러고 있지?' 하는 생각도 드는 것이었다.

"거봐, 이러고 있을 이유가 없잖아? 그리고 너, 독존(毒尊)이 되고 싶지?"

이 말에 전락생의 눈빛이 번쩍했다.

"아, 그야 물론이지유. 여려화라고, 구현이란 작은 동네 출신이지만 대단히 의리있는 우리 독도 문파의 문주 장운이란 사람의 부인이 있수. 그 여자가 여차저차하여 독성이 되었는데 어찌나 부럽던지, 보고 있을 때마다 배가 아파 죽을 뻔했수."

"들었다. 우리 독문의 전설인 환혼독성대법으로 되살아나면서 독성이 되었다며?"

"그렇수. 재수도 좋게 현무 해동신군이 환혼과의 즙을 정제해 놓은 것을 발견했는데, 사부도 알겠지만, 알고 있수? 어쨌든 그게 바로 환혼독성대법의 주 재료가 아니오? 그래서 성공할 수 있었던 거요. 그 해동신군의 유허(遺墟)에는 불공이란 땡중이 데려다 주었고……. 헉? 사, 사부! 아, 아무래도 나는 아, 안 되겠수. 그, 그만 가시오."

석두타의 설법이 생각난 전락생은 경기를 일으켰다.

"큭큭큭, 너 불공이란 영감한테 엄청 깨졌다더니 생각만 해도 오줌을 지리고 싶은 모양이구나?"

"누, 누가유?!"

자존심이 상한 전락생이 고함을 빽! 질렀다.

"야, 이제 불공 따위는 두려워할 필요가 없다. 내가 그동안 팔대마물과 칠대마독을 연구하면서 마침내 재림독존대법(再臨毒尊大法)을 완성했걸랑?"

"뭐요? 그 거짓말 진짜유?"

환혼독성대법과 함께 독문의 이대전설인 재림독존대법!

죽은 사람을 다시 살리고, 단숨에 감람경의 능력자인 독성이 될 수 있는 독문의 비법 환혼독성대법은 장운의 피눈물 나는 노력 끝에 여려화를 통해 실현되었다.

처음으로 나타난 독성!

그녀의 위력은 이미 여러 번 실증되었다.

하지만 이런 환혼독성대법도 재림독존대법에는 미치지 못하는 것이었다.

만마성의 마인들이 마신을 믿듯, 독문의 문도들은 독존을 그들의 신으로 생각한다. 따라서 모든 무림인들, 심지어 그들 자신조차 독존을 실현 가능성이 전혀 없는, 실체도 없는 허구의 전설일 뿐이라 생각하고 있었다.

그러기에 전락생도 입만 열면 스스로를 독존이라고 외쳐 댔지만 이는 말뿐이고, 진짜 재림독존대법을 시도할 생각은 전혀 하지 않았던 것이다.

그런 대법을 약간은 엉성해 보이는 사부가 펼칠 수 있다니 쉽게 믿지 못하는 것은 당연한 일이었다.

장한징이 그의 머리를 쥐어박으며 말했다.

"이눔아! 그동안 의심병만 늘었느냐? 감히 이 위대하신 천재 독선 사부를 믿지 못하다니?"

“글쎄요. 딱히 천재라고 하기에는…….”

“이놈이? 그래도?”

“아, 알았수. 그 거짓말 정말로 진짜지유?”

“물론이지. 좋은 독밥 먹고 왜 쉰소리하겠냐?”

“엥? 사부, 실바 독을 생식하는 경지에 이른 깃이오?”

“이게 다 네놈을 독존으로 만들기 위함이 아니겠느냐?”

“그, 그런 거유?”

여기서 전락생은 약간 감동하며 믿어볼까 하는 마음이 생겼다.

독공(毒功)이 최고의 경지에 이르기 위해서는 밥 대신 독을 주식으로 삼아 꾸준히 몸속에 독기를 축적해야 가능하다. 물론 이것도 전락생은 아직 넘보기 힘든 일이었다.

“보거라.”

제자 놈이 하도 믿지 못하자 장한징은 왼손 검지를 들어 삼매진화를 일으켰다.

파시시시.

놀랍게도 그의 손가락에서 진한 암록색의 불꽃이 피어올랐다.

독공의 고수들이 일으키는 삼매진화의 색깔은 적갈색, 암청색, 암록색의 세 단계가 있다.

이는 독공의 성취 정도를 가장 잘 나타내는 것으로, 전락생은 최근에서야 암청색을 일으킬 수 있을 뿐이었고, 암록색의 삼매진화를 피워 올리는 사람은 아직 아무도 보지 못한 터였다.

“히야! 사부! 완전히 뻥은 아닌 모양이유?”

“당연하지.”

“한데 과연 독존이 된다고 그 땡중을 당할 수 있겠수?”

“아, 이런 바보 같으니. 너는 그자와 한참 동안 동행했으면서 스스로 감람경에서 성취를 멈추었다는 말도 듣지 못했느냐? 더구나 그는 도공, 언강호와 힘을 합치고서야 겨우 축융마인과 빙백마녀의 공격을 몇 수 막을 수 있었을 뿐이다. 독존이 되면 능히 그 마물들과 맞먹는 능력을 가지게 될 터인데 뭐가 두렵단 말이냐?"

"그, 그렇수? 그럼 갑시다."

"어딜?"

"아, 독존인지 뭔지 지금 당장 하러 가잔 말이유."

"그, 그러자꾸나. 잠깐만!"

"왜 그러슈? 설마 그새 마음이 변한 거유?"

"그게 아니고, 좀 필요한 게 있어서 그런다."

"뭐요? 말만 하슈."

"너, 수라고자짐하고 야자숙녀도하고 포대화상을 얻었다며?"

"그런데요?"

"꼭 필요해서 그러니 그거 좀 주라."

"엥? 사부! 그건 내가 칠대마독과 벽독단을 능가하는 독을 만들기 위해 꼭 필요한 것들이유. 우리 현현독지의 삼대극독에 그것들을 더해 지금 거의 완성되어 가는 참인데……."

"그래서 못 주겠다는 거냐?"

"아, 아니, 그렇다기보다는……."

"그리고 천락성마독단 하나 가지고 있지?"

"그건 또 어떻게 알았수?"

"그것도 나한테 줘야겠다."

"천락성마독은 완벽하게 분석을 끝냈으니 아까울 것 없지유."

이 말에 장한징은 상당히 놀란 표정이 되었다.

"정말이냐?"

"내가 사부처럼 거짓말이나 하고 다닐 것 같수?"

독선이 비록 천락성마독을 만들어내기는 했지만 만마성의 만마들이 연구해 온 성과와 이전부터 내려온 기록을 보고 그대로 재현했을 뿐, 그 성분이나 구체적인 성질 등은 파악하지 못하고 있었던 것이다.

"잘했다. 역시 이 독선님의 제자답구나. 에~! 마지막으로 하나가 더 있는데?"

"또 있수? 사부! 설마 독존이란 걸로 사기 쳐서 제자 깝데기를 홀라당 벗기려는 거 아니유?"

"그, 그럴 리가 있겠냐? 너 독물로 혈도를 확장하는 기술이 뛰어나잖냐?"

"그거야 그렇지유. 왜유?"

"사실은 축융마인과 빙백마녀의 뇌호혈이 매우 좁게 형성되어 잘못하면 문제가 생길 수 있거든. 그래서 그러는데 네가 좀 넓혀주었으면 해서……."

이 말에 전락생이 방정맞게 웃어댔다.

"푸헤헤헤! 사부, 그러니까 지금 그걸 못해서 나더러 해달라, 이거 아니유?"

"마, 말하자면 그렇지. 물론 내가 못한다는 것은 아니지만……."

"에이, 못하는 것 맞구만. 뭘 그렇게 부끄러워하슈? 사부와 제자 사이에. 갑시다! 까짓것 내가 해줄 테니."

"저, 정말이냐?"

"아, 속고만 살았소? 해준다니까."

"알… 았다."

"참! 근데 축융마인과 빙백마녀라고 했수?"

"그랬지."

"이룬, 사부! 그거 꼭 필요한 거유? 왕방형이라고 아주 불쌍한 녀석이 있는데 웬만하면 그놈 주면 안 되겠수?"

장한징은 눈이 동그래져 무슨 뚱딴지 같은 소리냐는 표정으로 쳐다보았다.

"안 된단 말인가 보네. 그럼 없던 걸로 하든지……."

"다 됐냐? 그럼 어서 가자."

"잠깐만!"

"또 뭐냐?"

"내가 가면 삼대독물은 어쩌란 말이유? 그놈들이 지금 새끼 낳느라고 아주 예민해 있는데?"

"그 장운과 여려화가 잘 돌보겠지."

"그럴까요? 하긴 녀석늘이 좀 신경질을 부려도 꿀꺽하지야 않겠지유?"

"독성이 잘도 잡아먹히겠다. 물론 잡아먹히면 그뿐이고… 가자."

"잠시만 기다리슈."

자리에서 일어난 전락생은 곧 남은 수라군자검과 야차숙녀도, 포대화상 등의 독물과 천락성마독단을 챙겼다.

이렇게 합의(?)를 본 그들은 패야부와 보청의 도움을 받아 우래원을 빠져나갔다. 마침 팔마부 정문을 지날 때 감람경의 고수인 파초광돈 저 사럼이 순찰을 돌고 있었지만 은신의 능력이 탁월한 패야부의 종적을 발견하지는 못했고, 그가 사라지자 절세적인 비행 능력의 소유자인 보청이 단숨에 팔마촌을 주파해 빠져나갔다.

청출어람이라고, 전락생이 독선보다 나은 분야도 있었다.

그는 열두 가지 독을 써서 장한징이 고민하던 축융마인과 빙백마녀의 뇌호혈 문제를 말끔히 고쳐 놓았다.

"사부, 이제 시작합시다."

"잠시만 기다려라. 한 가지 일을 더 해야 한다. 그건 재림독존대법과도 관련이 있는 것이다."

"그래유?"

"따라오너라."

장한징은 그를 데리고 더 깊은 지하로 내려갔다.

육마부의 지하에는 나선형의 계단을 따라 층층이 석실을 만들어놓고 있었다.

축융마인 등이 있는 곳도 지하 사십사층의 깊은 땅속이었는데, 이번에는 무려 구십구층까지 내려가는 것이었다. 각 석실 입구에는 지하 몇 층인지를 표시하는 글자가 새겨져 있어 쉽게 알 수 있었다.

"헥헥헥, 사부! 다 온 거유?"

"젊은놈이 왜 그렇게 부실하냐?"

"그게 다 현현팔독(玄玄八毒)을 만드느라고 그런 것 아니유?"

"현현팔독?"

"그렇수. 만마성의 칠대마독을 능가하는 독이유."

"그런데 왜 여덟 가지냐?"

"나참, 사부! 생각 좀 해보시오. 만마성이 일곱 개니 우리는 여덟 개가 되어야 확실히 능가하는 게 아니겠수?"

"그게 그렇게 되냐?"

"그럼요."

"어쨌든 들어가자."

맞는 말인지 아닌지는 모르겠지만 장한징은 이런 제자가 대견스러웠다.

녀석이 칠대마독을 능가한다는 현현팔독을 만들어내고, 자신이 그를 독존으로 재탄생시킨다면 현현독지는 마족이 지배하는 세상에서 만마성 못지않은 명성을 누리게 될 것이다.

그날이 오면 자신과 현현독지를 깔보던 무리들은 눈물, 콧물을 흘리며 후회하리라.

생각만 해도 통쾌했다.

더구나 그때는 자신이 좋아하는 장난을 마음껏 칠 수 있을 터였다. 장손세가처럼 독문을 우습게 아는 놈들을 죽지도 살지도 못하게 괴롭히고 다니면서 남은 생을 보낸다면 그 아니 보람되겠는가? 물론 그러다가 죽으면 그것은 놈들의 재수가 없는 것이니 자신의 책임이라고 할 수 없으리라.

이런 생각을 하고 있노라니 온몸이 찌릿찌릿하고 발걸음이 날아갈 것처럼 가벼웠다.

그는 제자의 손을 잡아당기며 서둘러 석실로 들어갔다.

구십구층을 지키던 두 마족이 히죽히죽 웃는 그를 보고는 인간계에서 배운 대로 머리에 검지손가락을 대고 빙글빙글 돌리면서 드디어 미쳤구나라고 생각했다.

넓은 석실 안에는 엄청난 광경이 펼쳐져 있었다.

전락생은 입을 딱 벌렸다.

사방으로 수많은 화로들이 놓여 있고, 그 속에서 불꽃이 전혀 없는 데도 기이한 향기가 실처럼 올라오는 것이 보였다. 그 향기는 정신이 혼미할 정도로 진하고 향긋했다.

그리고 석실 중앙에는 백 개의 커다란 관이 놓여 있는데, 그 속에는 엄청난 체구의 여인들이 투명한 액체 속에 가만히 누워 있었다. 비록 체구는 보통 사람의 두 배에 달할 정도로 크지만 그 용모는 가히 절세적이었다. 특히 그녀들은 체구답게 살집이 풍만하여 가슴과 살짝 보이는 엉덩이가 탐스럽기 그지없었다.

자신의 이상형을 백 명이나 동시에 발견한 적발독광 전락생은 심히 못마땅한 표정으로 사부를 째려보다가 말하는 것이었다.

"너, 왜 그러냐?"

"이 중에 하나라도 나 주었으면 좀 좋았수?"

"이눔아, 이것들이 바로 차령마녀란 마물이다. 원래부터 차령마녀가 이렇게 아름답고 풍만한 줄 알았느냐?"

"그럼유?"

"물론 이들 중에는 아름다운 여자도 있었지. 하지만 근골이 튼튼한 여자를 고르다 보니 대부분 남자처럼 억세고 못생겼었다. 그런 것을 내가 천음백화대법(天陰百花大法)과 융백마독수로 이렇게 바꾸어놓은 것이다."

"그, 그런 거유?"

약간 계면쩍은 표정이 된 제자를 두고 석실 입구 왼쪽으로 간 장한징은 조그만 석문을 밀고 창고로 보이는 곳에서 놋쇠로 된 화로 네 개를 꺼내와서는 던져 주었다.

"옛다."

"이건 왜 주는 거유?"

"거기에 세 가지 독물과 천락성마독단을 넣고 잘 빻아라."

"사부는 뭐 할 거유?"

"난 재림독존대법을 준비하마."

"그래유? 알았수."

재림독존대법이란 말에 전락생은 두말없이 시키는 대로 작업을 시작했다. 그는 채 일각이 안 되어 네 가지 독물을 완전히 가루로 만들었다.

"다했수."

"그럼 저 백 개의 관에 천락성마독단 가루를 각기 일 리 이 모씩 뿌려라."

"일 리 이 모요?"

"그렇다. 정확히 분량을 맞추어야 한다."

"제기랄."

독선이 말한 일 리 이 모의 양은 너무 적어서 정확히 맞추기가 매우 어려운 일이었다.

"그걸 다 하고 나면 석실 입구 왼쪽부터 오른쪽으로 돌아가면서 수라군자검의 가루를 청동화로에는 사 모 팔 리를, 황동 화로에는 육 모 일 리를 넣고, 야차숙녀도를 검은색 화로에…(중략)…. 헥헥헥! 알겠느냐?"

쉬지 않고 근 일각에 걸쳐 소소한 것까지 알려준 독선은 영 못미덥다는 표정으로 재차 다짐을 받았다.

"젠장, 제자 잘 둔 줄 아시유. 내가 아니면 그걸 할 수 있는 사람은 아무도 없을 거유."

"클클클, 당연히 너와 나뿐이지. 그러니까 차령마녀만은 내가 직접 만들고 있는 것이 아니겠느냐? 마지막으로 말하는데, 호흡을 조심해라. 각 화로에는 가장 향기가 진한 백 가지 화향(花香)이 들어 있다. 잘못 들이마셨다가는 그 길로 잠들어 영원히 깨어나지 못할 수도 있으니!"

"나참, 이 적발독존을 어떻게 보고 그러시유? 이것 한 알이면 칠대마독을 한꺼번에 풀어도 겁 안 나유."

품속에서 거무스름한 색깔의 꼬질꼬질한 새똥 같은 단환(丹丸) 하나를 꺼낸 전락생은 냉큼 입에 집어 넣더니 갑자기 화로가 있는 곳으로 달려가 이곳저곳에 머리는 처박고는 일부러 향기를 흠뻑 들이키는 것이었다.

"이, 이놈아! 미쳤냐?"

깜짝 놀란 장한징이 달려가 열네 번째 화로에서 제자 놈의 머리를 끄집어냈다.

스르르.

쿵!

손을 놓기 무섭게 전락생은 널브러지고 말았다.

그럼에도 장한징은 제자는 그냥 두고 열네 개의 화로와 백 개의 관 사이를 미친 듯이 뛰어다니며 무엇인가를 살피느라고 정신이 없었다.

몇 개의 관에서 거품이 올라오면서 물결이 흔들리는 것이 보였다.

안색이 창백해진 독선은 얼른 창고에서 몇 가지 화향을 꺼내와 각 화로마다 정성 들여 각기 다른 분량을 보충하는 것이었다.

그러자 열네 개의 화로는 다시 실처럼 가는 향기를 피워 올렸고, 관들도 잠잠해졌다.

"히유~! 아무래도 내가 이놈 때문에 제명에 못 죽겠군. 이놈을 독존으로 만들어야 하나? 말아야 하나?"

땀을 닦아내며 중얼거리던 그는 눈을 째리며 제자를 살피기 시작했다. 막 맥문을 잡아 상태를 보려는 순간 전락생이 눈을 번쩍 뜨며 장난스럽게 말하는 것이었다.

"까꿍! 사부, 속았지유? 나 아무렇지도 않아유."

"이런 미친놈!"

"근데 사부! 아무래도 수상해. 제자는 내버려 두고 마물에 불과한 차령마녀부터 살피다니? 혹시 나를 실컷 이용해 먹고는 나중에 가서 나 몰라라 하는 것 아니유?"

"그, 그럴 리가 있냐?"

속이 뜨끔해진 독선은 더 이상 전락생을 나무라지 못했다.

"너 대단하구나. 그 지독한 화향을 열네 가지나 들이키고도 아무렇지도 않다니! 아까 그건 무슨 약이냐?"

"크크크, 만마성의 칠대마독뿐만 아니라 천하의 모든 음독(陰毒)과 약물을 중화시킬 수 있는 규염단(虯髥丹)이란 것이유."

"규염단?"

"무식하기는! 사부, 공부 좀 하시유. 고대에 규염선인이 백 마리 독룡과 백 마리 괴룡을 잡아 죽여 세상을 편안케 했다고 하지 않았수? 그 규염이 바로 이 규염이유."

"그, 그게 그렇게 대단한 거냐?"

"물론이유. 믿으시유. 이건 내가 이반오란하에서 얻은 관음이로 천독수를 중화시킨 액에 이천삼백스물세 가지의 각종 독물을 더해 완벽하게 중성을 이룬 기적의 단환이유. 크크크, 신비용녀가 벽독단을 만들었다고 하지만 이건 그보다 훨씬 더 훌륭한 거유."

"그, 그러냐? 알았다."

"크크크, 뭘 그렇게 존경스런 눈으로 바라보는 거유? 이게 다 사부가 잘 가르친 덕분 아니겠수? 자! 그럼 시작합시다."

"으, 으응. 그러자꾸나. 아? 그거 하나만 줘라."

장한징은 떨떠름한 표정으로 규염단 하나를 건네받고는 잠시 전락생이 수라군자검 등의 가루를 화로에 넣는 것을 지켜보다가 창고로 들어갔다.

그 속에서 준비해 두었던 백여덟 가지의 지독한 재료들을 꺼낸 독선은 잠시 만감이 어리는 표정을 짓고 있다가 곧 커다란 무쇠 관에 쏟아 부었다.

푸시시시.

파바바박.

정체를 알 수 없는 각종 재료들이 섞이면서 시끄러운 소음과 함께 불똥이 튀고 자욱한 연기가 피어났다.

"쿨럭쿨럭."

"켁켁켁!"

자칭 규염단을 복용했음에도 두 사람은 눈물 콧물을 흘려냈다.

"사부! 대체 그게 뭔데 이렇게 독한 거유?"

"다했냐?"

"그렇수. 못 믿겠으면 확인해 보든지?"

"됐다. 옷을 벗고 이 속에 들어가 와공(臥功:누운 채 운기함)으로 분절독황공을 운기하거라."

"이, 이 속에 말이유?"

"그렇다."

어지간한 전락생도 겁을 집어먹고 들어갈 생각을 하지 않았다. 독선이 부드러운 눈빛으로 바라보더니 말했다.

"락생아, 걱정 말아라. 이것이 너를 독존으로 만들어줄 것이다."

"대, 대체 이게 뭔데……."

"이건 우리 현현독지의 삼대독물 가운데 백 년 이상 묵은 놈의 독단과 삼대극독을 천 배로 농축한 독액에다가 만마성의 칠대마독을 더하고, 천하를 주유하며 얻은 열두 가지 지독한 독물을 첨가한 것이다. 물론 이것만으로 재림독존대법을 이루기에는 부족함이 있지. 결정적으로 여기에는 육대마물을 만들면서 나온 악진(惡津:악독한 기운의 진액)이 들어가 있다. 이제 차령마녀 것만 더하면 완벽한 준비가 끝나는 것이다."

"후아! 사부도 대단하시구랴. 그걸 어떻게 다 모았수? 그, 그런데 내가 이 속에서 살아남을 수 있겠수?"

"너 혼자의 힘으로는 어렵겠지. 하지만 내가 도와줄 것이니 걱정 말아라. 주의할 점은 절대로 입을 벌려서는 안 된다는 것이다. 고통이 지독하겠지만 끝까지 참아야 한다. 그리고 한 번 시작하면 다시는 되돌릴 수 없다. 실패하는 순간 너에게는 죽음만이 기다리고 있을 것이다. 자! 그럼 칠공을 폐쇄하고 들어가거라."

머뭇거리던 전락생은 오랜만에 자신의 이름을 부르는 사부를 믿고 그 속으로 들어갔다.

'켁?'

비명이 절로 나오려고 했다.

살갗이 홀라당 타버리는 것 같았다. 아니, 영혼까지 한 줌 재가 되어 날려가는 고통이 휘몰아쳤다. 이런 줄 알았으면 시작하지도 않았으리라. 하지만 이세는 뇌돌릴 수도, 중단할 수도 없는 노릇이었다.

전락생은 속으로 이를 부득부득 갈며 참았다.

'미친 노친네. 내가 독존만 되면 두고 보자!'

차라리 기절이라도 하면 좋으련만 그것도 되지 않았다.

전락생은 근근이 관 속에 반듯이 누워 분절독황공을 운기하기 시작했다. 이러면 고통이 덜할까 싶었던 것이다. 하지만 그의 생각과는 정반대였다. 운기와 동시에 전신의 모공을 통해 지독한 기운들이 일시에 쏟아져 들어오면서 죽여 달라고 사정하고 싶을 정도로 극한의 고통을 선사했던 것이다.

'끄으윽!'

정말 울고 싶은 심정이었지만 전락생은 곧 사부가 도와줄 것이라던 말을 믿고 참고 또 참았다.

한데 장한징은 자신을 멀뚱하니 바라볼 뿐 좀처럼 움직일 생각을 않는 것이었다.

'미친 사부야, 어서 도와줘. 하나뿐인 제자를 죽일 참이냐!'

이 와중에도 분절독황공을 계속 운기하고 있는 것이 다 신기할 정도였다.

전락생이 속으로 발광을 하고 있는데, 이를 알아차린 것인지 장한징이 슬그머니 일어섰다. 하지만 그는 세사를 돕지 않고 그릇 히니를 들고는 차령마녀들이 있는 곳으로 향하는 것이었다.

이때 그녀들이 들어 있는 관에서도 변화가 일어나고 있었다.

부글부글.

거품이 일고 시커먼 연기가 피어오르더니 지독한 악취를 풍기기 시작했다.

독선은 헝겊으로 입을 막고 조심스럽게 접근해 위쪽에 떠오른 검붉은 색의 덩어리를 떠냈다. 그 양은 얼마 되지 않았다. 그는 백 개의 관을 모두 돌아다니며 덩어리를 건져 내 가져왔다. 그리고는 그것을 전락생이 있는 무쇠 관에 부었다.

"이제 마지막 관문만 남았군."

만감이 교차하는 눈길로 사방을 한 번 둘러본 그는 독사 같은 눈빛으로 변해 자신을 꼬나보는 제자의 양쪽 신봉혈(젖가슴에 있음)을 짚더니, 자신이 독을 생식하면서 몸으로 정제한 기운을 불어넣기 시작했다.

차령마녀가 완성되어 가면서 내뱉은 악진을 쏟아 붓자 다시 한 번 지독한 고통이 휘몰아쳐 전락생은 더 이상 참지 못하고 막 기절하려던 순간이었다.

다행히 이때 장한징이 기운을 불어넣어 주면서 약간의 고통이 가시고 정신을 차릴 수 있었다.

하필이면 젖가슴을 쥐고 있는 자세가 민망했지만 그런 것을 생각할 정신은 없었다.

과연 독선은 독선이었다.

그가 독을 생식하면서 쌓은 분절독황공의 기운은 매우 정순하고 균형이 잘 갖추어져 있었다. 이것이 전락생의 독기와 더해져 몸을 보호하면서 무쇠 관 속의 갖은 독액에서 나오는 기운을 끝없이 받아들이게 해주었다.

그 엄청난 기운이 분절독황공의 경로를 따라 전락생의 몸속을 휘젓고 다니면서 모든 것을 집어삼켜 버렸다. 이로 인해 극렬한 고통이 찾아왔다가 잦아드는 현상이 반복되었다. 그 지독한 고통 속에 전락생은 몸과 마음, 정신까지 변해가고 있었다.

얼마나 시간이 흘렀을까?

쿠구궁~!

무엇인가 붕괴되는 듯한 느낌이 머리를 치고, 그 순간 사부의 당부에도 불구하고 전락생은 정신을 놓고 말았다.

십 년은 늙어버린 듯한 독선이 힘없이 손을 떼며 중얼거렸다.

"삼 일 만에 드디어 성공한 것인가?"

대법은 실패가 아니었다.

무쇠 관 속의 검은 액체는 맑은 물로 변해 있었다.

전락생이 모든 기운을 다 흡수해 버린 것이다.

평생의 염원 두 가지를 동시에 이룬 탓인지, 모든 기운을 제자에게 빼앗긴 탓인지 장한징은 허탈한 표정으로 한동안 그 자리에 앉아 있었다.

이때 석실의 출입문이 스르르 열리며 태천이 들어왔다.

"독선! 어떻게 되었소?"

"휴! 다행히 성공입니다."

태천이 자신보다 한참 어리지만 감히 하대할 엄두가 나지 않는 독선이었다.

“두 가지 다?”

“그렇습니다.”

“아, 다행이오. 독선! 고생 많았소. 이제 우리의 꿈이 이루어질 날도 멀지 않았소.”

“참… 으로 긴 세월이었습니다.”

“나는 결코 독선의 공로를 잊지 않을 것이오.”

“감사합니다. 아밀님께는 다녀오셨습니까?”

“그렇소. 송백남에게 들어온 마족의 령체 일부는 무사히 마계로 돌려보내셨으나, 그 과정에서 힘을 너무 소진하여 아직 불사마인을 완전히 준비하지 못한 상태요. 며칠 더 기다려야 할 것 같소이다.”

“알겠습니다.”

“그사이 할 일이 있으니 전 계주, 아니, 이제는 독존이라고 불러야겠군. 깨어나거든 독존혈분(毒尊血粉) 한 병을 만들어 함께 정전으로 오시오. 참으로 수고 많았소.”

다시 한 번 장한징을 위로한 그는 몸을 돌려 밖으로 나갔다.

육마부의 정전에 주요 고수들이 다시 모였다.

그중에는 괴이한 형상으로 변한 전락생도 끼어 있었다.

이글거리는 눈빛과 씰룩이는 입술.

예전의 엉뚱하고 다소 모자라는 듯한 모습은 어디에서도 찾아볼 수 없었다.

완전히 변해 버린 그는 정전 안에 찰태합을 비롯한 주요 마족들까지 참여하여 지독한 기운들이 넘실거리고 있음에도 결코 위축된 모습이 아니었다.

오히려 은근히 노려보는 호덕견과 당당히 눈싸움을 벌일 만큼 놀라운 존재가 되어 있었다.

독존이나 독성은 마물과는 확연히 달랐다.

갑마(甲魔)나 혈군 등 인간형의 마물과도 달랐다.

환혼독성대법과 재림독존대법은 인간을 재료로 하여 새로운 존재를 탄생시키는 것이 아니라 독을 이용하여 인간의 내부를 바꾸어 그 능력을 극대화시키는 것이다.

즉, 여려화와 전락생은 단숨에 사급(四級)을 넘어 삼경(三境)의 경지에 오른 것이나 다름없었다.

독문 역시 사마외도에 속한다.

이로 인해 그들은 매우 감성적인 존재가 되어버렸다.

여려화 사신은 잘 모르고 있었지만 그녀는 전적으로 사랑이라는 감성에 사로잡혀 장운을 떠나면 살 수 없는 운명이 되었고, 전락생은 독문을 천하제일로 만들고 세상을 뒤집어 버리겠다는 갈망에 휩싸여 있었다.

태천이 만족스러운 표정으로 잠시 전락생을 쳐다보더니 말했다.

"불행한 일도 있었지만 전체적인 상황은 순조로운 편이오. 하지만 진짜는 지금부터라고 할 수 있소. 따라서 이후에는 어떤 실패도 용납되지 않는다는 사실을 명심하시오."

"……."

"이미 독선이 차령마녀를 완성하고, 축융마인과 빙백마녀의 문제점을 해결했소. 또한 아밀님께서는 송백남을 완전한 상태로 되돌려놓았고, 며칠 지나지 않아 불사마인의 준비까지 끝마칠 것이오. 그사이 우리는 정통파와 태선이 눈치 채지 못하도록 반신교와 계속 마찰을 일으켜 그들의 시선을 분산시켜야 할 것이오. 더불어 마황건도 회수해야 할 것이오."

"……."

"홍진! 태선이 차령마녀와 불사마인의 일을 눈치 챈 것 같지는 않았느냐?"

며칠 사이에 홍진은 문곡성군과 더불어 슬그머니 오수의 정보망까지 가로챈 상태였다.

"아직 그런 기미는 보이지 않고 있습니다."

"다행이군. 그렇다면 명령을 내리겠소. 모두들 잘 듣고 따라주시오. 이 사항들은 모두 낭조호각과 문곡성군이 면밀히 검토하여 찰태합님께 승인을 받은 것이니 일체의 이의를 허용치 않겠소."

"……."

"먼저 욕마(慾魔)는 마성단 일부를 거느리고 다시 한 번 팔마부를 기습하라. 더 이상 팔마의 권위나 만마들의 반발을 신경 쓸 필요는 없다. 단, 외곽을 치는 척하면서 적의 저항이 거세지면 조금씩 물러나도록 하라. 쓸데없이 삼대진법까지 사용하여 접전을 벌이다가 목숨을 버릴 필요는 없다. 조마(照魔)와 수마(水魔)가 도와주도록 하시오. 욕마, 자네가 아밀님께 반신교를 정리하자고 건의한 말은 이 일을 무사히 해내면 지킨 것으로 간주하겠다."

"가, 감사합니다, 태천!"

황송하다는 듯, 큰 죄를 사면받았다는 듯 황급히 일어서 고개를 숙이는 욕마를 보고 오수는 참혹한 표정이 되어 얼굴을 돌렸다.

거기에 전대 성주인 조마 안과강과 삼마이며 대법관인 수마가 잇따라 고개를 숙이고 명령을 받는 모습이 보지 않아도 눈에 선했다.

은마의 마음은 복잡했다.

'다시 그가 나를 부른다면 어떻게 해야 할 것인가?'

여기서 그란 두 사람으로, 바로 태천과 욕마 호덕견이었다.

그의 갈등을 뚫고 태천의 음성이 다시 들려왔다.

"마성단과 세 사람이 적의 이목을 끄는 사이 전 계주는 태연히 돌아가서 반신교와 팔마부의 무리들에게 독존의 독을 맛보여 주시오. 단, 곽불사와 설백은 그냥 두시오."

"크크크, 알겠습니다."

"독존의 능력이라면 능히 사람을 가려 중독시킬 수 있을 것이오."

"그야 물론입니다. 식은 죽 먹기지요."

"하지만 이 점을 명심하시오. 그들을 죽이는 것이 목적이 아니라 주요 고수들을 중독시켜 반신교와 팔마부를 장악하는 것이 목적이라는 사실을! 정통파의 이목을 끌어야 하니 며칠이지만 그들을 좀 더 살려놓을 필요가 있는 것이오."

"잘 알고 있습니다."

이미 사부로부터 대충 설명을 들은 전락생은 자신만만한 표정으로 대답했다.

그런 그가 믿음직스러웠는지 태천은 미소를 띠며 고개를 끄덕여 주고는 말을 계속했다.

"또한 천고자황수와 광유산인은 천살마시를 맡아주시오. 계획이 순조롭게 진행되면 일도 아니겠으나, 만약의 경우를 생각하여 욕마 등이 공격을 개시하고 독존이 독을 뿌려 적의 혼란이 최고조에 달했을 때 은밀히 잠입하여 최대한 신속하게 빼내오도록 하시오."

"알겠습니다."

"태천의 말씀에 따르겠습니다."

두 사람이 고개를 숙여 보이자 태천은 잠시 여유를 두었다가 말했다.

"마지막으로 곽불사를 이용하는 일과 마황건은 내가 직접 해결하겠소."

“…….”

그가 직접 나선다는 말이 사람들에게 큰 압박감으로 작용하고 있었다. 각자 맡은 일을 성공시키지 못한다면 오로지 죽음뿐이라는 사실이 새삼 강렬하게 다가왔다.

“마지막으로 그사이 이곳의 경비에 특별히 신경을 써야 할 것이오. 모두들 찰태합님과 비뢰검붕 곽불인의 지휘하에 일치단결하여 조그만 빈틈도 보여서는 안 될 것이오.”

“태천의 명령이 지극히 타당하오. 이곳이 뚫린다면 모든 것이 끝장이오.”

찰태합이 공감을 표시하자 마족들도 긴장한 얼굴이 되었다.

오늘 회의는 짧은 편이었다.

이미 태천이 사전에 찰태합과 의논하여 일방적으로 통보하는 형식이었던 것이다.

사람들이 흩어지기 시작하자 밖으로 나간 태천이 벌써 저만치 가고 있는 독선을 따로 불렀다.

“그건 어떻게 되었소?”

이 말에 장한징이 품속에서 유리병 하나를 꺼내 넘겨주었다. 그 속에는 뜻밖에도 가루가 아니라 검은색의 단환 하나가 들어 있었다.

“아? 제가 깜박했군요. 여기 있습니다.”

“이게 뭐요?”

“제자 놈이 그간 현현팔독이라는 것을 만들었다고 하는데, 이건 그중 하나인 현음기독(玄陰奇毒)이라고 합니다. 이 독은 스치기만 해도 다섯 호흡 안에 중독되어 이후 삼 일 동안 진기를 쓸 수 없게 됩니다. 아마 이번 일의 목적에 가장 알맞는 독이 아닌가 합니다. 다만 특이한 것은 이 독은 양성인 남자에게만 작용하고 여자는 중독시키지 않는다는 점입니다.”

“……”

“사용 방법도 매우 쉽습니다. 물에 풀어서 마시게 해도 되고, 단환을 가루로 만들어 공기중에 뿌려도 됩니다. 더구나 약간의 신맛을 내는 이 현음기독은 무색무취하여 독을 전문적으로 취급하는, 미각이 극히 발달한 사람이 아니라면 여간해서는 알아차리지 못할 것입니다.”

“……”

“현음기독의 중독성은 독존의 피를 응고시켜 가루로 만든 독존혈분에 비해 전혀 뒤지지 않습니다. 아니, 독존혈분은 무차별적인 살상의 위험성이 크기 때문에 오히려 이번 일에는 적합하지 않다고 할 수 있습니다.”

“음, 그걸 몰랐군.”

“그리고 이걸 받아두십시오.”

독선은 다시 품속에서 꼬질꼬질하게 생긴 단환 하나를 꺼내 넘겨주었다.

“이건 결코 새똥이 아닙니다. 태천의 능력이야 제가 잘 알지만, 혹시라도 현음기독을 쓰고 난 뒤 몸에 이상이 있으면 이걸 복용하십시오. 냄새는 좀 구리지만 이 규염단이 현음기독을 중화시켜 줄 것입니다.”

“알… 았소.”

중화란 해독이 아니다. 독으로 독을 소멸시키는 놀라운 현상이다. 이는 만마성에서도 할 수 있는 사람이 거의 없을 정도로 대단한 것이라 태천은 독선과 전락생을 새삼스러운 눈으로 쳐다보았다.

모두 떠나고 실내에는 오수와 구환만이 남아 있었다.

두 사람의 안색은 침중하기 그지없었다.

오수는 갈등했다.

태천이나 욕마가 불러주길 바라기도 했고, 그러지 않기를 바라기도 했던 것이다.

결국 태천은 그를 외면했으며, 호덕견은 아무런 주장도 펼치지 못했다. 욕마가 나섰더라면 그에게 목숨을 걸기로 맹세했던 오수도 어쩔 수 없이 따라서 나섰을지 모를 일이었다.

이로써 호덕견과의 인연의 끈이 끊어진 셈이었다.

강경파와의 연결 고리가 사라졌다.

그는 죽은 사람이었다.

전대 대장로이자 이마였던 심마는 이런 오수의 심정을 헤아리고 마지막까지 남아 있었다.

은마가 가늘게 한숨을 쉬며 물었다.

"대장로님, 저와 함께 가시겠습니까?"

"안 성주가 계시는데 내가 어디로 가겠나? 그 양반이 꽉 막혔다는 것은 자네도 잘 알고 있겠지? 나마저 떠나면 누가 전대 성주를 기억하겠나?"

"그렇군요. 안 성주님의 체면을 지켜줄 분은 구 대장로님뿐이지요. 그럼 미리 작별 인사를 올리겠습니다."

"잘 가게. 자네가 있어 즐거웠다네."

속으로 통곡하며 깊숙이 읍을 올리는 오수를 구환은 쓰디쓴 미소로 전송했다.

정전의 회의실을 나온 은마는 기다리고 있던 궁백을 대동하고 그 길로 걸음을 재촉하기 시작했다.

◆ 第百二十四章 ◆ 청룡의 유희

더욱 낡고 헤어져 이제는 걸레보다 못하게 변한 가사.

한층 더 농밀해진 악취.

거기에 여전히 실내의 그 누구보다 크지만 왠지 전보다 왜소해 보이는 체구와 불과 일 년 사이에 몇십 년은 늙어버린 듯한 주름살 가득한 얼굴.

모두들 기다리던 불공 석두타가 드디어 모습을 드러냈다.

이미 정전의 회의실에는 많은 고수들이 달려와 있었다.

그들 중에는 석두타를 처음 보는 사람들도 많았다.

일존사공 중의 일인으로 무려 이백 년 동안이나 금강숙의 장문인 겸 방편원 원주를 지냈으며, 현무상인의 제자이자 무림삼자의 사제인 그의 명성에 비하면 너무나 초라한 모습이었다.

하지만 불립문자란 말 그대로, 온몸으로 전하는 대자대비한 부처님의 가르침은 모든 사람들에게 평화와 안식을 가져다주기에 충분했다.

석두타를 둘러싸고 유난히 반가워하는 사람들이 있었다.

그들은 뜻밖에도 저일민과 그 일당들, 즉 검령, 도령, 하독승 등이었다.

저일민이 산적 할애비 같은 외모나 염라도쟁(閻羅刀爭)이라는 별호와는 전혀 어울리지 않게 측은한 표정을 지으며 말했다.

약간은 울먹이는 기운까지 있었다.

"에구, 그동안 얼마나 고생을 했으면 그래 이렇게 폭삭 곯아서 돌아왔수? 우선 한잔 드시유. 내가 그동안 불공님 주려고 염라주를 백 단지나 담아놓지 않았겠수? 어여, 어여 쭉 드시우."

"오냐. 이런 기특한 놈, 역시 부처님의 설법은 영험하구나. 네가 나를 이렇게 생각하게 되었다니?"

꿀꺽, 꿀꺽.

"크어어어~!"

그 지독한 염라주 한 동과(銅瓜:구리로 만든 표주박 형상의 물병)를 단숨에 비운 석두타가 길게 트림을 하자 지독한 술 냄새와 입 냄새가 함께 쭉 뻗어 나갔다.

이것은 마치 내공이 응집된 경(勁)이 뻗어 나가는 듯한 형상이었는데 그 위력 역시 대단해 무수한 고수들이 '나 살려라' 피하기에 바빴다.

불로신군(不老神君) 임벽이 파초광돈(芭蕉狂豚) 저사렴을 보고 속삭였다.

"우리 염부객들이 차고 다니는 저 동과는 상당히 큰 것인데 저 속에 가득한 염라주를 단숨에 비워 버리는군."

"예전에 저일민에게 속아 멋모르고 염라주 몇 모금을 단숨에 들이켰다가 죽을 뻔했지요."

"크, 염라도쟁에게 속다니 자네도 참 단순한 사람이군."

"그러게 말입니다. 제가 생각해도 한심한 일이지요."

눈이 휘둥그레진 염부객들의 존경 어린 시선을 한 몸에 받으며 석두타가 입가를 쓰윽 훔치자 검령과 도령이 한마디씩 던졌다.

"왜 이렇게 늦게 왔어유? 그간 얼마나 불공님이 보고 싶었으면 밤이면 밤마다 밤잠을 설치며 '나무아미타불 관세음보살'을 외웠겠습니까?"

"저는 낮잠까지 설치며 외웠죠."

"오오~! 융무전의 인간도살자 검도쌍령(劍刀雙令)에게도 마침내 부처님의 자비로운 서광이 비쳤음이로구나. 크흑흑흑, 백정이 칼을 놓았으니 지금 죽어도 아무런 여한이 없도다."

"에이, 저일민의 말마따나 정말 우씨네요. 그 인간도살자니 백정이니 하는 말 좀 안 쓰면 안 돼요? 그게 언젯적 이야긴데 아직도 그러세요?"

입이 툭 튀어나온 도령이 대들었다.

하지만 그의 말투나 표정 등이 아이가 어른에게 어리광을 부리는 듯하여 염부객들을 다시 한 번 아연하게 만들었다.

융무전의 검도쌍령이 이러리라고 누가 생각이나 했겠는가?

그런 도령이 마냥 귀여운지 흐뭇한 표정으로 바라보고 있는 석두타에게 능변기조(能變奇爪) 하독승이 인사를 건넸다. 그는 여전히 고황의 등에 업힌 채 이인일조, 일심동체로 살아가고 있었다.

"불공님, 이렇게 불공님께서 돌아오시니 정말 사람 사는 맛이 나는군요. 그간 저일민은 별로 말도 없이 혼자 수련을 하거나 시간이 나면 꽃을 따서 염라주를 만드는 게 일이었지요. 검령님과 도령님은 검도합벽(劍刀合璧)을 연구하신다고 지하실에 틀어박혀 모습을 보이지 않으셨고……. 저는 고황님과 함께 처음에는 이곳저곳 기웃거리며 하릴없이 시간을 보

내다가 후에는 적각 장문인께서 구금강승과 함께 아침저녁으로 들려주시
는 대비범창을 듣는 것이 유일한 낙이 되었습니다.”

“나도 너희들에게 설법을 베풀던 때가 가장 보람차고 즐거운 나날이
었느니라. 그래서 이렇게 하루도 쉬지 않고 달려온 것 아니겠느냐?”

“천천히 오시지 그랬습니까?”

“아니다. 너희들이 이토록 나를 기다리고 있는데 내 어찌 일신의 편안
함만 찾고 있겠느냐? 어쨌든 너는 유난히 빨리 깨우치더니 이제는 대비
범창의 진미를 느끼게 된 모양이구나.”

“아하하하, 뭐, 그런 셈이지요.”

사실은 하독승이 가고 싶어 간 것이 아니라 고황이 매일 금강숙의 거
처를 찾았기에 어쩔 수 없이 따라간 것뿐이었다.

신환룡영(神幻龍影)이라고 불리며 보신경에서 최고의 명성을 떨치던
염부객 고황은 여전히 벽을 깨지 못하고 고뇌하고 있었다.

그런 그를 보다못한 적각 선사가 아침저녁으로 두 번씩 자신의 거처로
와서 금강숙의 사대무공을 수련하는 광경을 지켜보게 했다.

무인으로서 수련 과정을 공개하는 것은 누구도 하기 힘든 일이었으나
염부객답지 않은 고황의 인품을 잘 아는 적각 선사는 보살행(菩薩行)을
실천하는 마음으로 그러한 제안을 한 것이었다.

하지만 고황의 문제는 무공상의 기술이나 구결, 초식 등의 문제가 아
니었다.

굳게 닫힌 그의 마음이 문제였다.

두 달이 지나고서야 이를 알아차린 적각 선사는 사대무공 중 가장 오
랜 시간 보여주던 부동명왕보를 대폭 줄이는 대신 대비범창을 열 배 이
상 늘렸던 것이다.

물론 보리금강경이나 능엄권법도 있었지만 그 시간은 반 각에 불과

했다.

고황은 적각 선사와 구금강승이 금강숙의 뭇 승려들과 함께 들려주는 대비범창이 그렇게 편안할 수 없었다.

거기에 부동명왕보에 서린 부동명왕의 부동심(不動心)이 그를 번뇌의 질곡에서 건져 주었다.

덕분에 굳게 닫혔던 마음의 빗장이 서서히 열리고, 이를 따라 눈도 열려갔다. 그는 마침내 벽을 넘어 보신경의 새로운 세계를 엿볼 수 있게 되었다.

고황의 밝은 표정이 이런 사실을 잘 말해주고 있었다.

그는 가슴에 우러나오는 인사를 올리려고 깊숙이 읍(揖)을 했지만 팔이 없어 고개만 숙일 수밖에 없었다. 그러자 고황의 마음을 알아차린 하독승이 즉시 양손을 대신 받쳐 주었다.

"큰스승님의 가르침이 적각 선사님을 통해 이 우매한 중생을 깨우쳤습니다. 마음을 걸어 잠근 것은 시기였으며, 질투였으며, 잘나고자 하는 욕심이었더이다."

"아미타불! 선재(善哉), 선재, 선재로다. 내 일찍이 그대가 백홍문의 불쌍한 남매 심소희와 심우정을 양녀, 양자로 거두었음을 들었으며, 담은조에게 배신당한 노산군이 무저갱 같은 충격의 늪 속에 빠져 있을 때 따스한 손길을 내밂을 보았도다. 부처님의 혜광이 그대를 마구니의 손에서 건져 냄은 지극히 당연한 일이니라."

이 말에 고황의 얼굴에 한가닥 그늘이 스쳐 갔다.

그는 전음으로 자신의 고민을 아뢰었다.

"불공님, 사실은 소희가 호천용을 타고나 결국에는 피 궁주의 제자가 되었다고 합니다. 이제 그 녀석은 평생 석녀로 살아야 할 팔자가 되었으니……."

"무엇을 걱정하느냐? 그 아이의 심성은 능히 호천용의 저주를 극복할 것이며, 주작천궁의 궁주로서 뭇 중생들을 질병에서 건져 낼 것이니 이 어찌 지극한 선업을 쌓음이 아니겠느냐? 삼천세에 걸쳐 팔보를 모은들 이보다 더할까?"

"아미타불! 제가 어리석었습니다."

결혼하여 가정을 이루고 살아가는 것도 인생의 한 모습이고, 독신으로 타인을 위한 삶을 살아가는 것 역시 그에 못지않게 가치있는 길이다.

고황은 안타까운 마음에서 비롯된 그릇된 생각을 버리고, 심소희가 피용화의 대를 이어 주작천궁의 궁주로서 훌륭한 삶을 살아가길 기원했다.

그녀가 호천용을 타고났다는 사실은 주작천궁의 궁주 피용화와 대장로인 운모(雲母) 구영, 십이선자의 수좌 종조고, 그리고 언강호와 천오, 이일, 고황만이 아는 비밀이었다.

이로 인해 혹시 호천용보다 한 단계 아래의 호아용을 타고 태어난 요선 연옥귀나 장미밀원의 수하들이 들을까 봐 전음으로 말한 것이었다.

이때 밖에서 조용하면서도 많은 발자국 소리가 들려오더니 금강숙의 승려들이 일제히 모습을 드러냈다.

"아미타불!"

"아미타불!"

오랜만에 불공을 친견하는 불호성이 구성졌다.

그들의 음성에는 은은한 대비범창이 배어 있었다.

석두타의 입가에 미소가 번졌다.

사실 적각 선사와 마두금강(馬頭金剛)을 비롯한 구금강승 등이 고황을 생각하여 보살행의 마음으로 행한 수련의 공개는 이타행(利他行)이 아니라 이기행(利己行)에 다름 아니었다.

그들이 만약 전적으로 사대무공만을 열심히 수련했다면 무공의 경지는 제법 올라갔을지언정 결코 그 속에 담겨 있는 진정한 불법의 의미는 깨우치지 못했을 터였다.

자신만의 해탈을 위한 구도에서 벗어나, 무공만을 위한 수련에서 벗어나, 부처님의 가르침을 따라 이타행을 실천으로 옮기자 부처님의 자비로움이 그들 자신부터 구원해 주었던 것이다.

향록사우를 받들고 합장하는 적각 선사에게 석두타는 따스한 눈빛으로 칭찬을 아끼지 않았고, 마두금강 등 구금강승에게도 격려를 보내며 더욱 용맹정진할 것을 주문했다.

이백 년 동안 장문인 자리를 내놓지 못했던 석두타의 고심은 이제야 꽃을 피우고 있었다.

한 승려가 그의 앞에 무릎을 꿇었다.

그는 혜몽(慧夢)으로 육천의 일인이었던 혜밀의 사제이며 모니원 상좌를 지낸 노승이었다.

"미욱한 제자를 벌하여 주소서. 불공님께서 혜몽이란 법호를 내리셨지만 저는 얼마 전에서야 겨우 꿈에서 깨어 일어났나이다."

혜밀의 열렬한 지지자였던 그는 육합천을 위해 뒤에서 궂은 일을 마다하지 않았던 사람이다. 하지만 혜밀은 뜻을 펴지 못하고 목숨을 잃었고, 육합천은 점점 이상한 방향으로 흘러갔다.

그는 갈등했으며 번뇌의 고통에 시달렸다.

그런 차에 홍진 등이 일시에 수많은 문도들을 살해하려 한다는 사실을 알고 마침내 꿈에서 깨어났던 것이다.

혜몽은 통륜방에서 저사렴, 손연중 등의 설득을 받아들여 제자들을 이끌고 홍진, 혜각 등과 싸웠다. 그리하여 많은 제자들을 살리고 그 길로 만마성으로 달려와 언강호 등과 합류한 것이었다.

석두타는 이미 그의 불호성에서 한 제자가 돌아왔음을 알아보았다.

"한바탕 꿈이 얼마나 거하더냐? 이 염라주와 비교하여 어떠하더냐?"

"저… 는 그보다 덜 독했다고 감히 말할 수 없습니다."

"아미타불! 아미타불! 부처님께서 너를 깨우신 것은 아직도 제자로 생각하신다는 뜻에 다름 아니다. 금강숙의 제자에 대한 단죄는 장문인의 권한인바, 나는 더 말하지 않겠노라."

이에 적각 선사가 나서 말했다.

"만마성에서 세 차례 장로 회의를 열어 혜몽 사숙에 대한 죄과를 논하였습니다. 그 결과 사숙의 신분을 백의승(白衣僧)으로 낮추어 십 년간 칠대공역에 종사토록 하였습니다. 사숙께서는 이를 받아들이시겠습니까?"

"아미타불! 죄인이 어찌 장문인의 명을 거역하겠습니까? 기꺼이 따르겠나이다."

백의승이란 동자승보다 못한 신분으로 절에서 잡일을 돕는 불목하니와 다를 바 없다. 거기에 칠대공역은 가장 천한 일 일곱 가지를 말하는 것으로, 모니원 상좌까지 지낸 혜몽에게는 죽음보다 더한 치욕이었다. 더구나 그 기간이 십 년씩이나 되니 나이가 많아 언제 열반할지 모르는 그로서는 사형선고를 받은 것이나 마찬가지라 할 수 있었다.

그럼에도 혜몽은 만 근의 짐을 내려놓은 표정으로 기뻐하며 명령을 받들었다.

이 광경에 금강숙의 승려들은 물론이고 태극도량의 도사들이나 염부객, 동심전사, 만마, 장미밀원의 여인들까지도 부처님의 자비로우심과 불법의 오묘함에 고개를 숙이는 것이었다.

이때 언강호 등이 들어왔다.

또한 거의 동시에 백오랑도 모습을 드러냈다.

집비향 육비의 신분으로 육합천 간의 연락을 담당하면서 강경파의 내부 사정을 낱낱이 알려주던 두징명은 불사마인 등을 제련하고 있다는 단서를 잡고 이를 파헤치기 위해 무리하다가 발각되어 중상을 입고 그간 몸조리를 해왔다.

문가에서 그와 마주친 언강호, 이일은 눈빛으로 인사를 건네며 위로와 칭찬을 아끼지 않았다.

불공을 대하는 언강호의 마음은 남달랐다.

진립을 대신하여 그의 마음을 감싸주었던 석두타.

그는 언강호에게 또 다른 사부라고 할 수 있는 사람이었다.

그런 그가 다시 나타나 함께하게 되었다는 사실에 마음이 평안했다.

석두타는 자신의 존재만으로도 뭇사람들에게 평안을 선사하는 참 승려였던 것이다.

'내가 너의 고난과 열정을 다 알고 있노라. 평안을 내리니 안식을 얻으라.'

따스한 눈빛으로 불공은 이렇게 말하고 있었다.

함께 온 이일과 두징명, 감립본은 모두 첫 대면이었다.

그럼에도 불공은 그들의 마음을 읽고 각자 부처님의 자비에 의지할 수 있는 화두를 던져 주었다.

뒤이어 출옥귀검 손연중과 뭇 여인들이 일제히 나타나 인사를 올렸다. 다만 연옥귀를 비롯한 장미밀원의 여인들은 먼저 와서 인사를 끝낸 뒤였다.

일룡은 뜻밖에도 곽요진이 아닌 종조고에게 안겨들었는데, 그 특유의

귀여운 모습으로 끽끽거리며 재주를 넘어 모두에게 웃음을 선사했다.

녀석의 이런 모습을 보는 것은 근 일 년 만의 일이었다.

석두타는 곽요진이 모습을 드러내자 특별히 다시 곽불사를 불러 각기 언강호와 장손경의 손을 쥐어주면서 두 쌍의 아름다운 남녀에게 부처님의 자비가 있기를 기원하며 항상심(恒常心)을 잃지 않도록 당부했다.

봄날의 햇살 같은 재회의 인사가 마무리되자 그들은 회의실에 자리를 잡고 앉았다.

이일이 물었다.

"불공님, 상당한 시일이 소요되었습니다. 그럴 만한 까닭이 있었을 터이니 가르침을 내려주십시오."

"아미타불! 언강호, 아니, 언 교주가 붕괴되는 염부주 지하 깊은 곳에서 본 거대한 기둥들은 과연 청룡 후예씨(后羿氏)가 남긴 유허였다."

"아, 역시……!"

주작천궁의 사장로 청화마고 독란영이 감탄사를 울렸다.

처음 발견한 것은 언강호였지만 그곳이 후예씨의 유허(遺墟)라는 단서를 잡은 것은 주작천궁의 대장로 운모 구영이었다.

천오는 운모에게서 연락을 받고 불공으로 하여금 확인을 하게 한 것이었다.

"수많은 열주가 끝없이 늘어서 있는 광경은 난생처음 보는 장관이었다. 과연 사신장이란 이름의 첫머리를 장식하는 청룡의 후예다운 유허였다."

언강호는 고황, 하독승, 일룡과 함께 가다 가다 지쳐 결국 포기하고 돌아섰던 장엄한 기둥의 행렬이 다시 생각나 잠시 그날의 추억에 잠겼다.

대자연의 위대함 앞에 한없이 나약해 보였던 자신.

하지만 그것은 사실 청룡이란 한 선계 신인이 만들어낸 장엄함이었던 것이다.

사신기 두 개를 다루게 된 지금 자신은 과연 그 장엄함에 맞설 수 있을 것인가?

스스로에게 물었지만 쉽사리 답할 수가 없었다.

석두타의 음성이 계속되었다.

"하지만 그곳에는 후대에 만든 기관이 설치되어 있었다. 즉, 언 교주가 본 것처럼 그 정도로 기둥이 많은 것은 아니었고, 기관으로 끝없이 같은 길을 반복하여 오가게 만들어놓았던 것이다. 대순역구문(大順逆九門)이라고 불리는 그 기관은 보통 사람은 느낄 수도 없겠지만, 다행히 나는 은성동 소주담가에서 동천결계를 본 적이 있어 몇 번 헤매다가 눈치 챌 수 있었다. 그러나 기관을 통과하는 것은 정녕 힘든 일이었다."

"그래서 이렇게 오랜 시일이 걸리셨군요?"

이일의 반문에 석두타는 고개를 끄덕이며 말했다.

"그렇다. 간신히 안으로 들어가니 은성동처럼 곳곳에 거대한 기둥들이 있고, 넓은 초원에는 거대한 주장신목들이 무성하게 자라나 있었다. 그 사이를 저 일룡과 같은 우두사원이 뛰놀고 있었는데, 그곳에는 사과(四果)와 화룡혈이 풍부하여 능히 몇천 명의 사람도 생활할 수 있었다. 또한 가장 큰 주장신목들에서는 더러 사왕과(四王果)와 금룡혈도 볼 수 있었다. 사과화산의 염부주는 아마도 이곳의 일부가 떨어져 나가 생성된 것이 아닌가 싶다."

"아……!"

염부객들의 탄성이 여기저기서 들려왔다.

특히 언강호와 곽요진 등 몇 사람은 일룡에게 짝을 찾아줄 수도 있겠다며 기뻐했다.

"후예씨는 그곳을 봉래부라고 불렀는데, 그 중앙에 거대한 석옥이 자리 잡고 있었다. 나는 그 석옥에서 신전(神篆:신인들이 사용한 전서체의 문자)과 광기에 찬 한 인간의 어지러운 글자를 동시에 보게 되었다."

"……."

"우선 신전의 내용부터 말하는 것이 순서일 터, 이 신인들의 문자를 해독하는 데도 상당한 시간이 걸렸다. 예전에 사부님께 꾸중을 들어가며 억지로 배우지 않았다면 결코 알 수 없었을 것이다. 확실히 사부님은 기이한 예지 능력이 있으셨던 모양이다."

"……."

"그 내용은 세 부분으로 나뉘어져 있었다. 첫 번째 글은 후예씨가 직접 남긴 것으로, 악목대전의 경과와 흑마신이 도주하고 세상이 평화를 찾기까지의 경과가 마치 한 편의 신화처럼 장엄하게 기술되어 있었다. 당시의 접전이 얼마나 처절했는지, 후예씨는 그때 신기를 잃고 말았다고 한다. 이에 그는 동방으로 가서 전설의 맹수 맥(貊) 두 마리를 잡아 그 뿔을 이어 붙여 맥궁(貊弓)을 만들었다. 그리고 중원으로 돌아와 악목대전 뒤에 숨어 있던 반마족 앙화씨(殃火氏), 화룡씨(火龍氏), 염화씨(炎火氏)를 맥궁으로 쏘아 제거했다. 그들은 태양과 같은 뜨거운 불꽃을 뿜어내는 반마족들로, 구주 가운데 삼주가 불타고 황하가 증발하는 재앙을 초래한 자들이었다."

"……."

"염화씨를 마지막으로 마족은 물론 반마족까지 모두 사라지자 후예씨는 평범한 사람의 모습으로 천하 곳곳을 주유하며 풍광을 즐겼다. 그는 선계로 돌아가지 않고 인간계에서 오랜 세월을 지내다가 비승했다. 그사이 가장 순수한 감성인 사랑을 알게 되고, 마침내 한 여인을 만나 아이를 낳았는데, 그가 바로 구귀자라는 반신인이시다."

언강호는 가슴이 쿵쾅거리는 느낌이었다.

그에게 구귀자(歐龜子)라는 이름은 낯익은 것이었다.

흔히 사람들이 염제 신농씨 때의 신선으로 알고 있는 그는 환도진경을 남긴 것으로 유명했다.

예전에 석두타는 환도진경에 선계의 문을 여는 방법이 수록되어 있지만, 선계가 열리면 마계도 함께 열려 그 순간 인간계는 지옥의 불바다가 되고 말 것이라고 하지 않았던가?

장천문을 삼류가 되도록 방치하여 진립이나 자신의 사형제들이 참혹한 고통 속에서 헤매게 만든 장천자에게 복수하겠다는 마음으로 선계의 문을 열어서라도 그를 끌어내 이유를 물어보리라 다짐했던 언강호였다.

그 구귀자가 청룡 후예씨의 아들이며 반신인이었다니?

"구귀자의 기록 중 두 번째 내용은, 그의 수명 또한 길고도 길었다. 그가 태어난 섯은 정확히 은나라 탕왕 말년이었다. 따라서 염제 신농씨 때의 선인이라는 말은 후대에 와서 그를 존경한 사람들이 지어낸 이야기인 것이다."

"……."

"어쨌든 은나라 탕왕 말년에 태어난 그는 후한의 건국까지 보았으니 참으로 장구한 세월을 살았던 셈이다. 그 오랜 시간 동안 그는 아버지 후예씨를 그리워하며 선계로 갈 방법을 연구했다. 그것이 여의치 않자 나중에는 선계의 문을 열 방법을 찾았는데, 결국 그는 인간계와 마계, 선계, 즉 삼계의 중간에 삼황결공이란 것이 있음을 알아내고 이를 환도진경에 수록해 두었다."

"……."

"더불어 그는 새로운 청룡의 신기 맥궁을 연구하여 인간들에게 유용한 여러 가지 힘을 만들어냈다. 그러나 당시만 해도 사람들은 이를 받아들일 준비가 되어 있지 않았다. 구귀자는 대단히 안타까워하며 세상에 신인의 힘을 넘겨줄 방법을 찾았다. 신인과 인간 사이에서 태어난 반신인은 아이를 가질 수 없었다. 이 때문에 오랜 세월을 고심한 그는 비승 직전에 깨닫는 바가 있어 자신의 몸을 태워 그 불꽃으로 분신을 만들어 낼 수 있었다."

"정말 신화 같은 이야기군요."

"반신인만이 할 수 있는 일이었지. 그렇게 태어난 분이 천룡자(天隆子)로, 세 번째 내용은 그가 기록한 것이다. 천룡자 역시 장구한 세월을 보내며 인간 세상이 변하는 것을 지켜보았다."

"……."

"이윽고 발타가 금강숙을, 발난타가 태극도량을 세우면서 무림이 형성되자 그는 심각한 우려를 하게 되었다. 백호의 후예가 무공이란 힘을 독점하는 상황이 된 것이다. 당시에는 따로 흩어져 있어 문제가 없었지만, 언젠가 그들이 하나로 뭉친다면 인간 세상의 누가 그들을 당할 수 있겠느냐?"

"……."

"또한 그 후에는 인게라가 건너와 만마성을 창건하자 천룡자의 우려는 더욱 깊어졌다. 백호와 흑마신의 대결 구도! 완충지대가 없는 양 극단 세력의 충돌은 인간들에게 재앙이 될 것임에 분명했다."

"……."

"이에 천룡자는 구귀자가 남긴 여러 힘들을 당시 상황에 맞게 변형시켜 세상으로 내보냈다. 그것이 바로 유명마곡의 부명유공, 사망교의 흡식마공, 은경보의 월령곤법, 백운신문의 불해검환, 장미밀원의 미령천향공, 혈해의 혈령마경, 만마성의 마장심공 등인 것이다."

"아……. 그럼 언 교주님의 느낌이 사실이었군요?"

"느낌?"

“예, 사실은 교주님께서……."

이일이 석두타에게 언강호가 만마성에서 수련을 하면서 이 무공들이 한 뿌리에서 나온 것이 아닌가 이미 느끼고 있었다는 이야기를 해주었다.

불공은 '과연!' 하는 표정으로 고개를 끄덕이며 이야기를 계속했다.

“천룡자는 백호라는 정(正)과 흑마신이라는 마(魔)의 양 극단 사이에 사마외도를 둠으로써 완충지대를 만들고자 하였던 것이다. 그래서 마도, 살수 집단, 요도(妖道) 등 다양한 부류의 무리들에게 청룡의 힘을 전해주었고, 그것으로도 부족해 정파 내에서의 다양성을 확보하기 위해 다시 월령곤법과 불해검환을 내보내 은경보와 백운신문이 성립하도록 도운 것이다.”

“그렇다면 마장심공이 만마성으로 간 까닭은 무엇입니까? 천룡자의 그런 이상과는 맞지 않는 느낌입니다만.”

언강호의 의문은 당연한 것이었다.

“원래 천룡자는 백호와 청룡, 흑마신의 삼각 구도를 생각하였다. 가장 공을 들인 마장심공을 혈령마경과 함께 한 문파에 전해 청룡의 정통으로 삼으려고 하였던 것이지. 한데 반신인이 인간의 능력을 미처 고려하지 못하고 만든 마장심공을 사람의 몸으로 혈령마경과 함께 익히는 것은 거의 불가능한 일이었다.”

혈해의 성립에는 혈선 계몽량도 알지 못하는 비사가 있었다.

혈해의 마인들은 약간 상기된 표정으로 귀를 기울였다.

“해서 그는 천재적인 자질을 타고난 쌍둥이 형제를 찾아내 마장심공과 혈령마경을 하나씩 익히도록 했다. 문제는 여기에서 생겼다. 그들은 쌍둥이임에도 의견이 맞지 않아 심각한 분쟁을 벌였고, 결국에는 마장심공을 익힌 형이 중원을 떠나 만마성에 귀순하는 사태가 벌어진 것이다.

당시는 천룡자의 비승이 임박하여 나서서 말릴 수도, 마장심공을 회수할 수도 없는 상황이었다."

"……."

"결국 혈해에는 혈령마경만 남게 되었고, 이로 인해 혈해는 중원 마도의 종주에 만족하게 되었던 것이다."

"……."

아까운 생각도 들었지만 혈선 계몽량이나 혈뢰옹 순우황, 염혈수 주약평, 혈마 노표 등은 크게 미련을 가지지는 않았다.

이미 언강호가 혈마기의 능력을 극대화하여 만마기에도 전혀 뒤지지 않는, 오히려 나은 점이 있는 기본심공 혈성마화공(血聖魔華功)을 만들어 주었던 것이다.

만약 누군가 혈성마화공을 세 살부터 육십 살까지 꾸준히 수련한다면, 삼경의 벽을 넘을 수 있을 뿐만 아니라 이를 바탕으로 혈명공공기(血冥空空炁)라는 전혀 새로운 개념의 무공을 쓸 수도 있을 것이다.

그들은 혈명공공기의 구결을 생각만 해도 가슴이 두근거리는 느낌이었다. 그러니 마장심공이 안타깝게 느껴질 리가 없었다.

혈해의 마인들이 이런저런 생각을 하는 사이에도 많은 사실을 알려준 석두타가 차 한 모금으로 목을 축이며 이야기를 일단락 지었다.

"여기까지가 신전의 기록이다."

불공이 가져온 소식은 한 편의 장구한 역사서를 읽는 듯한 느낌이었다. 사람들은 신비감과 경외심으로 청룡의 후예들이 이룬 일들을 듣고 있었다.

이때 팔마부에서 오수가 회의실 밖으로 나오자 약속대로 궁백이 기다리고 있었다. 눈길이 마주쳤다. 말은 필요없었다. 그들은 새로운 곳을 향

해 걸음을 옮기기 시작했다. 하지만 곧 오수는 걸음을 멈추고 만감이 교
차하는 눈길로 육마부를 둘러보았다.

어찌 미련이 없으랴.

인생을 걸었던 호덕견의 땅이었다.

하지만 진정한 주인은 욕마가 아니라 태천이었으며, 아밀이었다.

문무에 두루 뛰어나다는 소리를 들어온 은마가 스스로 자신의 인생이
실패했음을 인정하는 것은 무척이나 고통스러운 일이었다.

그의 눈가에는 번뇌가 알알이 맺혀 있었다.

궁백이 말했다.

"태천님이 아밀님을 만나러 가는 모양이군요."

고개를 돌려 보니 바쁘게 뛰어다니던 태천이 몇 사람만이 아는 비밀
출입구를 통해 지하 밀실로 들어가는 것이 보였다.

이를 보고 있자니 울화가 치밀며 문득 엉뚱한 생각이 떠올랐다.

"우리 이대로 갈 것이 아니라 잠시 들렀다 가도록 하세."

"어디를 말입니까?"

"따라오게."

궁백을 이끌고 그가 향한 곳은 다름 아닌 태천의 거처였다.

깜짝 놀라는 궁백을 설득해 안으로 들어간 오수는 곧 실망을 하고 말
았다. 예전에도 보았지만 죽사 안은 단출하기 그지없었다. 침상과 탁자,
서탁이 전부였다.

그나마 서탁에 무엇인가 있지 않겠나 싶었지만 한서, 후한서 등의 역
사서와 손자, 육도삼략 등의 병법서가 전부였다.

그래도 은마는 포기하지 않고 침상 밑까지 샅샅이 뒤졌다.

하지만 끝내 중요한 정보를 얻을 수 있는 서찰이나 귀중한 물건은 찾
아볼 수 없었다.

실망하여 나가려던 오수의 눈에 무엇인가가 들어왔다.

침상 머리맡 베개 옆에 놓여 있는 한 권의 책자였다.

가까이 가서 보니 논어였다.

'태천이 논어를 이렇게 즐겨 읽는 사람이었나?'

의문이 들어 펼쳐 보니 앞부분은 분명히 논어였다. 그럼에도 은마는 계속 책자를 넘겨보았다. 논어치고는 두께가 두꺼웠던 것이다. 과연 중간쯤 가자 전혀 엉뚱한 제목이 나왔다.

환도진경!

"그럼 그렇지."

예전에 태천에게 구귀자와 환도진경, 삼황결공 등에 대한 이야기를 들은 적이 있었다.

그는 회심의 미소를 지으며 죽사를 벗어났다.

공범이 된 두 사람은 마음이 급했다.

자연히 걸음이 빨라지고 사람들이 건네는 인사를 받는 둥 마는 둥 지나갔다.

"두 분, 안녕하십니까?"

"아? 네에."

이번에도 대충 대답하고 가려는데 누군가가 달려와 앞을 가로막는 것이었다.

크게 놀라 살펴보니 담은조였다.

"어딜 그렇게 급히 가십니까?"

오수는 그의 속이 실은 사갈과 같다는 사실을 잘 알고 있었다.

급히 생각을 정리하고 일부러 처연한 음성으로 말했다.

사실 지금 그의 심정은 매우 처연했다.

"군사에서 쫓겨난 것이나 다름없어 정신이 없구려. 기분도 그다지 밝지 못하고……."

"좀 전에 태천님께서는 별다른 말씀이 없지 않았습니까?"

"눈길 한 번 주지 않으니 오히려 그게 더 무서운 것 아니오?"

"하긴… 참! 이럴 게 아니라 제가 두 분께 신세진 것도 있고 하니 어디가서 술이나 한잔하시지요."

이 대목에서 오수와 궁백은 크게 당황했다.

이때까지 가만히 있다가 하필이면 오늘, 그것도 대낮에 술을 사겠다니!

"지금은 그럴 기분이 아니오. 다음 기회에 합시다."

"아닙니다. 은마님의 기분이 어떤지는 제가 잘 압니다. 정처없이 떠돌던 저를 만마성으로 불러주셨는데 어찌 그냥 보고 있겠습니까? 이럴 때는 그저 독한 술로 모든 것을 잊어버리는 것이 상책입니다. 시간이 지나면 다 해결되게 되어 있으니까요. 지금은 홍진과 문곡성군이 다시 설치고 있지만 그리 오래가지 못할 것입니다. 조금만 참으십시오."

장광설을 늘어놓으며 담은조가 그들을 막무가내로 끌고 육마부를 벗어나 육마촌에서 가장 큰 술집으로 들어가는 것이었다.

약삭빠른 그가 눈치 챌까 봐 더 이상 거절도 못하고 두 사람은 계속 술을 받아 마실 수밖에 없었다.

이러는 사이 욕마는 전대 성주인 조마와 삼마이자 대법판인 수마의 도움을 받아 마성단 가운데 발이 빠른 자들을 추려 출정 준비를 끝냈다. 여기에 조마 안과강을 호위한다는 명분으로 전대 대장로 심마 구환이 동행했다.

그들 뒤에는 독존 전락생과 천고자황수 진복원, 광유산인 왕조욱이 대기하고 있었다.

이 즈음 팔마부에서는 불공의 이야기가 중요한 전환점을 맞이하고 있었다.

"삼족정립(三足鼎立)의 형세로 만들려던 계획이 실패하자 천륭자는 청룡의 힘과 지식을 봉래부에 남겨두었다. 그러나 가장 복잡하고 어려운 마장심공은 이미 정신이 혼미해져 있던 터라 신전으로 새겨둘 수가 없었다. 오랜 세월 동안 역사의 장막 뒤에서 인간계를 위해 헌신한 천륭자는 쓸쓸하게 비승했다. 이로써 반신인의 역사는 완전히 끝나게 된 것이다."

"……."

"봉래부의 벽에는 거대한 여백이 남아 있었다. 원래 천륭자는 거기에 마장심공을 새기려고 했던 것으로 보이는데, 후대에 엉뚱한 자가 들어와서 광기에 찬 글들을 남겨놓았다."

"그가 도대체 누구입니까?"

이일의 질문에 석두타는 따스한 눈길로 곽요진과 곽불사를 한 번씩 쳐다보더니 대답했다.

"그는 바로 남천검객(南天劍客) 곽종악(郭踪嶽)이다."

"……."

실내에 고요한 침묵이 흘렀다.

남천검객 곽종악!

통륜방의 전 집비향 향주 겸 부방주로 두 아내, 즉 방서연과 도옥림 사이에서 갈등하다가 그녀들이 차례로 세상을 떠나자 자신도 얼마 가지 못해 눈을 감았다는 그 사람의 이름이 불공의 입에서 나왔다.

시, 서화, 바둑, 음율, 화예 등 팔교구류에 능통하여 팔방미인이라고 불렸던 그는 바로 곽불인과 곽불굴, 곽요진, 곽불사의 부친인 것이다.

곽요진과 곽불사의 몸이 뻣뻣하게 굳어졌다.

옆에 앉아 있던 언강호는 사람들의 시선에도 불구하고 그녀의 어깨를 끌어당기며 자신의 품으로 감싸주었고, 백부용 장손경도 곽불사의 손을 잡고는 안타까운 시선으로 바라보며 아픔을 함께했다.

"원래 천룡자 이후 처음으로 봉래부를 발견한 것은 독선 장한징이었다. 그 직후에 남천검객이 들어왔는데, 장한징은 자신의 능력으로는 도저히 천룡자가 남긴 것들을 익힐 수 없다는 사실을 깨닫고 양보했다."

"아, 독선이……."

"남천검객이 봉래부에 온 것은 통류방에서 죽었다는 소문이 난 직후로 보인다."

"……."

"그가 남긴 글에는 검공 곽포라에 대한 광포한 분노가 가득 차 있었다. 그는 증조할아버지, 할아버지, 아버지가 뛰어난 능력에도 불구하고, 끝내 뜻을 펼치지 못한 채 평생을 집비향 향주로 지내다가 한을 품고 세상을 떠나는 것을 지켜보며 자랐다. 그리고 자신 역시 같은 운명이 되자 이를 용납할 수 없었던 것이다. 그의 할아버지들도 같은 생각을 했다. 그래서 수대에 걸쳐 신존대법을 연구했던 것이다. 마침내 신존대법의 구결이 완전해지고 이를 두 아들, 즉 곽불인과 곽불굴에게 베푼 그는 허탈한 마음이 되었다."

석두타의 이야기를 통해 곽종악의 절규가 들려오는 듯했다.

사람들은 불행의 씨앗이 어떻게 잉태되었는지 비극적인 심정으로 귀를 기울였다.

곽종악은 석벽에 자신의 심경을 고스란히 남겨놓았다.

'과연 나의 몫은 여기까지인가? 결국 검공 곽포라를 원망하기만 하다가 허무하게 사라져야 한단 말인가? 도대체 일존사공이 무엇이길래 이백 년이나 세상을 지배하면서 나와 아버지, 할아버지, 그 할아버지, 그 할아버지를 절망으로 몰아넣는 것인가?

그때는 두 아내마저 세상을 떠난 상태였다.

그의 마음은 절망적이고 공허했다.

되돌아본 삶은 복잡다단했지만 그 모든 것이 허망하기 짝이 없었다.

희망도 없는 집비향 향주의 일은 왜 그렇게 바쁜지, 아내 방서연은 왜 그렇게 도옥림을 질투하는지…….

비돈대화(飛豚大花:날으는 꽃돼지)라고 불렸던 도옥림은 방서연의 아름다움에는 비교가 되지 않았다. 그녀는 자신의 목숨을 구해준 염부객의 딸이었기에 특별히 작은 아내로 삼은 것뿐이었다. 자신을 대신하여 목숨을 던진 장인이 생각나서 도옥림에게 애틋하게 대한 것이 화근이었을까?

사소한 다툼에서 시작된 두 여인의 싸움은 점점 커져 나중에는 통륜방이 둘로 쪼개질 정도로 서연파와 옥림파로 나뉘어 치열한 접전을 벌였다.

이때는 곽종악이 말려도 소용없었고 검공은 왠지 방관만 하고 있었다.

격렬해져 가던 싸움은 서연파로 기울었다.

곽종악은 그냥 두고 볼 수 없어 옥림파를 편들었고, 이를 도옥림에 대한 절대적인 사랑으로 오해한 방서연은 분노하여 자살하고 말았다.

그리고 얼마 뒤에는 도옥림이 꿈에 방서연이 보인다고 헛소리를 하더니 시름시름 앓다가 세상을 떠나고 말았다.

졸지에 그는 홀애비가 되었고, 네 명의 아이는 어미 없는 자식이 되었다.

일이 여기까지 이르자 곽종악은 통륜방에 남아 있을 필요성을 느끼지 못해 죽음을 가장하여 안휘 영상을 떠났다.

한동안 그는 분노와 절망을 안고 정처없이 세상을 주유했다.

　그러다가 청룡의 후예에 대한 단서를 얻게 되었고, 사실상 통륜방의 시조인 무성자가 수련했던 염부주와 가까운 곳에서 봉래부를 발견하게 된 것이다.

　불공의 긴 이야기가 끝나자 한동안 침묵이 흘렀다.

　이윽고 소주담가의 부가주 십섬조영 담락조가 물었다.

　"봉래부를 나온 그는 어디로 갔습니까?"

　"마지막 글에는 검공을 죽여 버리겠다고 쓰여 있었다. 그것으로 보아 통륜방으로 간 것으로 보이지만 어떻게 되었는지는 알 수 없다. 하지만 청룡의 주 무공 두 가지, 즉 천갑호심공(天甲護心功)과 지라단정공(地羅丹精功)을 융화시키기 위해서는 마장심공이 꼭 필요하니 통륜방에서 무사했다면 분명 만마성으로 향했을 것이다."

　"그렇군요. 한데 천룡자는 선계 신인의 핏줄을 이은 반신인으로 이성의 존재라고 할 수 있는데, 어떻게 감성을 바탕으로 하는 사마외도의 무공을 세상에 전할 수 있었습니까?"

　언강호의 질문을 예상했다는 듯 석두타는 빙그시 웃으며 답했다.

　"구귀자와 천룡자는 실로 오랜 세월을 인간계에서 보내면서 이성도, 감성도 하나만으로는 완전할 수 없다는 것을 깨달았다. 이를 인정하는 것은 그들에게 무척 힘든 일이었으나 조금씩조금씩 변화된 끝에 마침내 감성을 인정하고 받아들이게 되었던 것이다. 따지고 보면 신인이었던 청룡이 한 여인을 사랑하게 되고 구귀자를 낳았다는 것 자체가 감성을 받아들인 결과가 아니었겠느냐? 물론 신인인 그는 가장 순수한 감성인 사랑을 받아들이는 데 그쳤지만……."

　"……."

　"어쨌든 청룡은 삼 대에 걸쳐 수천 년을 인간계에서 보내는 동안 조금씩 변화되어 갔다. 그리고 마침내 천룡자 말년에 이르러서는 청룡의 무공을 천갑호심공이라는 이성, 즉 정도의 무공과 지라단정공이라는 감성, 즉 사마외도의 무공으로 정립하고 거기에 마장심공을 더해 완벽한 균형을 이루도록 한 것이다."

"놀랍군요. 그렇다면 지금쯤 곽종악도 이성과 감성의 균형이 잡힌 완벽한 인간이 되었을지도 모르겠습니다."

"글쎄다. 무공으로는 그럴지 모르겠지만, 곽포라에 대한 분노와 절망이 과연 어떤 형태로 발전했을지 심히 걱정스럽구나."

안색을 흐리는 불공의 말에 사람들은 마음이 묵직해졌다.

침묵은 언제나 답답한 것이다.

인사를 주고받고 이런저런 이야기를 할 때는 몰랐는데 입을 닫고 있노라니 석두타는 뭔가 이상하게 빠진 느낌이 들었다.

"음, 그건 그렇고, 왜 이리 허전하지? 이봐, 옹 노인!"

갑작스러운 부름에 비마 옹확이 화들짝 놀라 쳐다보았다.

유명마곡의 그 신비한 보신경 부명유공이 사실은 청룡의 후예로부터 나온 것이라는 사실에 기뻐하던 그는 곽요진과 곽불사가 큰 충격을 받은 모습이 안되어 안타까운 눈길로 바라보느라고 정신을 빼앗기고 있었던 것이다.

"예? 부, 부르셨습니까?"

"자네가 왜 그렇게 말을 더듬고 그러나? 어쨌든 옹 노인, 뭔가 빠진 것 같지 않나?"

"뭐… 가 빠졌다는 말씀입니까?"

"글쎄, 나도 그게 궁금해서 물어보는 거야."

"네에, 그러시군……. 아! 전락생, 적발독광 전락생이 안 보이는군요."

회의가 열리면 항상 자신의 옆자리에 있던 그였다.

한데 오늘은 어디에 앉았나 아무리 둘러보아도 보이지가 않았다.

"그렇지! 바로 그놈이야. 염라도쟁보다 더한 축생이 없으니 이렇게 허전했던 것이었어."

사람들의 시선이 일제히 장운과 여려화를 향했다.

꼭 '너가 잡아먹었냐?' 라고 하는 것 같았다.

한 몸에 뭇사람들의 시선을 받는 기분이 어떤 것인지 절실히 느낀 장운은 서둘러 변명 아닌 변명을 했다.

"제가 잡아먹은 게 아닌… 게 아니라, 에헤헤헴! 그게 아니고 저도 며칠간 보지 못하고 있습니다. 그러니까… 여보! 며칠 됐지?"

"삼 일이에요."

"아! 그렇지. 삼 일입니다. 저도 삼 일 동안 보지 못했습니다."

"……."

사람들이 침묵으로 삼 일이나 안 보이는데 그냥 있었냐고 다그치는 것 같아 장운은 다시 변명했다.

"그것이 그러니까, 요 근래 삼대독물들이 새끼를 낳느라고 정신이 없었습니다. 거기에 현현팔독인지 뭔지와 이상한 새똥을 만드느라고 시간이 어떻게 가는지도 모르고 있었습니다. 전 계주께서 안 보이길래 신경질 부리는 삼대독물 수발하다가 지쳐 잠시 피해 있겠거니 여겼지요. 전에도 아무런 말도 없이 한나절씩 안 보일 때가 있었으니까요. 아마 곧 돌아올 것입니다."

전락생이라면 능히 그러고도 남을 인간이었다.

사람들은 장운의 말이 타당하다고 생각하여 그냥 넘어가기로 했다.

모두들 곧 돌아올 것이라고 믿었던 것이다.

그때 급한 발자국 소리가 들려왔다.

곽종악을 생각하는 곽요진의 마음만큼이나 묵직한 발자국 소리가 울리더니 육여가 들어왔다.

그는 마침 순찰을 맡은 시간이라 회의에 참석하지 않았던 것이다.

"큰일 났습니다. 호덕견이 마성단을 이끌고 침입해 왔습니다. 거기에는 숫자 미상의 삼경 고수들도 다수 있는 것으로 보입니다."

"어디요? 피해 상황은?"

언강호가 벌떡 일어서며 물었다.

"무운재(無雲齋) 쪽을 급습했는데 광등용해진이 가동되는 것을 보고 왔습니다만, 얼마나 버틸지는 미지수입니다. 특히 문제는 지금 태극도량의 도사님들께서 그곳에 와 있다는 사실입니다. 아시는 바와 같이 오늘 친선 대련을 갖기로 한 날이니까요. 속히 가셔야 합니다."

그 말에 천비서원의 원주 신필서생 구중로와 그의 부친이자 팔선의 일인인 유선 구우중, 그리고 삼재류의 전대 교도로 현재 태극도량을 대표하는 광평산인 남구룡의 안색이 흙빛이 되었다.

만마성과 싸우기 위해 자발적으로 달려온 그들이지만 제자들이 허무하게 쓰러지는 것은 속인으로서도, 도사로서도 가슴 아픈 일이 아닐 수 없었다.

열 손가락 깨물어 아프지 않은 손가락이 있을까?

언강호의 심정이 그러했다.

이곳에 모인 사람들은 그에게 하나하나가 소중했다.

언강호는 허둥지둥 달려가는 남구룡 등을 순식간에 추월하여 무운재로 날아갔다.

다른 사람들도 우르르 몰려갔다.

그러자 이일이 황급히 불공을 불렀다.

이에 불공 주위에 올망졸망 모여 있던 저일민과 그 일당들, 그리고 장운, 여려화, 옹확 등이 무슨 일인가 하여 잠시 멈추었다. 여기에 일이 터지면 항상 이일을 좇아 행동하는 상팔대의 가주들과 단백도영 상저도 돌아왔다.

"왜 그러나?"

"거긴 교주님과 혈선님, 육 보주님, 파초광돈, 저, 교두님이 갔으니 걱정하지 않으셔도 될 것입니다. 더구나 요즘 두 분 팔마님, 즉 범마님과 령마님이 무섭게 상승세를 타고 있고, 요선의 기세도 날이 갈수록 드세지고 있어 전면 공격이 아닌 이상 충분히 감당할 수 있을 것입니다."

"우리 전력이 그렇게 상승되었나?"

"만마성에 온 이래 모두들 죽어라고 수련한 결과지요."

"흐음, 이 부처님이 없어도 밥값들은 하고 있었군."

"크, 불공님, 체통을 지키시지요. 잘나가다가 전락생 이야기가 나오고서부터 도로 옛날이네요."

이제는 확연히 사람이 되어 도리어 석두타에게 핀잔을 주는 도령이었다.

"일없다. 체통이 어디 밥 먹여주냐? 그건 그렇고 이총관, 왜 멈추라고 했나?"

"저들의 공격은 어쩌면 성동격서의 계책일 수도 있습니다. 그러니 우리는 만약을 대비하여 중요한 것들을 지켜야 합니다."

"중요한 것들? 이총관! 우리에게 중요한 것이 있었어? 근근이 입에 풀칠이나 하고 사는 정도인데?"

이 틈을 타서 저일민이 은근히 불만을 표시했다.

나원에서 몇 차례 재정적 지원을 받았음에도 팔마부의 생활은 무척 궁핍했다. 돈에 관한 사항은 모두 이일이 철저히 관리하고 있었다.

저일민의 말을 듣고 보니 그것도 그랬다.

사실 그들에게는 딱히 중요하다고 할 수 있는 것이 없었다.

중요한 것이라면 사람이었다.

그들에게는 서로가 중요한 존재인 것이다.

사람을 생각하니 두 가지가 떠올랐다.

피용화와 그녀가 말한 존재였다.

"왜 없겠습니까? 피 궁주님이라면 능히 적이 노릴 만하지 않습니까?"

"아, 그렇네?"

의외로 저일민도 순순히 수긍했다.

그만큼 신비용녀는 감히 범접할 수 없는 존재였던 것이다.

이일은 한 가지 더 말하려다가 주약평이 전한 피용화의 말이 생각나 내버려 두기로 했다.

"불공님, 정운소축으로 가시지요. 거기에 피 궁주님께서 계십니다. 이곳에 있는 사람들이면 육천 중에 한 명이 와도 능히 막을 수 있을 것입니다."

"그렇게 하지. 일민아!"

"헤헤헤, 불공님, 부르셨나요?"

산적 두목도 얼마나 나긋나긋해질 수 있는지 그를 보면 잘 알 수 있었다.

"앞장서거라. 가는 길에 염라주도 한 병 가져오도록 하고."

"물론입니다. 어서 가시지요."

이미 곽요진과 종조고 등 주작천궁의 여인들이 앞서 갔기에 이일은 다소 느긋하게 걸음을 옮겼다.

이렇게 하여 또 한 무리의 사람들은 무운재와 반대 방향인 정운소축으로 향하게 되었다.

◆ 第百二十五章 ◆ 곽불시를 만나는 자들

곽불사를 만나는 자들

*바*람을 가로질러 달려간 언강호의 눈에 들어온 것은 초개처럼 목숨을 던지며 적을 맞이하는 중원인들의 비장하고도 단결된 모습이었다.

무운재에 묵고 있던, 오로지 만마성을 상대하기 위해 길러져 온 천비서원의 등룡삼십육필과 절인칠십이검은 과연 그간의 수련이 헛되지 않았음을 증명하고 있었다.

백팔 명이 펼치는 광등용해진은 톱니바퀴처럼 맞물려 돌아가며 적들을 상대했다.

진 안에 있는 것은 단 네 명이었다.

하지만 예전에 본 심마 구환을 포함한 그들은 실로 무시무시한 고수였다. 그런 자들을 상대로 아직까지 버티고 있다는 사실이 기적처럼 느껴질 정도였다.

특히 왼쪽의 마인 한 명이 이따금씩 손을 내저으면 '쿠구궁' 하는 굉음과 함께 진이 붕괴될 듯 흔들리며 어김없이 몇 명씩 쓰러졌다. 그럼에도 결코 진은 무너지지 않았다. 나뒹굴었던 그들은 오뚜기처럼 일어나 다시 자신의 진위(陣位)를 찾아가는 것이었다. 머리가 깨지고 팔다리가 부서지고 오장육부가 흘러나와도 그들은 자신의 위치를 지키다가 숨을 거두었다.

기적이 아니었다.

그들의 의지가, 그들의 신념이 네 마인의 발목을 붙잡고 있었던 것이다.

거기에 등룡삼십육필 등과 친선 대련을 가지기 위해 방문했던 태극도량의 고수들도 한쪽을 맡아 용감분투하고 있었다.

그들은 훨씬 많은 숫자의 훨씬 강한 적들을 맞이하였음에도 물러서지 않았다.

불과 얼마 전에 투왕 곽불굴이 부참마시들을 이끌고 대춘관을 기습하였을 때, 태극도량은 금강숙과 함께 큰 피해를 입었다.

그들은 이제 육십여 명이 남았을 뿐이다.

그럼에도 팔대마단의 최정예인 마성단 팔십여 명을 맞이하여 꿋꿋이 대항해 나가고 있었다.

희생자들도 생겨나고 있었다.

모든 이의 고향인 대지에 몸을 누인 희생자들이 저 멀리서도 뚜렷이 눈에 들어왔다.

그들 중에는 평생 이름도 빛도 없이 어떤 명예도 추구하지 않고 묵묵히 수련과 구도에 파묻혀 참도사의 길을 걸어오다가 만마성 원정이 있다는 소식에 비로소 자신을 드러낸 광문(廣問)과 얼마 전 오행류 교도가 된 무경(無輕), 광평 산인의 사랑을 한 몸에 받았던 금양(金陽) 등이 포함되어 있어 안타까움을 더해주었다.

만마성의 실질적인 최정예들이 육십여 명에 불과한 태극도량의 고수들을 일시에 어쩌지 못하는 데는 이유가 있었다.

태극도량의 도인들이 만마기를 두려워하지 않고 워낙 용감무쌍하게 싸우는 까닭도 있지만, 무운재 바로 옆의 석류당(石榴堂)에 묵고 있던 적사묘의 칠십이사사대가 곧장 달려와 고비마다 암종이라고 불리는 칠대 암기를 아낌없이 퍼부으며 도와주고 있었던 것이다.

호혼포사 염이화와 흑탄수 염악이 각기 하나의 칠십이사사대를 맡아 고래고래 고함을 질러가며 독려하는 모습이 인상적이었다.

누가 지금 그들을 보고 가장 천한 사도의 무리라고 놀릴 수 있으랴!

광등용해진은 적의 수뇌들을 붙잡았고, 태극도량은 적의 주력을 막았으며, 칠십이사사대는 적의 허점을 노리며 위축시키고 있었다.

그들 중 하나라도 빠진다면 단숨에 몰살당하고 말 터였다.

언강호는 광등용해진의 중심부로 날아가기 앞서 마성단원들을 향해 현무의 기본 무공인 만상천화 칠편의 경(勁)을 뿜어냈다.

노산군은 오편을 깨우치고 삼경의 고수가 되었다.

그러니 칠편을 완성한 언강호의 경이 어떠한지는 말할 필요가 없을 터였다.

후광이 일어나듯 둥그런 광채가 환상처럼 그의 등에서 솟아나 마성단원들의 중심부에 떨어져 내렸다.

광등용해진 속에서 이를 본 왼쪽의 마인이 소리쳤다.

"피하라! 모두 피하라!"

죽어도 물러서지 않는다는 만마성의 마인들이 놀란 메뚜기 떼처럼 흩어졌다.

그럼에도 언강호의 경을 모두 피하지는 못했다.

단숨에 이십여 명이 한 줌 가루가 되어 허공에 흩날렸다.

그 놀라운 광경에 만상천화 칠편과 검정칠해를 이대절기로 삼고 있는 소주담가의 고수들은 가슴이 뛰었다.

만상자 담조령도 펼치지 못했다는 칠편의 경이 드디어 모습을 드러낸 것이다.

이때 피하라고 명령했던 그 마인이 갑자기 태풍 같은 장력을 뿌려 광등용해진 한쪽을 와해시키더니 무운재의 담을 넘어 도망치기 시작했다.

그러자 살아남은 마성단원들이 즉시 그의 뒤를 따랐다.

그들의 동작이 얼마나 신속하고 날쌔든지 천비서원과 태극도량, 적사묘의 고수들은 잠시 멍한 표정으로 바라보고 있었고, 언강호조차 얼떨떨한 느낌이었다.

뒤이어 남아 있던 구환 등 세 명도 몸을 날렸다.

파바바박!

하지만 어느새 달려온 령마와 복마가 천겁뢰 삼공으로 백 가닥씩의 지경을 뿜어내 공격했다. 칼날처럼 날카롭고 예리한 지경이었다.

싸울 의사가 전혀 없었던 구환과 또 한 명의 마인은 약간의 부상을 감수하고 그대로 담을 넘었다.

원래는 가장 나이가 많은 노인의 생각도 마찬가지였다. 이번 싸움은 본격적인 접전을 벌이는 것이 아니라 기습만 하고 빠져나가면 그것으로 임무를 완수하는 것이었다.

한데 담을 막 넘으려는 순간, 그는 자신들을 공격해 오는 무공이 천겁뢰라는 사실을 알아보았다. 그는 문득 어린 아해들에게 한 수 가르쳐 주어야겠다는 생각이 들었다.

감히 자신에게 천겁뢰라니?

그는 즉시 돌아서 검지손가락 하나를 허공으로 곧추세워 아래로 내리꽂았다.

"크하하하! 감히 어디서 천겁뢰를 들이미느냐?"

구우웅!

단 하나의 지경!

그 앞에 령마와 복마가 뿜어낸 이백여 개의 지경은 흔적도 없이 소멸되었고, 중간에 있던 수십 그루의 나무가 가루가 되어 흩날렸다.

그러고도 지경의 위력은 무서운 기세와 만마기를 뿌려내며 등룡삼십육필 등의 공포심을 자극했다.

진작 그가 이 무공을 사용했더라면 광등용해진은 결코 버티지 못했을 터였다.

양조와 등호가 잇따라 소리쳤다.

"만마제일공?"

"안 성주?"

노인이 전개한 무공이 바로 만마성 성주만이 익힐 수 있는 만마제일공 복천주였다.

그가 바로 전대성주인 조마 안과강인 것이다.

조마는 자부심이 대단히 강하여 령마와 복마가 동시에 천겁뢰로 공격하자 가소로운 생각이 들어 천겁뢰 오공에 해당하는 만마제일공을 맛보여 주려 한 것이었다.

하지만 세상일은 뜻대로 되지 않는 법이다.

령마와 범마는 복천주를 맞이하여 감히 물러설 생각을 않고 오히려 앞으로 나아가는 것이었다.

두 사람의 입에서 우렁찬 일기가성(一氣呵成)이 터져 나왔다.

"하아압!"

"우우우!"

허공에 몸을 날리는 그들의 손가락이 하나로 모여들더니 새하얀 섬광을 실처럼 뿜어내기 시작했다.

조마 안과강은 깜짝 놀라고 말았다.

"이, 이게 뭐냐?"

놀랍게도 그것은 복천주의 지경을 가르고 들어왔다.

급히 만마공을 최고조로 끌어올렸지만 허사였다.

섬광이 작렬하며 그의 얼굴이 새하얗게 물들었다.

"성주!"

뒤늦게 이를 본 심마 구환이 몸을 돌려 맹렬한 속도로 달려왔다. 하나 사람이 빛보다 빠를 수는 없는 일이었다.

"커억!"

실과 같은 섬광이 조마의 가슴을 관통하고 지나갔다.

그는 얼굴을 푸들푸들 떨더니 고개를 떨구는 것이었다.

"성주! 눈을 뜨시오. 눈을 떠보란 말이오!"

구환이 안과강을 받쳐 들고 통곡했다.

사나이의 눈물을 본 사람들은 더 이상 공격하지 못했다.

이때 구환과 함께 달려가던 마인이 외쳤다.

"구 대장로님, 어서 오십시오."

"수마! 나는 가지 않겠네. 안 성주님이 돌아가신 이상 마이강은 나에게 의미가 없는 차가운 대지일 뿐일세. 차라리 대설산이 더 따스하겠지. 나는 이 길로 안 성주님과 함께 대설산으로 들어가 영원히 돌아오지 않겠네."

"하, 하지만… 안 성주님의 시신은 영겁마동에 안치해야……."

"영겁마동? 곧 아수라장이 될 그곳이 무슨 의미가 있단 말인가?"

구환은 이 말을 끝으로 서쪽으로 떠나갔다.

그러자 수마라고 불렸던 삼마 방현은 머뭇거리다가 멀찌감치 도망친 일행들이 있는 곳으로 달려가는 것이었다.

잠시 후, 령마가 와서 언강호에게 알려주었다.

"욕마 호덕견이 제대로 싸워보지도 않고 도망치다니 이상한 일이군."

"그자가 육마부의 주인인 호덕견이었습니까?"

"그렇다."

"소문과 달리 그는 겁쟁이에 불과했군요. 저기 보십시오. 마치 우리를 유인하려는 것처럼 기다리고 있는 듯한 모습이지만, 실은 도망칠 만반의 준비를 갖추고 있지 않습니까? 조마의 희생을 발판으로 삼아 넉넉한 거리를 벌리고 말입니다."

"음, 그럼 추적해야 하나?"

"그럴 필요 없습니다. 혹시 저들에게 다른 간계가 있을지도 모르고, 곧 외나무다리에서 만날 텐데 무리할 이유가 무엇이겠습니까?"

"하긴 그렇지."

"어쨌든 사형과 등 숙부께서 조마를 꺾다니 대단하십니다."

"너만이야 하겠냐만, 범마님과의 수련을 통해 천겹뢰만으로 복천주에 이른 최초의 주인공이 되었으니 마이강에 발을 디딘 나름의 보람이 있었던 셈이다."

"대사형, 등 숙부님! 축하드립니다."

진심 어린 언강호의 축하에 그들은 기쁨을 감추지 못했다.

그러자 수하들과 함께 뒤늦게 달려와 실력을 발휘하지 못한 연옥귀가 입이 뽀로통하게 변해 말했다.

"쳇! 저에게 넘겨주시지 않고?"

"하하하. 연 원주! 다음에는 반드시 넘길 테니 너무 안타까워 마시게."

등호가 웃으며 말하자 그녀도 더 이상 토를 달지 않았다.

곧 이번 싸움으로 먼저 간 이들에 대한 왕생제(往生祭)가 열렸다.

모두들 숙연한 분위기가 되었다.

특히 태극도량의 살아남은 제자들은 광문을 추모하며 그의 길을 따라 진정한 도사로서의 삶을 살아가겠노라고 다짐했다.

한편 전락생은 욕마가 공격을 개시하고 얼마 있지 않아 언강호 등 주요 고수들이 달려오자 유유히 팔마부 속으로 스며들었다.

'가만있자. 어디로 간다? 그렇지! 언강호 등을 꼼짝 못하게 하려면 그년들을 잡는 게 지름길이지. 일단 그년들만 중독시켜 놓으면 언강호가 쉽게 공격하지는 못할 거야. 그럼 무슨 일인가 싶어 다른 놈들이 모여들겠지? 그때 몽땅 중독시켜 버리면 언강호 혼자 뭘 어쩌겠어? 크크크, 팔 하나 잃은 복수로 그놈도 팔 하나 떼어줄까? 재미있겠군. 기다려라, 정운소축이여!'

그는 사람들을 마주치는 것도 꺼려하지 않았다.

광인 전락생을 모르는 사람이 누가 있겠는가? 아무도 그를 제지하거나 붙잡지 않았다.

독존이 되면서 그는 이런 사실까지 헤아릴 만큼 감성이 깊어져 육감에 의한 직관이 생겨날 정도에 이르고 있었다. 그것은 사악한 지혜와도 비슷한 것이었다.

바람처럼 달려가던 전락생은 정전과 정운소축의 중간에서 딱 그들과 마주쳤다.

회의실에서 땀깨나 흘렸던 장운이 보기가 무섭게 달려와 말했다.

"전 계주, 도대체 어딜 갔다 오신 거요? 삼대독물을 먹이고, 새끼 낳는 것 받아내고, 알에서 깨어 나와 도망치는 놈 붙잡고, 부글부글 끓는 현현팔독의 솥단지들 불 조절 물 조절에, 그리고 그 새똥은 웬 놈의 들어가는 것이 그렇게 많은지 정말 죽을 뻔했소."

"……."

폭포수처럼 쏟아놓는 말에 전락생은 잠시 얼떨떨한 표정이 되었다.

그러자 우르르 몰려와 그를 둘러싸고 저마다 정신없이 한마디씩 던지는 것이었다.

저일민 왈(曰),

"너, 어디 짱박혀 있다가 이제 나타난 거냐?"

이를 시작으로,

"얼굴이 탱글탱글한 게 혼자 맛있는 것 왕창 먹고 온 모양인데?"

"혹시 빵빵한 여자 품에서 늘어지게 자다가 온 것 아니냐?"

"두 가지 다 한 모양이네요."

검령, 도령, 하독승이 차례로 말하고,

"자네는 정말 편한 사람이군. 오고 싶으면 오고, 가고 싶으면 가니! 부럽네, 부러워."

"그러니 적발독광이 아니겠소?"

고황, 웅확도 한마디씩 던졌다.

"하하하, 장 문주께서 곧 오실 거라고 하더니 과연 그렇군요. 독문의 동도들끼리는 통하는 게 있나 봅니다."

"우리도 제법 통한다고 자부하는데 전 계주와 장 문주에게는 안 되겠소."

"그동안 우래원에 가보지 못해서 미안하오. 삼대독물이 새끼를 낳는다면 일손이 많이 필요할 텐데 연락하지 그러셨소?"

"내일은 제가 가서 새끼들을 돌보겠습니다."

이일, 장삼, 갈사, 상저도 반가움을 표시했다.

그리고 결정적으로 그들이 갈라지면서 나타난 사람 왈(曰),

“이눔아! 내가 너 보고 싶어서 밤잠을 설쳐 가며 달려왔건만. 그래, 마중은 고사하고 이제야 나타난 것이냐? 아까 회의실에서 어찌나 허전하든지 꼭 속곳을 빼놓고 온 기분이더라.”

전락생은 귀가 다 멍멍한 느낌이었다.

하지만 그들의 말이 가슴을 파고들었다.

원래 전락생은 여린 심성의 소유자였다.

그런데 독존이 되면서 감성적인 면이 크게 확대되어 있었다.

비록 독문을 천하제일로 만들고 세상을 뒤집어 버리겠다는 갈망에 들끓고 있었지만, 이런 감성이 커진 것만큼이나 살뜰하게 다가오는 저일민 등과의 교감 또한 커지는 것이었다.

특히 독존이 된 지금 두려워할 필요가 없음에도 불공이 나타나자 놀라서 뒤로 주춤주춤 몇 걸음 물러났다.

하지만 예상과 달리 불공이 그를 지옥에서 관세음보살님 만난 듯 반기니 눈물이 다 나오려 하는 것이었다.

울먹울먹.

“크허허헝.”

“아니, 애가 왜 이러냐? 누가 때렸냐? 너냐? 너냐?”

갑자기 울음을 터뜨리는 그를 보고 당황한 석두타가 이 사람 저 사람 삿대질을 해가며 핏대를 세웠다.

그러자 사람들은 절대 아니라며, 가끔 미친 짓을 해서 탈이지만 귀엽기 그지없는 전락생을 왜 때리겠느냐며 부인했다.

이렇게 태천과 독선의 계획은 여지없이 빗나가고 있었다.

순한 양이 된 독존 전락생은 엉엉 울면서 석두타에게 자신의 잘못을 고백하고 설법을 내려 달라며 애원했다.

그사이 진복원과 왕조욱은 홍진이 수집한 정보에 따라 남풍사(藍風舍)로 스며들었다. 몇 명의 경비가 있었지만 가볍게 제압하고 안으로 들어가 원하던 천살마시를 찾아낼 수 있었다.

그들이 빠져나갈 무렵에는 호덕견이 도망친 다음이라 걱정이 되었지만, 다행히 언강호 등은 남풍사 쪽으로 오지 않았다.

대책이 안 서는 담은조였다.

시간이 하염없이 흐르자 도무지 안 되겠다고 생각한 궁백이 술을 마구 퍼마셨다.

다행히 궁백의 술 실력은 대단했다.

최일선에서 정보를 수집하려면 술을 잘 마셔야 하는 것은 필수였던 것이다.

드디어 담은조는 뻗고 말았다.

"지독한 놈이군."

비틀거리며 일어선 오수는 궁백을 부축하여 팔마촌으로 달려갔다.

이미 싸움은 거의 끝나가고 있었다.

은마는 조마가 죽고 구환이 떠나는 광경을 멀리서 지켜보며 그의 무운을 빌어주었다.

그 뒤에 거행된 왕생제는 장엄하고도 숙연했다.

반신교와 팔마부의 동지애가 어떠한지 절실히 느낄 수 있는 순간이었다.

욕마 호덕견과 수마 방현이 마성단원들을 데리고 상당한 거리를 물러났음에도 오수는 쉽사리 모습을 드러내지 못했다.

혹시 성급하게 나섰다가 진복원이나 왕조욱, 전락생과 마주치면 큰일이기 때문이다.

초조하게 기다리는 그의 눈에 천살마시 세 구를 끼고 은밀히 빠져나가는 두 사람의 모습이 포착되었다.

그 뒤에도 오수와 궁백은 한참을 숨어 있었지만 전락생은 도무지 나올 생각을 하지 않았다.

설마 그의 독에 몽땅 중독되어 모조리 죽어버린 것이 아닐까 하는 생각도 들었지만, 육마부에서 전락생이 언강호는 두 개의 사신기를 사용하게 되었다고 하지 않았던가! 그런 능력자까지 쉽게 당했다고 보기는 무리가 있었다.

자정을 알리는 파라 소리가 들려왔다.

더 이상 기다릴 수는 없었다.

죽이 되든 밥이 되든 일단 들어가 보아야 할 일이었다.

이때 팔마부의 정문은 육여가 지키고 있었다.

한바탕 난리가 벌어진 다음이라 쉬지도 않고 직접 경계를 서고 있었던 것이다.

갑자기 나타난 오수를 보고 육여가 깜짝 놀라 물었다.

"어, 어쩐 일이시오?"

"나는 육마부의 은마 오수라는 사람이오. 십구마이며 제일암첩이오. 팔마부에 귀순하러 왔으니 통보해 주시오."

그는 전혀 모르는 사람처럼 말하는 것이었다.

그리고 전음이 들려왔다.

"육 보주! 걱정 마시구려. 사실 그대는 결정적인 정보를 제공한 적이 없고, 단지 부인을 사랑하는 마음에 마지못해 협조한 것임을 잘 알고 있소. 하지만 이제는 미련을 접으시오. 나는 그곳에서 절망만을 보았을 뿐이오. 더구나 부인은 이미 파루라라는 미족이 되어 사람을 예사로 잡아먹는 악귀가 되었소. 더 이상 유하선자 소설란은 세상에 존재하지 않는 것이오. 그간의 일은 우리끼리의 비밀로 묻어둡시다."

"……."

육여는 대답할 수 없었다.

그렇다고 소설란에 대한 사랑을 접을 수도 없었다.

그녀의 육체를 탐했던 것만큼이나 그녀에 대한 사랑도 깊었던 것이다.

아픔과 번민, 고뇌와 갈등이 그를 괴롭혔다.

이런 육여의 마음을 헤아린 오수는 속으로 긴 한숨을 내쉬며 시간의 힘이 그를 치유해 주기만을 기원했다.

정전의 회의실로 안내된 은마는 깜짝 놀라고 말았다.

전락생이 태연히 의자에 앉아 있고, 아무도 중독되지 않았던 것이다.

더구나 자신을 본 그는 이들을 해치는 것은 끔찍한 일이며, 아웅다웅 함께 이울려 사는 것이 최고의 행복이라고 말했다.

그러면서 이미 모든 것을 고백하고 용서를 받았으며, 오히려 지금 삼 대독물이 새끼를 낳는 바쁜 와중이지만 삼 일의 휴가까지 받았다며 자랑했다.

전락생은 낄낄 웃으며 그동안 장운과 여려화, 갈사, 상저 등이 땀깨나 뺄 것이라며 좋아 죽을려고 했다.

그러자 불공을 비롯한 주요 고수들이 너나 할 것 없이 나중에 보답으로 염라주 한 병씩 안겨 삼 일간 기절시키면 될 것 아니냐는 둥 이상한 말을 늘어놓았다.

오수와 궁백에게는 참으로 낯선 풍경이었다.

하지만 왠지 가슴 저 밑바닥이 따스해져 오는 느낌이었다.

언강호 등은 기꺼이 두 사람을 그 속에 끼워주었다.

모두들 아무런 스스럼 없이 웃고 떠들며 오수와 궁백의 마음을 편하게 해주었다.

특히 그를 바라보는 이일의 눈빛이 살가웠다.

"은마님께서 이렇게 합류해 주셔서 큰 영광입니다. 예전부터 백오랑님을 통해 말씀을 듣고 흠모하고 있었습니다."

당황한 오수가 고개를 마주 숙였다.

"벼, 별말씀을 다하시오. 반신교와 필미부에는 낭신제갈을 비롯하여 천기도수사, 백부용, 구시사객, 현청사안, 거기에 십비를 지낸 광목기린, 백오랑, 선죽수 등 기라성 같은 분들이 즐비하거늘 이 몸이 어찌 감히 명함이나 내밀겠습니까?"

"겸손의 말씀이 과하십니다."

서로 사례하는데 언강호가 그들에게 손짓하며 말했다.

"자자, 이제 앉아서 차나 드십시다."

곧 차와 다과가 나왔다.

어여쁜 시비들이 내오는 것이 아니었다. 문 가까이 있는 사람들이 너나없이 나가더니 두세 개씩 들고 오는 것이었다. 그리고 앞에서부터 차례로 찻잔이 전달되었다. 오수와 궁백도 얼떨결에 그들을 따라 차와 과자를 옆 사람에게 날랐다.

모두들 웃고 떠들며 신나게 이야기를 늘어놓았다.

불공도, 언강호도 예외가 아니었다.

그가 아는 주요 고수들 중 곽불사, 피용화, 종조고 등 몇 명만 볼 수 없을 뿐이었다.

당황하기도 하고 얼떨떨하기도 한 오수는 기회를 엿보다가 간신히 이일이 나갔다 오는 틈을 타서 환도진경을 꺼내 주면서 며칠 내로 불사마인이 완성되어 차령마녀의 정기를 빨아들일 것이며, 그러면 곧장 삼존마신이 소환될 것이라는 사실을 말해주었다. 또한 삼황결공을 열 수 있는 마황건을 가지러 태천이 곽불사를 찾아올 것이라고 말하려는 순간 이일이 그의 말을 끊었다.

"실로 귀한 선물과 귀한 정보를 가져오셨군요. 정말 감사합니다. 앞으로 은마님께 많은 도움을 구해야겠습니다. 나중에 전략 회의가 따로 있으니 참석해 주시겠습니까?"

진심으로 하는 말인지 의심스러웠다.

자신의 무엇을 믿고 전략 회의에 참석하라는 말인가? 더구나 자신과 이일이 이렇게 중요한 이야기를 나누고 있음에도 여전히 사람들은 웃고 떠들고 있다는 사실이 잘 믿어지지 않았다.

태천이 곽불사를 찾아간 것은 밤이 깊었을 때였다.

그는 떨떠름한 심정이었다.

우신 전살마시를 무사히 빼낸 것은 큰 성과였다. 반면 전락생이 당초 계획과는 달리 임무를 완수하지 못하고 도리어 반신교의 무리들과 다시 한통속이 된 것은 전혀 예상치 못한 대실패였다.

원래 그는 자신이 나설 것도 없이 전락생만 독존으로 만들어 버리면 충분히 반신교를 손에 넣을 수 있을 것이라고 생각했다.

독선의 제자인 그를 독존으로 만들어놓으면 감성이 대단히 확대되어 장한징과 같은 갈망에 들뜰 것이고, 이후 자신과 손잡고 천하를 혼란 속으로 몰아넣을 것이라고 확신했던 것이다.

하지만 멀리서 지켜보는 그의 눈에 질질 짜는 전락생의 모습이 들어왔을 때는 자신이 헛것을 보나 싶었다.

충격을 가라앉히고 가만히 생각하니 그들 사이에 그토록 끈끈한 유대 관계가 있는 줄 몰랐던 것이 실책이었다. 확대된 감성이 오히려 그 유대 관계만 더욱 돈독하게 만들어준 셈이었다.

삼경의 고수 하나를 상납한 꼴이었지만 태천은 애써 천살마시 세 구를 얻었다는 사실을 위안으로 삼았다.

그리고 사실 피해는 거의 없었다.

자신이 직접 현음기독을 이용해 중독시키면 결과는 똑같지 않은가? 물론 조마의 죽음이나 심마가 떠난 사실 등은 안중에도 없었다. 전대 성주인 조마 안과강은 그에게 매우 중요한 존재였으나, 이미 영겁천뢰로에 관한 사항을 모두 알아냈기에 더 이상의 효용 가치는 없다고 할 수 있었다.

하지만 불행히도 그는 오수가 돌아선 사실을 모르고 있었다. 은마의 조심스러운 행동은 태천의 눈까지 피해갔던 것이다.

마음을 가라앉힌 그는 곽불사가 묵고 있는 조영각(鳥影閣)으로 향했다.

새가 날개를 펼친 형상의 그림자를 만들어내는 건물 안.

곽불사는 혼자 그 독한 염라주를 마시고 있었다.

'그래도 최소한 어머니에 대한 사랑은 진실인 줄 알았더니 단지 외조부님을 생각해 애틋하게 대했을 뿐이라고? 단지 편을 들었을 뿐이라고? 방서연이 오해한 것이라고?'

꿀꺽, 꿀꺽!

목이 타는 것 같았지만 그의 마음은 이미 재가 되어 있었다.

그나마 한가닥 남아 있던 아버지에 대한 기대와 설렘이 깨끗이 씻겨나갔다.

파르르.

촛불이 떨렸다.

술을 다시 따르려던 그의 눈에 누군가의 다리가 들어왔다.

시선이 올라갔다.

"큭큭큭."

곽불사의 입에서 비명과 같은 웃음소리가 흘러나왔다.

아주 어릴 적의 희미한 기억이지만 지울 수 없는 화인(火印)처럼 그의 모습이 되살아났다.

"불사야! 오랜만이로구나."

다정한 음성이었다.

그는 대꾸하지 않고 다시 한 잔을 들이켰다.

"너희 형이 먼저 세상을 떠난 것은 참으로 불행한 일이었다. 나는 더 이상 그런 불행을 용납지 않을 것이다."

"왜요? 형이란 작자가 죽었으니 언강호를 죽이고, 누이를 죽이고, 저마저 죽이고, 다 죽이시지요!"

어디서 용기가 났을까?

곽불사는 자라서 처음 보는 아버지에게 마구 대들었다.

남천검객 곽종악은 침착했다.

"네가 화가 나 있다는 사실을 잘 알고 있다. 너의 어미와 서연 사이의 일이나 불인과 불굴이 너희들을 몹시 미워하여 살수를 뻗쳤던 일 등이 가슴에 맺혀 있겠지."

이 말에 곽불사는 속으로 키득거렸다.

'그게 아닙니다, 그게 아니라구요. 당신은 지금도 잘못 알고 있군요. 큰 힘을 가지고서도 자식들을 죽음 속에 방치한 것은 살인보다 나쁜 짓입니다. 왜냐구요? 그것은 절망을 안겨주는 일이기 때문입니다.'

그가 속으로 중얼거리는 것은 아버지를 깨우쳐 주기 싫어서였다.

두고 보고 싶었다.

어디를 향하여 어떻게, 어디까지 가는지를 말이다.

"나에게 너희 모두 소중하기 그지없는 존재다. 이제 우리의 세상을 만들자꾸나."

'크크크, 우리의 세상이라구요? 당신의 세상이겠지요. 측정 미상의 능

력자가 된 당신이 얼마나 오래 살지는 보지 않아도 뻔한 사실, 왜 일존사
공보다 더 오래 살면서 자식들을 말려 죽이고 싶습니까? 크크크, 아직 저
에게 감성이 풍부하게 남아 있어 이렇게 분노할 수 있는 것이 참으로 다
행이군요. 그럴 수 없었더라면 미쳐 버렸을 테니까요.'

　말하는 아버지와 속으로 중얼거리는 아들의 대화는 전혀 접점을 찾지
못했다.

　"나중에 모든 것이 이루어지면 자연히 이 아비를 이해하게 될 것이다.
그전에라도 너와 장손가의 여식들, 그리고 요진과 언강호의 목숨을 해하
지는 않을 테니 조금도 걱정 말거라."

　"……."

　"긴말하지 않겠다. 두 가지만 부탁하마. 하나는 마황건을 찾아달라는
것이고, 또 하나는 내일 아침 음식을 할 물에 이것을 풀라는 것이다. 알
겠느냐?"

　태천은 한꺼번에 모두를 중독시키면 전락생도 손을 쓰지 못할 것이라
고 생각하고 있었다.

　"…그렇게 하지요."

　기꺼이 승낙하며 곽불사는 속으로 중얼거렸다.

　'이것으로 당신과 나의 인연은 끝입니다. 누이는 강호가 대천무를 이
룰까 봐 노심초사하고 있습니다. 하지만 저는 제 손으로 해치우고 싶은
심정이군요. 이제 당신은 나의 적일 뿐입니다.'

　예상외로 아들이 선선히 부탁을 승낙하자 곽종악은 현음기독에 규염
단까지 넘겨주며 조심하라고 당부하고는 조영각을 떠났다.

　그가 사라지고 일각 후, 스르르 곽불사의 뒤편 의자에서 누군가가 모
습을 드러냈다.

　"지나친 감정의 분출은 자신을 해칠 뿐이다. 마음을 가라앉히거라."

고개를 돌려 그를 본 곽불사는 일어서 머리를 숙이며 맞이했다.

"오셨군요?"

"태천의 말은 나도 들었다. 그의 말에 따르거라."

"마황건을 넘겨주어도 되겠습니까? 저는 가짜를 주려고 했습니다만."

좀 전과는 딴판이었다.

사실 그와 이 신비인이 만나기 시작한 것은 상당히 오래된 일이었다.

사람들은 곽불인과 곽불굴의 거듭되는 독수에서 곽불사가 살아남은 것이 십일호 녹수룡 고영상, 십이호 암혈사랑 주효목 등의 헌신적인 보호에 힘입은 것이라 알고 있지만, 사실은 그가 지켜주었기에 가능한 일이었다.

그는 오랜 세월을 곽불사의 곁에 있었다.

"영겁천뢰로를 여는 것은 매우 힘든 일이다. 만마성 제일의 금관(禁關)이란 칭호가 그냥 얻어질 수 있겠느냐? 마황건만 있다고 가능한 게 아니다. 이것을 열자면 팔마공인 천겁뢰와 만마제일공인 복천주에 정통해야 한다."

"성주인 전마 강운이 있지 않습니까?"

"그의 무공은 대단하지만 복천주에는 문제가 있다. 원래 복천주는 팔마의 수련기를 거치면서 팔마공인 천겁뢰를 일공(一功)부터 사공(四功)까지 꾸준히 익힌 뒤, 이를 통해 오공(五功)인 복천주로 넘어가야 완전한 만마제일공에 이를 수 있다. 하지만 너도 알다시피 강운은 만마평의회에서 선출된 팔마가 아니었다."

"……."

"그의 복천주는 사실 껍데기나 다를 바 없는 것이다. 이 때문에 나는 그에게 천겁뢰의 구결을 몰래 가져다주면서 오랜 세월 기초부터 다시 익히게 했지만, 그 위인의 성격이 단순하고 화급해 잘되지가 않았다. 더구나 그는 어릴 적부터 만마제삼공인 합뢰삼마도(合雷三魔刀)를 익혀 지금은 십이성을 넘어선 상태다. 이로 인해 엄청난 강자가 되었지만 합뢰삼마도의 틀 속에 갇히는 결과가 되고 말았다. 완전한 복천주에는 그 틀을 뛰어넘는 무엇인가가 있는데, 강운의 평생에 이를 깨우치기는 아마 힘들 것이다."

"……."

"나는 다른 방법을 강구했다. 그래서 존마 고귀향을 제압하여 섭백나부대법으로 복천주의 비밀을 알아내려고 했지만 그의 마성(魔性)이 워낙 강하여 실패했다. 멸천이마종의 제자인 고귀향은 비도의 무공인 지옥멸겁광과 암흑팔마해를 익혔을 뿐만 아니라 만마제일공인 복천주부터 만마제십공인 청동마혼장(靑銅魔魂掌)까지 만마십공(萬魔十功) 전반에 두루 정통한 마도무공의 일대 종사였지. 특히 만마제이공인 만겁마경에서는 전무후무한 성취를 이룬 사람이었다. 나조차도 그를 제압하는 것이 쉽지 않은 일이었다."

"……."

"그러니 그에게 섭백나부대법이 통할 리 있겠느냐? 이 때문에 가사 상태에 빠뜨려 칠대마독의 하나인 산정마환으로 조금씩 정신을 허문 뒤 다시 섭백나부대법을 쓸려고 했던 것인데, 한순간의 방심으로 태천이 마장고에서 탈취해 가고 말았다."

그는 잠시 말을 끊었다.

표정은 변화가 없었지만 그의 가슴속에는 여러 가지 생각이 떠올라 있었다. 사실은 그 자신도 강운과 똑같은 고민을 안고 있었던 것이다.

그는 들보 없이 허공에 떠 있는 누각마냥 불안정한 상태였다.

이성과 감성, 두 방면의 무공 전반에 대한 이해가 절실히 필요했다.

이는 영겁천뢰로보다 더욱 절박한 문제였다.

그래서 존마 고귀향뿐만 아니라 검공 곽포라, 현공 위위홍까지 몰래 제압하여 섭백나부대법으로 그들이 쌓은 무공에 대한 지식을 알아내고자 했으나 실패하고 말았던 것이다.

섭백나부대법에는 한계가 있었다.

단순히 이것저것 묻고 아는 것을 실토하게 할 수는 있지만, 일단 대법을 시행하게 되면 사고 능력이 차단되어 사부가 제자에게 무공을 가르치듯 일목요연하고 논리정연하게 광범위한 무도(武道)의 전반적 진리를 알려주는 것은 불가능한 일이었다.

정파와 사마외도를 통틀어 무학에 관한한 최고의 대종사를 꼽자면, 당연히 무성자와 멸천이마종이라고 할 수 있다.

무성자의 무학들은 통륜방에 전해졌고, 멸천이마종의 무공들은 존마 고귀향이 계승했다.

그는 이 두 가지를 노렸지만 쉽지가 않았다.

그래서 스스로 검공 곽포라로 변신하고 통륜방에서 무성십도를 수집했다.

여덟 가지를 얻는 것은 어렵지 않은 일이었다. 그러나 가장 중요한 두 가지 검성도와 도화도만은 좀처럼 얻을 수가 없었다. 수많은 사람들을 돈으로 사서 염부주에 밀어 넣었지만 실패했다. 아무도 검성도와 도화도를 보지 못하고 나왔다.

오랜 시간이 흐른 뒤 그는 통륜십육공의 하나인 연검류의 무절구곡에 검성도, 도화도와 비슷한, 칠대검도류를 포괄하는 무(武)의 세계가 숨겨져 있음을 알았다. 하지만 강운처럼 이미 자신이 익힌 무공의 틀 속에 갇힌 그가 처음부터 다시 무절구곡을 수련하여 이를 깨우친다는 것은 생각하기 힘든 일이었다.

그러던 중 집비향주인 남천검객 곽종악이 신존대법이란 것을 만들어

아들들에게 펼치는 것을 보았다. 그는 상당한 기대를 걸었다. 놀랍게도 신존대법은 무공의 수련에 대한 인간의 능력을 극대화하고 단주(丹珠)의 흡수를 가능하게 할 여지까지 있었던 것이다.

이 때문에 그는 통륜방에서 곽종악이 무슨 일을 하든 묵인했으며, 곽불인과 곽불사에게도 장차 방주 자리를 물려줄 것이라고 희망을 심어주면서 무절구곡의 수련을 권장했다. 하지만 신존대법으로 태어난 그들도 끝내 무절구곡에 숨겨진 비밀을 보지 못했다.

그는 실망스러웠지만 붕천정의 단주를 흡수하길 기다렸다. 사실 탈각한 자의 단주는 사람의 능력으로는 찾아내기 어렵다. 왕조욱이 붕천정에서 단주를 찾을 수 있었던 것은 그가 도와주었기에 가능한 일이었다.

그러나 사람들이 알고 있는 것처럼 붕천정에는 다섯 개의 단주가 있는 것이 아니었다. 세 개뿐이었다. 암흑도마종의 단주는 지금 그의 몸속에 있었다. 예전에 만마의 무공을 빨리 알아야겠다는 조급한 마음에, 단주를 복용하면 되지 않을까 하는 막연한 생각으로 덥석 암흑도마종의 단주를 삼켰던 것이다.

한데 이 단주가 말썽이었다. 별별 방법을 다 써봤지만 탈인간에 이른 그의 능력으로도 단주를 녹일 수 없었다. 오히려 단주가 혈맥을 따라 돌다가 백회혈(百會穴)에 걸려 꼼짝하지 않았다. 아무리 그가 탈인간의 능력자라고는 하지만 백회혈을 잘못 건드렸다가는 끝장날 가능성이 높았다.

이러지도 저러지도 못하던 그는 신존대법의 비밀을 알아내 녹일 생각을 해보았으나, 그것은 어머니 뱃속에 있을 때 펼치지 않으면 효능이 없었다. 결국 그는 무성자와 만마의 무공을 완전히 알아냄으로써 기초가 없는 자신을 완벽하게 만들어 단주가 스스로 사라지도록 하는 정공법을 택할 수밖에 없었다.

곽불인 형제가 신존대법으로 단주를 흡수하고 나면 무성자가 남긴 검성도와 도화도, 혹은 무절구곡의 비밀을 알아낼지도 모른다는 생각에 그는 모자라는 두 개의 단주를 채워놓기로 했다.

물론 단주는 흔한 것이 아니었다.

인간 중에는 무성자, 지옥검마종 등을 제외하면 탈각한 자가 없었지만, 다행히 그는 고대의 기록에서 오천 년 전 악목대전 당시 살아남은 반신인 거발환(居發桓)과 다의발(多儀發)이 동방의 지이산(地異山)으로 가서 오랫동안 수도한 끝에 탈각하여 선계로 갔다는 사실을 알아냈다.

두 개의 단주는 이렇게 채워졌고, 그의 은밀한 도움으로 왕조욱이 붕천정에서 다섯 개의 단주를 찾아 곽불인에게 건네주었다.

어쨌든 곽불인 형제는 신존대법을 완성해 뜻을 같이하는 육천과 함께 난주를 흡수했지만 끝끝내 무절구곡이나 검성도, 도화도의 비밀을 보지는 못했다.

그들이 무화경에 올라 자신을 제거하려고 통류방의 정전으로 달려왔을 때 조금만 더 지켜보자는 심정으로 죽음을 가장해 모습을 감추었다. 하나 두 형제는 곧장 만마성으로 향했고, 태천의 그늘에 숨어 나오지 않았다. 이후에는 더 이상 기회가 없었다.

하지만 그는 전적으로 곽불인 형제에게 희망을 걸었던 것은 아니었다. 그들이 신존대법으로 성장해 가는 중에도 여전히 사람들을 사서 염부주에 밀어 넣었고, 그러던 중 장천문의 언강호가 모습을 드러냈다.

당시 그는 전율 비슷한 감흥을 느꼈다.

그는 언강호에게 큰 기대를 걸었고, 열 번째 혈사행으로 검성도와 도화도를 똑같이 그려서 오라는 임무를 내렸다.

과연 오랜 염원이 이루어져 며칠 전 언강호가 직접 펼치는 완전한 검성도와 도화도를 보았으며, 곽불사를 통해 그림을 전달받아 그 이치를 환히 알 수 있었다.

이로써 그의 이성적인 부분은 완전해지게 되었다.

멸천이마종의 무공에서도 상당한 성과가 있었다.

사람들은 그들이 처음으로 선보인 비도의 무공만 기억하고 있으나 사실 두 사람은 만마의 모든 무공을 정리하고 재창조한 사마외도의 절대종사라고 할 수 있다. 그에게 비도의 무공은 의미가 없었다. 무성자와 멸천이마종이 남긴 비도의 구결을 연구한 결과, 자신이 완전해지는 데 도움이 되지 않는다는 결론을 내렸던 것이다.

어쨌거나 만마의 무공이 오늘날과 같이 만마제일공으로부터 만마제삼백육십공까지의 체계를 갖춘 것은 멸천이마종이 중원으로 원정을 떠나기 직전의 일이었다.

만마삼백육십공 가운데 그가 필요한 것은 최상위의 만마십공이었다. 그는 지금까지 일곱 가지를 얻었다. 단순히 구결을 얻는 것이 아니라 완전한 이해 속에 그 너머의 세계까지 들여다보게 된 것이다. 이는 평생을 통한 수련으로만 가능한 일이며, 가장 자상한 사부가 혼신의 힘을 다해 제자를 가르칠 때만 전해줄 수 있는 깨달음이었다.

성주인 전마 강운을 통해서는 만마제삼공인 합뢰삼마도 너머의 세계를 전해 받았고, 전대 대법판이자 전대 삼마인 소마 홍천을 통해서는 만마제사공 척광팔마궁(擲光八魔弓)을, 대교령 겸 군사이며 사마(四魔)인 번뇌마 이순을 통해서는 만마제오공 통령마극팔람(統靈魔戟八覽)을, 대압첩이자 오마인 환마 태오돈을 통해서는 만마제육공 연마구검형(練魔九劍形)을, 마형단주이자 십마인 석마 오준을 통해서는 만마제십공 암극광전(暗極光電)을, 마환단주이자 십일마인 잔마 하용을 통해서는 만마제구공 사륜구마결(死輪九魔訣)을, 마영단주이자 십이마인 동마 한기를 통해서는 만마제칠공 혼천마극수(混天魔極手)를 전해 받았다.

그가 만마성으로 와서 강운 등을 포섭해 정통파를 형성하면서 가장 중점을 둔 것이 바로 각자의 무공을 최고의 경지까지 끌어올리도록 한 것이었다.

원래 만마의 무공은 자신의 서열까지만 수련할 수 있었다.

즉 백마는 만마제백공까지만, 구마는 만마제구공까지만 익힐 수 있다. 자연히 거의 모든 마인들은 자신의 서열과 동일한 마공을 익혔다. 그러나 나이가 들어서 새로운 무공에 입문한다는 것은 쉬운 일이 아니었다. 이 때문에 원래 자신이 익혔던 입문 구결과 동일한 무공을 선택해 계속 수련하는 경우도 많았다. 복천주와 만겁마경을 제외한 모든 마공의 입문 구결은 개방되어 있었다.

특히 만마제이공인 만겁마경은 서열 이위인 대장로 이마(二魔)가 익혀야 하지만 복천주 못지않게 까다로워 따로 입문 구결을 만들 수 없을 정도였다. 오로지 멸천이마종과 존마 고귀향만이 만겁마경을 수련해 경지에 올랐고, 다른 사람들은 설령 시도는 하더라도 수박 겉 핥기에 끝나는 경우가 대부분이었다. 때문에 전대 대장로였던 심마 구환은 아예 만마제십일공인 분심마수를 익혔고, 현재 대장로인 도마 관정은 만마십사마공인 벽지삼마부(闢地三魔斧)를 수련했다.

전대 삼마인 소마 홍천이 만마제사공을 익히고, 사마가 오공을 익힌 사실에서 볼 수 있듯이, 이런 이유에서 서열과 무공 순위의 불일치가 발생하고 있었다.

반면 십일마인 잔마 하용이 구공을 익히고, 십이마인 동마 한기가 혼천마극수를 익힌 것은 정통파의 수뇌부 몇 명만 아는 비밀로, 그가 몰래 수련하도록 구결을 알려준 것이었다. 하용과 한기는 원래 어려서부터 구공과 칠공의 입문 구결을 익혔기에 그의 목적에 안성맞춤이었다.

하지만 서열보다 높은 무공을 익혔다는 사실이 알려지면 만마성에 큰

파란이 일 것이기에 철저히 비밀을 지키고 있었다.

남은 것은 세 가지였다.

일마공인 복천주와 이마공인 만겁마경, 그리고 팔마공인 천겁뢰였다. 이 세 가지는 그에게 큰 숙제였다. 복천주와 천겁뢰는 사실상 하나로 연결된 무공이다. 따라서 천겁뢰부터 꾸준히 수련해 사공(四功)을 넘어 오공(五功)으로 나아가고, 다시 복천주마저 넘어설 정도가 되어야 그의 기대를 충족시킬 수 있다. 그러자면 팔마로 지명받아 수련기를 거친 후 정상적으로 성주가 되어야 하는데, 현재는 그런 사람이 없었다.

환마 태오돈이 수집한 정보에 의하면 강경파의 전대 성주 조마 안과강이 몇십 년에 걸쳐 영겁천뢰로와 복천주를 비교 연구하여 마황건을 여는 곳까지 겨우 들어갈 수 있는 방법을 알아냈다는 말이 있었다. 그것도 태천보다 훨씬 더 강한 능력자일 경우에만 가능한 일이라는 것이었다. 강경파에 마족이 있다는 말이 있는데, 그들이라면 아마 가능하리라.

하지만 강경파로부터 그 방법을 알아낸다고 해도 자신의 능력으로 할 수 있을지 의문이었다. 그래서 천겁뢰와 복천주가 더욱 절실했다.

그런 그에게 한줄기 서광이 비치고 있었다.

바로 령마 양조와 범마 등호가 스스로의 힘으로 사공을 넘어 오공에 접어든 것이다.

그는 이미 양조를 이용할 계획을 세워두었다.

그리고 남은 한 가지 만겁마경은 태천이 곽포라, 위위홍과 함께 빼앗아간 고귀향을 찾아오는 수밖에 없었다. 일전에 이마부를 급습했지만 존마는 보이지 않았다. 산정마환을 조금만 더 투여하면 섭백나부대법을 쓸 수 있을 만큼 정신이 약화될 터였다.

마침 태천이 곽불사를 찾아왔으니 이를 잘 이용하면 해결의 실마리가 보일 것도 같았다.

시간이 없었다.

이 모든 것을 최대한 빨리 해결해야 하는 것이다.

거기에 반드시 구해야 할 것이 하나 더 있었다.

그의 생각과 침묵이 길어지자 곽불사는 그사이 염라주를 석 잔이나 마셨다.

과연 독한 술이었다.

속이 뒤집어지는 느낌이었다.

곽불사는 아버지에 대한 분노로 이를 갈며 취기를 달랬다.

이윽고 그가 다시 입을 열었다.

"이런, 생각이 길었구나. 어쨌든 마황건은 그에게 주거라. 복천주와 천겁뢰가 잘 해결되고, 마황건으로 영겁천뢰로의 마지막 관문을 통과한다고 하디라도 실세 삼황결공을 얼려면 실로 엄청난 힘이 필요하다. 지금으로서는 마족들이 먼저 손을 쓰기를 기다렸다가 그들이 지쳤을 때 기회를 노리는 수밖에 없다. 사실 내가 강경파를 두고 본 것도 그들이 삼황결공을 찾아내고 영겁천뢰로를 통과해 마계의 문을 여는 순간을 기다리고 있었기 때문이다."

"과연, 선계의 문을 열 수 있겠습니까?"

"사실은 그것도 문제다. 그 방법은 환도진경에 수록되어 있는데 아직 구귀자의 행방을 아직 알아내지 못했으니……."

"아! 그거라면 제가 압니다. 오늘 마침 불공이 청룡의 유허에서 돌아왔는데, 그의 말에 따르면 구귀자는 바로 청룡 후예씨의 아들로 반신인이라고 합니다."

"그게 정말이냐?"

"그렇습니다."

"이런 행운이 다 있다니! 아니지. 태천이 청룡의 힘을 이은 것을 나는 알고 있다. 그렇다면 결국 그자가 가지고 있다는 뜻이 아니냐?"

"확실한 것은 저도 모르겠습니다. 불공도 환도진경의 행방에 대해서는 구체적으로 말하지 않았으니까요."

"그럼 석두타에게 물어보고 알고 있으면 네가 빼내도록 하고, 모르거든 태천에게 마황건을 넘겨주면서 바꾸도록 해라."

"알겠습니다."

"아니다. 마황건은 존마 고귀향과 바꾸어야 하는데……."

"두 가지 다 달라고 하지요."

"태천은 그렇게 녹록한 사람이 아니다. 그건 너만 보아도 알 수 있는 일이 아니냐?"

이 말에 곽불사는 쓴웃음을 지었다.

"일단은 환도진경의 행방을 알아내고 난 뒤에 의논하도록 하자꾸나. 참, 령마가 며칠 사라질 것이니 너는 모른 척하거라. 그리고 태천의 말대로 현음기독을 푸는 것이 좋겠다. 반신교와 팔마부에 혼란이 일면 그만큼 우리에게 신경을 쓰지 못하게 될 테니……."

"알겠습니다. 그러나 환마에 대한 경계를 잊지 마십시오."

"네가 일전에 일러주어서 잘 대처하고 있으니 걱정 말거라. 이번 일만 끝나면 누구도 다시는 환마를 볼 수 없을 것이다."

낮고 강렬한 목소리로 중얼거리듯이 말한 그는 나타날 때처럼 스르르 자리에서 사라져 갔다.

고개를 숙이고 그를 전송하던 곽불사는 염라주 한 잔을 더 마신 뒤 방을 나섰다.

어느새 새벽이었다.

정전의 회의실에는 이일 혼자 앉아 몇 가지 정보를 정리하고 있었다.

올라오는 염라주의 지독한 주기(酒氣)를 꿀꺽 삼킨 곽불사가 물었다. 불공과 이일의 거처로 갔다가 인기척이 없어 이곳으로 온 것이었다.

"늦게까지 안 자고 뭐 하고 있었나?"

"아, 곽 방주님, 어서 오십시오."

"여전히 고생이 많군. 하지만 몸도 생각해야지."

"안 그래도 자러 갈려던 참입니다."

"한데 불공님은 어디 가셨나? 거처에는 안 계시더군."

"글쎄요. 아까 전 계주, 저 교두와 함께 나가셨는데 자성대(紫星臺)에 안 계시면 염라주를 마시러 탄금정(彈琴亭)으로 가셨는지도 모르겠군요."

자성대는 원래 황마의 거처였다가 넘마에게 넘겼으나 오늘부로 다시 석두타에게 넘긴 상태였다.

정운소축과 함께 가장 아름다운 탄금정은 저일민의 차지였다. 모두들 산적 두목 할애비 같은 그가 탄금정을 차지하는 데 반대했지만, 경치가 가장 아름다운 곳에서 술을 담아야 최고의 염라주가 만들어진다며 부득부득 우겨 반강제로 들어앉은 것이었다.

"음, 그럼 탄금정으로 가봐야겠군."

"한데 무슨 일이십니까?"

곽불사는 잠시 망설였지만 불공에게 이일이 따로 들었을지도 모른다는 생각에 말해주었다. 더구나 그는 결코 자신을 의심하지 않을 터였다.

"사실은 환도진경의 행방을 물어보려고 그러는 것이네."

"네? 환도진경이라면 오늘 은마 오수가 저희 쪽으로 전향하면서 태천의 거처에서 가져와 저에게 주었습니다만."

"그게 정말인가?"

“그렇습니다. 해서 일단은 교주님께 맡겨놨습니다.”

“정말 잘된 일이군. 그럼 난 이만 가보겠네.”

이일은 새벽같이 찾아와 환도진경의 행방을 묻는 그를 착잡한 눈빛으로 바라보다가 곧 다시 자신의 일에 신경을 쏟기 시작했다.

언강호는 정운소축으로 갔다고 했다.

혹시나 싶어 찾아갔지만 연옥귀와 잠자리에 들었다는 말에 곽불사는 쓴웃음을 지으며 돌아섰다. 그는 아침까지 자지 않고 자신의 거처에 앉아 운기조식을 하다가 해가 뜨기 무섭게 달려갔다.

간만에 단잠을 자고 있던 언강호는 곽불사가 찾아왔다는 말에 투덜거리는 연옥귀를 달래며 허둥지둥 옷을 차려입고 거실로 나갔다.

그는 매우 초췌한 얼굴이었다.

하긴 밤을 샌 데다가 태천이 찾아와 마음의 격동이 심했고, 염라주까지 마구 들이켰으니 당연한 일이었다.

곽불사는 의례적인 인사말도 없이 용건을 꺼냈다.

“예전 염부주에서의 약속 기억하나?”

“물론이오. 공심이 자매를 데리고 나가는 대신 언젠가는 한 가지 부탁을 들어달라고 하지 않았소?”

“그렇네. 지금 그 부탁을 하려고 왔네.”

“무엇이든 말만하시오.”

“환도진경을 나에게 주게.”

“……”

언강호는 잠시 침묵했지만 끝내 이유를 묻지는 않았다.

연옥귀가 자고 있는 방으로 들어가 어젯밤에 잠시 보다가 탁자 서랍에 넣어둔 환도진경을 꺼내와 그에게 건네주면서 말했다.

“내가 들어줄 수 있는 부탁이어서 다행이오.”

“고… 맙… 네.”

약간 떨리는 음성으로 말한 곽불사는 곧 몸을 들려 밖으로 나갔다.

그는 곧장 팔마부 전체의 주방인 조왕관(竈王館)으로 향했다.

막 하인들이 아침 식사를 만들기 위해 하나둘 모이는 중이었다.

그는 재빨리 거대한 수통이 있는 곳으로 달려가 현음기독을 던져 넣고 담을 넘어 사라졌다.

한 시진 후 각 건물로 음식이 배달되고 식사가 시작되었다. 주요 고수들은 정전의 회의실에 모여 함께 음식을 먹었다. 그러나 불공과 저일민, 전락생, 검령, 도령, 하독승, 고황, 옹확 등은 보이지 않았다. 어젯밤에 염라주를 얼마나 퍼마셨는지 전부 뻗어버린 것이었다.

사람들은 오늘따라 음식이 왜 이렇게 시냐고 투덜거리면서 식사를 마쳤다.

◈ 第百二十六章 ◈ 장천문의 청도제일공

한편 곽불사의 방에서 나온 그는 곧장 령마의 거처로 향했다.

바람처럼 스며들어 침상으로 다가가는데 양조가 번쩍 눈을 뜨는 것이었다.

"누구……."

여기까지였다.

옆방에서는 효마와 념마, 황마 등이 자고 있었으나 누구도 눈치 채지 못했다.

그는 곧장 대마부로 향했다.

정전의 회의실에는 깊은 밤임에도 성주를 비롯한 주요 요인들이 모두 모여 있었다.

전마 강운이 그들을 대표해 인사를 건넸다.

"어서 오십시오, 태선!"

만마성 성주의 인사를 간단히 고개를 끄덕이는 정도로 받는 사람, 그는 바로 태선이었던 것이다.

그는 십일마인 잔마 하용에게 전음으로 물었다.

"환마는 잘 감시하고 있었겠지?"

"두 시진 전부터 그는 누구도 만나지 못했으며, 어떤 비밀 신호도 남기지 못했습니다."

그의 얼굴을 처음 보는 홍천, 태오돈, 오준 등의 안색에는 놀라움이 가득했다. 태선은 은은한 기세를 뿜어 그들에게 자신의 능력이 어느 정도인지 살짝 드러내 보였다.

감히 저항할 엄두조차 나지 않는 그의 능력 앞에 홍천 등은 완전히 승복하는 모습이었다.

이마부를 기습할 때 동행한 한기, 유기 등으로부터 태선의 능력이 어느 정도인지 들었을 때는 허풍이 너무 심하다고 생각했지만 막상 대하고 보니 그들의 말은 전혀 거짓이 아니었던 것이다. 물론 홍천 등은 자신들이 각자의 마공을 완성 그 이상의 경지까지 이루도록 오랜 세월 동안 물심양면으로 지원을 아끼지 않은 태선에게 큰 고마움을 느끼고 있었다.

이때 지하 밀실의 입구가 갈라지며 무진 선사가 나왔다.

그는 태선이 특별히 금강숙의 도하원을 몰래 찾아가 여러 번 설득한 끝에 데리고 온 사람이었다.

무진은 태선이 건네주는 령마를 받아 먼저 지하로 내려갔다.

"모두 들어갑시다."

태오돈은 가슴이 설레는 느낌이었다.

마침내 정통파의 실상에 접근하게 된 것이다. 곧 아버지나 다름없는 황마에게 체면을 세울 수 있을 것 같았다. 하지만 그는 이것이 마지막 길임을 알지 못했다.

지하에는 뿌연 안개 속에 쌓인 신비한 형상의 두 사람이 서 있었다. 태오돈은 그들이 바로 태선과 함께 이마부를 급습하여 차령마녀와 마족들을 제거한 신비인이라는 사실을 알 수 있었다.

'저들은 정말 선계에서 온 자들일까? 하지만 태선보다 더 능력이 뛰어난 것 같지는 않은데?'

느낌이었지만 왠지 그런 생각이 들었다.

그의 생각은 곧 확인되었다.

태선이 신비인들을 보고 아랫사람 대하듯이 말했던 것이다.

"고타(古陀), 대환(大桓)! 준비는 끝났는가?"

"그렇소."

"걱정 말고 시작하시오."

자신만만한 음성에 태선은 흡족한 표정으로 두 사람을 쳐다보았다. 이들은 동방의 지이산으로 두 반신인의 단주를 찾으러 갔다가 만났다. 옛부터 동방에는 인물이 많아 거발환과 다의발은 인간 중에서 자신들의 능력을 물려줄 인재를 찾아낼 수 있었던 것이다. 그들의 대는 꾸준히 이어져 내려왔다. 고타와 대환은 국선도량(國仙道場)의 시조인 거발환과 다의발을 사모하여 선계를 열겠다는 태선의 뜻에 적극 동조하며 중원으로 따라나선 것이었다.

두 개의 큰 향로에서 심신을 맑게 하는 선향이 밀실 가득 퍼져 나갔다. 향기가 안개처럼 자욱해졌을 무렵 태선이 명령했다.

"성주는 몽환집혼대법(夢幻集魂大法)을 펼치시오."

강운이 앞으로 나서자 태선이 령마의 혼혈을 풀었다.

양조가 눈을 번쩍 뜨는 순간, 강운의 눈에서 괴이한 보라색 광채가 흘러나왔다.

만마성의 몽환집혼대법!

섭백나부대법이 시술자가 피시술자의 정신을 장악하는 것이라면, 몽환집혼대법은 피시술자로 하여금 시술자가 지시한 한 가지 일에만 정신을 집중하도록 하는 것이다. 이때 피시술자는 현실에서 벌어지는 일을 꿈속에서 경험하는 것처럼 느낀다. 그래야만 정신의 집중도가 더 높아지는 것이다.

다시 태선이 고타와 대환을 보고 명령했다.

"감리통도(坎離通道)를 펼치게!"

그러자 두 사람이 여전히 뿌연 안개에 싸인 채 각기 양조의 천령개와 용천혈을 움켜쥐는 것이었다.

태선이 말한 감리통도는 국선도량의 신비한 능력으로 반신인 거발환과 다의발의 능력은 이로 인해 전해질 수 있었다. 천령개와 용천혈을 통해 인공적으로 천기와 지기를 소통시켜 줌으로써 잠시지만 일월합벽을 이루어 천인합일(天人合一)의 경지에 이른 것처럼 정신적, 영적 능력을 극대화시켜 주는 것이다.

모든 준비가 끝난 것을 본 태선이 다시 성주를 보고 말했다.

"이제 그에게 성주의 평생이나 다름없는 합뢰삼마도의 진경을 보여주시오."

강운은 잠시 만감이 교차하는 표정을 짓더니 곧 도를 꺼내 만마제삼공인 합뢰삼마도를 펼쳐 보였다.

우르릉~!

허공이 무너져 내리는 듯했다.

이순 등은 입을 쩍 벌렸다.

과연 그는 전마(戰魔)라는 별호 그대로 엄청난 무공의 소유자였던 것이다.

그들은 태선의 명령에 따라 차례로 자신의 무공을 선보였다.

홍천은 척광팔마궁을, 이순은 통령마극팔람을, 태오돈은 연마구검형을, 오준은 암극광전을, 하용은 사륜구마결을, 한기는 혼천마극수를 펼쳐 보였다.

혼천마극수의 시전이 끝나자 고타와 대환은 재빨리 손을 떼고 물러났다.

그러자 이번에는 태선이 양손의 검지손가락을 세워 양조의 머리 이곳저곳을 무수히 찔러가는 것이었다. 이것은 좀 더 직접적으로 정신적 능력을 극대화시키는 영규틈천수(靈窺闖穿手)였다.

잠시 후 그가 손을 떼고 물러나자 갑자기 양조가 벌떡 일어나더니 손가락을 뻗어 지경을 일으키는 것이었다.

한 가닥, 열 가닥, 백 가닥…….

이옥고 천집되 사공의 증거인 천 가닥의 지경이 흘러나왔다.

태선은 크게 긴장하여 최대한 정신을 집중하고 양조의 움직임을 주시했다.

과연 그는 기대를 저버리지 않았다.

잠시 머뭇거리던 양조의 손가락에서 눈부신 태양광선처럼 무수한 지경이 뻗어 나오는가 싶더니 곧 그것은 한 가닥으로 모여들어 거대한 지경을 이뤘다.

앞으로 쭉 뻗어 나간 그 지경은 석벽을 두부처럼 뚫고 강운 등의 시선이 미치지 못할 정도로 깊숙이 들어가 버렸다.

흥분되고도 놀라운 광경이었다.

진정한 복천주가 실로 오랜만에 모습을 드러내는 순간이었다.

한순간에 힘을 너무 썼기 때문인지 지경이 사라지자 양조는 그 자리에 털썩 주저앉았다.

그러자 무진이 그를 향해 기이한 주문을 외며 십여 개의 혈도를 짚었다. 이는 금강숙의 보리파의(菩提播意)라는 것으로, 깨달음을 타인에게 일목요연하게 전할 수 있도록 정리하고 도와주는 반야의 능력이었다.

그가 물러나자 다시 이순이 단숨에 백팔 개의 혈도를 짚었다.

번뇌라마라고 불리는 그는 두 가지 대법을 동시에 펼쳤다.

하나는 눈에 보이는 사물을 시술자가 지정하는 물체로 받아들이게 하는 미안대법(迷眼大法)이었고, 또 하나는 시술자의 생각을 자신의 생각으로 받아들이게 하는 응신대법(應神大法)이었다.

태선이 양조의 앞에 서자 이순이 말했다.

"이 사람은 언강호다. 나는 그에게 천겁뢰와 복천주의 깨달음을 전하고 싶다."

"이 사람은 언강호다. 나는 그에게 천겁뢰와 복천주의 깨달음을 전하고 싶다."

양조는 이순과 똑같은 말을 하더니 천천히 입을 열어 천겁뢰 일공부터 설명하기 시작하는 것이었다.

억지로 전락생에게 끌려와 함께 염라주를 퍼마신 비마 웅확은 속이 쓰려 죽을 것 같았다. 자다가 일어나 구토를 한 그는 참을 수가 없어 머리를 굴리다가 팔마촌 동쪽에 있는 용승곡(湧昇谷)의 온천을 기억해 냈다. 그곳에 몸을 담그고 땀을 빼면 좀 나을지도 모를 일이었다. 혼자 가려던 그의 눈길이 문득 고황에게 가 닿았다.

자신과 같이 보신경의 길을 걸어온 자.

더구나 양팔을 잃고 하독승과 일심동체, 이인 일조로 살아가는 그 역시 저일민에게 끌려와 억지로 염라주를 마시고 널브러져 있었다.

고황을 데려가기 위해 깨우니 자연히 하독승이 일어났고, 투덜거리는 그의 소리에 불공이 눈을 떴다.

　이렇게 하여 그들은 모두 용승곡의 온천으로 숙취를 해소하기 위해 떠났다.

　오늘따라 음식이 시다고 투덜거리면서 아침 식사를 끝낸 팔마부의 남자들이 중독된 것을 알았을 때는 모두 진기가 사라진 다음이었다.

　유일하게 언강호만 중독 증상을 일으키지 않았다.

　그의 몸에는 아예 악기를 지닌 이물이 침투할 수가 없었던 것이다.

　놀란 언강호는 정운소축으로 달려가 백화심 등에게 이 사실을 알리고 치료를 부탁했다. 백화심과 교요군, 독란영이 달려와 중독 증상을 살폈지만 그들의 의술로는 해독할 수가 없었다. 할 수 없이 벽독단으로 해독해야겠다는 생각이 들어 상자를 가져와 열었지만 숫자가 사분의 일에도 미치지 못했다. 더구나 벽독단은 나원에도 몇 개 남지 않아 이번에 몽땅 써버리는 것두 큰 문제였디.

　이때서야 언강호는 전락생을 생각해 내고 자성대로 갔지만 아무도 보이지 않았다. 아침부터 대사형 양조가 보이지 않아 심란한 참이었는데 전락생과 그 일당까지 몽땅 사라지고 없으니 큰 걱정이 아닐 수 없었다.

　회의실로 돌아와 이일에게 방도를 물었다.

　지금으로서는 장운과 여려화에게 희망을 걸 수밖에 없다는 것이었다.

　곧 우래원에서 전락생 대신 고생하고 있던 두 사람이 달려왔다. 그들은 다행히 중독이 되지 않은 상태였다. 여려화는 독성일 뿐만 아니라 여자라서 당연히 중독이 되지 않았고, 장운은 하인이 가져다준 음식을 무심코 먹고 중독이 되었지만 여려화가 전력을 다해 만독흡성공으로 독을 빨아들인 덕분에 해독될 수 있었다.

　이야기를 들은 언강호와 이일은 안색이 흐려졌다.

　여려화의 능력으로도 반 시진에 한 사람을 해독시킬 수 있을 뿐이라

니, 언강호가 혼돈의 기운으로 악기를 몰아내는 속도와 비슷했던 것이
다. 하지만 지금 팔마부의 전력은 언강호와 여려화, 연옥귀를 비롯한 여
인들뿐이었다. 이런 상태에서 언강호와 여려화가 중독을 풀기 위해 힘을
쓰다가 지쳐 있을 때 적이 들이닥친다면 속수무책일 터였다.

이러지도 저러지도 못하게 된 것이었다.

육마부에서 온 오수와 궁백도 전락생이 독을 풀기로 했다는 사실밖에
모르고 있었다. 하지만 정황으로 보아 전락생이 독을 쓴 것 같지는 않았
다.

언강호는 이일을 진정시켰다.

그리고 우선 팔마부를 샅샅이 조사하게 했다.

다행히 여인들의 숫자가 상당하고, 남자들도 보통 사람 정도로 움직이
는 것은 가능했다.

곧 천살마시가 없어진 사실과 양조, 불공 등이 실종된 사실이 공식적
으로 확인되었다.

언강호는 이일에게 일을 하나씩 풀어가자고 말했다.

우선 급한 것은 범인을 잡는 일이었다. 정황들이 속속 드러나고 목격
자도 생겨났다. 하지만 언강호와 이일은 범인의 이름을 입 밖으로 꺼내
지 못했다.

곽불사는 마음이 괴로웠다.

특히 자신과 동고동락한 신통륜방의 수하들과 처가인 장손세가의 식
구들까지 한꺼번에 중독된 것이 무엇보다 가슴 아팠다. 곽불사는 결코
그들이 다치지 않도록 할 것이라고 다짐했다. 그는 태선을 믿고 있었다.

모두들 정신없이 왔다 갔다 하고 있었다.

그는 천천히 정전 뒤편 양조의 거처로 걸음을 옮겼다. 황마 등도 모두

중독이 되어 있었다. 과연 독의 위력은 대단했다.

일단 그는 단번에 효마와 넘마, 황마의 혼혈을 짚어 정신을 잃게 했다. 내공을 상실한 그들을 제압하는 것은 식은 죽 먹기였다. 그리고는 효마의 몸과 방을 샅샅이 뒤졌다. 하지만 원하는 것은 나오지 않았다. 몇 번씩이나 뒤졌지만 허사였다.

잠시 멈춘 곽불사는 곰곰이 생각하다가 효마를 발가벗기고는 다시 한 번 꼼꼼히 살피기 시작했다. 그러다가 그는 등에 이상한 자국이 나 있음을 보았다. 그 형상이 말로 들은 마황건의 모습과 비슷했다. 과연 설백은 마황건을 가지고 있었던 것이다.

그렇다면 어디에 숨겼을까?

다시 추리를 거듭하던 곽불사의 눈에 효마의 옷에 묻어 있는 거뭇한 딜이 보였나.

"흑호피!"

혹시 효마 설백은 흑호피 속에 마황건을 숨겨놓은 것이 아닐까? 가능성이 충분했다. 곽불사는 곧 양조의 방으로 들어가서 팔마의 신부(信符)를 찾아 영접마동으로 향했다. 거기에 흑호피의 임자가 있었다.

과연 생각대로였다.

곽불사는 흑호피를 두르고 있는 복마 사마량의 품에서 마황건을 찾을 수 있었다. 그는 크게 기뻐하며 곧장 육마부로 달려갔다. 육마촌 가까이서 잠시 멈춘 그는 마황건을 모처에 숨겨두고 육마부로 들어갔다. 곧 태천이 나왔다.

예상대로 처음 태천은 힘으로라도 빼앗으려는 기세였지만 다른 곳에 숨겨두었다는 말에 잠시 기다리라고 하더니 지하실로 들어가는 것이었다.

태천은 낭패한 심정이었다. 맹랑한 녀석이 가사 상태에 빠져 있는 존 마 고귀향을 대가로 요구할 줄은 몰랐던 것이다. 이는 자신도 결정할 수 없는 일이었다. 그는 할 수 없이 아밀을 찾아갔다. 불사마인의 완성이 임박하면서 아밀은 크게 지쳐 있었다. 이 때문일까? 잠시 생각하는가 싶더니 곧 교환을 허락했다. 대신 아밀은 고귀향을 대체할 사람을 지정해 주었다. 다행히 그는 충분히 이용하여 더 이상 크게 중요하지 않은 사람이었다.

태천은 고귀향을 들고 따라가 육마촌 외곽에서 마황건과 교환했다. 그는 곽불사의 부탁에 신통륜방과 장손세가는 건드리지 않겠다고 약속했다.

육마촌을 떠난 곽불사는 그 길로 대마부로 향했다.

마혈단주이며 십삼마라는 묵마 유기가 기다리라고 말했다.

태선은 삼 일이나 나오지 않았고, 곽불사는 그 삼 일을 대마부에서 보냈다.

마침내 마황건을 차지한 태천은 그 길로 마룡단주이며 칠마인 병마 인타라를 팔마부로 보냈다.

우선 괘씸하기 짝이 없는 오수와 궁백, 두징명을 잡아오게 하고 환도진경을 회수토록 하였으며, 언강호와 양조로 하여금 자신의 명령에 절대 복종할 것은 맹세토록 하였다. 그에게는 이제 환도진경이 크게 의미가 없으나 자존심이 걸린 문제였다.

그리고 만약을 대비해 황마와 효마, 연옥귀, 백화심, 여려화, 종리춘, 종조고, 일룡, 적각 선사, 전락생, 저일민, 불공 등을 포로로 잡아오게 했다.

인타라는 곧장 팔마부로 달려가 태천의 명을 전했다.

그러나 양조와 전락생, 저일민, 불공은 실종되었고, 환도진경은 곽불사가 가지고 가서 돌아오지 않았다는 것이었다. 병마는 믿지 못하고 마룡단을 풀어 팔마부를 온통 뒤집었으나 아무것도 발견할 수 없었다.

장운이 포로로 잡혀갈 여려화를 보고 울먹이면서 항의했다, 전락생이 있었으면 우리가 중독을 풀지 않고 그냥 있었겠냐고. 그 말도 맞는 말이라 인타라를 황마 등을 포로로 잡아 육마부로 돌아왔다.

이로써 반신교와 팔마부를 손에 쥐었다고 생각한 태천은 아무래도 곽불사가 이상하다는 생각이 들어 가능한 한 빨리 그의 행방을 추적하도록 특명을 내렸다. 동시에 전락생이 혹시 다른 문제를 일으킬까 싶어 그 역시 신속히 찾아내도록 지시했다.

언강호는 인타라의 보욕을 참았다.

자신이 참아서 그들을 살릴 수 있다면 얼마든지 참을 수 있는 일이었다.

곽불사를 생각하면 가슴이 아팠다. 아버지로 인해 크게 상심해 있는 곽요진에게 다시 이 사실을 알릴 용기는 없었다.

혼혈을 짚혀 정신을 잃은 황마, 넘마와 발가벗겨진 효마, 마구 뒤져 엉망이 된 효마의 방, 사라진 양조의 신부 등은 인타라가 와서야 알아차렸다. 언강호와 이일이 사람들을 시켜 한차례 수색을 한 뒤에 곽불사가 일을 벌렸기에 모르고 있었던 것이다.

잡혀가면서도 오수와 궁백은 담담한 표정이었다.

그런 그들에게 언강호는 살아만 있으라고 당부했다. 미안하다는 말은 하지 않았다. 은마는 웃으며 그렇게 하겠노라고 답했다.

저녁이 되자 비로소 불공과 저일민, 전락생 등이 어슬렁거리며 나타났다.

초상집이 된 것을 본 그들은 깜짝 놀랐다.

그러면서 전락생이 장운보고 하는 말,

"새똥 있잖아? 새똥!"

"예?"

"그 규염단이 바로 중화제라구. 그거 한 알이면 현음기독은 간단히 사라진다구."

새똥이라면 지금 우래원에서 커다란 솥단지 한가득 만들고 있었다. 뭔지도 모르고 전락생이 말한 대로 불 조절, 물 조절에 각종 재료를 분량 맞춰 넣느라고 얼마나 고생했던가? 장운은 어이가 없고 열이 뻗쳐 고함을 질렀다.

"야! 이 인간아! 그게 뭔지 이야기를 해줘야지. 입은 뒀다 어디다 쓸려고 그래?!"

"……."

독존보고 '인간아' 라고 하는 간 큰 장운을 보고 사람들은 아무 말도 하지 못했다.

어쨌든 그들은 규염단으로 신속하게 모두의 현음기독을 풀 수 있었다.

언강호는 곧 주요 고수들을 모아 인질을 구출하고 불사마인 등을 파괴할 계책을 의논했다. 우선 떠오른 대안이 정통파를 끌어들이는 것이었다.

정수산과 감립본이 자원해서 사자로 나섰다.

하지만 대마부에 당도한 그들은 태선이나 성주는 만나지 못하고 묵마유기로부터 삼 일 뒤에 연락을 주겠다는 말을 들었을 뿐이다.

이에 이일은 급히 환마와 접촉을 시도했지만 허사였다.

그의 행방은 오리무중이었다.

이렇게 되자 모두의 얼굴에는 당황한 기색이 역력해졌다.

언강호는 이일과 장손경, 정수산, 왕방형, 송필, 감립본에 곽요진까지 따로 불러 침착하게 타개책을 생각하도록 당부했다. 여러 가지 방안이 나오고 마침내 의견이 모였다. 우선은 인질을 구출하는 것이 급선무였다. 하지만 인질의 숫자도 많고, 육마부 내의 정보를 더 이상 얻을 수 없는 지금 어디 갇혀 있는지도 모르니 직접 그들을 구출하려는 시도는 실패할 가능성이 높았다.

다행히 오수와 궁백이 알려준 정보가 큰 도움이 되었다.

불공과 전락생에게 팔마부를 지키게 한 언강호는 저사렴, 육여, 등호와 함께 밤을 틈타 육마부로 스며들었다.

이때 태천은 만족감에 모처럼 곽불인과 술을 한잔 마시고 곤하게 잠들어 있었다.

지하 밀실의 입구는 정전 밖의 오른쪽이었다.

팔마부에 온 궁백은 정수산에게 시시콜콜한 것까지 모조리 알려주었다. 덕분에 언강호 등은 경비의 위치까지 훤히 알고 있었다. 입구에서 십 장 떨어진 곳 사방에 고수들이 숨어 있었다.

하지만 삼경의 고수 네 명이 그들을 제압하기란 어려운 일이 아니었다. 그들은 비상 신호를 울리는 줄을 손에 쥐고 있었지만, 그대로 뻣뻣하게 굳어버렸다.

밀실에도 각 층마다 지키는 자들이 있었다.

언강호가 앞장서 들어가며 그들을 제압했다.

마침내 목적하던 사십일층에 무사히 당도했다. 뜻밖에도 그 앞에는 인간이 아닌 부참마시 두 구가 지키고 있었다. 한데 말을 하는 것이었다. 언강호는 그들이 바로 미족임을 알았다. 자세히 살펴보니 다행히 그들에게는 보패가 없었다. 거기에 소환된 지도 얼마 되지 않았는지 기세도 그렇게 강하지 않았다. 문제는 소리 소문 없이 잠재울 수 있느냐 하는 것이었다.

언강호는 여러 가지 무공 가운데 청우도 정유의 희생을 기리기 위하여 만든 청천십팔검횡로와 우황종련구도를 사용하기로 했다. 좌검과 우도가 동시에 뻗어 나가는 순간 두 마족은 분시(分尸)가 되어버렸다. 성공이었다. 그들은 곧 석실 안으로 들어가 원하던 것을 찾았다.

과연 그곳엔 검공 곽포라와 현공 위위홍이 있었다. 물론 언강호가 보고 느끼던 곽포라와는 어쩐지 차이가 있어 보였다. 중요한 것은 그것이 아니었다. 존마 고귀향이 보이지 않았다. 아무리 석실을 뒤져 보아도 허사였다. 대신 곽포라, 위위홍과 나란히 놓인 관에 욕마 호덕견이 가사 상태에 빠져 누워 있는 것이었다.

어떻게 된 일인지는 알 수 없으나 일단 호덕견까지 들고 나오기로 했다. 막 밀실 입구를 나오는데 시끄러운 소리가 울리더니 여기저기서 마인들이 달려나왔다.

언강호는 세 사람으로 하여금 곽포라 등을 하나씩 들고 뒤도 돌아보지 말고 달리게 하였다. 그리고 자신은 돌아섰다. 마인들이 물밀듯이 밀려왔다. 그의 좌검과 우도가 폭발했다. 처음으로 완전 그 이상의 단공쇄류와 용명도후가 모습을 드러내는 순간이었다. 그것도 한 번이 아니었다. 이미 단숨에 지기를 써버리는 한계를 극복한 언강호였다.

비도의 무공, 죽음의 무공이 세 번 연달아 폭발하자 육마부 안에 거대한 폐허가 생겨났다. 공포에 질린 그들은 감히 가까이 올 생각을 하지 못했다. 언강호는 유유히 떠나갔다. 태천과 찰태합이 곽불인, 도마 관정 등 주요 고수들과 함께 달려왔을 때는 이미 모두 자취를 감춘 뒤였다.

다음날, 이번에는 팔마부에서 육마부로 사자가 왔다.

적사묘의 계주 정수산과 이비였던 광목기린 송필이었다.

배신자 송필을 본 태천과 곽불인, 홍진이 잡아먹을 듯이 노려보았다. 하지만 그들은 발작하지 못했고 정수산의 요구대로 순순히 황마 등의 인질과 교환할 수밖에 없었다.

하루 새 오수와 궁백, 두징명은 얼마나 혹독한 고문을 당했는지 사람의 몰골이 아니었다. 그럼에도 그들은 정수산과 송필을 보자 웃었다. 마치 구하러 올 줄 알았다는 듯이⋯⋯. 오수는 언강호와의 약속대로 살아 있었다고, 죽지 않았다고, 견뎠다고, 약속을 지켰다고 말하고는 기절했다.

그들이 팔마부로 돌아오자 주작천궁의 여인들과 백화심, 전락생, 장운에 포로가 되었다가 돌아온 여려화까지 합세하여 오수, 궁백, 두징명을 치료했다. 불행히도 오수와 두징명은 너무나 참혹한 고문을 당하여 앞으로 수족의 사용이 자유롭지 못하게 되었고, 무공도 상실하게 되었다. 깨어난 그들은 오히려 고통의 무림을 벗어나게 되어 기쁘다고 말하는 것이었다.

한편 대마부 지하에서는 이때까지도 양조의 가르침(?)이 계속되고 있었다. 그는 대교령(大敎領)이며 만마성의 공식적인 군사(軍師)요, 제 사마(四魔)인 번뇌마 이순이 펼친 미안대법과 응신대법에 당해 태선을 언강호로 오해하고 전력을 다해 천겁뢰와 복천주를 가르치고 있었다.

막내 사제인 언강호가 원하는데 무엇을 아끼겠는가? 오히려 사제가 배우길 원한다니 그렇게 기쁠 수가 없었다. 양조는 사제가 만마의 무공을 전혀 모른다는 점을 감안하여 기본 심공인 만마공과 만마기로부터 범마 등호와 함께 수련하며 복천주의 길을 엿보게 된 경로, 그리고 조마 안과강과 실제 대결을 통해 느낀 점까지 일목요연하게 설명해 주었다.

태선으로서는 놀랍고도 기쁜 일이었다. 그토록 갈망하던 마공의 전반적인 깨달음과 복천주의 장엄한 세계가 그를 맞이해 주었다.

가르침이 거의 끝나갈 무렵, 갑자기 양조의 만마기가 폭주하기 시작했다. 이는 무진이 펼친 금강숙의 보리파의가 만마공과 끝없이 충돌하다가 결국 문제를 일으킨 것이었다.

광기를 번득이던 양조는 사방으로 복천주를 퍼부었다. 그 기세가 얼마나 흉험한지 일시 태선과 고타, 대환도 입을 쩍 벌리고 바라보았고, 그 틈을 타 양조는 마천루와 같은 대마부의 천장을 단숨에 뚫고 올라가 사라져 버렸다.

그를 추격해 잡을까도 생각해 보았지만 태선은 복천주를 정리하여 받아들이는 것이 급하고, 고타나 대환은 아직 공식적으로 모습을 드러낼 단계가 아니며, 다른 사람들은 추적해 보아야 잡을 것 같지가 않았다.

이때 유기가 와서 곽불사가 기다리고 있음을 고했다.

불러보니 놀랍게도 존마 고귀향에 환도진경까지 가지고 온 것이었다. 무수히 그를 칭찬한 태선은 유기에게 곽불사를 데려가서 잘 대접하게 하고는 고귀향을 살펴보았다.

과연 그의 생각대로 존마의 정신력은 매우 쇠잔해져 있었다. 거기에 산정마환 두 알을 더 투여하자 섭백나부대법을 펼치기에 충분한 상태가 되었다.

장소를 옮긴 그들은 다시 한 번 양조에게 펼쳤던 대법을 전개했다. 다른 것이 있다면 몽환집혼대법에 앞서 전대 대법판이자 삼마였던 소마 홍천이 섭백나부대법을 펼쳤다는 것뿐이었다.

지켜보는 석마 오준은 마음이 몹시 불편했다.

양조의 복천주로 엉망이 된 지하실을 떠나면서 태선은 환마 태오돈을 제압하더니, 그의 배신을 예전부터 알고 있었다며 꾸짖더니 그대로 사혈을 짚는 것이었다.

태선의 냉정함도 냉정함이지만, 대암첩이자 오마나 되는 만마성의 요인을 제거하면서 성주나 자신들의 의견을 전혀 묻지 않았다. 그가 만마성의 마인들을 어떻게 생각하고 있는지 짐작이 가는 대목이었다.

일마촌을 벗어난 양조는 본능적으로 육마부로 향했다.

그의 손에서는 아직도 복천주가 마구 흩날리고 있었다.

쿠우웅, 쿠우웅!

산과 계곡에 때 아닌 재앙이 내려 수많은 나무들이 쓰러지고 바위가 부서져 나갔다. 몇 개의 마을도 큰 피해를 입었다. 다행히 멀리서부터 다가오는 무서운 굉음을 듣고 미리 피하는 바람에 사망자는 거의 없었다.

그의 엄청난 무공에 각 마을의 수장인 백마(百魔) 이내의 고수들도 막을 엄두를 내지 못했다.

막 궁백의 치료를 끝내고 한숨을 돌리고 있던 언강호 등은 아득하게 들려오는 굉음에 긴장하여 대기하고 있었다. 팔마부로 들이닥친 양조는 광기와 마기를 이글거리며 아무도 알아보지 못하고 마구 공격하는 것이었다.

대사형 양조였다.

언강호는 그를 막지 않을 수가 없었다.

쿠우웅!

일 장의 격돌로 양조가 몇 걸음 밀려났다.

"크크크."

괴소를 짓던 그는 온몸의 만마기를 일시에 끌어올려 손가락을 허공으로 곧추세웠다. 그러자 십여 장에 걸친 공기가 무섭게 파동을 치며 주변에 있던 나무들이 부러져 나가고 바위가 산산조각이 났다. 그 놀라운 기세를 접한 언강호는 문득 느끼는 바가 있었다.

양조가 달려왔다.

이미 준비를 갖춘 언강호의 좌검과 우도가 허공을 수놓았다.

파아아앗!

좀 전과 비교하면 한결 가벼운 소음이 스쳐 갔다.

우뚝 서 있던 양조가 천천히 쓰러졌다. 광린검과 청령도를 회수한 언강호가 재빨리 달려가 그를 부축했다. 모든 힘을 다 소진하자 보리파의가 소멸되면서 서서히 그의 눈빛이 돌아왔다. 양조는 곧 언강호를 알아보았다.

"너였구나."

"대사형, 축하드립니다. 진정한 만마제일공을 이루셨군요. 장천문을 떠나 만마성으로 향한 꿈이 이루어진 셈입니다. 이만하면 사부님도 대사형을 용서하시고 칭찬하실 것입니다."

"고맙구나. 좀 전의 그것이 조화검법과 천지도법이었느냐?"

"그렇습니다. 역시 대사형은 알아보시는군요."

"잘했다. 마침내 진립 사부님이 말씀하신 대로 장천문의 무공이 만마성의 무릎을 꿇게 했구나. 과연 우리 장천문의 무공이야말로 정도제일공이 아니겠느냐?"

"예! 대사형."

전율과 같은 떨림이 스쳐 갔다. 사부 진립이 떨고 있음이었다.

만겁마경은 의외로 간단했다. 복천주와는 달리 세 가지 큰 줄기가 있고, 이를 포괄적으로 이해하여 나간다면 매우 쉽게 그 깊은 경지를 엿볼 수 있었다. 하지만 반대로 줄기 하나를 잡고 우선 그것부터 완성하고자 한다면 이는 거의 불가능한 일이었다.

그래서 까다롭게 보였고, 달리 입문 구결을 만들 수 없었던 것이다. 세 갈래를 하나로 압축하는 것도 쉽지 않을 뿐만 아니라 잘못 만들면 오히려 포괄적인 이해에 악영향만 끼치기 때문이다.

약간의 고비도 있었다.

미안대법과 응신대법을 펼친 후 고귀향에게 수많은 이름을 불렀지만 고개를 저을 뿐이었다. 그러다가 혹시나 싶어 이순이 태선을 사마량이라고 하자 그제야 만겁마경의 전수를 시작하는 것이 아닌가?

전마 강운 등은 고귀향이 사마량을 몰래 지켜보면서 내심 그의 후계자로 점찍어놓았다는 당시의 추측이 사실임을 확인하고, 만마평의회가 열리기 전에 존마를 제거하길 잘했다며 고개를 끄덕였다.

고귀향은 조용히 숨을 거두었다.

산정마환을 장기간 복용한 데다가 오랫동안 가사 상태에 빠져 있었고, 십맥나부대법을 당해 혼백을 빼앗겨 버렸던 것이다. 이런 상태에서 살 수 있는 사람은 없으리라.

강운 등은 만감이 교차했다.

마침내 태선은 꿈을 이루었다.

무성십도를 통해 백호 남화자의 반선대능(盤禪大能) 아래의 공백을 메꾸었고, 만마십공을 통해 흑마신의 흑승대마력(黑蠅大魔力) 밑의 빈틈을 채운 것이다.

사실 그는 사부로부터 가르침을 거의 받지 못했다. 이로 인해 혼자 엄청난 고생을 하면서 스스로 무공을 깨우쳐 나갔다. 그러나 이것은 한계가 있었다. 기연을 얻어 반선대능과 흑승대마력을 얻었지만 이를 뒷받침할 무공 전반에 대한 이해가 거의 없었다. 이는 마치 아이가 커다란 보검을 얻은 꼴이었다. 남을 벨 수도 있겠지만 자신마저 다치게 할 우려가 높았던 것이다.

사부를 능가했음이 분명했다. 아니, 이사형은 물론 대사형마저 넘어선 것이 틀림없었다. 그렇다면 선계를 열어 그들을 자신의 발아래 둘 차례였다. 철석같이 자신을 믿고 있는 곽불사와 고타, 대환 등에게는 약간 미안했지만 이것은 자신의 복수였다.

하지만 그는 알지 못했다.

자신이 세운 문파를 방치함으로써 후예들이 얼마나 고통받았는지를. 얼마나 자신을 원망하고 있는지를. 세상은 돌고 도는 것이며 인간의 실수는 반복되는 것이었다.

어느새 그의 손에는 별 모양의 검은 물체가 들려 있었다.

남화자와 흑마신이 함께 남긴 신인의 신기이면서 마족의 보패였다. 당연히 그 힘은 사신기를 능가하는 것이었다. 이제 자유로이 마혜나라연(摩醯那羅延)을 사용할 수 있을 터였다.

밖으로 나가자 유기가 팔마부에서 사자가 왔었다고 아뢰었다. 그러나 이때 이암첩(二暗諜)이자 삼십육마인 교마(蛟魔) 조안(曹雁)이 달려와 이미 언강호 등이 단독으로 육마부를 기습해 인질을 구출했으며, 육마부에서 전령을 띄워 강경파 측의 모든 만마를 영겁마동 앞에 모이게 했다는 것이었다.

태선은 마침내 고대하던 순간이 임박했음을 느꼈다.

그는 강운을 통해 정통파의 모든 만마를 모이게 하여 영겁마동으로 향하게 했다. 그사이 태선은 환도진경을 읽어보았다. 다행히 내용은 어렵지 않았다. 확실히 선계를 열 수 있는 방법이 적혀 있었다.

백화심과 전락생의 치료로 양조가 기운을 차리고 났을 무렵, 육마부의 움직임을 살피기 위해 나갔던 송필이 급히 달려왔다. 많은 전령들이 소식을 전하기 위해 떠났고, 만마들이 속속 영겁마동으로 이동하고 있다는 것이었다.

이일은 탄식했다.

몇 가지 일로 시간을 끄는 사이 강경파들이 십이마신의 소환에 성공한 것이 틀림없었다. 이제 과연 그들을 어떻게 막을 것인가? 부분적으로는 자신들이 승리한 것으로 보였지만 사실은 완벽한 태천의 승리였다.

곧이어 대마부를 살피고 있던 감립본도 돌아왔다. 드디어 태선이 모습을 드러냈으며, 정통파 측의 만마들에게도 영겁마동으로 이동하라는 명령이 내려졌다는 것이다. 그리고 감립본은 떨리는 음성으로 전음을 써서 언강호와 이일에게 말했다.

"그들 중에는 곽불사 방주님도 있었습니다."

"…너무 걱정 마시오. 모든 것이 잘될 것이오."

그를 달래며 언강호는 곧 명령을 내렸다. 팔마부에서도 각 마을에 전령이 파견되었다. 그동안 공들여 회유했던 팔마부 측의 만마들로 하여금 영겁마동으로 향하게 했다.

언강호는 종조고에게 피용화를 안고 오게 하고는 가슴속의 회혼침을 한 번 만져 보았다. 얼마나 아플 것인가? 안타까운 마음이 가슴을 아프게 했다.

일행은 언강호와 양조를 선두로 하여 곧 출발했다.

얼마 후, 그들은 영겁마동 앞에 당도했다.

다행히 여름이 다가오면서 한기는 많이 약해져 있었다. 앞쪽 분지는 시장바닥처럼 어수선했다. 하긴 거의 모든 만마들이 모여들었으니 당연한 일이었다. 그들은 어지럽게 뒤엉켜 영겁마동으로 들어갔다.

살벌한 분위기가 감돌았다. 누군가 불만 당기면 그 순간 폭발할 것만 같았다. 그러나 용케도 서로 눈에 불을 켜고 노려보면서도 큰 충돌 없이 한 층 한 층 지하로 내려갔다.

언강호는 주요 고수들과 함께 만마들을 추월하면서 태천과 태선을 찾왔다. 드디어 아버지가 잠들어 있는 가장 밑바닥인 팔십이층까지 내려왔다. 전에 못 보던 것이 보였다. 팔십이층 중간에 커다란 구멍이 뻥 뚫려 있었다.

아직도 보이지 않는 것으로 보아 그들은 이 동공으로 들어갔음이 틀림없었다. 언강호는 주저없이 곽요진과 연옥귀를 안고 뛰어내렸다. 암흑처럼 어두워서 그렇지 그다지 깊지는 않았다. 대부분의 만마들이 거리낌없이 뛰어내리고 있었다.

동굴을 따라 삼십여 장을 나아가자 엄청난 넓이의 지하 광장이 나타났다. 만마가 모두 모여도 남을 만한 넓이였다. 후끈한 열기가 느껴졌다. 비록 여름이 다 되어가지만 이렇게 더운 것은 이상한 일이었다. 아무래도 화맥(火脈)이 아래를 지나는 모양이었다.

지하 분지의 입구 반대편 저 멀리에 무엇인가 태양처럼 빛나는 커다란 빛무리 같은 것이 보였다. 그리고 이를 거뭇한 구름이 둘러싸고 앞쪽으로 길게 뻗어 있었다. 언강호 등은 그곳으로 향했다.

웅성웅성.

수많은 사람들이 모여 있었다.

만마들을 헤치고 들어가 보니 검은 구름처럼 보이는 기운의 앞쪽에 팔대마단과 성주, 대장로, 대법판, 대교령, 대암첩의 호위대들이 쭉 늘어서 있었다.

두 사람이 열심히 외치고 있었다.

"성주님께서 말씀하시길, 모두 이곳에서 조용히 기다리라고 하셨소."

"대장로님의 말씀이오. 이곳에서 질서정연하게 기다리시오."

만마들은 대체적으로 그들의 말을 잘 따랐다. 강경파는 오른쪽에, 정통파는 왼쪽에 옹기종기 모여들었다.

령마가 그 두 사람이 성주의 호위대인 사성조(死星組)의 부조장과 대장로의 호위대인 운마조(雲魔組)의 부조장이란 사실을 알려주었다.

이일이 재촉했다.

"속히 뚫고 들어가야 합니다. 이미 태천과 태선이 들어간 모양입니다."

"저기가 영겁천뢰로인 모양인데, 괜찮겠소?"

"영겁천뢰로는 천겁뢰, 복천주와 밀접한 관련이 있으니 령마님의 능력으로 충분히 헤쳐 나갈 수 있을 것입니다."

이 말에 언강호와 양조는 만마들을 헤치고 곧장 앞으로 나아갔다.

"서라! 듣지 못했느냐?"

"무시하고 그냥 통과하십시오. 불공님과 전 계주, 여 부인은 소주담가, 장손세가와 함께 뒤를 차단하십시오."

급바한 상황에서도 이일은 침착하게 대처해 나갔다.

사성조원들이 만마성 삼대진법의 하나인 사사단종마진(死死斷宗魔陣)을 치고 그들을 가로막았다. 운마조 역시 호운마진(呼雲魔陣)을 형성하여 진입을 차단했다. 과연 사십 명이 한꺼번에 펼치는 사사단종마진의 위력은 대단한 것이었다. 삼 장 밖에서도 칼날 같은 기세가 살점을 도려낼 듯하고, 휘몰아치는 만마기가 심장을 오그라들게 했다.

하지만 언강호가 곡은도를 기리기 위해 만든 구승검변(九乘劍變)을 떨쳐 내고, 양조가 복천주의 일격을 가하자 사사단종마진은 연결 고리가 끊어져 사성조원들이 큰 충격을 받고 사방으로 튕겨 나갔다.

은선의 무변검법에서 감흥을 얻어 창안한 풍운검법 삼초인 구승검변은 구의 구승이 아홉 번 반복되며 무수한 변검형(變劍形)을 만들어낸다. 구의 구승은 팔십일, 팔십일의 팔십일승은 육천오백육십일이니 광린검이 만들어낸 변검형은 불가에서 말하는 무량수(無量數)만큼이나 많았고, 이는 은선이 생각했던 무변을 능히 삼켜 버릴 정도였다.

사사단종마진이 비록 만마성 삼대진법의 하나라고 하지만 단번에 연결 고리가 끊어지고, 호운마진은 아예 초토화가 되어버린 것은 당연한 일이었다.

이 놀라운 광경에 팔대마단과 각 호위대, 여기저기 모여 있는 만마들 사이에 경악에 찬 웅성거림이 터져 나왔다. 그러나 만마는 괜히 만마가 아니었다. 튕겨 나갔던 사성조원들이 비틀거리며 부러진 다리를 질질 끌고 다시 모여드는 것이었다.

"너희는 이제 우리가 상대해 주마."

그들을 향해 달려가는 것은 천비서원의 고수들 중 일부였다.

이에 힘입어 반신교와 팔마부 연합 세력은 사성조를 제치고 앞으로 전진했다.

이번에는 대법판과 대교령, 대암첩의 호위대가 일제히 막아섰다. 강경파와 정통파가 섞여 있었지만, 모두 영접천뢰로 앞에 대기하고 있으라는 비슷한 명령을 받았기에 은연중 행동이 일치하게 된 것이다.

"다 죽어가는 사성조만 상대한다면 사람들이 웃을 터! 이들까지가 우리의 몫이오."

"이번에도 함께 싸웁시다."

천비서원의 원주 신필서생 구증로와 유선 구우중이 등룡삼십육필과 절인칠십이검을 지휘해 광등용해진을 치고 세 호위대와 부딪쳐 가자 욕마와 조마 등의 기습 시 함께 싸웠던 적사묘의 수석당주 호혼포사 염이화와 탄부들을 대표하는 흑탄수 염악이 각기 칠십이사사대를 이끌고 달려오면서 말했다.

양쪽이 충돌하기 앞서 암종이라고 불리는 적사묘의 칠대암기가 허공을 가득 메웠다. 칠십이사사대는 토혈정(吐血釘), 열화전(熱火錢), 척노착시(擲弩搾矢), 시망비침(翅芒秘針) 등을 우박같이 퍼부었다. 앞쪽에 있던 세 호위대의 마인이 우스스 쓰러지고, 그 위를 광등용해진이 덮쳤다. 하지만 마인들도 금방 전열을 정비하여 각자 진을 치고 무서운 기세로 맞부딪치기 시작했다.

이일, 장손경 등과 함께 계속 상황을 분석하고 의논하면서 달려가던 적사묘의 계주 구시사객 정수산이 슬그머니 뒤로 빠졌다. 칠십이사사대가 염려되었던 것이다. 그러자 염악이 전음을 보내 걱정 말고 자리를 지키라고 했다. 천대받던 적사묘의 입장에서는 정수산이 언강호, 이일 등과 함께 중심적인 역할을 해나가고 있는 것이 매우 자랑스러웠던 것이다.

치열한 접전이 벌어지면서 조원들이 속속 쓰러져 가자 사성조의 부조장이 소리쳤다.

"팔대마던은 무엇을 하고 있소? 어서 저들을 공격하시오. 만마들도 일제히 적들을 치시오. 팔마부와 그를 따르는 자들은 비열한 중원의 무리들과 손잡은 배신자들이오."

비록 지위는 낮았지만 그는 성주의 직속 수하였다. 마인들은 그의 말을 거역하기 어려웠다. 더구나 지금 이곳에는 크게 지위가 높은 마인도 없었고, 그의 말에 명분이 있어 보였다. 만마들은 강경파와 정통파를 막론하고 일제히 밀려들었다.

이일이 숨가쁜 명령을 내렸다.

이에 따라 황마 섭민이 팔마촌의 만마 칠십 명을 이끌고 마경단을 상대했고, 금강숙과 태극도량이 마혈단을 맡았다. 이일은 혈선에게 부탁해 일혈령 관홍을 시켜 혈군 오십을 이끌고 가서 황마를 돕도록 했다.

만마성에는 백 개의 마촌이 있고, 그 안에 각기 백마씩이 있다. 그래서 만마가 되는 것이다. 당연히 팔마촌에도 만마 중 백 명이 있고, 이들이 팔마 양조가 직접 부릴 수 있는 세력의 전부였다. 팔마는 실권이 없는 존재였다. 그들 중 칠십 명으로 마경단을 상대하기는 무리였다. 관홍이 혈군 오십을 이끌고 합류하자 그제야 어느 정도 우세를 점할 수 있었다. 피용화가 개량한 신형의 혈군들은 놀라운 위력을 선보였다.

팔대마단의 하위에 속하는 마경단과 마혈단은 예전에 언강호의 혈사행으로 인해 한 차례 붕괴된 적이 있어 새로 구성한 상태였다. 자연히 마경단의 참혈사령진과 마혈단의 잔백인혼진은 아직 엉성한 면이 있었다. 그렇기는 하지만 만마성의 주력인 그들은 결코 물렁하지 않았다. 한 치도 물러서지 않고 격렬하게 맞부딪치면서 순식간에 많은 사상자가 생겨나고 있었다.

서열 육위의 마영단(魔影團)은 주작천궁과 장미밀원의 차지였다. 종조고를 제외한 십일선자와 육장로, 운몽호 옥진진이 지휘하는 십삼호랑이 힘을 합쳤다. 여기에 팔마촌의 만마 삼십 명이 합세했고, 이혈령 정유가 역시 신형의 혈군 오십을 이끌고 가 함께 싸웠다.

또한 마환단(魔幻團)은 반신교의 고수들이 나섰다. 저사렴의 지휘하에 검령과 도령, 저일민, 손연중, 고황, 하독승 등이 일혈혼 사의가 지휘하는 혈군 오십의 도움을 받아 적들을 향해 부딪쳐 갔다. 여기에는 일룡과 비마 옹확 등도 참가했다.

오랜만에 동에 번쩍, 서에 번쩍하는 일룡의 활약이 눈부셨다.

네 번째 서열의 마형단은 이일을 제외한 상팔대의 일곱 가주들이 이혈혼 남우가 지휘하는 혈군 오십의 도움을 받아 상대했다. 외손자인 어도 일좌 갈사를 잠시 걱정스러운 눈으로 지켜보던 혈선은 곧 순우황, 주약평, 노표의 보좌를 받아 직접 혈군 일백을 지휘하며 세 번째 서열의 마웅단과 부딪쳐 갔다.

이일은 정철원과 유곤에게 무서운 적의 상대를 부탁했다.

그들은 거절하지 않았다. 팔대마단 서열 이위 마룡단!

만마성 삼대진법의 하나로, 사사단종마진보다 더 무섭다고 알려진 망량탈천진(魍魎奪天陣)의 수련자들. 과연 놈들은 도깨비처럼 표홀하게 단두자(斷頭刺)라고 불리는 괴병을 날리며 동심맹을 핍박했다. 하지만 그들은 동심전사였다. 파옥일기수사 학조린은 정철원, 유곤의 명령에 따라 삼재의 방위를 굳건히 지키며 수하들과 함께 용감하게 싸워 나갔다.

가장 무서운 마성단은 당연히 통륜방의 차지였다.

비록 곽불사가 사라져 어수선한 상태였지만 융무전주인 불로신군 임벽은 천일옹 채공시의 동의와 협조를 얻어 염부객들을 잘 단속해 왔다.

앞서 이일이 주의를 주었다.

"욕마가 마성단을 이끌고 무운재를 기습했던 일은 잊어버리십시오. 그때는 숫자도 적었지만 무엇보다 본격적으로 싸울 의도가 없었던 것입니다. 저들이 구수붕멸진(九州崩滅陣)을 펼쳤다면 광등용해진과 칠십이사사대는 전멸을 면치 못했을 것입니다."

염부객들은 긴장했다.

구주붕멸진이라는 이름이 커다란 압박감으로 다가왔던 것이다. 만마제일의 진법! 누가 긴장하지 않겠는가? 하지만 암혈사랑 주효목과 북순의가 함성을 울리며 돌격을 시작하자 그들은 두려움을 떨쳐 버리고 앞으로 달려나갔다.

만마와 염부객!

이백 년간 그래왔듯이 숙명의 적인 그들은 무섭게 부딪쳐 갔다.

이때 뒤쪽에서도 만마들이 일제히 밀려왔다.

뒤를 막고 있던 소주담가와 장손세가의 무인들은 간이 떨리는 느낌이었다. 불공이 나서 보리금강경의 금빛 찬란한 경을 뿜어내고, 전락생과 여려화가 전신으로 독기를 방출하여 마인들이 우스스 쓰러지는 것을 보고서야 그들은 정신을 차리고 적들을 맞이해 갔다.

특히 독존이 된 전락생의 활약은 대단했다. 그가 가는 곳마다 삼 장 주변으로는 사람은 물론 그들의 병기까지 줄줄 녹아내렸다. 두려움을 모르는 만마들조차 어느새 그를 피하기 시작했다.

여기에 양조가 그동안 회유한 만마들에게 명령을 내렸다.

비록 천여 명에 불과한 적은 숫자였지만 그들의 합세는 자전신룡 담승조나 광검집혼 장손덕회 등에 큰 힘이 되어주었다.

반신교와 팔마부 연합 세력은 용감하게 싸웠다.

중원에서 마이강으로 오는 순간 살아서 돌아갈 생각을 버렸던 그들이다. 목숨이 끊어져 가면서도 상대의 팔을 붙잡고 늘어져 동료가 그를 제거하게 도와주고는 그제야 눈을 감았다.

하지만 전체적인 전력의 차이가 너무 심했다.

막 영겁천뢰로로 들어가려다가 잠시 고개를 돌려 본 언강호와 이일은 안색이 어두워졌다. 이대로는 한 시진도 못 가 전멸할 것이 뻔한 상황이었다. 이들을 다 죽일 수는 없는 노릇이었다.

눈빛만으로도 뜻이 통했다. 이일의 생각을 읽은 언강호는 양조와 함께 격전의 현장으로 되돌아갔다.

통륜방과 구주붕멸진, 동심맹과 망량탈천진의 접전은 한 치의 물러섬도 없는 팽팽한 접전이었다. 최후의 일인이 남을 때까지 싸움을 멈추지 않을 기세였다. 원래 이일은 염부객과 동심전사들이 속히 두 마단을 제거하고 다른 사람들을 도와줄 것이라고 생각했지만, 그것은 오산이었다. 양쪽의 전력은 거의 비등해 이대로 가다가는 한 명도 살아남지 못할 것 같았다.

언강호는 마성단을 향해, 양조는 마룡단을 향해 날았다.

고오오오~!

푸~하이악!

비도의 용음과 광인(光刃)이 마성단을 덮였다. 그와 동시에,

쿠구구궁!

하늘 높이 올라간 양조의 손에서 거대한 지경이 마룡단의 외곽에 떨어져 내렸다.

눈앞이 하얗게 변할 정도로 엄청난 광채가 분출하고, 절로 무릎을 꿇게 만드는 용음에 천지가 무너지는 듯한 폭발음이 일자 만마들은 일시 움직일 생각을 하지 못했다. 그것은 중원인들도 마찬가지였다.

시력을 되찾았을 때 그들은 놀라운 광경을 보게 되었다.

구주붕멸진과 망량탈혼진, 절대의 진법이라고 생각했던 두 진의 한쪽이 완전히 무너져 있었던 것이다. 아니, 그 자리를 지키던 마인들은 아예 흔적조차 없었다. 단 두 사람의 힘으로 이런 결과를 만들어낼 수 있다는 밀은 들어본 석이 없었다.

"아아!"

"복천주다!"

"진정한 복천주가 나타났다!"

수근거림이 일었다. 그 수근거림은 금새 커져 갔다.

"팔마님이시다!"

"령마님이시다!"

"중마조님이래! 진정한 성주가 나타났다."

물론 이는 대부분 팔마촌의 백마들과 령마를 따르기로 맹세한 만마들이 하는 말이었다. 그러나 틀린 말이 아니었기에 강경파, 정통파 할 것 없이 일시 눈치를 보며 침묵을 지켰다. 그사이 함성은 더욱 커져 갔고, 곧 싸움에 가담하지 않고 있던 중도 성향의 마인들까지 합세해 함성을 질러댔다.

그러자 양파에서도 적극적이지 않거나 은연중 불만을 가지고 있던 자

들이 슬그머니 빠져나와 중도파로 이동하며 함께 만세를 외치는 것이었다.

이를 본 양조가 내공을 불어넣어 소리쳤다.

"우리는 모두 인간이다. 지금 저 속에는 오천 년 전의 악목대전을 재현하려는 자들이 있다. 나는 만마평의회에서 선출된 팔마로서, 천겁뢰를 통해 복천주를 이룬 만마의 일원으로서, 결코 인간계가 마족이나 신인들의 노리개가 되도록 방치하지 않을 것이다. 우리의 마신은 우리의 마음 속에 있는 것이다."

"와아아아!"

"더 이상 피를 흘릴 필요 없다. 모두 싸움을 멈추고 이곳에서 기다려라. 나는 반드시 승리하고 돌아올 것이다. 그리고 즉시 만마평의회를 열어 본 성을 마계와 선계의 노리개로 만들려 한 강운과 관정의 죄를 묻고 당당히 성주의 지위를 물려받겠다!"

"와아아! 만세! 만세! 만마성 만세! 령마님 만세!"

복천주의 상징적 의미는 매우 큰 것이었다. 멸천이마종 이래 만마제일공을 완성한 사람은 없었다. 심지어 고귀향조차 만겁마경을 익히는 데 그치지 않았던가? 그런 복천주를 양조가 두 번씩이나 선보이자, 사실은 언강호가 펼친 용명도후와 단공쇄류의 위력이 훨씬 컸음에도 령마를 연호하며 환호하기 시작한 것이다.

◆ 第百二十七章 ◆ 그들의 최후

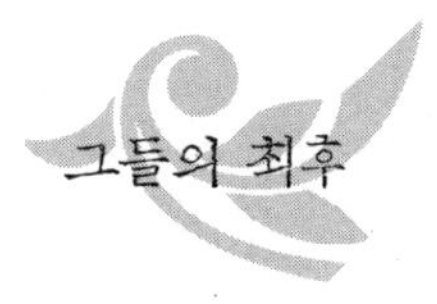

그들의 최후

예상치 못한 사태의 전개였다. 그러나 더 이상 피를 흘릴 필요가 없어 이보다 더한 다행이 없었다. 언강호와 이일 등은 안도의 한숨을 내쉬고 양조와 더불어 영겁천뢰로로 들어갔다.

검은 안개가 자욱한 통로.

앞쪽에 백 개의 별빛이 보였다. 이를 본 양조가 말했다.

"저건 천겁뢰 삼공의 방위와 똑같은데?"

"아, 그렇다면 저 별을 일시에 짚어주십시오."

이일의 말에 양조는 즉시 삼공을 뽑아냈다. 안개 속에서 희미하게 빛나는 일백 개의 별을 동시에 맞추는 것은 범마 등호조차 쉽지 않은 일이었으나 이미 복천주 너머의 세계를 본 양조에게는 충분히 가능한 일이었다.

과연 '구그궁' 하는 소리와 함께 문이 열렸다. 한참 앞으로 나가자 다시 천 개의 별이 나타났다. 이번에도 양조가 천겁뢰 사공을 이용해 별을 맞추고 문을 열었다.

"아!"

두 번째 문을 지나 앞으로 가던 사람들은 탄성을 질렀다.

무수히 많은 별, 정말 밤하늘의 별을 그대로 옮겨놓은 듯했다. 양조도 긴장한 표정이 되었다. 이윽고 그의 손가락에서 거대한 지경 한가닥이 일어나 앞으로 나아갔다. 좀 전에 본 복천주였다.

사람들은 잠시 어리둥절한 심정이었지만, 곧 한줄기 지경이 쫙 퍼지더니 일제히 그 별들을 맞추는 것이었다. 실로 놀라운 광경이 아닐 수 없었다.

복천주는 제오공이다. 사공이 천 가닥의 지경이니 오공은 만 가닥의 지경인 것이다. 그것이 하나로 뭉쳐 있었기에 큰 하나의 지경으로 보인 것이었다.

과연 만마제일공이었다.

이를 지켜보며 언강호는 영겁천뢰로가 바로 정상적인 절차를 거쳐 성주가 된 사람만이 열 수 있도록 만들어졌다는 사실을 알 수 있었다. 물론 자신도 할 수는 있겠지만 상당한 연구가 필요할 터였다.

태천과 태선이 과연 어떻게 들어갔는지 모를 일이었다.

언강호는 태천이 조마를 시켜 몇십 년 동안 연구하여 아밀의 힘을 빌어 들어갔으며, 태선은 양조를 통해 복천주의 이치를 완전히 깨우쳐 무사히 이곳을 지날 수 있었다는 사실을 모르고 있었다.

세 번째 문을 지나자 십 장을 못 가 다시 하나의 석문이 나타났다. 하지만 그것은 이미 활짝 열려 있었다. 석문 한쪽을 보던 효마가 외쳤다.

"마황건?"

곽불사가 훔쳐 간 마왕건은 바로 거기에 꽂혀 있었다.

그리고 그 아래 하나의 석대가 있고, 그 위에 누군가 앉아 있었다. 양조와 등호 등 만마성 출신들은 모두 그 앞으로 달려가 무릎을 꿇고 삼배를 올렸다. 그가 바로 만마성의 시조 만마성자 인게라였던 것이다.

잠시 후 마지막 문을 지나 삼십여 장을 더 들어가자 자욱한 검은 안개가 걷혔다.

일시에 전방이 환히 보였다.

앞쪽에 구형(球形)의 거대한 빛무리가 꿈틀거리고 있었다. 언강호 등은 본능적으로 그것이 바로 삼황결공임을 알아보았다. 그들은 일제히 달려갔다.

가까이서 보니 그 크기는 어마어마했다.

그 앞에서는 격렬한 싸움이 벌어지고 있었다.

언강호는 곽요진과 상손경을 위로하고 다독이면서 이일, 정수산, 왕방형, 송필, 감립본과 함께 상황을 파악하고 지혜를 모아 사태에 대처하도록 했다.

전력상으로는 강경파가 우위에 있었다. 하지만 그들은 모종의 이유로 삼황결공 앞을 지키느라고 마음대로 실력을 발휘하지 못하고 있었다.

거기에 태선의 능력이 태천보다 강해 그를 막는 데 곽불인과 일곱 마족까지 동원되어야 했다. 태천은 청룡의 신기 맥궁을 이용해 무형의 화살을 쏘아보내고 있었지만, 태선의 보패이며 신기인 마혜나라연이 날아갈 때마다 피하기에 바빴다.

국선도량의 고타와 대환 역시 천고자황수 진복원과 광유산인 왕조욱에 마족 셋까지 엎어서 상대하고 있었고, 성주인 전마 강운은 대장로이자 이마인 도마 관정과 대법판이자 삼마인 수마 방현을 맞이하여 대등한 싸움을 펼치고 있었다.

또한 전대 대법판인 소마 홍천 역시 월등한 실력으로 칠마인 병마 인타라와 구마인 웅마 오십탑랍을 동시에 상대했고, 대교령이자 사마이며 군사인 번뇌마 이순은 십사마인 호마 두오와 열마 호덕원, 혈빙화 운옥교, 영마(影魔), 전대 십일마인 탑마(塔魔) 등 무려 다섯 명을 몰아치고 있었다.

정통파의 숫자는 적었지만 태선이 수련에 전념하게 한 덕분에 실력에서는 훨씬 앞서고 있었다. 자연히 정통파의 고수들은 신이 나 있었다.

벽렬장 곽불사와 십마인 석마 오준은 정통파 측 만마의 고수 육십여 명과 함께 삼황결공 앞을 공격하고 있었다. 그중에 단연 돋보이는 실력을 발휘하는 것은 십일마 잔마 하용, 십이마 동마 한기, 십삼마 묵마 유기와 뜻밖에도 이암첩이며 삼십육마인 교마 조안이었다. 그는 암첩이면서도 무공이 탁월했다. 오히려 사성조의 조장이나 대교령, 대암첩의 호위대 조장들보다 뛰어난 실력이었다.

이들의 파상적인 공세를 맞이하여 낭조호각 홍진은 강경파 측 고수들을 독려하며 필사적으로 막고 있었다.

삼백위 이내의 만마에 속하는 고수 오십여 명, 종마를 비롯한 호덕원을 도와왔던 전대 마인 아홉 명과 통륜방, 동심맹, 금강숙, 태극도량에서 도망쳐 온 고수 사십여 명 등 숫자상으로는 그들이 더 많았다.

하지만 곽불사, 오준, 하용, 한기를 막을 고수가 없는 것이 문제였다. 문곡성군을 비롯한 칠원성군이 곽불사를, 혜각 선사와 광양 진인이 세 명의 만마와 함께 오준을, 대장로의 호위대인 운마조 조장과 대법판의 호위대인 포마조(捕魔組) 조장이 역시 세 명의 만마와 함께 하용을 상대하고 있었으나 역부족이었다. 한기의 공세를 막고 있는 일곱 명의 만마 역시 마찬가지였다.

문득 포마조 조장이 이를 갈며 말했다.

"이놈! 하용! 네놈은 십일마에 불과하거늘, 감히 율법을 어기고 만마제구공 사륜구마결을 수련하다니, 만마평의회의 심판이 두렵지도 않느냐?"

"크크크, 헛소리! 죽어라!"

십일마이며 마환단주인 잔마 하용은 태선의 도움으로 수련에 전념하여 사륜구마결의 십이성마저 넘어선 상태였다. 그러니 겨우 다섯 명이 덤벼보아야 상대가 되지 않는 것이 당연한 일이었다.

한기를 막고 있는 만마들도 십이마에 불과한 그가 만마제칠공 혼천마극수를 익힌 것을 보고 이를 갈았지만 허사였다. 지금은 왔다 갔다 하는 목숨을 보전하기에도 바빴다.

어쨌든 강경파 고수들이 죽음을 무릅쓰고 지키고 있는 방어막 안에는 거대한 체구의 아밀이 열두 개의 관을 앞에 두고 괴이한 소리를 중얼거리며 손에서 검은 기운을 내뿜어 관 속에 불어넣고 있었다.

그리고 그 관 앞에는 두 명씩의 마족이 각기 백회혈과 용천혈을 쥐고 기운을 불어넣고 있었다. 불사마인의 완성에 너무 많은 힘을 소진한 탓에 아밀 혼자 십이마신을 소환하기가 힘들게 되었던 것이다.

독선 장한징은 열두 개의 관 사이를 왔다 갔다 하며 상태를 살피고 있었다.

언강호 등은 잠시 입을 다물지 못하고 장내를 주시하고 있었다. 태선과 고타, 대환 등의 능력은 그야말로 인간의 그것이 아니었다. 물론 그들을 상대하는 태천의 능력도 놀랍지만 마족들이나 곽불인, 진복원, 왕조욱은 손색이 있어 보였다.

문득 태선과 언강호의 시선이 마주쳤다. 몸이 부르르 떨렸다. 쭈글쭈글한 얼굴과 허연 신선풍의 수염이 심한 부조화를 이루는 그의 용모는 처음 보는 것이었으나 단 한 번도 잊어본 적이 없는 눈빛이었다.

자신에게 혈사행과 대천무를 명한 사람!

그는 바로 검공 곽포라였다. 아니, 곽포라로 변신한 태선이었을 것이다.

어쩐지 얼굴이 낯익은 느낌이었다.

탈속한 선풍 뒤에 풍기는, 인생의 괴로움을 두루 맛본 듯한 애잔함은 바로 사부 진립에게서 느끼던 감정이 아닌가? 하지만 진립은 분명 아니었다. 그는 대체 누구란 말인가?

이때, 이일의 목소리가 들려왔다.

"교주님, 피 궁주님을 깨우십시오."

그의 말에 백화심과 종조고가 피용화를 조심스럽게 안고 왔다.

신비용녀를 보니 눈물이 날 것 같았다. 백화심과 종조고는 그새 눈물을 훔치고 있었다. 언강호는 눈을 질끈 감고 커다란 회혼침을 꺼내 그녀의 아랫배, 기해혈을 푹 찔렀다. 자신의 심장이 꿰뚫리는 기분이었다.

"언 교주……."

천천히 눈을 뜬 피용화가 애써 웃음을 지었다. 그녀의 몰골만큼이나 메마른 웃음이었다. 언강호는 아무 말도 하지 못하고 그녀의 두 손을 꼭 쥐고는 자신의 입술을 갖다 대었다. 피용화의 눈꼬리가 가늘게 떨렸다.

그러나 다시 들려온 이일의 목소리가 그들을 갈라놓았다.

"십이마신의 소환이 임박한 것 같습니다. 즉시 공격하여야 합니다."

장손경도 말했다. 그녀는 좀 전에 곽불사와 시선이 마주쳤지만 애써 마음을 다잡고 외면했다.

"관과 미족들의 위치가 매우 교묘하군요. 잘못 공격하면 오히려 역효과를 일으킬지도 모르겠어요."

"그녀의 말이 맞아요. 강호가 앞쪽 첫 번째 관, 그리고 이분……."

피용화가 그를 강호라고 불렀다. 언강호는 가슴이 뛰는 기분이었다. 하지만 얼른 고개를 돌리며 양조를 소개했다. 그녀는 단지 보는 것만으로도 령마의 능력을 알아본 모양이었다.

"이분이 바로 나의 대사형이시오. 만마성 팔마이시기도 하고."

급한 순간인지라 그들은 인사도 생략하고 삼황결공을 향해 몸을 날렸다. 효마 설백과 신월곤룡 육여, 범마 등호, 요선 연옥귀, 그리고 지하광장의 일이 잘 마무리되어 함께 온 적발독광, 아니, 독존 전락생, 불공 석두타, 혈선 계몽량, 파초광돈 저사렴, 독성 여려화 등 최고의 고수 열두 명이 동시에 나섰다. 그들은 강경파와 정통파의 결전장을 훌쩍 뛰어넘어 피용화가 지정해 준 관을 향해 자신의 절기를 뿜어냈다.

"안 돼!"

"막아라!"

태선에게 발이 묶인 태천은 고함만 질렀고, 만마 한 명과 싸우던 홍진은 거센 공세를 취혜 몸을 빼내어 개중에 그래도 만만해 보이는 연옥귀를 향해 가뢰조와 취공각을 동시에 날리며 외쳤다.

하지만 홍옥팔수의 기연과 만마성에서의 수련으로 연옥귀는 놀라운 진경을 이루고 있었다. 그녀의 왼손이 슬쩍 움직이자 짙은 장미향의 소수표향장이 그를 훑고 지나갔다. 홍진은 온몸을 부르르 떨었다. 지극한 쾌감이 전신을 자극하며 방정을 일으키려 했다. 입술을 깨물어 일부러 피를 내며 축심기공으로 천기를 일으켜 저항했다. 방정이 시작되는 순간 그는 끝이라는 사실을 잘 알기 때문이었다.

그런 홍진을 두고 연옥귀는 목표하는 관을 향해 가볍게 넘어갔다. 다른 사람들의 사정도 비슷했다. 여기저기서 언강호 등을 막으려 했지만 그들의 능력으로는 역부족이었다.

그들이 막 관을 향해 공격하려는 순간이었다.

저 멀리서 무엇인가 검은빛이 번쩍하더니 공간을 초월해 날아오는 것이었다. 언강호 등은 그것만으로도 극심한 압박감을 느끼고 관 바로 위에 도달했지만 공격할 수가 없었다.

가까이 온 그것은 별 모양을 한 검은 물체였다. 바로 태선이 쓰던 것이었다. 어떤 무공으로도 저항할 수가 없었다. 언강호는 즉시 등에 지고 있던 백호신령기를 내려 오른손에 들고, 머리에 묶고 있던 현무건을 풀어 왼손에 쥐었다.

구우우웅.

거대한 두 힘이 충돌하는 순간, 사람들은 하늘과 땅이 구부러져 뒤섞이는 듯한 느낌이 들었다. 둔중한 소리는 자신의 내부에서 들려오는 것 같았다.

언강호는 심한 충격을 받고 튕겨 나갔다. 다행히 전락생이 번개처럼 달려와 받아주었다. 지금 그들 중 언강호를 제외하면 독존이 된 그가 최고의 고수라고 할 수 있었다.

간신히 몸을 바로 하고 보니 그 별 모양의 물체가 태선에게로 돌아가는 것이 보였다. 그가 왜 방해를 한단 말인가? 그렇다면 수하들로 하여금 홍진 등을 공격하는 이유는 무엇이란 말인가? 알 수 없는 의문이 그를 괴롭혔다.

이때 독선이 관 속에 검은 단환 하나씩을 던져 넣는 것이 보였다. 동시에 아밀이 '카아아아' 하는 괴성을 지르며 꽃바구니에서 거대한 흑화 열두 송이를 꺼내 관을 향해 던지는 것이었다. 관에 붙은 둘씩의 미족들도 머리털이 뻣뻣이 곤두서며 광란을 시작했다.

바로 지금이 소환의 순간임을 느낀 언강호는 피용화와 함께 다시 공격을 시도했지만, 이미 관 속에서 검은 연기가 뭉클뭉클 피어나더니 가공할 기운이 뻗쳐 오는 것이었다.

"늦었다."

이일의 탄식이 들려왔다.

“크아아악.”

“쿠어어어.”

관 속에서 십이마신이 일어나자 곁에 달라붙어 있던 마족들이 가루가 되어 날려갔다. 기운을 다 빨린 모양이었다. 마신들은 일어나기 무섭게 삼황결공으로 다가갔다.

전설에 따르면 삼황은 큰 거북의 다리 네 개를 잘라 선계의 통로를 막고, 기린 열두 마리의 뿔을 잘라 마계의 통로를 봉쇄했다고 한다. 십이마신은 삼황결공의 빛무리 속에서 검게 번쩍이는 뿔 모양의 물체를 각기 하나씩 잡았다.

그들은 놀라운 능력으로 태초에 삼황이 막아놓은 기린의 뿔을 뽑아내기 시작했다.

이세 그들을 막을 방도는 정녕 없는 것인가?

속으로 탄식하고 있는데 피용화가 말했다.

“왕 당주가 어느 분인가요? 어서 만년오풍초에 불을 붙여 축융마인과 빙백마녀를 향해 던지세요.”

그러면서 자신 역시 품에서 한 송이 꽃을 꺼내 불을 붙이더니 천살마시를 향해 던지는 것이었다. 꼭 부처님이 앉아 있는 연꽃 좌대(座臺)처럼 생긴 부들꽃이었다.

“아, 연대구용!”

전락생이 감탄사를 발했다.

피용화가 천살마시를 해독하기 위해 구해 달라고 했던 열두 가지 약재 중 끝까지 찾지 못했던 그 연대구용이었다.

잠시 만년오풍초를 잊고 있었던 현청사안 왕방형도 서둘러 그녀의 말에 따랐다. 연대구용은 정확히 천살마시 사이에, 만년오풍초는 축융마인과 빙백마녀 사이에 떨어졌다. 연기가 피어올라 그들을 감싸게 되자 다섯 마신이 발광을 하기 시작했다.

"크아아악!"

"쿠어어억!"

그들은 몸을 비틀면서도 마지막까지 뿔을 당기려고 했지만 허사였다. 끝내 다섯 마신은 뿔을 뽑지 못하고 쓰러졌다.

"캬아아악!"

이를 본 아밀이 날카로운 비명성을 울리며 달려가 살펴보았다. 그러나 가망이 없다는 사실을 알게 되자 꽃바구니에서 세 송이 꽃을 꺼내 자신의 머리와 가슴, 배에 푹푹 꽂아 넣는 것이었다.

언강호는 다시 한 번 자신의 심장이 꿰뚫리는 듯 아파왔다.

한데 전혀 예상치 못한 일이 벌어졌다. 아밀의 몸에 꽂힌 세 송이 꽃이 팔로 변하더니 원래 두 개까지 합쳐 뿔을 당기는 것이었다. 거대한 아밀의 몸 이곳저곳에서 커다란 혹이 솟아나고 꺼지기를 반복하며 '끄아아악' 하는 괴성을 울렸다. 그러자 놀랍게도 다섯 개의 뿔과 남은 일곱 마신이 당기는 뿔이 함께 빠져나오기 시작했다. 삼황결공이 터질 듯 요동을 치고 있었다.

"초용!"

언강호가 자기도 모르게 불렀다.

안타까움이 가득한 음성이었다. 지금 아밀, 아니, 초용은 소멸을 각오하고 자신과 보패의 모든 힘을 쏟아 다섯 마신을 대신하려 함이 틀림없었다.

아밀, 그녀가 멈칫했다.

영겁과 같은 찰나의 순간이 지나고 초용이 천천히 고개를 돌리는 것이었다. 커다란 눈망울에 눈물이 맺혀 있는 것 같았다.

이때였다.

지금까지 태선에게 몰리던 태천이 갑자기 눈에서 시커먼 전광(電光)을 토해내는 것이었다. 마치 마신의 번개와 같은 무서운 광채였다. 깜짝 놀란 태선이 물러나자 태천은 순식간에 허공을 가로질러 초용의 옆에 있는 삼존마신에게로 날아갔다. 그리고는 입을 쩍 벌려 세 가닥의 검은 기류를 토해내는 것이었다.

"끄어어억."

뿔에서 손을 뗄 수가 없는 삼존마신은 그를 떨쳐 버릴 수가 없었다. 순식간에 불사마인들의 악기가 태천에게로 빨려 들어갔다.

아밀과 남은 마신들의 안색이 대변했다.

언강호의 부름에 잠시 인간의 감성을 떠올렸던 아밀은 그제야 크게 분노해 손을 떼고 다섯 손을 휘둘러 태천을 공격해 갔다.

"네놈이 배신하다니? 죽어라!"

"크하하하. 내가 하찮은 미족 따위에게 굴복할 사람으로 보였더냐? 마장심공과 암흑마공을 동시에 익혀 이미 암흑마신이 된 나다. 이제 삼존마신의 기운까지 흡수했으니 누가 나를 당하겠느냐? 나는 인간이면서 암흑마신이다. 인간 암흑마신! 크하하하."

놀랍게도 태천은 정말 암흑마신이 된 것인지 아밀의 분노에 찬 공격을 힘들이지 않고 받아넘기는 것이었다. 그러면서 아직도 뿔을 잡아당기고 있는 마신들의 머리 위로 입에서 검은 기운을 뻗어내 그들마저 흡수하려고 했다. 아밀이 광포한 분노를 드러내며 다섯 팔을 마구 후려쳤지만 허사였다. 이미 그녀의 꽃바구니는 비어 있었다. 보패를 다 소모해 버린 것이었다.

그제야 남은 네 마신도 손을 떼고 저항하려 했으나 소환된 지 얼마 되지 않았고, 그나마도 뿔을 당기느라고 대부분의 힘을 소모해 버려 암흑마공을 완성한 태천을 당할 수가 없었다. 네 마신들은 하나하나 그의 입

속으로 빨려 들어갔다.

놀란 언강호가 달려가려고 하자 피용화가 신비한 미소로 고개를 흔드는 것이었다.

마신들을 흡수한 태천의 능력은 갈수록 무서워져 이제는 초용마저 삼키려 하고 있었다. 다시 아밀과 언강호의 눈동자가 마주쳤다. 슬픔의 빛이었다. 순간 그녀는 거대한 폭발을 일으키며 사라져 갔다. 태천에게 흡수당하느니 차라리 소멸의 길을 택한 것이었다. 어머니 담문경의 동생 담서경, 그녀의 딸을 이제 영원히 볼 수 없을 터였다. 언강호는 가슴이 찢어지는 듯했다.

폭발의 여파가 가시자 태천의 모습이 드러났다. 강경파의 마인들과 남은 마족들은 어찌할 바를 몰라 허둥거렸다.

"크하하하. 이제 내가 인간세상의 지배자다. 너희들은 모두 무릎을 꿇고 경배를 올려라. 인간 암흑마신을 숭배할 지어다!"

광란하는 그의 기세가 너무나 대단하여 태선조차 아무런 말을 못하고 있었다. 한데 갑자기 태천이 머리를 감싸 쥐고 비틀거렸다. 마장심공으로 통제하고 있던 암흑마기가 무려 일곱 마신의 악기를 흡수하면서 폭주하기 시작한 것이었다.

원래 그는 삼존마신의 기운만 흡수할 생각이었지만 아밀이 워낙 거세게 저항하자 네 명의 마신이 합세할까 봐 그들을 제거할 겸 기운을 흡수해 버린 것이었다. 이것이 실책이었다. 그의 마장심공이 아무리 대단하다고 하나 일곱 마신의 기운이 더해진 암흑마기를 통제할 정도는 아니었던 것이다.

보고 있던 태선은 쾌재를 불렀다.

"고타, 대환, 곽불사! 나를 따르라."

그의 명령에 세 사람은 바람처럼 삼황결공 앞으로 달려갔다.

북 태선, 남 고타, 서 곽불사, 동 대환, 각기 자리를 잡은 그들은 거북의 발을 당기기 시작했다.

그그궁—

기린의 뿔과 달리 거북의 발은 쉽게 빠져나왔다. 지금 달려가 봐야 소용이 없을 것 같았다.

이때 차가운 음성이 울려왔다.

"동방의 두 선인이여! 곽불사 방주여! 잠시 멈추고 나의 말을 들으시오."

홀연히 나타난 한 사람, 그는 다름 아닌 천축 살가랍륵으로 떠났던 도공 합합아였다. 그가 드디어 돌아온 것이다.

이 말에 고타가 흠칫했다.

십이마신이 전력을 다해 뿔을 당기는 바람에 삼황결공은 매우 헐거워져 있었다. 거북의 발을 동시에 당기기만 하면 능히 뺄 수 있을 터였다. 한데 결정적인 순간에 들려온 도공의 말에 고타가 멈추자 거의 다 빠져나왔던 것이 한꺼번에 멈추었다.

"그의 목적은 선계를 열어 신인들이 다스리는 인간 세상을 만드는 것이 아니오. 오직 탈각하여 선계로 간 무성자와 동심자를 자신의 발아래 두고 부리려는 것뿐이오."

"무슨 헛소리냐? 어서 당겨라!"

태선이 버럭 고함을 질렀지만 이번에는 곽불사가 꼼짝하지 않았다. 합합아가 그를 보고 말했다.

"사형! 이제 그만 하시오. 당신은 현무상인의 제자이며, 무림삼자의 일인이 아니오? 한데 조그만 원한을 잊지 못하여 태초에 삼황께서 정하신 삼계의 질서를 어지럽히고자 하니 이 어쩐 일이오?"

언강호와 양조는 눈에서 불똥이 튀는 느낌이었다.

　무성자와 동심자를 제외한 무림삼자의 일인, 그는 바로 장천문의 시조인 장천자가 아닌가? 그래서 낯이 익어 보였던 것인가? 분노가 그들을 사로잡았다.

“당신이 장천자란 말이오? 당신이!”

“진립 사부님의 통곡과 절망을 보았소?”

“…….”

　태선, 아니, 장천자도 도공도 놀라 입을 다물었다.

“당신은 당신의 후예들을 방치했소. 절망 속에 몸부림치도록 말이오. 나는 당신이 탈각하여 선계로 갔다는 말을 듣고 선계를 열어서라도 반드시 당신에게 물어보려고 했소. 대체 장천문을 내버려 둔 이유가 무엇이오? 조화검법과 천지도법이 칠대검도류를 통합한 최고의 무공임을 왜 말하지 않았소? 그럴 거면 왜 장천문을 만들었단 말이오?”

　언강호의 말은 진립의 통곡이었다.

　양조의 눈에도 이슬이 맺히고 있었다.

　뜻밖의 일에 장천자는 크게 충격을 받은 표정이었다.

　사실 그는 어려서 갖은 고생을 다하다가 무공이란 것이 있다는 사실을 알고는 각 문파를 찾아다니며 제자로 받아달라고 애원했다. 그러나 그는 번번이 거절당했으며, 심지어 죽도록 두들겨 맞기도 했다.

　그러다가 현무상인을 만나게 되었는데, 놀랍게도 무림 최고의 구도자인 그는 선선히 고개를 끄덕이며 그를 제자로 받아들였던 것이다. 당시 장천자가 얼마나 감격하고 희망에 부풀었을지는 말할 필요가 없는 일이었다.

　한데 현무상인은 그에게 불법과 무위자연의 도를 가르칠 뿐 무공은 거론조차 하지 않았다. 그때 이미 무공을 배우고 있었던 무성자와 동심자가 그렇게 부러울 수가 없었다.

그는 사부에게 애원했다. 현무상인은 그런 제자에게 금강숙이나 태극도량으로 출가하여 구도의 길을 걷도록 설득했다. 그들은 평행선이었다. 이때부터 장천자는 현무상인의 무공을 훔쳐 배우기 시작했다.

하지만 이미 무성자와 동심자의 경지가 상당해 엿들어도 알아들을 수 있는 것은 무공에 관한 일반적인 이야기뿐이었다. 장천자는 이것도 감지덕지했다. 그는 꿈을 잃지 않고 현무상인의 무론(武論)을 바탕으로 스스로 무공을 만들어 나갔다.

무수히 절망하고 실망하고 분노하면서도 고난의 가시밭길을 멈추지 않고 걸어갔다. 그리하여 마침내 탄생한 것이 오대검류를 통합한 조화검법과 이대도류를 통합한 천지도법이었다.

이러한 일은 당시로서는 생각도 못한 획기적인 발상이라 장천자는 뒤늦게 들어온 사제 만상자와 무극자의 절대적인 존경을 받게 되었고, 두 사형과 함께 무림삼자라고 불리게 되었다.

마침내 그는 무성자, 동심자와 함께 멸천이마종을 맞아 싸웠다. 사상 처음으로 삼경의 고수가 된 그들의 격전은 실로 장엄하고도 무시무시한 것이었다. 정도와 사마외도, 감성과 이성이 정면으로 충돌했다. 장천자도 이 싸움을 통해 많은 것을 배웠고, 무공에 대한 새로운 경지를 엿볼 수 있었다.

하지만 그를 제외한 네 사람은 그 정도가 아니었다. 마치 서로가 서로에게 사부가 되듯 싸우면서 배우고, 배우면서 싸워 그 경지가 끝 간 데를 모르고 높아져 갔던 것이다.

장천자는 점점 뒤쳐졌다. 너무나 빈약한 그의 본바탕으로는 쫓아갈 수가 없었다. 마침내 사인은 탈각해 단정만을 남기고 사라졌다. 그런 사제가 안되었던지 마지막 순간 무성자가 말했다.

"정도와 사마외도의 구분 이전에 도(道)와 비도의 구분이 있다. 너는 이를 명심하거라."

자신이 전혀 신경 쓰지 않았던 부분이었다.

장천자는 부끄럽고 무안해 그들이 탈각하는 순간 모습을 감추어 버렸다. 그래서 사람들은 모두 장천자까지 탈각한 줄 알고 있었다. 어차피 단정은 보통 사람의 눈으로는 볼 수 없는 것이었다.

절망하고 고민하던 그는 문득 사부가 갔다는 천축의 살가랍륵이 생각났다. 왜 그 중요한 시기에 갔을까? 혹시 그곳에 뭔가 있는 것이 아닐까? 장천자는 천축으로 달려갔다. 과연 사부가 좌화(坐化)한 곳에는 놀라운 기연이 기다리고 있었다.

오천 년 전 악목대전에서 패한 흑마신은 천축으로 도망쳤다. 그 뒤를 백호 남화자가 쫓아갔다. 흑마신은 동으로, 남으로, 서로 백만 리를 도망쳤지만 남화자의 추적을 벗어날 수가 없었다. 지칠 대로 지쳐 있을 때, 흑마신은 다 죽어가는 또 다른 반마족을 만나게 되었다. 그, 아니, 그녀는 너무 예뻤다. 이를 본 흑마신은 좋은 생각이 떠올랐다. 반마족의 령이 떠나는 순간 흑마신은 자신의 몸을 버리고 그 속으로 들어갔다. 암황신이 준 그의 보패는 능히 이를 가능하게 해주었다.

남화자의 능력은 과연 대단하여 모습이 완전히 바뀌었음에도 정확히 흑마신을 찾아냈다. 한데 문제는 신인인 남화자의 가슴에 사랑의 불꽃이 피어난 것이었다. 완전한 이성체(理性體)인 신인은 원래 사랑을 느끼지 못하지만 오랜 세월 인간계에서 지내다 보니 약간이나마 감성을 이해하게 된 것이다. 사랑은 가장 순수하며 밑바탕을 이루는 감성이다. 다른 감정은 어림도 없겠지만 사랑은 그 조그만 빈틈에도 파고들었던 것이다. 흑마신은 이를 정확히 예측하고 있었다. 드디어 그는 살아남게 되었다.

하나 문제는 남화자에게만 생긴 것이 아니었다. 흑마신에게도 생겼다. 사랑의 감성은 외모를 따라 그를 점차 여자로 만들어갔다. 그리하여 그는 그녀가 되었으며, 종래에 가서는 남화자를 진정으로 사랑하게 되어버렸다.

둘은 천 리의 거리를 두고 동과 서에서 살면서 정확히 중간인 살가랍 륵에 신전을 세우고 서로에게 정표를 새겨놓았다. 가히 최고라도 해도 손색이 없는 이성의 능력과 감성의 능력이었다.

그들의 사랑은 잔잔하고 은은하였지만 천 년의 세월에도 변하지 않았다. 그리하여 마침내 그들이 세상을 떠날 때에는 둘의 기운이 하나가 되어 마혜나라연을 형성했다. 신인의 신기이면서 마족의 보패인 신비로운 별은 이렇게 그 신전 안에서 생겨났다.

동과 서에 있던 그들의 후예는 신인과 반마족의 신비가 잠든 신전 위에 각기 지고 온 산을 던져 묻어버렸다. 그 누구도 찾지 못하도록 하기 위함이었다. 하지만 세월이 흘러 천축에서 엄청난 화산 분출이 일어났고, 이로 인해 천문이 크게 어지러워졌다. 신비한 예지 능력의 소유자였던 현무상인은 이를 보고 천축으로 달려왔던 것이다.

그리고 장천자가 사부의 뒤를 쫓아왔다가 신전을 발견하게 되었다. 그가 얼마나 기뻐했을지는 말하지 않아도 뻔한 일이었다. 처음 현무상인의 제자가 될 때와 똑같은 기분이었다.

더구나 두 가지 능력은 마혜나라연을 통해 저절로 흡수되었다.

인간이 만든 그 어떤 무공보다 뛰어난 이성과 감성의 능력을 동시에 가지게 된 것이다. 그는 크게 기뻐 좌화한 사부에게 큰절을 올렸다. 하나 며칠 못 가 다시 문제가 생겼다. 이번에도 역시 빈약한 본바탕이 말썽이었다. 그는 울분을 터뜨리며 사부를 저주했다. 엄청난 능력을 가지게 되었지만 밑바탕이 없으니 이는 마치 대들도 없는 아방궁이요, 주춧돌 없는 마천루나 마찬가지였다. 언제 무너질지 알 수 없었다. 마혜나라연을 잘못 사용하다가는 자신을 죽이기 딱 알맞았다.

분통이 터질 노릇이었으나 그의 장점은 끈기였다.

장천자는 다시 시작하기로 마음먹었다. 인간의 무공 중 이성과 감성 양 방면에서 최고의 무공을 골라 기초부터 익히기로 결심한 것이다. 중원으로 돌아온 그는 당연히 무성자와 멸천이마종의 무공을 찾아냈다. 한데 그는 다시 절망했다. 그들의 무공은 너무나 광범위하고 심오한 것이라 직접 몸으로 익히자면 오백 년이 걸릴지 천 년이 걸릴지 모를 일이었다.

고심하던 그는 이번에도 포기하지 않고 다시 방법을 찾아냈다.

우선 사제인 만상자와 무극자로 하여금 존마 고귀향과 현공 위위홍을 제압하고 그들로 변신하게 하여 혹시 있을지 모를 방해를 사전에 차단했다.

그리고 타인의 성취를 자신의 것으로 만들기 시작했다.

이는 매우 효과적인 방법이었다. 무성십도와 만마십공의 여러 개가 금방 완벽하게 자신의 것이 되었다. 통륜방에서는 곽포라로, 만마성에서는 정통파의 태선으로 행세했기에 그의 계획을 방해할 사람은 없었다.

그러는 중에 그를 괴롭히는 것은 탈각하면서 무성자 대사형이 남긴 말이었다. 정도와 사마외도 이전에 도와 비도가 있다니? 그렇다면 비도의 무공을 알지 못하면 완전해질 수 없다는 말인가? 내심 평탄하게 수재의 길만 걸어갔던 대사형의 무공을 크게 부러워하며 질투하고 저주까지 하고 있던 그였으나 어찌 무성자의 말을 무시하랴?

그리하여 통륜방에서는 단공쇄류와 용명도후의 깨달음을 얻기 위해 혈안이 되어 사람들을 염부주로 밀어넣었다. 물론 신비에 싸여 있는 검성도와 도화도를 얻어야겠다는 생각도 간절했다. 그리고 만마성에서는 지옥멸겁광과 암흑팔마해의 깨달음을 얻기 위해 가사 상태에 빠진 존마 고귀향에게 섭백나부대법을 펼칠 준비를 착착 갖추었다. 물론 만겁마경의 깨달음을 얻는 것도 지극히 중요한 일이었다.

하지만 무성십도와 만마십공이 점차 모이면서 장천자는 결론을 내렸다. 그는 다시 한 번 잘난 대사형을 저주했다. 탈각하면서까지 자신을 속이다니? 자신이 완전해지는 데는 무성십도와 만마십공이면 충분했다. 오히려 비상식적이며 죽음만을 추구하는 비도의 무공은 재앙을 초래할지도 모를 일이었다.

결론을 내린 그는 강운에게 또 다른 희망으로 지켜보던 사마량의 제거를 명령했다. 그리고 세월이 흘러 언강호가 염부주에서 비도의 무공을 익히고 나왔지만 열 번째 혈사행으로 요구한 것은 검성도와 도화도뿐이었다.

장천자의 수백 년 삶은 이처럼 고통과 가시밭길의 연속이었다. 그렇기에 사무를 원망했고, 잘난 두 사형을 저주했다. 한데 이게 어찌 된 일이란 말인가? 자신이 무심코 세워 조화검법과 천지도법을 전해주었던 장천문. 그 후예들이 그토록 고통받고 있었다니? 그들이 자신을 이토록 저주하고 있었다니?

그는 모순의 골짜기에 빠져들었다. 자기가 자기를 부정한 꼴이었다. 장천자는 겁이 났다. 그는 억지로 현실을 외면하고 회피했다. 남의 탓으로 돌렸다.

"아니야. 이건 나의 잘못이 아니야. 모두 사부와 잘난 두 사형 때문에 벌어진 일이란 말이다."

도공이 그를 향해 말했다.

"사부님께서 사형에게 무공을 전하지 않은 것은 바로 오늘날과 같은 일이 있을 것임을 미리 예견하셨기 때문이오. 또한 사형은 원래부터 마혜나라연과 인연이 닿아 있어 사부님께서 먼저 가 손을 쓰려 하셨던 것이오."

“손을 쓰려 했다고?”

“그렇소. 하지만 그분은 그렇게 하지 않았소. 왜냐하면 사부님은 사형이 스스로 무너질 것임을 그때 아셨던 것이오.”

“내가 스스로 무너진다고?”

“그렇소. 신전의 지하에는 또 다른 석실이 있었는데, 그곳에 사부님께서 남긴 글에 의하면 사형은 남을 불신하고 저주하는 마음으로 인해 중대한 오류에 빠질 것이라고 하셨소.”

“주, 중대한 오류?”

그는 더럭 겁이 났다.

“서, 설마 비도?”

장천자는 애원하는 눈빛으로 언강호를 바라보며 말했다.

“얘, 얘야. 나는 너의 시조가 아니냐? 제발 나에게 솔직히 말해다오. 정도와 사마외도, 아니, 감성과 이성 그 이전에 도와 비도가 있는 것이냐? 정녕 그런 것이냐?”

분노가 하도 커서 애처로움이 되었다.

“당신 같은 사람이 그걸 모르다니 정말 믿을 수가 없군. 무림에 발을 디딘 사람이라면 삼척동자도 아는 일이 아니오? 그래서 천 년의 세월 동안 비도가 경계를 받아온 것이며, 삼백 년 전에는 공식적인 회의까지 열어 이단과 정도를 구분한 것이 아니겠소? 또한 주화입마에 빠지면 누구를 막론하고 처단하는 것이며, 만마성에서 암흑마공을 경계함이 그토록 심한 것도 다 같은 이유인데 정녕 그걸 몰랐단 말이오?”

“으아아아. 무성자! 네가 나를 두 번 죽이는구나.”

그의 절규에 삼황결공이 요동쳤다.

안 그래도 언강호 등이 아직 때가 되지 않았는데 아밀 등을 공격하는 것을 보고는 마혜나라연을 전력으로 날렸다. 십이마신이 먼저 힘을 써서 뿔을 당겨야 삼황결공이 헐거워져 자신들의 힘으로 거북의 발을 뺄 수 있는 것이다. 한데 온 힘을 다해 마혜나라연을 날리자 이상하게 척추가 뻐근한 느낌이었다. 단순히 힘을 너무 써서 그런가 싶었더니 그것이 아니었다.

신인과 마족이 남긴 이 마혜나라연은 감성과 이성 이전의 도와 비도를 이해하지 못하는 한 자신에게도 흉기나 마찬가지였다.

이를 모르고 전력으로 사용하는 바람에 문제가 생겨나고 있었다. 진기, 내공이라고 할 수 있는 천추혈의 내기(內氣)가 부글부글 끓어오르고 있었다.

한편 곽불사는 멍한 표정이 되었다.

도공의 말은 거짓이 아닌 듯했다. 이런 사람을 믿고 있었다니! 허탈해 있는 그의 곁으로 장손경이 다가와 안겼다. 그의 품에 얼굴을 묻은 그녀의 눈에서 눈물이 흘러나와 가슴을 적셨다. 그는 천천히 손을 놓았다. 분노와 원한이 사람을 어떻게 만드는지 태선에게서, 태천에게서 보았다. 그는 같은 실수를 반복하고 싶지 않았다. 곽불사는 돌아섰다. 많은 사람들이 따스한 미소로 그를 반겨주었다. 곽요진과 언강호, 장손공유와 장손덕회, 장손무, 그리고 임벽과 채공시, 고영상, 주효목, 북순의, 이일 등하나하나가 그에게 소중한 사람들이었다.

'내가 이들에게 아픔을 줄 뻔했구나.'

후회의 감정이 물밀 듯이 밀려왔다.

고타와 대환 역시 허망한 표정이었다.

청정의 대지 동방에서 머나먼 이곳 마이강까지 와서 풍진에 몸을 더럽혔건만, 그들이 깨달은 것은 열망의 허망함이었다. 선계를 열어 선조인 거발환과 다의발을 만난들 무엇 하겠는가? 그들에게는 선계 신인으로서의 삶이 있고, 자신들에게는 인간으로서의 삶이 있는 것이다. 소중한 것

은 각자의 삶에 충실한 것이 아니겠는가? 큰 깨달음을 얻은 고타와 대환
은 그 길로 거북의 발을 놓고 동방으로 떠나려 했다.

한데 이때 갑자기 곽불인과 진복원, 왕조욱이 달려가더니 홍진을 불러
함께 거북의 발을 뽑으려고 했다. 동시에 칠원성군과 혜각, 광양 진인 등
이 사파의 고수를 지휘해 그 뒤를 차단하는 것이었다.

매우 뜻밖이지만 이는 사실 당연한 일이었다.

곽불인과 진복원, 왕조욱은 단주를 흡수하고 이성의 존재가 되었다.
그들은 태천이 인간에 의한 세상을 만들겠다는 말에 반신반의하는 마음
으로 따라왔다. 하나 그가 암흑마공을 익혀 암흑마신이 되었다는 사실을
알고는 희망을 버렸다. 그래서 내심 태선이 선계를 열길 기다리고 있었
는데 이마저 무산되자 직접 행동에 나선 것이었다.

그들의 전격적인 행동은 시기가 매우 교묘했다.

태천은 미쳤고, 태선과 언강호, 양조는 광분하고 있었다. 또한 살아남
은 마족들은 어찌할 바를 모르고 허둥거리고 있었다. 그들을 제지할 사
람은 아무도 없는 것으로 보였다.

하지만 그들은 알지 못했다, 언강호의 분노가 절정에 달했을 때 피용
화가 그의 손을 잡아준 사실을. 그리고 그녀가 전음으로 말했다.

"보세요. 분노와 저주가 자신을 망치고, 세상을 망치고, 아비 잃은 고
아들의 통곡을 만들었어요. 이제 분노를 가라앉혀요. 그만 저주를 떠나
보내요."

그녀의 음성이 잔잔한 파문이 되어 가슴이란 호수에 퍼져 나갔다. 언
강호는 비로소 소설란을 용서하고, 포건공에 대한 원망을 거두었으며,
마침내는 장천자에 대한 저주를 버릴 수 있었다. 처음으로 이효와 양왕,
수비, 영비, 왕돈, 자덕, 도초, 도혁, 도엄 등의 명복까지 빌었다.

사부 진립이 저 멀리서 웃고 있는 듯했다.

곽불인 등이 거북의 발을 뽑으려는 순간 언강호와 피용화가 날아갔다. 문곡성군 등 사파(四派)의 고수들이 불나방처럼 달려들었다. 피용화가 모란꽃처럼 메마른, 그러나 너무나 아름답고 신비로운 미소를 보냈다.

언강호는 물기 어린 시선으로 그녀를 배웅했다.

마침내 주작신홀이 빛을 발했다. 거대한 주작이 날개를 펼치는 듯한 형상이었다. 그 상서로운 광채에 사람들은 넋을 잃었다.

빛이 사라졌을 때는 문곡성군도, 사파의 고수들도, 피용화도 없었다. 이제는 한 덩어리 돌로 변한 주작신홀이 텅, 하는 소리와 함께 떨어져 내렸을 뿐이다.

방해자가 모두 사라지자 언강호는 빛을 가르고 날아가 백호신령기와 현무건을 뽑아냈다. 곽불인 등이 황급히 돌아서 전력을 다해 공격해 왔다. 하지만 징도와 사마외도, 즉 이성과 감성의 완벽한 조화를 이루었을 뿐만 아니라 도와 비도까지 포괄한 언강호의 사신기는 그 본연의 위력 이상을 발휘했다.

무화경의 고수 세 명이 허무하게 사라져 갔다.

이때 암흑마기가 폭주해 미쳐 날뛰던 태천이 언강호를 덮쳤다. 암흑마기에 칠마신의 악기까지 더해져 세상을 집어삼킬 듯 무시무시한 기운이 피어올랐다.

언강호는 침착하게 피용화의 말을 떠올렸다.

"기회를 보아 암흑마신의 양구혈(梁丘穴)을 치세요. 그럼 당신의 대천무를 완수할 수 있을 거예요."

달려오는 태천, 아니, 암흑마신의 무릎 위 양구혈은 텅 비어 있었다. 언강호의 왼손 검지손가락에서 가는 한줄기 지기(指氣)가 날아갔다. 그것은 단지 본원십일공의 수원지였을 뿐이었다.

"큭! 크크큭. 이, 이게 뭐냐? 으아아아악~!"

양구혈이 트이면서 암흑마신의 기혈이 엄청나게 빨리 운행되기 시작
했다. 그러자 곧 모든 기운이 일시에 폭발해 부풀어 올랐다. 그의 발광이
계속되면서 몸이 엄청나게 부풀어 오르고 윗옷이 찢어져 나갔다. 몇 장
의 종이가 팔랑거리며 언강호의 발밑으로 날아왔다.

칠절(七節)!

바로 찢겨져 나갔던 마장심공 칠절이었다.

그것은 모두 세 장이었고, 단 세 자가 적혀 있었다.

무(無), 변(變), 화(化)!

언강호는 고개를 끄덕였다.

태초에는 모든 것이 무였으며, 이것이 변하고 화하여 모든 유위가 되
었다. 누구나 아는 사실이지만 태천은 끝내 이를 깨닫지 못했음이 분명
했다. 감성이든, 이성이든, 정도든, 사마외도든, 심지어 도나 비도나, 인
간계, 선계, 마계가 모든 것이 다 유위인 것을……. 그가 이를 깨우쳤으
면 능히 암흑마공을 넘어설 수 있었으리라.

"쿠아아악!"

태천의 발광이 극에 달하고 있었다.

그의 몸은 더욱 부풀어 올라 이전의 아밀보다 오히려 커 보였다. 사람
들이 놀라 달아나려는데 암흑마신이 어딘가를 향하여 달려가는 것이었
다.

하필이면 거기에는 소설란, 아니, 파루라가 있었다. 혼란과 두려움에
사로잡힌 마족 파루라는 본능에 따라 사람들을 잡아다가 마구 뜯어먹고

있었다. 그들은 모두 셋이었다. 바로 호덕원과 종란분, 담은조였다. 같은 편이라 경계를 하고 있지 않다가 변을 당한 것이었다.

암흑마신이 굉렬한 폭발을 일으키면서 호덕원 등은 물론 파루라까지 산산이 찢겨져 날아갔다.

이 참혹한 광경에 육여는 하염없이 눈물을 흘리며 소설란의 이름을 불렀다. 그녀에 대한 육여의 사랑은 진정이었다. 하지만 소설란의 마음은 순수하지 못했다.

사랑은 아름답고 소중한 것이지만 한쪽이 순수하지 못하면 불행한 결과를 가져올 때가 많은 법이다. 물론 자신의 사랑을 위해 남에게 고통을 강요하는 것은 말할 필요도 없는 일이다.

소설란은 언강호에게 고통을 강요했다. 빙마루의 루주인 종란분도 마찬가지였다. 그녀는 만나성 출신인 마화비처의 계주 호덕원과 결혼하기 위해 빙마루를 통째로 참혹한 고통 속으로 밀어 넣었다.

그들이 배신자 담은조와 함께 태천의 폭발로 목숨을 잃은 것은 우연만은 아닐 터였다. 어쩌면 이것이 천벌이요, 업보가 아닐는지…….

잠시 그 모습을 지켜보던 언강호는 성큼성큼 걸어가 떨고 있는 곽요진을 꼭 안아주었다.

"고… 마워요. 당신은 대천무를 이루었지만 그의 죽음은 오로지 자신이 자신을 죽인 것이었어요."

"강호! 축하하네. 자네는 마침내 검공, 아니, 장천자로부터 자유를 얻었군. 염부귀가 자유를 얻다니! 나는 약속하는 바이네. 오늘의 일을 기념하여 통륜방의 방주로서 앞으로 다시는 염부귀를 만들지 않을 것임을!"

돌아온 곽불사의 얼굴에도 안도의 표정이 서려 있었다.

임무를 주었던 자는 덫에 치인 짐승처럼 죽어가고 있었고, 임무를 맡아야만 했던 자는 자유를 얻었다. 언강호가 다가가자 태선은 다시 한 번 애원의 눈빛을 보냈다.

"들으시오. 도란 이런 것이오. 태초에 혼돈이 변하여 태극이 되었으며……."

너무나 평범한 이야기가 흘러나왔다.

하지만 장전자는 끝내 받아들이지 못하고 다시 언강호를 의심했다. 그는 치유할 수 없는 의심증으로 최후의 기회마저 놓치고 말았다. 여기서라도 도와 비도의 세계 너머를 보았다면 충분히 단주를 녹일 수 있었을 터였다.

천추혈에서 분출하는 내기가 일제히 백회혈로 몰려갔다. 그의 백회혈에는 암흑도마종의 단주가 걸려 있었다. 단주가 막고 있어도 정상적인 내기는 충분히 지나갈 수 있지만 지금처럼 일시에 폭발하는 기운을 지나갈 수 없었다.

태선의 얼굴이 벌겋게 변하더니, 결국 백회혈이 터져 내기가 몸 밖으로 모두 빠져나가면서 고통스럽게 목숨을 잃었다.

언강호는 착잡한 눈빛으로 그의 마지막을 지켜보았다.

전에는 주작신홀이었던 돌덩어리를 소중하게 품에 안고 온 종조고가 말했다.

"피 궁주님의 마지막은 너무나 행복해 보였어요. 이는 모두 교주님 덕분이었어요. 저는 이 길로 천궁으로 돌아가 새로운 궁주님을 모셔야겠어요. 가끔 그녀에게도 얼굴을 보여주세요. 명소원에서 그녀는 당신 이야기만 나오면 기뻐 어쩔 줄을 몰랐으니까요."

"그러리다. 부디 잘 가시오."

언강호는 기꺼이 승낙했다. 이제 주작천궁의 궁주는 심소희다. 어찌 그녀를 보러 가길 꺼리겠는가?

여기저기서 켁켁거리는 소리가 들려왔다.

고개를 돌려 보니 전락생이 도공, 불공, 여려화와 함께 남은 마족들을 떼려잡고 있었다. 다행히 남은 녀석들은 매우 하급의 마족들이라 독존의 독을 감당하지 못했다.

아밀을 제외한 최상급의 마족이었던 찰태합, 아니, 은갑마인이면서 언강호의 이사형이었던 적하검룡 포건공은 십이마신을 소환하는 과정에서 자신의 기운을 모두 빼앗기고 소멸되었다. 그가 있던 자리에는 은빛을 발하는 은갑(銀甲)의 조각들만이 소복이 쌓여 있었다. 포건공은 죽음조차 사람들에게 기억되지 못하는 운명이 되고 만 것이다.

마족 청소가 끝나자 전락생이 독선을 보고 말했다.

"어이구, 철없는 사부! 꼴 좋수다. 그래, 세상을 난장판으로 만든 소감이 어떻수?"

"이눔아, 사부에게 그게 무슨 말버릇이냐? 너 설법 한 번 더 받고 잡냐?"

불공의 핀잔에 전락생은 자라목이 되었다. 독존이 된 지금도 설법 이야기만 나오면 간이 콩알만 해지는 그였다.

장한징이 긴 한숨을 내쉬더니 말했다.

"휴우~! 참으로 긴 세월이었고, 참으로 힘든 세월이었군. 내가 무엇을 위해 이토록 애썼지? 락생아! 집에 가자꾸나. 가서 네가 낳은 애들이나 안아보아야겠다."

"뭐유? 나 아직 애 없는데… 이번 일 끝나면 가서 하나 낳아볼까 생각하고 있던 참이었수."

"엥? 큰일 났네? 독존이 되면 씨가 모두 죽어 아이를 못 낳는데?"

"으아아악~! 그게 정말이유? 그걸 왜 이제야 말하는 거야? 나 독존 안 해! 물려줘! 그냥 광생으로 살래."

전락생의 절규가 메아리쳤다.

사람들이 하나둘 떠나자 언강호 등도 더 이상 있고 싶지 않았다. 정리를 마치고 나가려는데 전마 강운 등이 머뭇거리며 한군데 모여 있는 것을 본 효마 설백이 말했다.

"이놈! 강운! 이순! 네놈들이 앞장서서 량아를 헤쳤지? 존마님이 량아를 눈여겨보고 있다는 사실을 알고는 성주 자리가, 대교령 자리가 불안해서 태선을 부추겼지?"

"……."

"그것도 모자라 사성조를 이끌고 봉태까지 직접 찾아가지 않았더냐? 당시 사성조는 몰살당했지만, 네놈은 문경과 아이를 이용해 결국 량아를 죽이고 말았지. 비겁한 놈! 실력으로 했으면 한주먹거리도 안 되었을 놈이……."

설백은 미치지 않았다. 모든 사실을 알고 있었다. 그랬기에 미친 척했던 것이다.

전마 강운의 안색이 수차례 변하더니 언강호 앞에 털썩 무릎을 꿇었다.

"감히 용서를 청하네. 효마님의 말대로 나는 두려웠네. 태선이 두렵고, 존마님이 두렵고, 자네 아버지가 두려웠지. 두려움이 나의 눈을 가렸던 모양이네. 나로 인하여 자네의 마음이 마이강을 떠나지 않았으면 하는 바람일세."

이 말을 끝으로 그의 입에서 피가 주르르 흘러나왔다. 동시에 번뇌마 이순의 입에서도 피가 흘러내렸다.

언강호는 이런 결과를 원하지 않았지만 말릴 수도 없는 일이었다. 사실 복마 사마량을 죽음으로 내몬 원흉은 그들이 아니라 태천과 태선이었다.

마장심공을 찾으러 마장고에 들어갔던 태천은 호기심에 암흑마경을 읽었고, 놀랍게도 그는 곧장 암흑마공에 입문할 수 있었다. 인간 암흑마신이 되어가던 그는 마장심공과 멸천이마종이 남긴 비도의 무공을 함께 익힘으로써 자신과 같은 능력자가 될 소지가 다분했던 사마량을 그냥 둘 수 없었다.

또한 비도의 무공을 얻기 위해 은밀히 사마량을 지켜보던 태선은 후에 자신이 완전해지는 데 비도가 필요없다는 결론을 내리고, 무서운 능력자로 커가는 그에게 부담을 느껴 제거를 결심한 것이었다.

이처럼 태천과 태선이 일을 꾸미고 강운과 이순이 실행함으로써 사마량은 목숨을 잃었다.

언강호는 복수하지 않았지만 복수가 절로 이루어졌다.

그러나 조금도 기쁘지 않았다.

둘러보니 오히려 허망했다.

너무 많은 사람들이 희생된 것이다.

특히 만마성 이십마 이내에서 살아남은 사람은 단둘, 팔마인 양조와 십마 오준뿐이었다. 그들에게는 크나큰 재앙이었다.

일행이 밖으로 나가자 돌연 오준이 외쳤다.

"성주님과 대장로님 이하 십마의 여덟 분이 돌아가셨소. 하여 이 사람이 만마평의회의 개최를 선언하는 바이오. …성주에는 당연히 팔마님이신 령마님을 추천하는 바, 찬성하시는 분은 함성을 울려주시오."

"와아아아!"

지하 분지가 떠나갈 듯한 함성이 들려왔다.

실로 오랜만에 열린 만마평의회에서 령마는 마침내 성주가 되었고, 오준은 삼마로 승격되었으며, 궁백도 정식으로 만마성의 식구로 인정받아 천칠십팔마가 되었다. 그리고 분쟁을 예방하기 위해 장차 양조와 등호, 두 사람 중 아무나 먼저 낳는 아들을 팔마로 삼기로 하고 차대 팔마의 사부에는 등호를 임명했다.

당연히 복마와 범마, 효마, 넘마는 복권되었으며, 마이강에 대한 언강호의 권리가 회복되어 명예 제만마의 지위가 내려졌고, 구십팔마촌에 있던 복마의 생가가 선물로 주어졌다. 비록 서열 말위이지만 처음 있는 일이고, 만마성과 중원의 평화를 상징하는 것으로 여겨져 반신교를 비롯한 중원무림인들이 크게 기뻐했다.

존마의 장례는 오 일에 걸쳐 엄수되었다. 동시에 오마였던 환마 태오돈의 장례도 함께 치러졌다.

십이마신을 소환하는 데 쓰였던 검공 곽포라와 현공 위위홍의 시신은 당연히 통륜방과 동심맹이 회수하였다. 그들은 자파로 돌아가는 즉시 엄숙한 장례를 치렀다.

하지만 존마를 대신해 십이마신을 소환하는 데 쓰였던 호덕견의 시신은 아무런 절차도 없이 영겁마동 최하층에 안장되는 데 그쳤고, 이와 정반대로 최하층에 있던 복마의 시신은 최상층으로 옮겨졌다.

그리고 만상자와 무극자에 관한 사실은 태선과 곽불인이 아무에게도 말하지 않아 영원한 비밀로 남았다.

십이마신의 법체로 쓰였던 금갑마인 송백남의 시신은 나원의 공심이 자매에게 전해졌다. 사독, 강숙과 결혼한 그녀들은 원수이자 부친이었던 그의 시신을 어머니의 묘 아래쪽에 안장했다. 영원히 어머니를 우러러보면서 죄를 뉘우치라는 뜻이었다.

왕방형은 꿈에도 그리던 축융마인과 빙백마인을 얻었고, 장손세가의 세 아들 즉 장손성, 장손휘, 장손유는 천살마시의 저주에서 완전히 해방되어 사랑하는 부친 장손덕회의 품으로 돌아갔다. 덤으로 그들은 천살성의 굴레까지 벗어던지게 되었는데, 이는 전적으로 피용화의 공로라고 할 수 있었다. 이 때문에 그들은 일 년씩 돌아가면서 주작천궁의 수문장 역할을 하며 신비용녀의 은혜에 보답했다.

많은 희생이 있었지만 무사히 제이차 악목대전을 막아내고, 만마성과의 평화도 이룬 중원인들은 기뻐하며 마이강을 떠났다.

장손세가에 잠시 들른 곽불사는 곧 두 명의 아리따운 부인을 대동하고 영상의 통륜방으로 돌아가 정식으로 방주에 취임했다. 그의 취임식에는 반신교의 주요 고수들과 만마성의 십마들이 모두 참석해 사람들을 놀라게 했다.

말 많고 탈 많던 집비향 향주에는 송필의 심복이었던 등자산이 임명되었고, 융무전 전주에는 북순의가 임명되었다. 그리고 장로 직을 신설해 임벽, 채공시, 고영상, 주효목, 감립본 등이 모두 장로에 임명되었다.

한편 요선 연옥귀는 장미밀원의 원주 직을 혈관음 종리춘에게 넘기고 반신교의 안방에 들어앉았다.

한데 종리춘 역시 일 년 만에 운몽호 옥진진에게 넘기고 상팔대 이가(李家)의 안방을 차지했다. 이일은 그녀를 별로 마음에 들어 하지 않았으나 술 한잔 잘못 마시는 바람에 총각딱지를 떼이고 울며 겨자 먹기로 결혼한 것이었다.

행복한 날이었다.

무림은 평화롭고, 모든 일은 천오와 이일이 알아서 다 처리해 버리니 교주인 언강호는 물론 좌사인 저사렴이나 우사인 혈선도 딱히 할 일이 없었다. 해서 반신교의 최고 어른인 그들은 늘어나는 애들을 으르거나 업어서 재우는 일로 시간을 보냈다.

삼 년이 지나자 언강호는 교주에서 물러났다.

다음 대 교주가 된 것은 저사렴이었고, 그 역시 언강호를 본받아 삼 년 뒤에는 좌사인 혈선에게 교주의 지위를 넘겼다. 다만 혈선은 갈사에 대한 사랑이 지극하여 좌사 손연중이 아니라 외손자를 후계자로 삼았고, 그 후견인이 되어 세상을 떠날 때까지 반신교와 혈해를 지켰다.

어도일좌 갈사의 무공은 나원으로 돌아온 이후 급격히 높아져 나중에는 언강호에 이어 무림제일의 고수로 불렸다. 비교적 오랜 세월인 십 년에 걸쳐 교주를 지내던 그는 언강호의 제자인 비천광도(飛天狂刀) 몽우에게 자리를 물려주었다.

곽요진, 연옥귀와 함께 세상을 유람하던 언강호는 제자의 즉위식에 잠시 참석했다가 다시 길을 떠났다.

십만대산에서 하늘을 보니 천문이 크게 흐트러지고 있었다.

그녀가 예언했던 제삼의 악목대전이 다가오는 것인가? 하지만 구름이 흘러가다가 만들어낸 피용화가 말하는 것이었다.

'이제는 편히 쉬세요. 당신과 당신의 동료들이 활약하던 시대는 지났어요. 새로운 시대의 일은 새로운 세대에게 맡겨두세요.'

언강호는 미소 지었다.

그렇다. 이제 제삼의 악목대전은 자신의 몫이 아니었다.

몽우, 추옥승, 손오, 심소희, 심우정, 사마정(司馬鼎), 사마단(司馬丹), 등희강(鄧熹岡), 곽약로(郭躍路), 이춘(李春), 전독존(錢毒尊), 바로 그 녀석들이 할 일이었다.

자신이 할 일은 일룡의 짝을 찾아주는 것이었다.

청룡의 유허에 우두사원(牛頭獅猿)이 있다는 말을 듣고 찾아갔지만, 일룡은 놈들의 끔찍한 모습에 정이 뚝 떨어져 그대로 도망쳐 나오고 말았다.

이곳 십만대산에 있다는 금빛 원숭이도 너무 커서 일룡과는 맞지 않왔다.

이제 동방의 영산 지이산으로 가볼 생각이었다.

그곳에 가끔 출몰한다는 신령스러운 금령신원(金靈神猿)이 마지막 희망이었다. 국선도량의 고타와 대환이라면 그들이 어디 있는지 알지도 모를 일이었다.

끄끅. 끽끽끽.

일룡이 어서 가자고 재촉하고 있었다.

『좌검우도전』 大尾